"四五"国家重点出版物出版专项规划

叩日请长缨

搏击（上）

齐橙——著

时代出版传媒股份有限公司
安徽文艺出版社

图书在版编目（CIP）数据

何日请长缨.搏击.上/齐橙著.—合肥：安徽文艺出版社，2023.3

ISBN 978-7-5396-6155-1

Ⅰ．①何… Ⅱ．①齐… Ⅲ．①长篇小说－中国－当代 Ⅳ．①I247.5

中国版本图书馆CIP数据核字(2022)第048042号

何日请长缨·搏击（上）
HERI QING CHANGYING·BOJI(SHANG)

出 版 人：	姚 巍
策 划：	朱寒冬 宋晓津
统 筹：	张妍妍 成 怡 宋晓津
责任编辑：	姚 衎 段 婧 装帧设计：张诚鑫 徐 睿

出版发行：安徽文艺出版社　www.awpub.com
地　　址：合肥市翡翠路1118号　邮政编码：230071
营 销 部：(0551)63533889
印　　制：安徽新华印刷股份有限公司　(0551)65859551

开本：700×1000　1/16　印张：18.75　字数：300千字
版次：2023年3月第1版
印次：2023年3月第1次印刷
定价：68.00元

（如发现印装质量问题，影响阅读，请与出版社联系调换）
版权所有，侵权必究

目 录
CONTENTS

第三百四十三章　一鸣惊人 / 001

第三百四十四章　唐总有请 / 006

第三百四十五章　和气才能生财 / 010

第三百四十六章　何乐而不为 / 014

第三百四十七章　唐总想以德服人 / 019

第三百四十八章　这事不妥 / 023

第三百四十九章　一个小业务而已 / 027

第三百五十章　世界上最伟大的发明 / 032

第三百五十一章　懒死你算了 / 036

第三百五十二章　对海鲜过敏 / 040

第三百五十三章　谁先眨眼 / 044

第三百五十四章　彻头彻尾的熊孩子 / 048

第三百五十五章　永远都不可能放弃的 / 052

第三百五十六章　高总的少年阴影 / 056

第三百五十七章　那都是个人爱好 / 060

第三百五十八章　这家伙疯了 / 064

第三百五十九章　上不了台面 / 068

第三百六十章　绝对的自由是不可能存在的 / 072

第三百六十一章　好自为之 / 076

第三百六十二章　人人喊打 / 080

第三百六十三章　市里是什么态度 / 084

第三百六十四章　是不是太便宜了一点呢 / 089

第三百六十五章　搞技术的人都很清高 / 093

第三百六十六章　管你叫啥 / 097

第三百六十七章　做得和唐总一样好 / 101

第三百六十八章　技术鉴定会 / 105

第三百六十九章　这人有问题 / 109

第三百七十章　根本不是一码事 / 113

第三百七十一章　谁问你这个了 / 118

第三百七十二章　东西找到了 / 123

第三百七十三章　特大丑闻 / 127

第三百七十四章　不想过平淡的人生 / 131

第三百七十五章　敲一个警钟 / 135

第三百七十六章　躺着也中枪 / 139

第三百七十七章　这都是什么价值观啊 / 142

第三百七十八章　为什么是我呢 / 146

第三百七十九章　大家来找碴儿 / 150

第三百八十章　站到角落里去 / 154

第三百八十一章　长效机制 / 158

第三百八十二章　走进工厂 / 162

第三百八十三章　合作办学 / 166

第三百八十四章　我们多少还是要挑选一下的 / 170

第三百八十五章　国际化 / 174

第三百八十六章　学学电子商务不好吗 / 179

第三百八十七章　一拍即合 / 183

第三百八十八章　我们责无旁贷 / 187

第三百八十九章　依托临河集团 / 191

第三百九十章　临河在召唤 / 195

第三百九十一章　影响也不是特别大 / 199

第三百九十二章　相忘于江湖 / 203

第三百九十三章　苏化的小发明 / 207

第三百九十四章　商业应用 / 211

第三百九十五章　抱住大腿不放 / 216

第三百九十六章　你肯定能行的 / 221

第三百九十七章　你不傻呀 / 226

第三百九十八章　唐总像是坏人吗 / 230

第三百九十九章　骑虎难下 / 234

第四百章　就别装什么圣人了 / 238

第四百零一章　隐形冠军 / 243

第四百零二章　大道理小道理 / 247

第四百零三章　永远站在正确的一边 / 251

第四百零四章　长线投资 / 255

第四百零五章　这种事也不新鲜了 / 259

第四百零六章　他也觉得非常抱歉 / 263

第四百零七章　不知天高地厚 / 267

第四百零八章　带着诚意来的 / 271

第四百零九章　这件事的恶劣影响 / 275

第四百一十章　有些人盲目乐观 / 280

第四百一十一章　这小子憋着什么坏 / 284

第四百一十二章　博泰变卦了 / 288

第四百一十三章　原来是他 / 292

第三百四十三章　一鸣惊人

四年过去了……

"阿嚏!"

井南省合岭市区,一个挂着"胖子机床"招牌的门面里,一身肥肉的宁默半躺在一张睡椅上,正悠然地摇着大蒲扇,忽然毫无征兆地打了个喷嚏。他坐起来,用手背揉着眼睛,嘟哝道:"这是谁又在念叨我了?"

"爸爸,当然是我念叨你了!"

一个四五岁的小胖墩儿从门面后面"滚"过来,一直"滚"到宁默面前,嘻嘻笑着往他身上爬。

宁默的脸上露出老父亲的欣慰笑容,伸手一把把儿子抄起来,让他坐在自己的肚皮上,笑着问道:"儿子啊,你念叨老爸什么了?"

"又到去买雪糕的时间了,我今天要吃双色雪糕。"小胖墩儿说道。

宁默说:"可是你妈妈说不能再让你吃雪糕了,再吃下去,你就比我还胖了。"

"你不是说胖人有胖福吗?"

"我什么时候说过?"

"上次我妈说你胖,你就是这样说的。"

"那是我骗你妈的。儿子,以后你可不能长得像你爸这样,你得长得像你唐帅叔叔那样才行。"

"唐帅叔叔长什么样子?"

"他呀,长得就像……咦,长得就像他!"

宁默话刚说一半,眼睛便不由得直了。只见从店门外走进来两个年轻人,当先一人西装革履,面如冠玉,可不就是他刚才所说的唐帅唐子风吗?

宁默像是屁股上装了弹簧一样从睡椅上蹦起来,怀里抱着自己的胖儿子,一个箭步冲到唐子风面前,哈哈笑道:"老唐,你怎么来了?这真是说曹操,曹操到,我说刚才是谁在念叨我呢!"

"怎么,你刚才想我了?"唐子风伸手从宁默怀里把那小胖墩儿接过去,笑着问道。

宁默一指儿子,说道:"刚才我还跟我儿子说,让他少吃点雪糕,别长得像我一样胖。我说他得长得像他唐帅叔叔才行。"

"胖子,你这不是骂人吗?"唐子风笑道。

"怎么就是骂人了?"宁默有些蒙。

唐子风说:"你儿子长得不像你,要像我,你确定自己不是开玩笑?"

宁默这才发现自己说错话了,的确是把自己给骂了。他气急败坏地斥道:"咳!我呸!你这都是啥思想?亏你还是总经理呢!"

一通笑闹过后,宁默把唐子风以及跟在唐子风身后的秘书熊凯都让进了厅堂。这个厅堂平日里是作为维修车间的,并没有放沙发。宁默找出几把椅子,让二人坐下,又推了儿子一把,吩咐道:"快去叫你妈妈过来,就说唐总来了。"

小胖墩儿一溜烟地往后院跑去,带起一阵小风。唐子风看着小胖墩儿的背影,笑着问宁默:"你儿子是叫一鸣吧?今年有四岁没有?"

宁默道:"1998年底生的,现在已经四岁半了。他的名字不是你帮着起的吗?你说我的名字是'默',沉默久了,就要一鸣惊人,所以就给他起了个'一鸣'的名字。对了,我老婆肚子里现在又有一个了,我想生下来就叫'惊人'?"

坐在一旁的熊凯噗的一声笑了。这几年他跟在唐子风身边,与宁默也见过好几面,知道自家领导的这位发小有些习惯性脑子进水,给还没出生的孩子起名叫"惊人",也是够魔幻的。

"胖子就是这样没脑子,唐哥,你可别跟他计较!"

一个声音传来,唐子风抬眼看去,正是宁默的太太张蓓蓓,她手里牵着小胖墩儿宁一鸣,肚子鼓鼓的,显然里面装着一个"宁惊人"。

"嫂子,怎么把你也惊动了?"唐子风赶紧起身行礼。

张蓓蓓的年龄比宁默和唐子风都小,她最初黏上宁默的时候,就分别称呼二人为"宁哥"和"唐哥"。她嫁给宁默之后,唐子风有一段时间仍然称她的名字,后来就慢慢改口称"嫂子"了。张蓓蓓对唐子风的称呼却是一直没变,这也是为了拉近双方的关系。

张蓓蓓找了把椅子坐下,唐子风看看她,问道:"几个月了?"

张蓓蓓说:"已经六个多月了。家里已经有个男孩,胖子就盼着有个女儿,还说生下来名字就叫'惊人'。你说说,哪有这样当爹的?"

"我儿子叫'一鸣',女儿叫'惊人',合起来就是'一鸣惊人',不是很好吗?"宁默狡辩道。

"可以叫'惊鸿',意思就是惊飞的鸿雁,用来形容女孩子身材轻盈。"唐子风建议道。

张蓓蓓眼睛一亮:"这个名字好,我过去学过这个词的。胖子,你看看,还是唐哥有学问,谁像你似的,不学无术,还不谦虚。"

"有老唐看书就行了,我看那么多书干什么?以后我儿子就跟着老唐,给老唐当秘书,我女儿去给肖教授当学生。"

宁默大大咧咧地说道,全然不顾唐子风的责任秘书熊凯脸上掠过一缕不悦:"饯行啊!"

听宁默说起肖文珺,张蓓蓓笑着问道:"唐哥,文珺也快生了吧?你希望是男孩还是女孩?"

唐子风说:"男孩女孩都好。现在连我爸妈都说,男孩女孩都行,不讲究这个。不过,我家那个小一点,你家这个是姐姐。"

聊过家常,宁默问道:"老唐,你怎么有空到井南来了?前几天你不还说在京城开会的吗?"

唐子风说:"没错啊,我前几天还在京城开会。开完会也没啥事情,公司那边有张建阳盯着,比我管得还好,我想着没啥事,就跑来看你们了。"

"老婆,你信吗?"宁默冲着张蓓蓓问道。

"我当然信。唐哥是什么人啊?除了唐哥,谁还能成天惦记着你?"张蓓蓓道。

宁默不屑地说:"老唐才不会惦记我呢。我们之间的交情,那叫'君子之交淡如水',平时没事的时候通个电话就够了。老唐现在也是手下好几万人的大老总,如果没啥事,能专门跑到井南来找我聊天?"

唐子风点点头,说:"胖子说得也对,我到井南来,看你们是主要目的,另外就是上次你说合岭这边很多机床公司都在压价销售,后来我听韩伟昌也说起这事,就想着过来看看。这两年国内厂子打价格战打得太厉害了,再这样打下去,咱们自己就把自己打垮了,我得来了解一下情况。"

听他们说起正事,张蓓蓓赶紧起身,说道:"唐哥,你和胖子聊。要不你和熊秘书今天中午就在我这店里吃饭吧,我去准备一下。今天是礼拜天,我们店里的工人都没来上班,咱们就随便吃点,你看怎么样?"

唐子风说:"如果不麻烦的话,那我和小熊就在你们店里吃了。好久没尝嫂子的手艺了,今天我们可有口福了呢。"

张蓓蓓笑着说:"什么呀,我哪有什么手艺?还是文珺做饭好吃。你们慢聊哈。"

看着张蓓蓓离开,唐子风问道:"胖子,你和赖涛涛分了家,现在这家胖子机床就纯粹是你和蓓蓓的夫妻店了,怎么样,忙得过来吗?"

宁默说:"还好吧,她管钱,我管技术,店里雇了6个工人,一般的事情都不用我去做。你看,我这身膘前几年掉下去,这一年多又长出来了。"

唐子风打量了一下宁默身上的肥膘,笑着说:"你的确该减肥了。一转眼,咱们都是三十多岁的人了,你这算不算是英年早'肥'呢?"

"没办法,不操心就瘦不下去。"宁默说,"现在店里的业务很稳定,吃不饱,也饿不死。蓓蓓跟我说过很多回,是不是可以扩大一点业务范围,多挣点钱。可合岭这个地方的机床市场也就这么大了,街上的机床维修店也多,我要想再发展,就要跟别人抢市场,最后肯定就变成打价格战了,就像那些机床厂一样。"

听宁默又把话头引回到价格战上,唐子风也就不再关注他的店了,转而说道:"机床行业打价格战的事情,也的确到了必须解决的时候了。井南这边的小机床公司压价销售,倒无碍大局,咱们机二〇里有几家大公司也在搞恶意倾销,这就严重了。我这次在京城,和老周也谈起这件事,他说考虑最近安排一次机二〇的领导会议,讨论一下这件事。对于那些破坏行业规则的企业,我们得采取一些行动。"

"应该!"宁默深有同感,"做得最过分的就是红渡的临浦机床厂,还有北甸的夏梁机床厂。夏梁机床厂是被井南这边的一个老板收购了,那个老板一向喜欢打价格战,在我们井南也是出了名的,大家说起他都摇头呢。"

唐子风说:"那两家厂子,回头等机二〇峰会的时候,让老周和他们谈谈吧,如果谈不拢,就只能动手了。井南这边,我想约一些机床厂的老板聊一聊,大家最好建立一个价格同盟,保住底线,否则大家都是输家,不会有一个赢家的。"

第三百四十四章　唐总有请

合岭市郊南蒲镇。

广昌机床公司老板游文超躺在自己的大班椅上，仰面朝天，看着天花板的劣质吊顶，脑子里循环播放着一首流行歌曲的歌词："看成败，人生豪迈，只不过是从头再来……"

与合岭的绝大多数私企老板一样，游文超是农民出身，先是走街串巷做小买卖，有了一点积蓄之后，便开了个小厂子，接一点大企业的配套业务。十几年时间，小厂子发展成了有几十号人的公司，他在老家的村子里盖了四层的小洋房，买了宝马车，出门也有人管他叫"游总"了。

前些年，由于井南的出口加工贸易发展迅速，对机床的需求剧增，游文超抓住这个机会，果断地转产机床，大捞了一笔。赚到钱之后，他扩建了厂房，购置了一批新设备，准备大干一场。可谁承想，与他有同样想法的小老板多如牛毛，都说是英雄所见略同，现在连阿猫阿狗都能有同样的心思了，这个行业岂能不崩？

严峻的竞争在两年前就已经开始了，游文超凭着一些老关系，还能拿到不少订单，可机床的出货价一降再降，降到一点利润都剩不下的程度。

游文超也不是没有向老客户叫苦，但老客户说了，某某公司的同类机床，质量与广昌公司的机床差不多，价格却便宜2%。人家是看在他游文超的面子上，才把订单给了他，他还有什么不满的？

老客户说的那些"某某公司"，有些也是游文超认识的。他把电话打过去，对方的老板向他大倒苦水，说自己是迫于无奈，因为还有其他的机床公司在降价，自己不跟进就只能喝西北风，这西北来的风又是沙尘又是雾霾的，让人怎么喝得进去？

没办法，游文超也只能降价了。他这边一降价，又引发了竞争对手更大幅度的降价。他曾在报纸上看到过一篇文章,说这种情况就叫"囚徒困境",大家明知互相压价最后就是死路一条,但为了不死在其他企业前面,大家也只能这样做了。

这一行是没法干了,实在不行就转行吧,总不能等着把房子和宝马车都赔进去吧?

游文超第100次在心里下着决心。

可从头再来这种话,说出来容易,唱出来更好听,落到谁头上都难啊。

正胡思乱想间,一阵音乐响起,游文超用脚丫子从老板桌上把手机夹过来,伸手接了,也不看来电显示,便贴到了耳朵上。

"喂,谁啊?"

"老游吗?你在哪呢?"

电话里传出来一个熟悉的声音,这是隔壁一家机床公司的老板,名叫宋景灿,平日里与游文超的关系很不错。

同行不见得就是冤家,生意场上互相竞争的对手,私底下也能成为朋友。游文超与宋景灿的关系就是如此。他们有时候会互相压价以争夺订单,有时候则会互相帮助,在对方抢工期的时候提供一些设备和工人,免得对方违约受罚。

前几天游文超还与宋景灿一起喝过酒,喝到半醉的时候,两个人异口同声地向对方发问,居然都是询问对方是否有意收购自己的企业,连卖企业的借口都如出一辙,那就是自己虽然看好这个行业,但世界那么大,自己想去看看,所以只好忍痛割爱……

"我还能在哪?我就在公司呢。怎么,老宋,你又想买我的公司了?"游文超懒洋洋地问道。

"我呸,你那个破公司有什么好的?白送给我我都不要。"宋景灿骂道。

"不想买我的公司,你给我打电话做甚?"

"市里胖子机床的那个胖子来了,还说带了他的老板来,想找咱们这些机床公司的人座谈一下,你去不去?"

"胖子机床的胖子?他不就是老板吗?他还有什么老板……等等,你不会是说临机的老板吧?就是那个唐……唐唐唐……唐什么来着?"

游文超腾地一下坐直了,嘴都有些哆嗦,一秃噜,唐子风的名字成了"唐唐唐"。

他从来没有去过临河,甚至没有去过东叶省,可临机集团他是知道的,广昌公司生产的机床,数控系统和丝杠、导轨之类的配件,主要是临一机生产的,那长缨飘舞的商标,就是档次和品质的保证啊。

对于合岭市区胖子机床的老板宁胖子,各家机床公司的老板都是很熟悉的。宁胖子的胖子机床,打的是机床维修的旗号,实际上却是临一机在合岭这边的一个售后服务中心。他能够弄到一些紧俏的数控系统和其他配件,这就足以让小老板们把他供起来了。

除了能够弄到数控系统这一点之外,宁胖子的机床装配手艺也为他在当地赢得了很高的声誉。有些企业生产的机床出了毛病,自己都找不出原因,请胖子过来一搭手,他就能说出个子丑寅卯,基本不会走眼。一些公司甚至专门请他帮助指点自己公司里的装配钳工,以至于胖子不管走到哪家企业,都会有几个该企业的技术骨干跑出来贱兮兮地管他叫师父。

嗯,就叫胖子师父。

当然,宁胖子的豪爽与随和也是有口皆碑的。很多人喜欢找他喝酒聊天,哪怕在酒桌上不谈什么利益问题,光是看他大口喝酒、大块吃肉,听他大嘴吹牛,就是一种享受。

有关临机集团总经理,也就是那个什么"唐唐唐"的逸事,很多就是从宁胖子嘴里传出来的。宁胖子把他们唐总吹成古今中外第一牛人,什么单身闯虎穴,勇擒宋福来,几乎是每场必讲的段子,以至于在合岭的机床圈子里,说起唐总其人,大家都有一些肃然的感觉。

听说是"唐唐唐"亲自到合岭来了,而且指名道姓要与大家座谈,游文超岂敢懈怠?他当即与宋景灿约定五分钟后在公司门口碰面,再一起开车去见唐总。宋景灿已经告诉游文超了,说唐总现在在龙湖机械公司的赵总那里,胖子让大家都到那里去见他。

对于唐子风召见众人这件事,小老板们并没有觉得是受到了轻慢。临机集团囊括了临一机和滕机两家大厂,加上其他几家子公司,现在有好几万名职工,岂是他们这些百十人的小厂子可比的?

更何况,大家日常还指望着临机的数控系统,谁敢不给唐总面子?万一他怀恨在心,通知销售公司断了谁家的货,那这家厂子基本上就算是凉了。

"胖子,好久没见你了,你又胖了!"

第三百四十四章 唐总有请

在龙湖公司的办公楼前停好车,游文超和宋景灿刚走到办公楼门口,一眼就看见了正站在门外与人寒暄的宁默。没办法,宁默一个人的块头抵得上别人两个,游、宋二人想不注意到都难。

其实二人前不久刚和宁默一块喝过酒,说不上是什么好久没见,但见了一个胖子,最亲热也最敷衍的招呼方法就是说对方又胖了。

"游总、宋总,你们俩一块来了!"宁默扭过头去,笑呵呵地回应道,"来来,我给你们介绍一下,这是我们临机集团总经理,唐子风,唐总。"宁默郑重其事地伸手示意了一下,向二人介绍道。

二人这才注意到,宁默身边还站着一个人,长得那叫一个玉树临风,换成个女老板过来,估计第一时间就注意到他了,无奈游文超和宋景灿都是铁杆直男,居然就无视了这样一位帅哥的存在。

"哎呀,我真是瞎眼了,原来是唐总啊,失礼了,失礼了!"

"胖子怎么也不先给我们介绍?我们有眼无珠,还请唐总见谅。"

两个人都是一副诚惶诚恐的样子,忙不迭地道歉。看到唐子风向他们伸出手来,二人又抢着上去和唐子风握手,嘴里念念叨叨的,不外乎是三生有幸之类的话。

"游总、宋总,不用太客气。照理说,我该到二位公司上门拜访的,无奈这一次在合岭待不了太长时间,又想多见几位老板,所以只好借赵总的地盘,请各位过来聊聊。中午由我做东,请大家吃顿便饭,就算是给大家赔礼了。"唐子风客客气气地说道。

"唐总说哪里话,到了我们合岭,怎么能让你做东?理应是我们来做东的嘛!"

"对对,中午让游总做东,咱们随便吃点,晚上我来做东,搞个大的,满汉全席,吃完了一条龙……"

"你拉倒吧,唐总是什么身份,能跟你去那种见不得光的地方?!"

"怎么就见不得光了?你以为我说的是哪?"

"我还不了解你?你撅一撅屁股,我就知道……"

两人争执起来,唐子风笑而不语,旁边宁默已经笑得弯下腰了。

第三百四十五章　和气才能生财

龙湖公司老板赵兴根替唐子风安排的场地，是龙湖公司办公楼二楼的大会议室。照赵兴根的说法，唐总吆喝一声，这些搞机床的企业老板，哪个敢不来？唐总只需要坐在会议室里等着众人即可。

如果想摆摆谱，也可以先待在赵兴根的办公室，等小老板们到齐了，他再去会议室，然后派个人在门口大喊一声："唐总经理到！"接着大家齐刷刷起立，这就有点常校长的味道了。

但唐子风岂是这种张扬的人？真要如此，他也太对不起自己在人民大学的四年本科教育了。要知道，人民大学一届届学生口口相传的座右铭，就是六个字：低调，低调，低调！

就这样，他叫上了宁默，来到办公楼外，亲自迎接前来赴约的小老板们，向他们露出小白兔一般的可爱门牙，让每个人都觉得如沐春风。

"这个人就是唐总？我怎么觉得不像啊？"

与唐子风寒暄完，走向办公楼的时候，宋景灿偷偷地向游文超嘀咕道。

游文超说："怎么不像了？我在报纸上看过他的照片，就是这个人，只是他真人比照片上显得年轻一些。"

宋景灿说："我不是说长得不像，是说他那派头不像。你想想看，临一机、滕机两家大厂子的总老板，那是多大的腕儿！过去你没和那些国营大厂子的人打过交道？一个销售科的科长都跩得很，这可是正头呢！"

游文超感叹道："这就是人家了不起的地方啊！你想想看，他看上去也就和宁胖子差不多大吧，三十出头，可就能当上临机集团的老总，没点本事行吗？就冲他能够放下架子，跑到楼下来迎接我们，这就是别人做不到的。其实，他又没什么事情要求咱们，反而是咱们要求着他，他有必要对咱们这样客气吗？"

"这就是我觉得不踏实的地方啊。"宋景灿说，"我听过一句古文，叫作'礼下于人',必不怀好意。你说说看,他这次把咱们这些人叫过来,是不是有什么阴谋呢?"

"阴谋?我想不出来。"游文超皱着眉头,"以临机的实力,咱们这些小厂子,也没啥值得他们惦记的。要不……"

"你是说,他个人有啥想法?"

"是啊,你也想到这点了?他可是国企领导,除非搞什么名堂,否则公司再有钱,也不是他的。他会不会是盯上咱们手里的企业了呢?"

"可是,如果是这样,他也不该大张旗鼓地请这么多人来啊,一家一家单独谈,不是更好吗?"

"人家肯定不耐烦呗。你没看,他带着胖子呢。回头他在会上暗示一下,会下让胖子找咱们单独谈,这样表面上看和他一点关系都没有。"

"有道理!可是,咱们凭什么听他的?他想谋咱们的东西,咱们就给吗?"

"如果他答应给你的数控系统降三成的价,你要不要?"

"他如果给这样的条件,我还真没法拒绝。"

宁默和赵兴根帮唐子风约了二十多家机床公司的老板,除了有两家公司的老板正在外地,无法前来参会,其余的老板都在接到电话通知之后便马不停蹄地赶来了。

看到唐子风和宁默陪着最后一拨老板进门,负责在会议室里招呼的赵兴根让大家停止聊天,然后把唐子风请到主席的位置上,开始致欢迎词:

"各位,今天很冒昧请大家到我们龙湖公司来,感谢大家给我这个面子。今天请大家来,是因为东叶临河机床集团公司总经理唐子风先生在百忙之中莅临咱们合岭,并且愿意抽出时间来和咱们这些乡镇企业的厂长、经理见面,指导大家的工作。

"现在,请大家以热烈的掌声,欢迎唐总的到来,欢迎唐总为我们做重要指示。"

话音未落,会议室里已经是掌声雷动。虽然大家对唐子风的来意尚不清楚,多少有些忐忑不安,但该有的礼节,大家是不会省略的。赵兴根的这段欢迎词,除了那浓浓的井南口音有些美中不足之外,论气势已经丝毫不亚于春晚,大家的情绪也都被调动了起来。

"大家太客气了!"唐子风站了起来,抬手做了个向下压的动作,示意大家安静,然后笑着说道,"赵总这是把我架在火上烤呢。我刚才看了一圈,这整个屋子里,除了服务员小妹,剩下的就数我年龄最小了,连胖子都比我大几个月。

"大家玩工业的时候,我还在念小学,大家都是我的前辈,所以什么指导工作之类的,我可是万万不敢当的。"

"唐总,你就别客气了。我们这些人虽然岁数大一点,可那年龄都活到狗身上去了。你唐总年纪轻轻,国家就敢把两家老牌子的机床厂交给你管,这就说明唐总你是国家看中的人才,比我们强到不知道哪里去了。"一位企业老板插话道。

"对对,我看过新闻的,唐总和部长都能谈笑风生的,我们都得指望唐总提携呢。"

"我说李矮子,你会不会说话?你还指望唐总给你提鞋,你给唐总提鞋还不够格呢!"

"什么提鞋,我说是提携好不好!是普通话,提携,不是你讲的那个土话里的提海(鞋)子……"

"好了好了,你们两个就别咬起来没完了,听唐总的!"

"对对,听唐总的!"

一通闹腾过去,场上的气氛活跃了许多。见大家逐渐安静下来了,唐子风看看赵兴根,问道:"赵总,要不我就开始了?"

赵兴根连忙说:"唐总请便,今天大家都是来听你讲的。"

大家闻听此言,也都打起了精神,有几位甚至摸出了小本子,准备记录。

唐子风站起身来,环顾全场一周,说道:"各位,首先感谢各位多年来对我们临机集团的支持。据临机集团销售公司向我提供的数据,在过去五年中,合岭的各家机床企业累计采购临机集团生产的数控系统43000余套,金额超过了10亿元。可以说,在座的各位就是我们临机集团的衣食父母。呵呵,当然,要加上'之一'两个字。在这里,我代表临机集团的三万名职工,向各位表示衷心的感谢。"

说到此,他向众人微微欠了欠身子,大致就是鞠躬的意思了。他嘴里说得客气,但无论是他自己,还是在场的各位小老板,都知道这不过就是几句场面话。各家机床企业采购临机的数控系统,根本谈不上是什么衣食父母,你不想买,有的是别的企业要买。临机愿意把数控系统卖给合岭的企业,就算是看得

第三百四十五章 和气才能生财

起他们,赏他们一口饭吃了,这些人哪当得起唐子风的大礼?

唐子风向大家施礼,大家也就赶紧微笑、抬手,用各种方法表示客气,这自不必说。

施罢礼,唐子风话锋一转,说道:

"今天把各位请过来,是想和大家商量一点事情,可能是关系到大家切身利益的事情。大家都知道的,机床这个行业,说大不大,说小也不小。

"说它大,是指这个市场一年有七八百亿元的总产值,别说咱们这些人,就是再多上10倍、100倍的人也能养活,而且大家都能活得很滋润。

"说它小,是指大家在这个行业里,成天低头不见抬头见,哪家企业有什么经营决策,都会对整个行业产生影响,任何一家企业都不可能独善其身。

"所以,咱们这些机床企业平时要多走动走动,遇到事情要多商量,多讲合作,和气才能生财。如果大家互相赌气、互相提防,一言不合就砸锅,那么谁也别想在这个市场上得到好处,说不定最后就让外国厂商捡了便宜。大家说,是不是这样?"

众人都听得有些蒙。唐子风的话,从道理上说是对的,可在这个场合,似乎就有些奇怪了。说到相互赌气、互相提防这方面,在场的各家小企业的确有这样的情况,可临机集团也需要提防大家吗?他们的企业和临机集团完全不是一个层次的对手,唐子风跑到这里来跟他们说这些话是何用意呢?

游文超和宋景灿互相交换了一个眼色,心里的阴谋论又迅速地更新了好几个版本。顺便说一句,以这二位的想象力,不去写网络小说真是屈才了。

唐子风微微一笑,继续说道:"我就说得更清楚一点吧。从前年开始,机床行业出现价格战。一开始只是少数几家企业为了抢市场,互相压价,闹的规模也不是很大。可再往后,这种互相压价的事情就越来越多了,而且手段也越来越不堪。

"我听宁总说,合岭这边有些机床企业压价都已经压到赔本的程度了,这就有些过头了。如果任凭这种事情发展下去,最后咱们这个行业就会被拖垮,包括我们临机集团,也包括在座的各位,大家都是失败者。"

说到这,他停下来,扫视全场,等着众人的反应。

第三百四十六章　何乐而不为

"唉,唐总,你说得太对了!"

柏峪机械公司的总经理吴廉抢先附和道,语气中透出一种深有同感的意味。他其实算是赵兴根替唐子风请来的"托儿",原本就交代过让他给唐子风当好"捧哏"。不过,唐子风说的价格战一事,也的确说到吴廉的心里去了,他这番感慨,倒有七分是真心的。

"我们柏峪生产的铣床,原本是2.3万元一台,按这个价钱,我给工人发完工资以后,自己手里就剩不下多少了。可谁知道,这两年大家都在降价,我听说过的最低价钱是一台铣床才1万元出点头,最多不超过1.2万元。

"可我如果把铣床降到1.2万元,卖一台就要亏出去半台,这生意还怎么做?"吴廉愤愤不平地说道。

"做不了也得做啊!"宋景灿顺着吴廉的话头说道,"虽然每卖一台都是亏的,可如果不卖,亏得更多。工人雇来了,你总不能不发工资吧?利润什么的,我们现在是不敢想了,只要不从自己口袋里拿钱出来,就是万幸了。"

"我已经从自己口袋里拿钱出来了,去年一年,我亏了100多万。"有人大声地诉苦。

"再这样下去,就要卖房子了。"

"卖房子都贴不起,只怕要倾家荡产了。"

眼见着大家诉苦的势头变大,赵兴根赶紧出来制止,他说道:"大家说得都对,可唐总说的这个价格战,到底是谁先打起来的呢?刚才大家来之前,唐总问我这个问题,我还真没答上来。你们大家说说看,这个症结在什么地方呢?"

"症结吗?"

游文超想了想,摇摇头说:"赵总,这个问题太复杂了。按唐总刚才说的,其

第三百四十六章 何乐而不为

实就是咱们这些公司互相压价,也说不上是谁最先挑起来的,也有可能就是那些客户在中间搞名堂,故意挑着咱们竞价,结果咱们就都上当了。"

"我印象中,好像是芮岗那边的机床公司先降价的。"有人回忆道。

"在这之前,明溪那边就有机床公司降价了,是我的客户跟我说的。"另一个人纠正道。

"咱们国家这么大,听说像咱们这种私人的机床公司就有几千家,还真不好说是哪家先坏了规矩。"有悲观的人直接抛出了不可知论,想必是懒得去思考这样的问题了。

唐子风听大家说了一会儿,然后抬手止住大家的谈兴,说道:"从刚才大家说的情况来看,现在要去追究到底是哪家企业先坏了规矩,恐怕是很难的。事实上,说他们坏了规矩也不合适,因为咱们从前根本就没有这样的规矩,所以也就无所谓是不是坏了规矩。依我看,我们要想自保,避免这种价格战把咱们拖垮,就要亡羊补牢,赶紧把规矩立起来。"

"立规矩?什么意思?"宋景灿一愣,这剧情好像和自己与游文超猜测的不一样啊,莫非唐子风的阴谋这么深,自己根本看不透?

唐子风看了他一眼,没有回答,而是侃侃而谈起来:

"咱们国家搞市场经济,市场上的商品价格根据供求情况自由浮动,这是无可厚非的事情。但价格战并不是正常的价格变动,而是个别企业为了抢市场,不惜低价倾销产品,用极低的价格把对方逼死,以达到自己独占市场的目的。

"价格战这种方式,对于市场是有百害而无一利的。价格战能够把对手逼死,但发动价格战的企业,因为无法从市场上获得正常的利润,必然会减少企业的必要支出,包括放弃更新设备,减少研发投入,甚至降低产品质量,其结果就是会让整个行业的水平全面下降。

"当前,咱们国家的机床行业是大而不强。刚才有人说咱们全国有几千家机床企业,这个数字不假,但真正有竞争力的企业寥寥无几。我说句大家可能不爱听的话,在座的各位,你们的企业如果放到国际市场上去,基本上是没有任何竞争力的,大家觉得我的话过分吗?"

"不过分!"众人异口同声地回答道。

唐子风的话说得难听,几乎就是指着大家的鼻子说"你们各位都不值一提",但话糙理不糙,大家的水平的确不怎么样,生产的产品以低端机床为主,少数企业能够生产一些型号的中端机床,但也不拥有自主技术,更别说研发新产品的能力了。

这几年,大家添置了不少新设备,也招募了一批工程师和国企分流出来的高级技工,技术实力有所上升,产品质量也与过去不可同日而语。但要提到国际市场的高度,大家还差得远。

唐子风笑笑,说道:"大家觉得我说得有道理,我就放心了,我刚才还担心我的话太伤人了,大家不能接受呢。

"依我的看法,现在大家不是打价格战的时候,而是应当和衷共济,谋求共同发展。大家应当商量一个合理的价格空间,然后就在这个空间里报价,确保每家企业都有一定的利润。

"有了利润,大家才能改进设备,提高技术,追赶国际先进水平。咱们且不说去与国际机床巨头竞争,起码在国际中低端机床市场上,咱们中国企业应当有一席之地,大家说是不是?"

"太对了!"吴廉又抢答了,"唐总一席话,真是拨开迷雾见青天,让咱们看到了光明的前途。"

"吴总,过去怎么没看出你这么有文采啊?我怎么记得你连初中文凭都没有呢?"有人忍不住要揭吴廉的老底了。大家都是体面人,就算唐总是个大老板,你也不用这样拍马屁吧?真有拍马屁的机会,放着我来!

游文超没有接吴廉的话头,而是盯着唐子风说道:"唐总,你说得很对。可是,你说大家要商量一个价格空间,这事得有人牵头才行啊。唐总是不是可以给我们当这个牵头人呢?"

听到游文超的话,大家都把目光投向了唐子风。每个人心里都在想着,唐子风专门把大家找过来,又说了这样一番话,莫非真的想当这个牵头人?

以临机的地位,唐子风想给大家当牵头人,当然是有资格的。但一来临机与大家不在一个层次上,唐子风有什么必要自降身份来给他们这样一群小老板当领导?二来临机的利益诉求与大家的不同,如果真的是唐子风来牵头搞价格同盟,能保证大家的利益吗?

唐子风是想过这个问题的,看到大家的眼神,他微微一笑,说道:"我怎么可能给大家当牵头人呢?这件事是你们内部的事情,我们临机是不便插手的。我只是因为和赵总是老朋友,听说了这件事,就想着来给大家出个主意。

"如果大家对此事有意,可以组织一个合岭机床业协会,推举几个领头人出来,制定一些规则,让大家共同遵守。至于我们临机嘛,如果大家不嫌弃的话,我们可以做个友情赞助单位,从场外给大家提供一些小小的帮助。

"比如说吧,如果有哪家企业不守规矩,非要祸害整个行业,大家集体投票,我们临机可以中断对它的数控系统供应,它如果想继续在这个行业里做,恐怕就只能花大价钱去买进口系统了。"

"可是,国内除了临机的东云系统以外,还有其他数控系统。"有人小心翼翼地提醒道。

当初临一机与溪云省432厂联手开发机床数控系统,民用版本最终确定为东云牌,是从"东叶省"和"溪云省"中各取了一个字。这些年,东云数控系统更新了好几代,在国内中低端机床领域,已经基本能够替代进口系统了。合岭这些机床企业生产的数控机床,很多就是使用东云系统。

除了东云系统之外,国内还有十几家企业和科研院所开发了其他品牌的数控系统,有些是与东云系统互补的,有些则与其构成了竞争关系。唐子风声称会对那些不守规矩的企业实施数控系统断供,这些企业如果不想去买高价的进口系统,就得使用其他品牌的系统。

唐子风说:"东云系统这方面,我基本上就能够做主。至于其他牌子的系统,其实我也能说得上话,就算不能完全中断对这些企业的供应,至少提提价,或者拖延一下供货时间,我想凭我的面子还是能够做到的。"

太好了!

众人都在心里发出一声感叹。

能够研制出数控系统的,都是国字头的大企业、大研究所,人家即便与临机是竞争关系,临机的总经理开了口,这个面子肯定还是要给的。相对于临机这个级别的企业集团来说,像什么柏峪公司、广昌公司,人家断你的数控系统供应,还需要在乎你的感受吗?

唐子风声称自己不插手这个什么行业协会的事情,但又表示可以动用临机的力量,帮大家打击那些不守规矩的企业,其实态度已经很明确了。这个协会的所作所为,必须是符合临机利益的,唯有如此,才能得到临机的帮助;反之,临机要搅黄这个协会,也是轻而易举的事情。

虽然如此,但人家也是好意啊。这些企业如果真的能够成立一个协会,互相约束,避免恶性竞争,这是对大家都有好处的事情,何乐而不为呢?

第三百四十七章　唐总想以德服人

"唐总，我们合岭这边的企业，要想联合起来，倒是容易。可芮岗、武营、渔源那边也有很多机床企业，另外，明溪的机床企业也不少，如果我们这边限定了价格，他们还在拼命降价，就等于我们把市场送给他们了。"

赵兴根提出了一个新的问题。

唐子风说："赵总不用担心，回头我也会去芮岗、渔源那边走走，劝说他们也放弃价格战。你们合岭的机床协会如果成立起来，也可以和他们的机床协会沟通沟通，大家同进退，才能共赢，你说是不是？"

"是是是，还是唐总考虑得周全。"赵兴根笑着应道。

在合岭的这些机床企业里，赵家兄弟的龙湖机械公司是最大的一家，如果要成立机床协会，赵兴根被选为会长的可能性是最大的。今天唐子风选择在他这里召集这个会议，其实也相当于为他背书，告诉大家他赵某人是被唐总罩着的。

也正因为有这样的期望，赵兴根现在就已经在代入会长角色了，话里话外都是一股天下为公的味道。

"这样一来，唐总可太辛苦了。"听到唐子风说要去芮岗、渔源等市，宋景灿恭维了一句，又怯怯地说道，"我就担心一点，咱们合岭的企业都是比较安分守己的，唐总给我们把道理讲明白了，我想大家肯定都会照着唐总的指示去做。芮岗、渔源那些地方，有些老板是不太讲道理的，当初挑起价格战的就是那些企业。万一唐总去了那边，人家不太听话，不照着唐总的要求做，不知道唐总打算怎么办？"

他的话说得很委婉，但唐子风听明白了。他分明是说，合岭这些人都是软柿子，能够任凭唐子风捏来捏去，万一芮岗、渔源那边有几个硬茬，就是不接受唐子风的建议，唐子风能怎么办？

扣数控系统这种事情，只能作为措施之一。合岭这边要号令所有的企业守规则，也不能仅依赖唐子风的承诺，而是要大家互相监督。井南的百姓是很在乎乡土观念的，企业间搞竞争，互相拆拆台，自然无妨，但如果一家企业犯了众怒，要想在当地经营下去，就会有很大的麻烦。

唐子风建议大家成立行业协会，其实就是要利用大家的乡土观念。但如果其他城市的多数企业都不接受唐子风的建议，不愿意采取共同行动，那么唐子风的断供威胁就起不了太大作用了，这叫法不责众。

"这个问题嘛，宋老板不用担心，我们一向是以德服人，相信芮岗、渔源那边的企业家会接受的。"唐子风笑呵呵地应道。

"以德服人？"吴廉诧异道，"唐总，你说的这个以德服人，有什么讲究啊？"

"讲究嘛……"唐子风想了想，说道，"我就给大家解释一下吧。我到井南来之前，在京城见了几位行业里的老领导，也向他们说起了目前行业里恶性竞争的情况。

"这几位老领导都认为，价格战这种方式对于行业是有害的，对肆意发起价格战的企业，要进行严厉处理，绝不能姑息。

"我在井南的这些天，这几位老领导也正在京城活动，准备向中央提交一份关于规范机床行业竞争的报告。如果这份报告得到领导批示，那么国家就可能会采取一些必要的经济手段和行政手段，来打击这些扰乱市场秩序的不法企业。"

闻听此言，在场的众人都不禁打了个哆嗦。

"经济手段""行政手段"这八个字，从唐子风嘴里说出来是那样轻描淡写，落到众人的耳朵里却如雷鸣一般，好几个人当时就觉得腿肚子要抽筋了。

"唐总，这点事，到不了需要领导批示的地步吧？"宋景灿强装出一个笑容，说道。

虽然唐子风说的是要用这些手段去对付芮岗、渔源等地的小老板，但合岭这边的小老板也同样害怕，这或许就是物伤其类吧。

其实，大家心里还有一个不足为外人道的小心思，那就是虽然答应了唐子风要联合行动，共同维持正常的价格，但谁都想给自己留条后路，以便未来觉得限价对自己没好处的时候，可以随时反悔。

唐子风说请动了几位老领导，要去弄个领导批示，还要国家出台相关指导

第三百四十七章 唐总想以德服人

文件,这就是把事情闹大了,把大家的退路也给堵上了。万一啥时候唐子风觉得他们这些人不守规矩,给他们扣一顶"扰乱市场秩序"的帽子,他们就吃不了兜着走了。

想到这样的后果,宋景灿就忍不住想劝唐子风别插手这件事了。

可是,这是能劝阻得了的事情吗?

唐子风看出了宋景灿等众人的担忧,他笑着说:"怎么,大家是不是有什么误会了?大家放心,我和那几位老领导聊天的时候,他们对井南的机床产业发展,都是表示了充分肯定的。

"尤其在六七年前,外国机床企业大举进入中国,想侵占咱们的机床市场,咱们井南的机床企业在捍卫国家利益方面,是做出了重大贡献的,这一点,老领导们都记在心上了。"

"哈哈,瞧唐总说的,这不是我们应该做的嘛。"

众人表示着谦虚,脸上的表情明显轻松了几分。领导记得大家的功劳,哪怕只是嘴上说说,至少不会对大家下重手,这应当是一个好消息。

唐子风继续说道:"几位老领导都跟我说,像我们临机这样的大型国企,应当全心全意地帮助民营企业发展。他们说,井南原来的机床工业基础几乎是一片空白,现在有这样大的规模,都是你们各位努力的结果。我们要做的,就是帮助大家更好地开展合作,寻求共赢。

"所以,只要大家诚信经营,不搞恶性竞争,国家的政策对大家绝对是有利的。我们要打击的,是极少数破坏经营秩序的企业,尤其是一些带头抵制合作,造成严重不良影响的企业。"

"我明白了。"赵兴根点点头,然后对着众人说道,"唐总的意思很明白,大家诚信经营,唐总会帮着大家发展,让大家赚更多的钱。但如果芮岗、渔源那边有哪些企业不识相,把唐总的好心当成驴肝肺,就别怪唐总对他们不客气了。"

"没有没有,不客气是不可能的,我们还是要讲究以德服人嘛。"唐子风嘻嘻笑着,纠正了赵兴根的用词。

赵兴根连忙改口:"对对,以德服人,唐总是最讲道理的。"

"对对,以德服人,以德服人。"众人也赶紧附和,心里为芮岗、渔源那边的同行默默地祈祷。

唐子风这番话是故意说的。他相信,自己今天说的这些话,等不到晚上就会传到芮岗、渔源等地去,过几天自己前往那几个城市,应当能够听到他们的反馈。

从唐子风的本意来说,他的确是希望以德服人的,毕竟恶性竞争对大家都有伤害,如果能够有一个行业规范来约束一下大家的竞争行为,那么所有的企业都能从中受益。既然是对大家都有好处的事情,只要把道理说透,大家应该都会有积极性吧?

但是,任何一个群体里都会有一些另类。倒不是说他们真的愚蠢到要做损人不利己的事情,而是他们自觉比别人聪明,在别人都自我约束的情况下,这些人就想钻空子,捞更多的好处。

比如说,如果大家都接受约束,选择不降价,那么个别违规降价的企业就能够抢到更多的市场。别人越是自觉,这些企业就越能获得好处,他们丝毫不认为自己坏了规矩,反而会觉得别人傻,自己聪明。

对这样的企业,再谈什么以德服人,就是自欺欺人了。既然他们选择了违反规则,那么就该有接受惩罚的心理准备。

第三百四十八章　这事不妥

接下来,唐子风又与众人探讨了一下业务发展的问题。唐子风提出,大家目前都是利用外购的数控系统和功能部件,加上自制的床身,生产出一些技术已经定型的低端产品。

由于缺乏技术含量,这个行业也就没有了门槛,大家都可以挤进来,恶性竞争就不可避免了。目前大家能够形成一个价格同盟,但如果新进入者多了,形成价格同盟的难度就会加大,届时价格战就可能会重启,大家头上始终都是悬着一把剑的。

要想获得可持续发展,各家企业就不能故步自封,而是要拿出一些利润用于产品研发,促进产品升级换代,提高进入这个行业的门槛。产品升级了,利润率也会提高,届时大家赚钱就会比现在更容易了。

至于说有些企业一时缺乏研发能力,唐子风也给大家指了一条出路,那就是临机集团和苍龙研究院都可以接受委托,帮助大家研发一两个属于自己的拳头产品。如果不想费事,这些企业也可以选择直接购买苍龙研究院的一些专利,共享或者买断的方式都是可以的,当然,价钱方面就有些讲究了。

唐子风的这些建议,对小老板们还是很有启发的。如果价格同盟能够形成,大家在短期内的利润就可以得到保障,拿出一些钱来改进技术,既是可行的,也是必要的。

井南这边的工业经过20世纪90年代的野蛮生长,如今已经进入了一个瓶颈期,不单是机床行业,像什么厨具、家电、塑料制品、家纺、食品等等,竞争都非常激烈。

有些行业的产能已经几倍于全球的市场容量,价格战已经打到几乎要让全行业都破产的程度。当然,这个"几乎"是针对国内企业而言的,他们的国外同行早就凉了,坟头草都好几尺高了。

在这种情况下，技术升级成为各个行业的共识。要想利用低价吸引到经销商，那就只能推出新产品，或者提高质量。

机床行业的这些老板都懂得这个道理，也有一些企业在进行尝试。但受到价格战的影响，各企业的利润都大幅度萎缩，想投入更多的资金去搞研发就有些力所不逮了。像宋景灿、游文超这些人都已经在琢磨着卖掉厂子改行了，又怎么会愿意花钱去做研发？

现在唐子风帮大家创造了机会，还声称临机集团和苍龙研究院可以承担代客研发的工作，大家心里的那点念头又暗戳戳地生长起来了。很多企业在过去这些年的生产中积累了一些诀窍，如果能够在此基础上开发出几项独门技术，那可就是可以作为传家宝的东西了。

会开到这种程度，气氛已经活跃起来了。大家再没有忐忑的感觉，都争着和唐子风说话，想看看能不能从这位大佬这里弄到一些好处，即便不是现实的好处，能够让他对自己这张脸有点印象，日后也好办事不是？

临近中午，唐子风笑呵呵地表示自己要请众人吃饭，这个说法自然受到了众人的"痛斥"，每个人都露出生气的样子，说唐总千里迢迢跑过来给大家解困，如果还要唐总掏钱请客，合岭这些搞机床的，以后还要不要做人了？

一阵闹哄哄之后，也不确定是由哪家企业掏钱，总之大家都出了门，开上各自的车，冲向了合岭市区最高档的饭店。今天前来参会的有好几十人，大家开了一个最大的包间，摆上了五桌，各种高档海鲜像不要钱一样地往上堆，啤酒箱子垒得与一座小山相仿。

趁着唐子风被其他人缠住之际，游文超和宋景灿二人悄悄地把赵兴根拉到了一边，低声向他问道："赵总，咱们都这么多年的交情了，你能不能给我们透个底，唐总这一手，到底是啥目的？"

赵兴根发迹之前，的确是与游、宋二人私交很不错的。虽然现在他的企业规模比这二人的大出了十倍有余，但他并没有看不起二人的意思，平日里相互走动也不少。听到二人的问话，赵兴根皱着眉头，说道：

"这件事，我也是感觉很突然。你们是知道的，我和胖子一向关系不错，今天早上，胖子突然就带着唐总到我这里来了，说要我牵头找一些在合岭机床行业里有点影响力的老板来坐坐。

"你们来之前，唐总和我简单聊了聊，主要也是说价格战这事。他说价格战影响了正常的秩序,这样打下去,不但咱们这些中小企业会被拖垮,像他们临机这样的大企业也会受连累,所以他想找大家一起谈谈。"

"唐总这个说法,听起来也有点道理,可是我还是有点不相信。如果仅仅是为了咱们这些中小企业的事情,他有必要这样出力吗?"游文超说。

宋景灿说:"是啊,虽然他说对他们临机也有影响,但咱们和临机其实根本不是在一个水平上竞争的,就算对临机有影响,也不是很大。如果不是唐总亲自来,而是他们销售公司的韩总或者什么人过来找咱们谈这事,我倒是会相信。唐总这么大的领导,亲自来管这件事,而且还和咱们这些人称兄道弟,一起喝酒打屁,我总觉得没那么简单。"

赵兴根扭头看了一下包间里的情况,看到唐子风正与几位小老板站在另一个角落里说笑,好像是在谈合作的事情,那几位小老板脸上满是激动之色。他转回头来,问道:"那么,以你们俩的看法,唐总还有什么打算呢?"

游、宋二人互相交换了一个眼神,宋景灿说道:"赵总,你说唐总会不会有点自己的想法?"

"自己的想法?什么意思?"赵兴根问。

宋景灿说:"以我的想法,别看唐总管着一个三万人的大公司,一句话就能够让咱们这些人在行业里混不下去,可要论身家,唐总可不一定比得上像赵总这样的大老板,没准连我和老游这种人都不如。"

"你在老家盖了五层的新房子,光孩子就生了四个,还说自己不行?"赵兴根笑骂道。

大家都是同行,谁有多少钱,大家心里还是有数的。游、宋二人的财富当然没法和赵兴根比,但要说不行,就是谦虚过头了。前几年机床行业生意好做的时候,这俩人赚的钱起码也是以千万元计算的。

不过,经宋景灿这样一提醒,赵兴根倒是意识到了自己思维上的误区。他光想着唐子风是国企老总,风光无限,却忘了国企的工资是有限的,除非唐子风搞点腐败,否则论个人的身家,还真是没法和他们这些私人老板比。

想到这,赵兴根突然觉得自信了,原来自己也有比唐子风强的地方,自己的人生也同样精彩。

"你接着说,唐总会有什么想法?"赵兴根道。

宋景灿看看左右,把声音又压低了几分,几乎是一种耳语状态了,他说道:

"我和老游分析,唐总这样费心费力,又不惜自降身份和大家结交,是不是想在咱们的业务里参上一股?比如说,在哪家企业拿上几个点的干股,哪怕只是一两个点,如果是 10 家企业呢?再如果是 20 家企业呢?"

游文超接话说:"他还说要去芮岗、渔源这些地方,如果每个地方都弄上几家企业,那可就——"

说到此,他留下了一个意味深长的尾音。

赵兴根的脸不断变换着颜色,一会儿青,一会儿白,一会儿红,像是霓虹灯一般。他原先没想过这种可能性,但经这二人一提醒,他就想到了种种值得回味的迹象,比如唐子风问过他的企业利润如何,又比如唐子风提过企业间搞战略合作的思路。这些话如果不去琢磨,全都是正常的聊天,但仔细琢磨,似乎每一句都是在暗示什么。

难道唐子风盯上我的企业了?

这还有没有王法?!

"如果他真有这个意思,你们俩是什么想法?"赵兴根问道。

这其实也是游、宋二人想问赵兴根的话,无奈赵兴根比他们有钱,自然比他们有话语权,他们要想和赵兴根讨论问题,就无法逼赵兴根先表态,而只能是自己表态,再等赵兴根的回应。

"我觉得,这事不妥。"游文超说道。

"为什么不妥?"赵兴根问,"如果姓唐的愿意在你的广昌公司拿干股,你哪怕给他 10%,以后能赚到的钱也比现在要多得多。姓唐的随便从手指缝里给你漏点好处,你的公司产值还不得翻上几番?"

因为对唐子风的人品产生了怀疑,赵兴根对他的称呼也就变了,不再一口一个"唐总"了。

"就怕是引狼入室啊。"游文超叹道,"我当然知道傍上一个大佬有好处,可万一他贪得无厌呢?万一他出点什么事呢?他如果真的敢拿我们的干股,那就说明这个人胆子太大了,咱们都是做本分生意的,没必要陪着他去赌啊。"

第三百四十九章 一个小业务而已

正经生意人,没人愿意和权贵勾搭。

和权贵勾搭,看起来赚钱更容易,但人家想谋你的钱也更容易了。平日里吃苦受累的活儿你干了,他们坐着分钱。到了有点风吹草动的时候,人家匿了,出来扛雷的都是你。

愿意依附权贵的,基本上都是凭自己的本事无法出头的。但赵兴根、游文超、宋景灿这些人已经凭着自己的努力混出了人样,现在吃香喝辣,虽说生意上的烦心事也不少,可胜在凡事自己能够做主,不需要看别人的脸色。

到了这一步,让他们去接受一个莫名其妙的唐总到自己企业里拿干股,他们可就不乐意了。

"入股是不行的,如果只是想要拿点辛苦费,咱们大家凑一点给他,倒也无所谓。当然,这也得看他的胃口有多大。"赵兴根沉声说道。

"要不要找其他人商量商量?"游文超问。

赵兴根说:"不急,姓唐的不是还没开口吗?咱们现在也只是猜测,万一猜错了,咱们到处去说,回头再传到他耳朵里,咱们可就是把他给彻底得罪了。我觉得,这事得着落在宁胖子身上。我听宁胖子说过,姓唐的和他是中学同学,俩人关系好得很。"

"有这事?"宋景灿一愣,"如果真是关系好得很,他随便在临机给胖子安排一个位子,不比让胖子跑到合岭来卖体力强?"

游文超吸了一口凉气,说:"胖子不会就是为了这事才到合岭来开店的吧?他一天到晚跟咱们这些人混,说不定就是在摸咱们的底,给姓唐的探路。"

"可这也未免太下本钱了,胖子在合岭可待五年了。"

"所以姓唐的着急了,亲自出马了。"

"这事大了……"

三个人自己把自己吓了个够呛。赵兴根让二人在原地等着,自己过去找了个借口,把宁默拽了过来。

"啥事?老赵、老游、老宋,你们仨刚才在这聊啥呢?看你们一脸吃了屎的样子。"

宁默乐呵呵地跟三人打着趣,全然不顾这地方是餐厅,说这种话是会倒人胃口的。

"胖子,我们有个想法,又不方便直接跟唐总说,所以想先问问你,看看合适不合适。"赵兴根咬文嚼字地说。

"有啥想法不能直接跟老唐说?我跟你说,赵总,老唐这人性格挺好的,有啥事你尽管跟他说,没事的。"宁默大大咧咧地说。

赵兴根直接无视了宁默的建议,他接着自己此前的话说:"是这样的,唐总今天不是建议我们搞个行业协会,规范大家的定价吗?我和老游、老宋商量了一下,觉得这事可行,回头我们就联合合岭的这些企业来办。"

"这就对了。"宁默说,"我哥们儿的建议,绝对是没问题的,你们照着我哥们儿的建议去做,迟早你们会发现是占大便宜了。"

"是的是的。"赵兴根敷衍着,又说道,"我们刚才琢磨了一下,我们这些人也没啥见识,搞这么一个协会,说不定会出各种岔子。我们商量,想从外面请几个有能耐的人到我们协会当顾问。"

"你们是想请老唐?"宁默听出了一点味道。

"是的是的。就是不知道唐总能不能在百忙之中来担任这样一个小职务,这会不会折了他的身份?"

"这个我就不太清楚了。不过,以我对老唐的了解,他估计是不会答应的。他不是说还要去芮岗、渔源这些地方吗?如果每个地方成立一个协会,都让老唐去当顾问,他顾得过来吗?"

"是啊,我们也知道唐总日理万机,让他来操心我们这点小事,的确是挺不妥当的。我们的想法呢,就是唐总平时也不需要做什么,我们定期向唐总汇报一下工作,是书面的,唐总有空就看看,没空的话,不看也可以。为了感谢唐总的付出,我们每年给唐总100万元顾问费——"

赵兴根说到这里就停下了,眼睛看着宁默的脸,等着他的反应。

"100万元顾问费?"宁默一愣,随即眼睛就眯起来了。他的眼睛原本就不

第三百四十九章 一个小业务而已

算大,这一眯起来,几乎就剩一线光芒了。可他就是用这一线光芒盯住了赵兴根的眼睛,让赵兴根觉得浑身燥热了起来。

"胖……呃,宁总,你……你这是什么意思?"赵兴根怯怯地问道。

宁默冷笑道:"赵总,我倒想问你是什么意思呢。"

"我没意思啊。"

"没意思是什么意思?"

"没意思就是……宁总,你觉得我们这样做有哪里不对吗?"

宁默笑道:"赵总,还有游总、宋总,你们是觉得我胖子傻是不是?你们拐了这么大的弯,不就是想给老唐送礼吗?一年100万,好大的手笔,这笔钱只怕是要各家分摊吧?你们的意思是说,我哥们儿跑到合岭来,帮你们解决互相压价的事情,就是图你们这100万的好处?"

几个人心里都咯噔一下,宁默说唐子风不是图100万的好处,这是不是意味着他所图的远不止100万元呢?难道他真的想鲸吞大家的产业,区区100万他已经不放在心上了?

"唐总图的是什么呢?"宋景灿忍不住发问了。

宁默说:"他图的东西,今天在会上不是都说了吗?他就是不希望大家打价格战,拖垮了你们,也连累了我们临机。老唐是个有理想的人,他早就说过要练好内功,啥时候带着中国的机床企业到国外去打拼,跟国外的机床企业比试比试。"

他们无法判断宁默的话是真是假,现在也不是讨论的时候。宋景灿赔着笑说道:"宁总,听你这样一说,我对唐总的钦佩,又多了120万分。唐总的境界,跟我们这些只认得钱的俗人相比,真是一个天上,一个地下。

"我们是这样想的,唐总替我们打算了这么多,付出了这么多辛苦,我们如果不表示一下,心里也过意不去。唐总是这么大的干部,其他的东西,估计也都不稀罕。我们也就有点钱,就是想向唐总表示一点心意,这点钱,给唐总稍微贴补一下家用,也是好的。"

宁默用手指着三人,说道:"你们那点小心思,就别在我面前耍了。我说刚才你们三个人在这里神神秘秘的,像是吃屎一样,原来你们脑子里都是屎,结果就凑出来这么一个像屎一样的主意。

"我问你们,你们是不是觉得我哥们儿不如你们有钱,认为他到合岭来,是为了从你们身上捞钱？"

"没有没有，这怎么可能呢？唐总这样高风亮节的人，怎么会想着从我们身上捞钱？"赵兴根矢口否认道。

宁默说："你们就别装了。我告诉你们吧，就你们那点钱，包括赵老板，你是不是觉得你们龙湖机械公司值一两亿，算是很有钱了？"

"哪能啊，我这个龙湖公司，其实也值不了一两亿，都是空壳子。"赵兴根低调地说。

宁默说："赵老板就别装穷了，你的公司值多少钱，大家都有数。我只想告诉你们一句，就你们这点钱，在我哥们儿眼里，连个渣都不算。你们觉得我哥们儿想捞你们的钱，实在是想多了。"

"你是说，唐总他……很有钱？"宋景灿不敢相信地问道。

宁默点了一下头，随即又摇摇头，说道："我哥们儿是国企总经理，拿的也就是几个死工资，他才没多少钱呢。不过，我叔有钱啊。就我叔的钱，我这么说吧，够把你们几个人的公司买下来十回，连你们仨这500多斤肉也算在内。"

"你叔？"宋景灿一下子没弄懂其中的关系。

游文超却是反应过来了，他试探着问道："你是说，唐总的父亲？"

"没错。"宁默昂着头说，"你们不信是吧？咱们这餐厅对面就是丽佳超市，丽佳超市值多少钱，你们想得出来吗？"

"丽佳超市？"赵兴根不明就里，说道，"丽佳超市是咱们国内排在前五的连锁超市，我看报纸上有人估计过，说它如果挂牌上市，市值起码有200亿。"

"倒不一定有那么多。"宁默说，"我听我哥们儿说了，以丽佳超市现在的资产和品牌价值，也就能值个100多亿的样子。那么，你们知道丽佳超市的大股东是谁吗？"

"是谁？"

"我叔。"

"啊？！"

三个人的嘴同时张开，好半晌都没合上。大家其实也不知道丽佳超市到底能值多少钱，品牌价值这种东西有时候也是挺虚的。不过，丽佳超市经过七八年的发展，如今起码在全国200个城市开了分店，连合岭这种四线城市都有，其规模可想而知。

第三百四十九章 一个小业务而已

可就是这么牛的一家连锁超市,它的大股东居然是唐子风的父亲!
刚才是谁说唐子风没钱来着?站出来,我保证不打死你!
没等大家把这个骇人的消息消化完,宁默笑呵呵地又补了一刀:
"这只是我叔公司里的一个小业务而已。"

第三百五十章　世界上最伟大的发明

"哈哈,我可都是照你交代的说的。你是没看见,那几个家伙听完以后,都吓傻了。他们还真以为自己有几个钱就可以在你面前嘚瑟。论做生意,你老唐一个人能顶他们一百个。"

胖子机床的厅堂里,宁默唾沫横飞地向唐子风讲述着自己吓唬赵兴根等人的过程,说到得意处,频频发出杠铃般的笑声。

唐子风已经把秘书熊凯打发到街上闲逛去了,此时厅堂里只有他与宁默二人,说话倒是可以不用忌讳什么的。

"我一直觉得这帮小老板看我的眼神不对,估计一直在琢磨我的用意。那个宋景灿,先前过来敬酒的时候,说话颠三倒四的,明显就是想套我的话。你去跟他们吹了牛以后,他们再到我们面前来,态度明显就变了,估计也是知道我不会惦记他们那点产业了。"唐子风笑呵呵地说道。

"呸,他们那也叫产业?"宁默不屑地说,"你和王教授搞的那一摊才叫产业呢。我听说咱妹妹现在开的那个电子商务网站,叫什么唐易网的,现在火得不得了。蓓蓓分析说,这个网站如果上市,起码能值200亿元。"

"我真没看出来,咱妹妹那么胆小的一个人,做生意这么猛,再练上几年,你这个当哥的没准都不如她了。"

"那其实是王教授他爸打下的基础,子妍只是去捡了个现成而已。"唐子风淡淡地说。

唐子风与王梓杰合办的出版公司,以《高考全真模拟》起家,很快就积累起了若干桶金。由于俩人都在体制内,一个是公司总经理,另一个是大学教授,都不适合亲自管理公司,便分别把自己的父母请到京城来,担任公司的管理工作。

王梓杰的父亲王崇寿是个勤劳而且脑子活络的农民,他利用公司为客户上

第三百五十章 世界上最伟大的发明

门送货之机，帮那些订购了《高考全真模拟》资料的学校代购其他教辅以及一些教学用具，居然慢慢地搭起了一个电子商务的架子。

唐子风看到这种情形，从新经纬公司请了两个人过去做了一套电子商务系统，又从丽佳超市请了两个人去指导销售，一个简单的电子商务网站就这样建立起来了。

1999年，唐子妍大学毕业，不想去干自己所学的自动控制专业，倒是盯上了自家家族企业里的这个网站。她给网站起了个"唐易网"的名字，亲自担任CEO，大刀阔斧地进行宣传，在很短的时间里就炒出了一定的名声。

这两年，国内的电子商务氛围逐渐形成，唐易网利用王崇寿建立的配送体系，实现了在京城范围内隔日送达的最快配送速度，一下子就把其他同类网站甩到后面去了。唐子妍看出这个趋势，如法炮制，在国内其他几个一线城市里也建立了自有的配送系统，主打送货快捷的特点，一时间名声大噪。

张蓓蓓说唐易网的市值能做到200亿元，也正是因为不断地听到唐易网的名字。当然，互联网上的市值含水量高达99%，200亿元的市值炒起来很快，要缩水成200万元甚至200元，也就是几个交易日的时间而已。

到了这一步，唐子风与王梓杰原先合办的双榆飞亥公司，已经可以称得上是一家实力雄厚的大公司了。公司原有的出版业务还没有放弃，同时有唐易网这个快速发展的全资子公司，又在全国连锁的丽佳超市里拥有一半的股权，这几项业务加起来，一年的分红收入就有一两亿元之多。

至于说公司在其他一些业务里参的股，比如在一个名叫"思而学"的培训机构里拥有的四成股份，唐子风不翻翻书还真想不起来了。

宁默向赵兴根等人透露唐子风在丽佳超市持股的事情，是唐子风授意的。唐子风拥有市值若干亿元的家族企业，这件事已经很难瞒过其他人了，像许昭坚、谢天成、周衡这些老领导，都知道这件事，却也无话可说。

唐子风早在刚到临一机的时候，就向周衡交代过自己与王梓杰开公司的事情，只是没说这个公司有多么赚钱。再往后，唐子风的个人财富不断积累，他便把自己创办的公司交给了父亲。从双榆飞亥公司的注册资料来看，两名股东的确就是他父亲唐林以及王梓杰的父亲王崇寿。故事模板大致就是两个中年农民跑到京城来创业，他们各自的儿子当然也提供了一些智力支持。经过几年时间，两个中年农民都赚到数亿元身家，他们在体制内的儿子也就自然地成了富二代。

　　国家有法律规定富二代不能在体制内工作吗？

　　答案自然是否定的。

　　国家有法律规定富二代不能当国企总经理吗？

　　答案依然是否定的。

　　那么，唐子风是临机集团的总经理，唐子风个人很有钱，唐子风长得很帅……谁不服？

　　钱多到一定程度，就成了一个数字。为个人赚钱，已经不再是唐子风需要考虑的事情。双榆飞亥公司现在聘了好几位职业经理人，唐子风偶尔为公司出几个主意，指点一下未来的发展方向，也就够了，他的主要精力都放在了临机集团以及整个国家的机床行业发展上。

　　唐子风这趟来合岭，的确是来解决价格战问题的，并没有什么个人私利。但他越是这样说，别人就越不相信。

　　赵兴根他们怀疑唐子风别有用心，唐子风也看出来了。他甚至还猜出了对方会通过宁默来套他的话，毕竟这是大家都能想到的套路。他交代宁默适当地向合岭的小老板们透露一下他的身家，也不用说得太多，点到为止，说得太多了，这些人跑过来纳头便拜，唐子风也受不了。

　　"对了，老唐，我也想做点事情，你看怎么样？"说完其他人的事，宁默略带几分拘谨地向唐子风问道。

　　"做什么事？"唐子风不解地问。

　　宁默说："当然是创业了。我马上要添一个姑娘了，一儿一女，我不得给他们挣点家产？你不知道，合岭这个地方的私营老板嫁女儿，陪嫁就是一个厂子。我担心我手里如果没点钱，女儿都不好嫁。"

　　"你就不担心儿子娶不到媳妇？"唐子风抬杠道。

　　"不担心啊。"宁默说，"他可以去给人家当上门女婿的。"

　　"你狠！"唐子风服了。此前张蓓蓓说宁默更喜欢女儿，看来是真的，小胖墩儿宁一鸣不会是充话费送的吧？

　　"怎么，你不想继续开维修店了？"唐子风问。

　　宁默说："维修店可以继续开下去，不过现在生意不好做，和那些机床厂的情况差不多。我琢磨着，是不是可以开个厂子，生产一点有特色的产品，就像你今天跟赵兴根他们说的那样,有一两个拳头产品,就可以躺着赚钱了。"

"你想生产什么有特色的产品呢?"唐子风问。

宁默站起身,走到摆放工具的货架前,拿过来几样东西,放在唐子风的面前。

"这是什么?"唐子风没看明白。他估摸着这应当是某种工具,却看不出是干什么用的。这些年,唐子风的工业知识有所长进,但也就仅限于分得清车床、铣床而已,技术方面他是不懂的。

"这个是拆轴承用的,这个是装丝杠的时候用来对圆心的,这个是用来在导轨上找平的……"宁默一样一样地向唐子风做着介绍,语气中颇有一些得意。

"你是说,这些工具都是维修机床用的?"

"正是。"

"是你发明的?"

"正是。"

"你拥有完全的知识产权?"

"正是。"

"你想开个厂子生产这些东西,然后卖给你的同行?"

"正是。"

唐子风问一个问题,宁默就回答一个"正是",这也说明二人心有灵犀,宁默所想的,唐子风一下子就能够猜中。当然,这种心有灵犀是单向的,换成唐子风想了一个什么鬼点子,宁默就猜不透了。

"不错啊,胖子。"唐子风笑着拍了拍宁默那肥厚的肩膀,赞道。

宁默这回倒是谦虚了一点,他说道:"其实也算不上什么,有些工具的思路,是我过去在临一机的时候,从其他师傅那里学来的。不过,当时大家都是手上有什么工具就用什么工具。这几年我自己开维修店,经常要做这些重复的事情,做得多了,就有了一些想法,闲下来的时候,我就把这些工具给做出来了。蓓蓓总说我其实就是为了偷懒……"

唐子风笑道:"哈哈,世界上最伟大的发明,都是'懒汉'做出来的。"

第三百五十一章 懒死你算了

宁默发明的这些小工具，唐子风看不出它们的价值，但据宁默自己说，市面上肯定没有同类产品，而这些工具又的确可以给机床装配工和维修工提供不少便利，应该是有一些市场的。

"如果是这样，你可以考虑申请专利，没准还能卖到国外去呢。"唐子风说道。

"蓓蓓也是这样说的。不过，具体该怎么申请专利，我不懂，蓓蓓也不懂。这不，我就一直等着你来帮我弄呢。"宁默赖了吧唧地说。

让一个大型企业集团的总经理帮他琢磨几个小工具的专利申请问题，宁默没有任何心理负担。这或许是因为他从上中学的时候就已经习惯于唐子风比他高得多的地位，在他看来，临机集团总经理与屯岭中学年级第一名是一回事，反正都是他踮着脚尖也够不着的。

唐子风说："这样吧，你把图纸给我，我到集团技术部找个人帮你申请一下，不过只能是业余时间去做，回头你给他几千块钱，算是跑腿费，如何？"

宁默说："出点跑腿费倒是没问题，可要说图纸，就有点麻烦了。我在技校的时候倒是学过制图，可后来一直也没自己画过图。这几件工具，都是我自己琢磨着做，哪有什么图纸？"

"没图纸你说个屁啊！"唐子风没好气地斥了一句，忽然脑子里一个念头一闪，不由得笑了起来，"这事我不管了。我想起来了，胖子你自己放着现成的资源不用，让我这个日理万机的总经理帮你做这种鸡毛蒜皮的事情，亏你好大的脸！"

"我哪有什么资源？"宁默诧异道，"你不会是让我去找赵兴根他们帮忙吧？他们公司里倒是有工程师，可我还不放心让他们去办呢。"

唐子风笑道："谁让你找赵兴根他们了？你把晓惠忘了？人家过完暑假就

第三百五十一章 懒死你算了

是清华机械系的直博了,帮你画个图,再去查查专利文献库啥的,不是捎带手的事情吗?我跟你说,晓惠可是经常念叨着她的胖叔叔的,她如果知道胖叔叔把她忘了,还不得伤心死?"

"对啊!我怎么把晓惠这丫头给忘了?"宁默拍着自己肥厚的大腿,"回头我就给晓惠打电话,让她帮我办这事!等这事办成了,她读博士的学费我包了!"

仿佛是有些心灵感应,千里之外的京城中关村,鼎好电子商场四楼的一个小柜台里,正在帮着整理货架的于晓惠突然抬起头,看了看柜台外熙熙攘攘的人流,皱了皱鼻子,向同样在忙碌着的一位小伙子问道:"苏化,你刚才有没有听到有人说我的名字?"

早已退去一脸稚气的苏化直起腰来,四处看了看,摇着头说:"我没听到啊。你觉得是谁在说你的名字?"

"刚才隐约听到一句,有点像胖子叔叔的声音,又有点不像。"于晓惠说。

苏化笑道:"晓惠,你如果想胖子叔叔了,就去井南看看他呗。你不是说胖婶快生第二胎了吗?趁着暑假没事,你去井南玩玩也挺好的。"

"你就这么盼着我走?"于晓惠假装不满地看着苏化,质问道,"你老实交代,是不是等我走了,你有什么人要见?"

"冤啊!"苏化叫屈道,"晓惠,这几年我在京城,除了见你,我还见过谁?我是说,我在中关村摆摊,又脏又累的,你用不着跟着我在这里吃苦,让你出去玩玩,你可不能不识好人心啊。"

"我就不明白了,李总和赵总都劝你到新经纬去,说让你独立做一个项目,你干吗不去?你说你是为了赚钱,可李总答应给你的工资,比你这个摊子的利润高多了。"于晓惠说。

于晓惠和苏化二人,四年前一齐考进了京城的大学。于晓惠上了清华机械系,苏化则是依靠唐子风的帮助,在京城科技大学读了一个委托培养的计算机专业本科。说是委托培养,其实委培费都是苏化自己交的,毕业之后向委托单位交一笔数目很少的违约金,就可以自谋职业了。

今年,二人同时大学毕业,于晓惠因为成绩优异,被保送进了本系的直博。她原本想选已经毕业留校的肖文珺当自己的直博导师,肖文珺却让她选了其他老师。肖文珺这样做的原因,一是自己资历尚浅,不如那些德高望重的老教授给于晓惠的帮助大;二是她与于晓惠原本就有很好的关系,亲上加亲不过是浪费一个拓展人脉的机会而已。

于晓惠选择其他导师,就可以获得导师名下庞大的师门资源,这对于一个直博来说,也是非常重要的。

苏化在本科阶段的几年中,一直是半工半读。学校里的那些课程,对于他来说没有太大的难度,他在业余时间做了不少兼职,尤以在李可佳的新经纬公司干活最多,而且得到了公司两位技术高管赵云涛和刘啸寒的青睐,他们称他有编程天赋,是个难得的人才。

苏化拿到毕业证之后,李可佳向他伸出了橄榄枝,愿意以高薪聘他到公司工作。唐子风听说此事,也专门给苏化打电话,劝他不妨先到新经纬公司干几年,有了资历之后,跳槽也好,自己出来创业也好,总之,那时候的活动空间就大得多了。

苏化婉拒了大家的好意,与一位名叫周意平的大学同班同学一道,在鼎好商城租了个柜台,卖起主板、显卡之类的电脑配件来了。他这几年在外面兼职,攒了一些钱,租柜台和上货的费用都是他拿出来的,所以这个柜台 80% 的股份是归他的,周意平只有 20%。

按照苏化向于晓惠吹牛的说法,周意平只是他雇来的帮手,这个摊子其实是"咱家自己的"。

没错,几年下来,苏化已经敢在于晓惠面前使用"咱"这个词了,不知道有多少清华男生对于于晓惠下嫁给一个 211 大学的委培生扼腕不已。

听到于晓惠的抱怨,苏化叹了口气,说道:"晓惠,实话跟你说吧,我现在突然有点不喜欢编程序了。如果去李总那边,那我这辈子基本上就要靠写代码过日子了,我不太想这样选择。"

"你说你这个人!上中学是这样,上了大学还是这样,就是三分钟热度!"于晓惠跺着脚骂道,"你早说你不喜欢编程序,何必让唐叔叔费那么大的劲帮你弄委培名额?你直接别上大学了,到临河街上租个摊子当老板不好吗?说不定现在老板娘都换好几个了。"

说到最后一句,于晓惠自己先绷不住笑开了。想到苏化身边有一个穿着妖冶的老板娘,她就觉得可乐。

苏化被她笑得有些窘,他争辩道:"我不是为了跟着你才去求唐总的吗?我有你这一个老板娘就够了,要那么多干什么?能吃吗?"

第三百五十一章 懒死你算了

"当然能吃,甜着呢!"于晓惠一语双关地说。苏化在中学的时候暗恋于晓惠,班上却有其他女生暗恋他,那个女生便是叫什么甜甜的,这个哏一向是小两口斗嘴时于晓惠可以拿出来用的武器。

苏化赶紧岔开话题,说:"我琢磨着,我将来肯定还是要写代码的,但不是写赵总和刘总他们公司那种。他们搞的工业软件开发太枯燥了,我不喜欢。"

"要不你跟子妍姐去搞电子商务吧,她不也邀请过你吗?"于晓惠又说。

"太简单了,没意思。"

"你现在成天卖主板,没事再帮别人组装一下台式机,这就不简单?"

"这个不用费脑子啊。"苏化露出一个怠懒的笑容。

早些年到电子市场买配件的都是 DIY 高手,买了配件回去自己组装台式机,追求的就是装机的那种乐趣。这几年高手们逐渐淡出,来逛市场的很多都是自己不会装机的,他们往往是找到一个柜台,让柜台里的商家帮他们凑齐一套配件,装配成整机卖给他们。

苏化的这个柜台也承接这种业务。他声称装机免费,但从每个配件里都能拿到一些折扣,赚的钱就不少了。他早在读中学的时候就已经能够帮网吧修计算机了,装配计算机对于他来说实在是简单劳动,装好了再插张光盘进去把系统和常用软件都装好,完全是傻瓜化操作,所以苏化说不用费脑子。

"懒死你算了!"于晓惠恨恨地说。

以于晓惠对苏化的了解,他绝对不是一个喜欢偷懒的人。中学的时候,苏化就曾不惜花十个小时编一个程序,以便解一道明明半小时就能够解出来的数学题。这个人的本性是永不安分,永远都想追求挑战,不喜欢按部就班。

苏化曾经不止一次地对于晓惠说,他的人生理想是活成唐总那个样子。在他心目中,唐总代表着成功的最高境界,但如何成为唐总,他一时想不出来。

他待在这个小柜台里,每天做着一些不用动脑子的事情,其实就是在历练自己,他觉得,他肯定能够找到方向。

第三百五十二章　对海鲜过敏

离开合岭，唐子风按照原来的计划，去了井南的另外几个市。韩伟昌的销售公司在这些地市都有大量的关系，唐子风去了之后，迅速与当地一些成规模的民营机床企业老板搭上了话。

唐子风跟这些小老板说的内容，与在合岭说的完全相同，那就是机床行业不能搞内斗，大家合则共赢，斗则皆输。井南的这些机床企业，最近一段时间也的确是饱受内斗之苦。也曾有人试图站出来团结各家企业搞价格同盟，但无奈人微言轻，又有一些实力不俗的企业想搭便车占便宜，所以这种联合一直都没有搞成。

唐子风的到来改变了这种态势。临机集团的名头足够大，而且作为国产数控系统和功能部件的主要供应商，大家都要给临机面子，自然不便对唐子风龇牙。唐子风恩威并施，对一些首鼠两端的老板进行了敲打，这就使各地组建行业协会的事情大大地向前迈了一步。

组建行业协会，再以行业协会的名义来约束大家的竞争行为，并对那些违规的企业进行打击，这些都是很复杂的事情，需要经过反复的碰撞和磨合，唐子风自然不可能全程参与。不过，出来领头干这些事情的，也都是在商场上浸淫多年的资深企业家，他们有足够的经验去处理各种变故。

各地成立机床行业协会，并不能完全遏制价格战，各家企业有各种方法搞名堂。但有了这样一个组织，至少像前一阶段那样的恶性价格竞争，应当是可以避免的，真有哪家企业做事做得太难看，坏了整个行业的规矩，大家是有办法来对付他的。

夺人钱财，如杀人父母。大家约好了共同赚钱，你非要跑出来搅局，弄得大家都赚不到钱，真以为别人不会收拾你？

前后跑了近一个月时间，也结交了一大群民营企业家朋友，唐子风疲惫不

第三百五十二章 对海鲜过敏

堪地回到了京城,一进家门就被母亲许桂香揪着耳朵一通臭骂:"文珺都六个多月了,你还整天在外面跑,一个月都不见你的人影,有你这样当爹的吗?"

"哎哟,疼疼疼!"唐子风好不容易挣脱了母亲的擒拿手,躲在一边,揉着耳朵抱怨道,"妈,你下手也不能这么狠吧?文珺肚子里的那个是你孙子,可我是你儿子好不好?你不能为了孙子就对儿子下此毒手吧!"

"活该!"待在家里养胎的肖文珺从屋里走出来,两只手习惯性地搭在肚子上,笑着对唐子风说道,"不说你对未来的儿子负不负责,你好歹也是临机集团的总经理,成天跑到井南和一群私营企业老板吃喝嫖赌的,这算不算是不务正业啊?"

唐子风一下子就听出了肖文珺话里的重点,赶紧辩白道:"老婆,你说的那四项,前两项是有的,后两项绝对不存在,我拿胖子那200多斤肥肉起誓!你如果不信,可以去问熊凯,我走到哪都带着他的,他可以给我做证。"

"喝酒也不行!"许桂香绷着脸说,"每次给家里打电话,舌头都是大的,你喝了多少酒啊!你现在刚过30岁,就这样天天喝酒,身体怎么办?"

"没有没有!"唐子风继续狡辩,"我每次喝酒都不多,有熊凯帮我挡酒呢,寻常人敬酒,我也就是抿一口。至于说舌头大,那是因为海鲜过敏。井南这个鬼地方,每次吃饭都是一桌子海鲜,我想让他们上个烤羊腿啥的,他们都找不到。"

"你啥时候海鲜过敏了?每次家里买海鲜,你不是一个人就能吃掉一大半吗?"许桂香斥道,脸上却已经有笑纹了。

其实,许桂香这样装腔作势,倒有一多半是做给儿媳妇看的。毕竟一个怀孕六个月的孕妇待在家里,唐子风却在外面跑了一个月,儿媳妇心里肯定是有些意见的。许桂香这样收拾唐子风,就算是给肖文珺出气了。

肖文珺博士毕业之后便留在本系当了老师。她在苍龙研究院兼职期间出了不少成果,一些实用性的成果变成了各家企业的产品,一些理论成果则成为她发表在国际顶尖专业期刊上的论文。由于成绩斐然,她去年便评上了副教授,在整个清华也算是最年轻的副教授之一了。

唐子风与肖文珺是前年结婚的,今年年初肖文珺怀上了孩子。唐子风今年32岁,肖文珺29岁,也都到该生孩子的年龄了。宁默与唐子风同年,孩子都已经会打酱油了。

唐子风与肖文珺结婚之后没有与父母一起住。唐子风的父母唐林和许桂香也才刚到50岁，还不到需要子女陪伴的岁数。

唐子风的妹妹唐子妍如今已经26岁，还是单身。她原本是可以和父母住一起的，但这姑娘现在完全变成了一个都市"白骨精"，生活方式与老两口格格不入，但凡待在家里，必然与父母吵架，最后便搬出去自己住了。

反正唐家也不缺房子不是？

这段时间，因为肖文珺身体不便，加上唐子风在外出差，许桂香便让肖文珺搬到家里来住了，每天变着法儿地给儿媳妇做好吃的，肖文珺的体重已经噌噌地往上蹿了。

一通闹腾过后，许桂香去厨房做饭，唐子风和肖文珺回自己房间，聊些属于小两口的话，这就不便详细介绍了。

第二天一早，唐子风出了门，也没让秘书熊凯过来，自己开着车来到北四环边一个颇有点档次的住宅小区。唐子风的老领导周衡正是住在这里。

周衡住的这套房子，是一套200来平方米的跃层，只住了他与老伴两口子。2003年时京城房价还没有上涨，这套房总价也就是120万元，不过这也超出了老两口的经济承受能力。买房的钱是周衡的小女儿周淼淼出的，她一次性就拿出了全款，这让周衡两口子惊得目瞪口呆。

细一打听，周衡才知道，几年前，周淼淼加盟了一个名叫"新彼岸英语"的培训机构，创办这个机构的是两名清华和北大毕业的学生，分别叫郭晓宇和张津。据周淼淼说，郭、张二人是慕名找到她门上的，约她加入这个新创立的出国英语培训机构，并给了她10%的公司股份。

郭、张二人请她加盟的理由，是听说她在英语教学方面有一些独到之处，这样的才能在中学里无法得到施展，在商业化的培训机构里则是如鱼得水。

周淼淼对二人的说法将信将疑，对这个新彼岸机构的发展前景也有些吃不准，所以一开始便拒绝了二人的邀请。

谁承想，二人似乎就是认准她了，几次三番地请她出去喝咖啡深聊，一来二去，互相之间便有了一些了解。周淼淼发现，郭、张二人办这个英语培训机构并非一时心血来潮，而是做了大量的准备工作，梳理出了许多出国英语考试的独门诀窍。以周淼淼的眼光来看，她觉得这些诀窍都是真实的，如果一名学员能够照着这些诀窍去复习、迎考，上线的概率能够提高好几倍。

第三百五十二章 对海鲜过敏

与此同时,周淼淼也发现自己的确有一些对方不具备的长处,那就是英语教学经验。也就是说,对方请自己加盟是有道理的,并非别有用心。

就这样,原本就不安分的周淼淼辞去了在中学里的教职,成为新彼岸机构的股东。经过最初的一些周折之后,新彼岸机构迅速成长为全京城最著名的英语培训机构,非但占了京城一半的出国英语培训生源,还有大批学员从全国各地赶过来报班,生意红火得连他们自己都感到震惊。

不计其数的生源,带来了丰厚的利润。去年一年,新彼岸机构的毛利超过5000万元,即便周淼淼只占有10%的股权,也能拿到500万元的分红,为父母买一套120万的豪华住宅又算得了什么呢?

听女儿说起这段传奇般的经历,周衡嘴上没说什么,私下却留了个心眼。他通过自己的关系查了一下郭晓宇和张津二人的背景,发现他们的起家与京城一家很有名的出版公司颇有渊源,这家出版公司的名字叫"双榆飞亥公司"。周衡还知道,其中有一只"亥"正是他的老部下唐子风。

周衡当即就找来了唐子风,向他询问此事。唐子风倒也坦率,把自己与郭晓宇、张津的合作和盘托出,又表示虽然郭、张二人拉周淼淼加盟是出于自己的授意,但这几年周淼淼对新彼岸的贡献完全值得上那10%的股权。

郭、张二人都是学理科的,搞英语培训并不擅长,他们要搞培训机构,肯定要拉一个英语老师入伙。既然找谁都可以,那么本着肥水不流外人田的原则,让他们找周淼淼加盟,又有何错呢?

周衡知道这是唐子风对自己的照顾。他重新问了周淼淼,得到的回答是周淼淼目前对于新彼岸机构来说十分重要,她对公司的贡献甚至超过了郭晓宇和张津。这俩人好几次由衷地表示他们找对了人,如果找了其他人合伙,新彼岸或许就没有今天的成绩了。

到了这一步,周衡也不便说什么了,只能接受唐子风的这番好意。

毕竟,这件事并没有违反原则。今天的周衡只是一名退休干部,虽然在机二〇里挂着一个协会会长的头衔,但仅仅是虚职而已。唐子风的实权已经远高于周衡,于是就没有了讨好周衡的动机,只是一种对老领导的关心而已。

周衡在工作中很讲原则,但绝非迂腐之辈。老部下关心他,给他的女儿提供了一个靠能力赚钱的机会,他如果再叽叽歪歪不接受,反而显得矫情了。

第三百五十三章　谁先眨眼

"你这趟去井南，收获如何？"

周衡在自家的大客厅里接待了唐子风，坐下来寒暄两句过后，便转入了正题。

周衡退休之后，应谢天成和唐子风二人的要求，保留了"苍龙机床协作单位联席会议主席"的职务，做一些相当于行业协会的事情。鉴于"主席"这个称谓太过敏感，行业里的人一般都称他为周会长。

当然，如果是临一机或者滕机的人，多数时候就会称呼他原来的头衔，即周厂长，这个头衔听起来比会长更亲近。

这几年，唐子风与周衡走动很频繁，一般见面都是谈工作。

这一次唐子风去井南，事先是与周衡商量过的，甚至可以算是替周衡跑腿。周衡以及他背后的谢天成、许昭坚等老领导，都是行业主管领导，思考问题都是不拘泥于单个企业，而是着眼全局的。

这两年国内机床市场需求剧增，机床行业迎来一个高速发展期，这让大家都非常高兴。但随之而来的恶性竞争又让老领导们忧心忡忡。机床不比其他产品，这是需要进行持续科研投入的。如果大家一味打价格战，把利润压得低到极限，受影响的就是各企业用于研发的资金以及更新改造生产设备的投入。

正因为看到了这一点，几位老领导在各种场合呼吁建立良好的竞争秩序，对挑起恶性竞争的个别企业要提出批评，限令改正。唐子风这一次去井南，正是应几位领导的要求，去摆平井南的那些民营中小机床企业。这件事对临机集团也有一些好处，但更多的好处是针对行业全局的。

周衡等人对唐子风最满意的地方就在于，这个年轻人有大局观，虽然自己是临机集团的总经理，做事却不仅限于考虑自己的一亩三分地，这在当今的国企领导中是很难能可贵的。

第三百五十三章 谁先眨眼

"总体情况还不错。大家对前一阶段的恶性竞争也是深恶痛绝,只是苦于没人出面进行规范。我去和一些企业的负责人谈了一下,他们都答应迅速组织起当地的行业协会,规范大家的竞争行为,互相监督,维持好正常的市场秩序。"唐子风说。

接着,他便把在岭岭、芮岗、渔源等地与各企业商谈的情况向周衡做了个汇报,有些地方还要加上自己的判断。周衡是在行业里干了几十年的老人,这些事情一听就明白了,不住地点着头,有时则插进几句评论,提醒唐子风未来需要注意一些问题。

"中小企业这边,问题不太大。我在走访的时候,大家意见最大的,反而是我们有些大型机床企业在销售中恶意压价的行为。大家提得最多的就是夏一机,他们生产的车床从前年开始连续降了六次价,现在比那些中小型企业的车床价格也就高出两三成,弄得那些中小型企业如果不降价就根本找不到买主。"唐子风最后说道。

"我正要跟你说这件事。夏一机还真是一块硬骨头呢。"周衡脸色阴沉地说道。

他们所说的夏一机,全称叫"夏一机床有限公司",原来的名字则是"夏梁第一机床厂"。夏一机位于北甸省,也是当年机械部二局旗下的"十八罗汉厂"之一,主打产品是各式车床。唐子风当年组建机二〇的时候,夏一机也参加了,是机二〇的成员企业之一。

20世纪90年代末,在国家机构改革的大潮中,夏一机被下放到了夏梁市,第二年便被一家名叫"锦盛集团"的民营企业收购,成为锦盛集团的全资子公司。

锦盛集团是井南省的企业,是做五金工具起家的,创始人名叫高金明,是井南省芮岗市的一位农民。80年代末,高金明的独生子高锦盛大学毕业,回家继承家业。他一改父亲那谨小慎微的作风,大刀阔斧地与同行开展竞争,不惜赔本赚吆喝,硬生生从同行手里抢走了无数的订单。

五金加工业是很讲究规模化生产优势的,订单多了,生产成本就能大幅度降低。结果就是高锦盛的报价虽低,企业却依然有利润,但被他抢走订单的那些同行企业就无法再生存下去了,要么破产,要么改行,全都黯然地退出了这个市场。

等到同行退得差不多了，锦盛集团成为某几类产品的垄断供应商，高锦盛再以各种名目慢慢地把价格升上去，借以获得高额的收益。

高锦盛的这一手，说破了也并不神秘，主要就是要有敢于与同行拼个同归于尽的勇气。高锦盛发起了一次次"谁先眨眼"的游戏，每一次他都是最终的胜利者。仅仅几年时间，锦盛集团就成为芮岗数一数二的大企业，高锦盛的名字，在芮岗的实业界也达到了呼风唤雨的效果。

取得初步成功之后的高锦盛，又把手伸向了房地产业。凭着在制造业积累下来的财富，再加上胆大敢赌，他在房地产圈子里也做得风生水起，名气很快就冲出芮岗，走向井南，下一步就要走向全国了。

收购夏梁第一机床厂，就是高锦盛准备走向全国的一个重要步骤。高锦盛是读过大学的，眼界很高，他看出机床行业未来会有很大的发展，而当时夏一机刚刚被下放给夏梁市，经营状况欠佳，夏梁市打算挥泪甩卖，正是适合捡漏的时候。于是他便毅然出手，以区区几千万元的收购价，拿下了这家有八十多年历史的大型机床厂。

收购了夏一机之后，高锦盛向夏一机注入一笔资金，使其恢复了生机。随后，他便故技重演，命令夏一机销售部大幅度降低几种车床的售价，与国内同行展开了价格战。

夏一机的主要竞争对手，其实是国内另外几家生产车床的大型企业，比如宁乡的箐北机床厂、儒北的前堰第一机床厂，这些也都是当年的"十八罗汉厂"以及如今的机二〇会员企业，算是夏一机的兄弟企业。

几家机床厂的车床产品各有千秋，价格上也保持着默契，相互差别不会太大。机床并不属于对价格非常敏感的产品，通常情况下，价格相差在一成之内，用户并不会专门选便宜货，而是会根据自己的使用习惯，以及机床与其他设备的适配性、售后服务的便利性等因素，选择最合适的厂家。

夏一机大幅度降低车床价格，把自己与同行的价格差距拉大到了两成以上，这就打破了原有的默契。用户就算再不计较价格，也得掂量一下这件事了。

比如说，箐机的一台车床售价是15万元，这对于用户来说是完全可以接受的。但夏一机突然说自己生产的性能相似的车床，售价只要10万元，用户能没什么想法吗？他们或许并不在乎多花5万元，但既然人家能卖10万元，你却说要卖15万元，其中是不是有欺诈的成分呢？

第三百五十三章 谁先眨眼

买家的心态就是这样,花多少钱无所谓,但如果是被人骗了,花了不该花的钱,那就不甘心了。

再说那些中小机床企业,原本产品档次与夏一机不同,并不处在同一个竞争层次上。但夏一机的产品价格降得如此低,甚至比这些中小机床企业的产品价格高不了多少,这就威胁到中小企业的生存了。

面对夏一机的价格战,箐机、前一机等企业的第一反应就是给夏一机的销售部打电话,问他们是不是脑子进水了,怎么能把价格降到这个程度。待到听说对方并不是报错了价格,而是刻意为之,这几家企业便把官司打到了机二〇这里,要求联席会议来协调此事。

搁在国家机构改革之前,像这种同行恶意竞争的事情,受害者是可以向二局投诉的,二局也的确担负着监督管理此类行为的责任。可现在连机械部都撤销了,只剩下一个经贸委旗下的机电工业局,工作职责上明确写着只负责行业发展规划,不具备行业管理的职能。箐机这些企业想告状也找不到衙门,只能寄希望于机二〇这样一个非官方的协作机构。

周衡是机二〇的会长,唐子风是秘书长,接到会员企业的投诉,二人都不能等闲视之,先后给夏一机的负责人打了电话,协调此事。

夏一机的负责人名叫邵伟元,是原夏梁第一机床厂厂长,现在的头衔是夏一机床有限公司总经理。邵伟元与周衡、唐子风二人都是认识的,而且与周衡有几分私交。

接到二人打来的电话,邵伟元唉声叹气,说他现在其实就是一个傀儡,夏一机的重大经营决策,都是由高锦盛独断的。降价这件事,是高锦盛做的决策,公司里的高管或者是拍马屁,或者是想明哲保身,都不敢质疑。

当然,他们也清楚,但凡是高锦盛决定的事情,高管们质疑也是没用的,高锦盛从来就不是一个愿意听别人意见的人。

电话协调不成,就只能见面商谈了。就在唐子风前往井南去协调中小机床企业的同时,周衡去了一趟北甸,并且见到了正在夏一机指挥新一轮价格战的高锦盛。

第三百五十四章　彻头彻尾的熊孩子

"用你过去说过的话来说,这个高锦盛就是一个彻头彻尾的熊孩子!"

谈起夏梁之行,周衡愤愤然地说道。

"熊孩子?这位高总多大了?"唐子风诧异道。

周衡说:"应该比你大不了多少吧,80年代的大学生,你不也是1988级的吗?"

"我也三十多岁了好不好!"唐子风抗议道,"我儿子马上都能当个熊孩子了。"

周衡忍不住笑了起来,一边笑一边还给自己找着理由:"是不是熊孩子,和年龄没关系。这个高锦盛,依我看,就是从小被人惯坏了,天老大,他老二,谁的话他都不听,油盐不进。"

"怎么,他顶撞你了?"唐子风问。

周衡摇摇头:"他没顶撞我,但不管我说什么,他都是一句'这只是我们企业内部的经营……而已'。对了,他特别喜欢在自己说的话后面加上一个'而已'。比如,他一见我的面就说:'周会长,欢迎欢迎,快请到屋里坐坐而已。'"

"这都什么语法!"唐子风哑然失笑,眼前立马浮现出一个喜欢装却又容易装成傻子的熊孩子形象。

没错,周衡用的这个词还挺准确的,这的确是一个熊孩子。

"你都跟他说什么了?"唐子风问。

周衡说:"当然是咱们过去讨论过的那些问题。我说企业之间的竞争还是要讲一些规则的,况且大家都是为国民经济各部门提供装备的重点企业,责任重大,就更不应当搞这种恶性竞争了。我说虽然机械部被撤销了,夏一机也已经改制成了民营企业,但全国一盘棋的观念不能丢。"

"他说啥?"

"他说:'这是你们领导考虑的事情而已,我们锦盛集团只是一家私营企业而已,我们要考虑的只是赚钱而已。你说的全国一盘棋与我们没有关系而已。'他妈的,我从夏梁回来一个星期了,睡觉的时候脑子里都嘤嘤嗡嗡的,全是他那些'而已'了。"

"老周,你真是辛苦了。"

唐子风倍感同情,能够惹得周衡爆粗口,可见这厮的口头禅有多恐怖了。就刚才周衡向唐子风学的这几句,就已经让他觉得头皮发麻了。他估计,如果那个高锦盛当着他的面这样说,他肯定得疯了。

"这么说,咱们就拿他没办法了?"等周衡说完与高锦盛会面的过程,唐子风皱着眉头问道。

周衡说:"据我看,想要说服他放弃这种损人不利己的行为,恐怕是很难的。"

"损人不利己,他才不是这样想的呢。"唐子风冷笑着说,"这一次我在芮岗的时候,听芮岗的企业家们说起过他。大家谈到他的时候,都是三分羡慕,七分愤怒。大家说,这个人一贯的做法是先和别人打价格战,把同行挤垮了之后他再提价,利用垄断地位赚大钱。

"他做房地产之前,在芮岗被他整垮的行业有七八个之多,这些行业里其他的企业都干不下去了,锦盛是一家独大。现在他在夏一机搞价格战,目的恐怕也是要把箐机、前一机这些竞争对手挤垮,好独占车床市场。"

"你觉得,他的胃口只限于车床市场吗?"周衡问道。

唐子风笑道:"当然不是。我敢打赌,这家伙一旦把车床市场全部拿下,下一步就得往铣镗床市场走了,滕机首当其冲,临一机估计也逃不过去。"

"正是如此。"周衡说,"我在夏梁的时候,私底下找夏一机的一些老关系打听了一下,高锦盛现在已经在让夏一机的技术部研究镗铣床生产了,说下一步就要开始生产镗铣床。他还说了,夏一机要么不做,要做就一定做成行业最低价。所以,他要求技术部必须把生产价格降下来,降到比市场上的同类产品低三成之多。"

"这人疯了!"唐子风怒道,"这吃相也太难看了吧,真以为没人能治得了他?"

真要打价格战,以临机集团的实力,倒也不至于像箐北机床厂、前堰第一机床厂那样毫无还手之力。临机有一些独门技术,也有很强的成本控制能力,资金也足够雄厚，完全能够支撑得起与夏一机的长期争斗。

可问题在于，这种争斗是毫无价值的。

如果对方是外国企业，为了捍卫自己的市场，临机就算和对方拼个鱼死网破也在所不惜，起码还能挣个"民族英雄"的称号吧？可夏一机也是国内企业，属于国家装备工业的一个组成部分，临机与它拼个两败俱伤，吃亏的不还是国家吗？

高锦盛可以不顾大局，肆意挑起价格战，唐子风不能这样做啊。如果他这样做了，恐怕许昭坚、谢天成这帮老人就会把他撕巴撕巴喂狗去了。

"可是的确没人能治得了他啊。"周衡摊着手说，"机床行业协会那边，虽然说有行业协调职能，可如果企业不听，协会也是一点办法都没有。咱们机二〇这里，情况也是一样的，甚至地位还不如机床协会。至于夏梁市政府……"

"更别指望了。"唐子风说，"我用脚后跟都能想得出来，市政府肯定是全力支持他的，因为夏一机如果把其他地方的企业挤垮了，利润就都跑到夏梁来了，市政府还不把嘴笑歪了？"

周衡点点头："正是如此。我打着许老的旗号去见了夏梁分管经济的副市长，他跟我打了半天官腔，归结起来就是一句话——他们是支持高锦盛这样做的。他说现在是搞市场经济，一切问题都应当用经济手段来解决，只要夏一机没有违反法律，市政府就不能对他们采取任何行动。"

"许老和谢总那边怎么说？"唐子风问。

他说的许老，就是二局的老局长许昭坚；而谢总，则是二局后来的局长谢天成，现在是国家机电工业公司总经理，是唐子风的顶头上司。

"许老说，他想听听你的意见。"周衡笑着说。

"听我的意见？"唐子风觉得好生意外，啥时候自己有这个地位了？

周衡说："高锦盛的这种做法肯定是不利于行业发展的，国家不可能坐视不管。但夏梁市的说法也有道理，现在咱们在搞市场经济，凡事要用经济手段来解决，不能一味搞行政命令。

"锦盛集团是民营企业，他们的经营，从道理上说，国家是无权干涉的，除非他们违反了法律，则自有法律去惩处。

"夏一机目前的做法，可以算是一种不正当竞争，但如果要用严格的法律条文去套，恐怕还套不上。企业的成本计算弹性是很大的，咱们要说它是倾销，不

第三百五十四章　彻头彻尾的熊孩子

一定能找到证据。再加上夏梁市政府会从中拉偏手，咱们想以这个名义处罚夏一机，恐怕也是做不到的。"

"还的确有点无从下口的意思呢。"唐子风笑着说。

事情虽然挺难办，但他也不至于表现出愁眉苦脸的样子。他相信，一件事都已经到了许昭坚这个层次的老领导关心的地步，就不可能解决不了，充其量是中间有点麻烦罢了。

周衡笑着说："许老说了，你小唐素来鬼点子多，而且年轻，懂得市场规律，这件事就当成他出给你的一道考题，看看你如何作答。"

唐子风摇着头说："许老过奖了。我哪有什么鬼点子？不过就是有点蛮力罢了。许老不会是想让我拿着管钳去要挟高锦盛吧？"

"也可以啊。"周衡笑道，"临一机不是有工人编了段子，说什么唐子风仗义挥管钳，宋福来丧胆还欠款，你不妨再演一次'渑池会'呗。"

"老周，你变了！"唐子风痛心疾首，"你怎么也跟着那些人瞎起哄了？"

两人嘻嘻哈哈地开了个玩笑，算是重温了一遍当初去临一机的旧事。唐子风又回到正题上，问道："老周，许老说让我来答这道题，他能给我什么权限呢？"

"你要什么权限？"周衡反问道，"许老的意思，还是应当在合法的范围内解决问题。"

"也就是说，只要我的行为合法，就可以为所欲为？"

"还是提前报备一下吧。"

周衡的口气软了，他回想起唐子风过去给他当助理时捅的那些娄子，不禁有些害怕。唐子风从来都是不按常理出牌，手上没什么权限的时候，他或许还能老实一点，如果真的给他一个可以为所欲为的权限，谁知道他会不会把天捅个窟窿出来？

"我明白了。"唐子风点点头。从周衡的表现，他大致知道许昭坚他们是什么态度了，那就是除了违法的事情不能做，在其他的事情上，他唐子风是可以充分发挥的。

高锦盛的行为已经触犯了国家的利益，惹得老领导也忍不住要出手教训了。而他唐子风，不过是许老的一杆枪而已。

"我过两天就去夏梁，会一会这个熊孩子。"唐子风杀气腾腾地说道。

第三百五十五章 永远都不可能放弃的

听说唐子风前来,高锦盛不但安排了公司最好的轿车去机场接人,还在唐子风他们乘车抵达公司时,亲自带着一班公司高管和中层干部到办公楼下迎接,给足了唐子风面子,让唐子风觉得此人或许也不是那么嚣张,还是可以改正的。

"欢迎唐总!"

"谢谢高总!"

"我对唐总可是久仰大名而已!"

"……高总的大名,那也是如雷贯耳而已。"

"哈哈哈哈,唐总太客气了,咱们是相见恨晚而已!"

"两情若在久长时,又岂在朝朝暮暮……而已!"

一通驴唇不对马嘴的寒暄过后,欢迎仪式就算结束了。自始至终,高锦盛都没给唐子风介绍自己那些属下,也没让这些人上前与唐子风搭讪。事实上,在夏一机的这些干部中,有一些是与唐子风比较熟悉的,比如夏一机的总经理邵伟元。可唐子风试图去与邵伟元打招呼的时候,却发现对方避开了他的视线,明显是不想和他说话的意思。

唐子风不明就里,但想着入乡随俗,也就不多生事了。高锦盛向他做了一个邀请的手势,他便哈哈一笑,与高锦盛并肩向楼里走。高锦盛的秘书谭茂杰陪着唐子风的秘书熊凯走在各自领导的身后。至于夏一机的那些干部,则跟在这四人的后面,也往楼里走。

进了办公楼,后面那些人就散开了,应当是各自回去干活了。这些人被高锦盛安排下楼来迎接唐子风却一句话也没说,怎么来的,就怎么回去了。给人的感觉,似乎他们只是出来当了一回背景墙,现在老总的见面仪式已经结束,"背景墙"也就功成身退了。

第三百五十五章 永远都不可能放弃的

乘坐据说是高锦盛专用的电梯来到办公楼的顶层，谭茂杰小跑着上前推开了高锦盛办公室的门，然后站在门口垂手而立。高锦盛矜持地笑着，领着唐子风走进了房间。

这是一间面积足有上百平方米的大办公室，从整座办公楼的格局来看，这间办公室应当是打通了好几个房间才拼出来的。

屋子的装修很考究，绝不俗气。在房间的一侧摆着一张硕大的老板桌，桌上有电脑，旁边有好几个书架。唐子风远远地扫了那几个书架一眼，看到好几本在时下的精英圈子里颇为流行的书，比如什么《新教伦理与资本主义精神》，由此可以看出高锦盛的教育背景还是比较硬的，手里拿的肯定不是混出来的文凭。

在屋子的另一侧，摆着一组沙发，粗略看去便知道都是真皮的。沙发的中间是一个长条形的木制茶几，上面雕着花，有些古色古香的感觉。

高锦盛把唐子风让到中间的沙发上坐下，自己却搬了把藤椅，隔着茶几坐在唐子风的对面。没人招呼熊凯坐哪儿，他迟疑了一下，在旁边的沙发上坐下了，心里难免有几分忐忑。

谭茂杰从众人一进屋就开始忙个不停，他变戏法一般地拿来了整套茶具，摆在那个木制茶几上，然后支上一个小电炉开始烧水。水是从矿泉水瓶子里倒出来的，唐子风偷眼看去，似乎不是依云，看来高总也还有知识上的短板，要不要过后提醒他一下呢？

看到水壶里的水开始沸腾，谭茂杰向高锦盛投去一个眼神，高锦盛摆摆手说："茂杰，你带熊秘书到你那儿去坐吧，这里我来招待唐总就好了。"

"好的好的，高总，有什么事你就按铃喊我。"谭茂杰答应着，眼睛便看向了熊凯。

熊凯略一迟疑间，唐子风发话了："熊凯，你就和谭秘书一块聊天去吧，我和高总在这儿喝会儿茶。"

熊凯连忙站起来，学着谭茂杰的话说："好的，唐总，有什么事你就……呃，你就打我的手机。"

两位秘书都退出了办公室。谭茂杰出门之后，小心翼翼地替高锦盛关上了门。高锦盛打开茶叶盒子，用木勺舀了一些茶叶，放进紫砂壶里，又拿过电炉上刚烧开的水，注入紫砂壶中。一股清香顿时飘逸出来，唐子风吸了吸鼻子，笑着说道:"高总的茶叶真不错,这应当是顶级的大红袍吧?"

高锦盛露出笑容,说道:"唐总果然有见识,这可是我最好的茶叶而已。平常人来了,我是不会拿出这种茶叶来的,世间这么多人,也就你唐总配得上我这壶顶级大红袍而已。"

唐子风说:"高总这话可让我惶恐了。我怎么觉得,这会儿应当有一道惊雷,然后我就可以借故把手里的东西掉到地上去了?"

"哈,唐总说得没错,天下英雄,也就是我和唐总而已。"高锦盛自负地说。

唐子风刚才那话,用的是曹操与刘备煮酒论英雄的典故,而高锦盛说的也正是曹操那句"天下英雄,唯使君与操耳"。其实,看到高锦盛支开谭茂杰与熊凯二人,亲自为唐子风煮茶,唐子风就知道他是想玩这个哏了,这明显是一位情怀过剩,经常给自己加戏的文艺青年。

"高总,如果我没弄错的话,这应当是我第一次见高总吧?高总怎么对我评价这么高啊?"唐子风半真半假地问道。

高锦盛端起紫砂壶,给唐子风和自己各倒了一杯茶,然后悠悠地说道:"我既然要做机床这一行,行业里的这些头头脑脑,我自然是要打听一下的。全国这么多机床厂的老总,唯一让我佩服的,就是唐总你了。我听说唐总你今年才三十二岁,比我还年轻四岁而已。以你现在的势头,到你三十六岁的时候,成就说不定比我现在还大而已。"

"呃……岂敢岂敢,高总的成就,我是难以企及的。"

唐子风又好气又好笑,碍于大家还不熟,他也只能这样敷衍一下。

高锦盛刚才那话,估计是由衷地想称赞一下唐子风,在唐子风听来却是赤裸裸的骂人。高锦盛说唐子风再过四年能够达到他今天的成就,意思就是说唐子风现在的成就是不及他的。

高锦盛的自信,来自他拥有一家成功的房地产公司,还有集团旗下十几家垄断了某种产品生产的制造业企业。他觉得唐子风虽然年纪轻轻就当上了临机集团这样一家大型企业的总经理,但要论成就,与他相比还是略逊一筹的。

在来夏梁之前,唐子风让人调查过锦盛集团的情况,知道锦盛集团在井南算是一家知名企业,资产总计有三四十亿元。坐拥这样一笔资产,高锦盛当然有狂妄的本钱。

可你要狂妄,也得分对象不是?别人看你有三四十亿元身家,觉得你高不

第三百五十五章 永远都不可能放弃的

可攀,可我唐子风名下的双榆飞亥公司也不是吃素的。你是从哪点看出我比你穷的?

虽然心里这样想,但唐子风当然也不会俗气到与对方比富的程度。对方要觉得自己牛,那就让他保持这种乐观心态好了。再说,人家也没特别瞧不起自己不是?人家都说出"唯使君与操耳"这类话了,你还有啥不知足的?

"高总,我这次冒昧前来拜访,想必高总也知道我的用意吧?"

唐子风决定开始说正事。

"你想跟我谈的,应该是周会长说过的事情而已吧?"高锦盛小口品着茶,淡淡地问道。

"没错,正是周会长跟你谈过的事情。"唐子风说,"我想知道,我们该怎么做,才能说动高总放弃这种价格竞争行为。"

"放弃是不可能的,永远都不可能放弃的。"高锦盛说,"上次周会长来的时候我已经跟他说过了,降价的问题,是我们夏一机自己的事而已,与别人无关。咱们都已经是加入 WTO 的国家了,一切都应当照着市场经济原则行事而已。国家也不能干涉企业的经营,唐总说是不是?"

唐子风微微点点头,说:"道理是这个道理。但高总这样做,弄得我们这些同行很麻烦啊。虽然高总现在还只是在打车床市场,但我相信,等箐机和前一机被高总打趴下之后,高总肯定要开始进军镗床和铣床市场,这可就直接威胁到我们临机集团了。高总当真不能给小弟留条活路吗?"

高锦盛说:"唐总这话说得太严重了。不错,我们夏一机下一步的确是要搞镗床、铣床,不过也不至于让唐总没有活路的。我听我们这边的总工说,临机手里有好几种高端机床而已,像加工船用曲轴的重型机床,一台就是三四千万元,我们夏一机无论如何是做不了这个的。我们能做的,也就是普通机床而已,本身也没多少利润的产品而已。"

唐子风说:"船用曲轴机床看起来利润高,但一年也卖不出几台。要养活临机集团这三万职工,我们肯定还是得靠普通机床。如果这一块的市场完全被高总拿走了,我那三万人中间,起码有两万人就要喝西北风了。"

"这个就没办法了。"高锦盛说,"我也只是在商言商而已。"

第三百五十六章　高总的少年阴影

"真到那一步,恐怕大家也只能是拼个鱼死网破了。"唐子风说,"我们集团旗下的滕机和临一机,加起来将近两万人。这么大的企业,不可能像井南那些中小企业一样,一个业务做不下去,就转去做其他业务。"

"滕机和临一机只能做机床,如果机床做不下去,这两家公司就会破产。我作为集团总经理,不可能看着这两家公司破产。所以,到时候不管压力有多大,我们都只能硬着头皮和夏一机顶下去,最终的结果,恐怕是两败俱伤吧?"

"唐总是在威胁我吗?"高锦盛笑呵呵地问道,同时还不忘给唐子风的杯子里续上茶水,似乎二人谈的并不是关系各自企业生死的事情,而是什么花边新闻。

唐子风也呵呵一笑,说道:"高总多心了,我只是陈述一个事实……而已。我有点不明白,高总这样做,目的何在呢?"

"目的,当然是赚钱而已。"高锦盛说。

"可是,如果夏一机和其他企业保持默契,不搞这种价格战,同样能赚到钱,高总为什么要做得如此极端呢?"

"富贵险中求。不行险,怎么可能赚大钱呢?如果我只想赚一般的利润,我当初根本就不会收购夏一机。我有那些钱,随便做点别的什么,也能赚到这么多利润,何必背上夏一机这么一个大包袱?"

"可是,高总这样行险,更大的可能是大家一起破产,夏一机并不一定能够笑到最后吧?"

"那就试试呗。我这个人,天生就喜欢赌。赌赢了就大赚一笔;赌输了,也不过就是几千万打了水漂而已,我输得起。"

"这又是何苦呢?"唐子风叹道,"高总,你已经是一位很成功的企业家了,你在井南的那些企业,尤其是房地产公司,好好经营下去,在你四十岁之前,赚到

第三百五十六章 高总的少年阴影

100亿都有可能,为什么非要跑到机床行业里来兴风作浪呢?"

高锦盛耸耸肩,说道:"赚钱哪有嫌多的?100亿对我来说已经没啥吸引力了,我要玩就玩个大的而已。机床行业风险大,但机会也多,我想试一试,万一能成呢?"

唐子风无语了。这一刻,他很理解周衡的心情,眼前这个三十多岁的汉子,的确就是一个熊孩子,你跟他说啥都没用。他认准的事情,就要一根筋地做下去。甚至你越劝他,他就越来劲,摽着劲地就是想让你生气。

唐子风的目光在茶几上逡巡着,想找个什么趁手的东西,直接扔到高锦盛的脑袋上去,让他知道花儿为什么这样红。

高锦盛等了片刻,见唐子风没吭声,便笑了笑,挑起了一个新的话题:"唐总,你上大学之前,家里是农村的还是城里的?"

"农村的,父母都是农民。"唐子风说。

"原来唐总家也是农村的而已。"高锦盛说。

"这么说,高总家也是农村的?"唐子风问道。其实他早就知道高锦盛的背景,他父亲高金明是一个农民,80年代初才开始办厂子,而那时候高锦盛已经有十多岁了。也就是说,高锦盛至少少年时期是在农村度过的,到十多岁以后才成了富二代。

说是富二代,其实还要打个折扣。高金明办的五金工具厂最开始收益也很一般,只是比在农村种田好一些而已,少年时代的高锦盛应当是吃过不少苦的。

"我小时候,家里很穷而已。"高锦盛开启了回忆模式,用一种幽幽的口吻诉说着,"我们芮岗,唐总也是去过的,不过现在的芮岗和过去相比是完全两样了。芮岗这个地方,人多地少,粮食不够吃而已。我在十几岁之前,除了过年能够吃上一顿纯粹的大米饭,平时都是要混着红薯吃的,红薯占九成,大米只能占一成而已。

"后来,政策放开了,我们那里的人有些出去做生意而已。我父亲开了一个小型的五金厂,赚了一点钱而已,家里的生活才算是改善了,最起码能吃得上白米饭了,不用再添加红薯而已。"

"现在红薯可是稀罕物呢。"唐子风随口道。

高锦盛说:"谁说不是呢?现在有些人到饭店去吃饭,还要专门点一份杂粮,叫什么'大丰收'而已。这种杂粮,我是绝对不会吃的,我小时候就已经吃伤了。在我公司里,哪个人敢在吃饭的时候点红薯,我会让他去吃一个月的红薯而已,让他知道吃红薯是什么滋味。"

"呵呵,高总果然霸气。"唐子风半褒半贬地说。从刚才在楼下与高锦盛见面开始,唐子风就感觉到高锦盛的霸道作风了。邵伟元是原来夏一机的老厂长,五十多岁的人了,刚才愣是不敢上前和唐子风说话,估计就是慑于高锦盛的淫威吧。

吃饭点什么菜这种事情,其实是无所谓的。有人喜欢这一口,你凭什么因为自己小时候吃伤了,就不让别人吃呢?做事有必要这么极端吗?

高锦盛淡淡地说:"我能有什么霸气?不过是有几个钱而已。我从上中学的时候就想做一个有钱人。稍微有一点钱还不够,得非常有钱。"

"上中学?"唐子风诧异道,"高总上中学的时候就能思考这么复杂的事情了,我上中学的时候,光知道和我同桌去地里偷东西吃呢。对了,我们偷的就是红薯。"

高锦盛没觉得唐子风是在讽刺他,或者即便感觉到了,也并不在意。他说道:"那时候,其实我父亲的厂子已经有一些不错的收益了而已。最起码,我穿的衣服、用的文具,都比我班上那些父母是城里机关干部的同学要强而已。

"可是,就这样,人家还是觉得我是乡下人,最多也就是稍微有点钱的乡下人而已。我想去和人家做朋友,人家是不愿意搭理我的,嫌我身上有一股土味而已。"

"嗯,我明白。"唐子风点头应道。他当年也是农村学生,班上也有几个城里同学对他们这些农村学生有些瞧不起。

不过,认真回忆起来,好像瞧不起农村学生的也就是少数几个人而已,大多数同学并没有那么势利。当然,唐子风当年成绩是全年级第一,这也给他带来了不少光环,让人忘记了他的农村学生背景。

这位高总,时隔二十年,还对当年的事情耿耿于怀,看来少年时代的心理阴影是够重的,得找个什么高人给他点化一下才行。

"所以,从那时候起我就下了决心,我一定要有钱,而且要特别有钱而已。"高锦盛阴恻恻地说道。

"你现在应该已经做到了吧?"唐子风问。

"还没有。"高锦盛摇头说,"当年在班上羞辱我最狠的那个女生,后来嫁了一

第三百五十六章 高总的少年阴影

个老板而已。那个老板其实和我一样,也是农民出身而已,连大学都没上过。"

"他很有钱?"

"现在和我差不多而已。"

"所以你急着想超过他,以此证明你那个女同学其实是'双目失明'?"

"这只是我的一个小目标而已。瞧不起我的人,并不只有她一个而已。我不说远的,就说刚才在楼下,我让公司的高管和中层干部都下去迎接你,你觉得那些人对我是什么态度而已?"

"尊重、景仰、敬畏……大致应当是这样吧?"

"哼哼,他们中间哪怕有一成的人能够做到你说的这样,我也知足了而已。我告诉你吧,唐总,这些人从来就没有把我放在眼里。在他们看来,我就是一个井南的农民而已,而他们是大型国企的工人,响当当的主人翁而已,地位比我高到不知道哪里去了。"

唐子风再次无语了。

他不得不承认,高锦盛的感觉是准确的,虽然他花钱买下了夏一机,凭着老板的身份,可以对手下吆三喝四,但这些夏一机的老员工又岂能服他?

唐子风当初兼并滕机的时候,还是以另一家大型国企老总的身份,在滕机都遭遇了抵抗,更何况高锦盛只是一个私企老板,摇身一变就成了夏一机的主人,夏一机这些职工心里能没有疙瘩吗?

但话又说回来,人家心里有疙瘩也是正常的。你高锦盛入主夏一机之后,又是如何做的呢?你在大家面前摆谱,拿人家当背景墙,一句客气话都不肯说,你能指望人家尊重你?

尊重这种事情是相互的。高锦盛当年是农村孩子,被城里人瞧不起,心里有了阴影。他现在成了有钱人,又回过头来瞧不起夏一机这些干部工人,这算不算是长成了自己最讨厌的那种人呢?

再往深处想,高锦盛不顾机二○其他同僚的感受,执意要打价格战,是不是也有想在这些国企领导面前示威的意思,想用这种方法来赢得大家的尊重,或者至少是让大家对他生出畏惧?

这哪是什么成功的企业家?这就是一个心理变态的熊孩子而已!

第三百五十七章　那都是个人爱好

"我明白高总的意思了。"唐子风沉默了一会儿，点点头说，"高总想赚大钱，这一点我理解，其实我也想赚大钱，只是没有高总这样的气魄而已。高总喜欢冒险，这一点我很佩服，做企业的确需要有一些杀伐决断的勇气，冒险是企业家的天赋。

"但是，高总选择在机床这个行业里冒险，我觉得有些不妥。如果高总能够换一个行业，比如轻纺、玩具、厨具之类的，没准更容易成功。说不定我们临机集团还可以参一股，搭搭高总的便车，也赚一笔钱。"

"为什么机床行业不行呢？"高锦盛把紫砂壶里已经泡过几道的茶叶倒掉，换上新茶叶，重新开始沏茶，同时慢条斯理地问道。

唐子风说："因为机床行业的地位重要啊。上头的领导们都说过，机床是国之重器。这个行业里如果有点风吹草动，是非常敏感的，所以并不适合高总兴风作浪。"

"哈哈，我倒不这样看！"高锦盛笑道，"正因为它重要，能够牵一发而动全身，所以才最适合像我这样的人来兴风作浪。如果我只是一个做饮料的，不管我做得多大，会有人多看我一眼吗？

"正因为我是做机床的，我刚刚把产品降了一点价，周会长就跑来跟我商量了，还说是代表几位老领导。你想想看，如果我真的能够占据机床业的半壁江山，还会有谁敢看不起我呢？"

这番话，说得唐子风目瞪口呆。他看着满脸狂热之色的高锦盛，小心地问道："高总，你刚才说的，不会是你的真心话吧？真的不是在跟小弟开玩笑？"

"怎么就不是真心话了？"高锦盛反问道。

唐子风呵呵一笑："高总，你想多赚点钱，让你那个高中女同学高看你一眼，那都是个人爱好，无可厚非。

"可你如果想通过占据机床行业的半壁江山，让周会长甚至许老这样的老

第三百五十七章　那都是个人爱好

领导对你刮目相看,我觉得你最好还是放弃这个念头吧。你是不是对国家的力量有什么误解,真以为你能做到富可敌国?"

"只要我不做犯法的事情,国家能拿我怎么样?"高锦盛说。

唐子风说:"这不是犯法不犯法的事情,国家不可能容许任何人垄断国民经济的命脉。"

"人家美国就是这样的。"高锦盛说。

唐子风摇摇头:"美国是不是这样,我也没必要向你解释。但我可以保证一点,中国是绝对不会允许私人垄断国民经济命脉的。你如果是追求这样一个目标,我劝你一句,早日回头,省得自己万劫不复。"

"是吗?那我倒想试试。"高锦盛摆出一副无所谓的样子说道。

唐子风站了起来,说道:"如果是这样,那我就告辞了。谢谢高总的好茶。"

高锦盛也站了起来,说:"唐总大老远过来,我怎么也得请唐总吃顿便饭吧?"

唐子风笑着说:"吃饭就免了,多谢高总的好意。我们临机在夏梁这边还有一些客户,我得抽时间去拜访一下。实不相瞒,我太太已经怀孕六个月了,我这趟出来,太太只给了我两天假,所以我得抓紧时间才行。"

"也罢,君子之交淡如水,到了咱们俩这个层次,也用不着这些虚礼。唐总在夏梁这两天,要不要我给你安排一辆车子,也好方便办事?"

"不必麻烦了,我和熊秘书自己打车也很方便。"

"嗯,倒也是,如果是我这边安排的车子,唐总用起来也不一定方便。"

"这倒不是,只是不想麻烦高总而已。"

"那我就不留唐总了。唐总有机会去井南的时候,提前告诉我一声,不管我在天南地北,都一定飞回去招待唐总。"

"好的,一定一定。"

两个人说着一些客套话,高锦盛把唐子风送出了办公室。在另一个房间里聊天的谭茂杰和熊凯早已闻声出来了。高锦盛也没太过客气,吩咐谭茂杰替自己送唐子风二人下楼,双方便在顶层的电梯外握手道别了。

谭茂杰把唐子风二人送出厂区,替他们叫了出租车,还抢着垫付了车费。目送出租车离开后,谭茂杰返回办公楼,来到了高锦盛的办公室。

"他们走了?"高锦盛半躺在自己的大转椅上,平静地向谭茂杰问道。

"走了。"

"你刚才和那个熊秘书谈出一些什么没有?"

"他嘴挺严的,只说了唐子风在公司里的一些闲事,关于公司经营的事情,一点口风都不肯漏。"

"嗯,看来这个唐子风还是有些驭下之道的。"

"高总,我怎么觉得,您挺重视这个唐子风的。"

"这是一个人才啊,才干不在我之下。未来如果能够招到我们公司来,应该是可以独当一面的。"

"……"

谭茂杰打了个寒战,自家老板可是越来越狂了,人家唐子风好歹也是临机集团的总经理,在圈子里小有名气的,自家老板居然想着要把他招到公司做自己的手下,还说人家应当是可以独当一面的。

拜托,人家现在就已经可以独当一面了好不好?临机集团也有几十亿元的资产,整整三名万职工,你确定人家不如你?

心里这样想,谭茂杰可绝对不敢表现出来。他点头笑着说:"原来是这样,那这个唐子风可真是好运气,能够得到高总您的肯定。您刚才跟他说了这个意思没有?"

"初次见面,哪能说到这去?"高锦盛说,"他现在还狂得很,根本没把我放在眼里,最后还威胁我呢。"

"威胁您?他怎么有这样大的胆子?"谭茂杰一脸愤怒,那意思,只要高锦盛给他一个眼神,他就准备带几个人去把唐子风修理一顿。

高锦盛淡淡地说:"由他去吧。他这种人,就是在国企待的时间长了,总觉得国家很了不起。他说国家不会允许像我这样的人控制国民经济命脉,还说我会万劫不复。小谭,你说,我会万劫不复吗?"

"哈哈,哈哈!这不是胡说八道吗?"谭茂杰干笑着,脸上挤出了一个鄙夷的表情。

在他的心里,可真不是这样想的。高锦盛干的这些事情,谭茂杰不是没有担心过。上次周衡过来与高锦盛谈判,提到了几位工业口老领导的名字。事后谭茂杰去查过,知道这几位都是在上层颇有影响的老人,高锦盛干的事情惹得这些老人不高兴了,实在是一件很危险的事。

第三百五十七章 那都是个人爱好

可这样的话,谭茂杰不敢对高锦盛说啊。高锦盛前些年多少还能听进一些别人的话,这几年随着财富增长,他的自信剧增,已经发展到没人能劝的地步了。谭茂杰曾经试着向高锦盛介绍了一下许昭坚其人其事,刚说了没两句,高锦盛的眼睛就瞪起来了,说就这么一个过了气的老头,能有多大本事?谭茂杰专门去查他的资料,是不是闲得发慌了?

正因为存了这样的心思,听高锦盛说唐子风对他的威胁,谭茂杰可一点也没觉得是个笑话,反而有些怀疑这会不会是许昭坚等人托唐子风给高锦盛下的最后通牒。

高锦盛觉得自己挺有钱的,能够为所欲为,但谭茂杰知道,这个国家比高锦盛有钱的老板比比皆是,有谁像高锦盛这样肆无忌惮的?

"汝惟不矜,天下莫与汝争能;汝惟不伐,天下莫与汝争功。"

你膨胀到这个程度了,人家跟你说句万劫不复,可真不能算是威胁,充其量就是一个预言罢了。

"你去把邵伟元叫来。"高锦盛下令道。

"好的!"谭茂杰答应一声,小跑着回自己办公室给邵伟元打电话去了。

少顷,邵伟元气喘吁吁地进来了。

高锦盛的办公室在顶楼,走廊上做了隔断,与其他办公室分开,要到高锦盛的办公室,必须从楼下绕行,而唯一能够到这一侧的电梯又被指定为高锦盛专用,其他人无权使用。因此,公司里的人要来向高锦盛汇报工作,或者接受指令,只能步行走楼梯。像邵伟元这种平时缺乏锻炼的人,爬几层楼梯上来,可不就气喘吁吁了吗?

"邵经理,你记一下,过两个星期,咱们公司的六种通用车床,价格再降5%。"高锦盛对邵伟元吩咐道。

"还降?"邵伟元瞪圆了眼睛,"高总,咱们现在的报价就已经是亏本了。财务那边计算过,就算咱们把管理成本算到最低,咱们每卖一台车床,都要亏3%至5%,如果再降5%,差不多就要亏一成了。"

"我能不知道吗?"高锦盛把眼一瞪,"我是公司老板,亏多亏少都是亏我的钱,你怕什么?箐北和前堰那边不是还在撑着吗?咱们就接着降价,看他们还能撑多久。财务那边你不用担心,我会让集团再拨5000万过来,等到把这两家打垮,整个车床市场都是咱们的,你还怕没钱赚?"

第三百五十八章　这家伙疯了

"这家伙疯了,这是打算跟大家不死不休了。"夏梁市一家小餐馆的包间里,邵伟元满脸怒色地向唐子风说道。

唐子风说自己在夏梁还有一些客户要走动,其实只是一句托词,他真正的目的是要找一些夏一机的人聊聊,探探夏一机的底。

高锦盛多少能猜出唐子风的用意,所以他一开始表示要给唐子风配一辆车,随后又收回了这个好意,因为这样做显得自己在监督唐子风,唐子风肯定也是不能接受的。

唐子风在宾馆住下后便给邵伟元打了电话,约他在方便的时候见个面。邵伟元与唐子风约了这样一家偏僻的小馆子,下班之后还假意地先回了一趟家,然后才出门来赴约。这一路上,他小心翼翼地观察前后左右,生怕高锦盛派人盯他的梢。

"唐总,你是不知道,这个高锦盛,绝对是小人得志。收购了我们夏一机之后,他把财务、人事这几个部门都换上了自己的人,把公司管得像个铁桶一样。他也就是不熟悉国内的机床行业,所以还留着我当这个总经理。我琢磨着,过不了多久,我这个总经理也得被他拿掉,回家抱孙子去。"

邵伟元嘟嘟哝哝的,恨不得把这两三年受的气都向唐子风吐出来。他知道唐子风此行的来意,也能猜出唐子风与高锦盛谈得不愉快,这样一来,唐子风与他就是同一条战线上的人了,他尽可向唐子风大发牢骚。

"我今天和他谈了一次。我劝他从大局出发,不要搞这种价格战,但他拒绝了。"唐子风说。

"岂止是拒绝?"邵伟元说,"唐总你可能不知道吧,就在你走后没几分钟,高锦盛就把我叫上去了,通知我过两个星期就把我们厂的几种车床价格再降5%。我琢磨着,这应该就是做给唐总你看的。"

第三百五十八章 这家伙疯了

唐子风微微一笑,说:"是不是做给我看的倒不重要。关键是,邵总,你们的车床价格已经很低了,我让我们集团运营部的人算过,你们的车床现在应当已经是在赔钱销售了吧?如果价格再降5%,可就是绝对的赔本赚吆喝了。"

"难道不是吗?"邵伟元说,"你们算得一点也没错,我们现在的车床就已经是赔钱销售了,价格再降,只能是赔得更多。"

"那你们的资金能撑得下去吗?"

"高锦盛说了,他会从集团再调5000万过来,就是补贴这个亏空的。"

"有种!"唐子风都忍不住想给高锦盛点个赞了,从集团调钱过来打价格战,这个决心可是够大的。锦盛集团在井南有几个房地产项目,收益很不错,高锦盛要调5000万资金过来,也不算什么难事。

夏一机的机床是赔本销售,但每台机床亏损的额度不算特别大,有5000万补贴着,足够夏一机撑上一段了。

箐北机床厂、前堰第一机床厂这两家直接受到影响的企业,面对这种价格战,只能选择降价保市场。它们背后没有一个房地产公司给它们输血,在亏本销售的情况下,能够支撑的时间就非常有限了。高锦盛的目的,就是用这种方式,把这两个竞争对手拖垮,达到独占机床市场的目的。

高锦盛此前并没有流露要发起新一轮价格战的意思,与唐子风谈过之后,马上就做出了决定,这应当不是一个巧合。唐子风想,或许是自己对他的威胁发挥了一点作用,高锦盛也担心会有更高级别的部门来找他谈话,于是加快了进度,想抢在国家动手干预之前,造成一个既成事实。

"你们公司里的职工,对这件事是怎么看的?"唐子风问。

邵伟元说:"职工能有什么看法?这种销售上的事情,他们原本也不懂。也就是我们几个公司领导私下里聊天,说这种做法是损人不利己,把整个市场的价格都压下去了,再想涨回来就难了。现在公司是靠集团输血来撑着,万一哪一天集团不给输血了,公司一下子就垮台了。"

唐子风说:"这倒不至于。高锦盛的打算是,等到把箐机、前一机这几家都挤垮了,市场就是你们一家说了算,到时候再把价格涨回来,说不定赚得更多呢。"

"他想得美。"邵伟元不屑地说,"箐机、前一机哪有那么容易被挤垮?箐机的老赵前几天给我打电话了,直接撂了一句话,说奉陪到底。他说大不了把公司里更新设备、技术研发的投入都停了,砸锅卖铁,就算最后撑不下去,也得把我们耗掉一层皮。"

唐子风说:"这也是我今天向高锦盛说过的。我说像我们临机集团旗下的滕机、临一机,除了机床就干不了别的,即使是明显亏本,也只能硬着头皮做,直到撑不下去为止。结果你们那位高总说他就喜欢赌,大不了也就是赔上几千万,他赔得起。"

"他放屁!"邵伟元爆了粗口,"他是赔得起,可我们赔得起吗?到时候他玩不下去了拍屁股走人,我们夏一机和箐机、前一机都只剩一口气,这个损失算谁的?"

"邵总,你觉得,我们有没有什么办法能够制止他这样胡闹?"唐子风问。

"没办法,除非国家出一个政策,不许他这样做。"

"专门为他出一个政策,他的脸好像没那么大。"

"倒不一定非要有明文规定,只要有上头的领导说句话,我想他也不敢这样闹下去吧?说到底,他不就是一个农民企业家吗?能有这么大的胆子?"

唐子风冷笑道:"正因为他是个农民企业家,所以他的胆子才大得很。我跟他说,国家不可能允许他这样肆意破坏机床产业,他说只要他不犯法,国家就管不了他。"

"国家管不了他?哈,他把自己当成啥人了?"邵伟元差点笑喷了。

他在国企当了十几年领导,平时在工人面前,他是可以耍耍威风的,但要说和国家政策对着干,他可没这个胆量。现在听说高锦盛居然不在乎国家,邵伟元本能地就想到高锦盛肯定是要倒霉了,于是便忍不住想笑。

"邵总,我问你一句,如果锦盛集团有个好歹,夏一机这边,你们能不能稳得住?"唐子风压低了声音,对邵伟元问道。

邵伟元心中一凛,反问道:"怎么,唐总,国家真的要对锦盛集团动手?"

"这算是一个可选项吧。"唐子风含糊其词。

邵伟元也是聪明人,当然听得懂唐子风的意思。他想了一下,说道:"这件事,可能需要和夏梁市政府那边打个招呼,另外就是要请银行做点准备。锦盛集团如果出了事,我估计高锦盛会马上把夏一机这边的资金全部抽走,到时候我们连给职工发工资的钱都拿不出来,就有可能要出事了。

"如果银行能够搭把手,支持我们一两个月,我们差不多就能够把生产恢复起来,到时候问题就不大了。"

第三百五十八章 这家伙疯了

"我明白了。"唐子风点了点头,接着又叮嘱道,"邵总,你也是行业里的老人了,应当能够看出来,现在这种情形,国家是不可能不管的。谢局长、许老,还有周会长,他们都已经发了话,说必须解决夏一机的问题。

"至于下一步由谁采取行动,如何行动,我现在也不清楚,但结果应当是可以预计的。你从现在开始就联络一下公司里的一些老同志,让大家做好应变的准备。

"到时候,如果高锦盛只是抽走公司里的资金,那就由他去;但如果他要破坏公司的生产,比如变卖公司设备之类,你们务必要阻止他。

"夏一机也是咱们国家重要的装备企业,是几代人的心血,不能毁在这个熊孩子手里。"

邵伟元把胸脯拍得砰砰响,向唐子风保证道:"唐总你放心吧,我老邵拼出这条命,也得替许老、谢局长他们把夏一机保护好。"

"那好,等到事情结束,我会在谢局长和许老面前替你请功的。"唐子风说道。

他明白邵伟元这番表现的目的,如果高锦盛被赶跑了,夏一机必然面临再次改制,邵伟元需要做出一些积极的表现,以便在下一轮改制中能够继续得到重用。

与邵伟元能聊的也就这些了。唐子风倒不担心邵伟元去向高锦盛告密,如果他真的去告密,反而相当于替唐子风又威胁了高锦盛一次,没准还真能起到一点吓阻的作用。

在与高锦盛谈过之后,唐子风就知道夏一机这件事已经不可能和平解决了,要么是坐视高锦盛把整个行业搅黄,要么就是采取行动,给高锦盛以迎头痛击,让他不得不收回自己的爪子。

唐子风相信,许昭坚、谢天成这些人应当是会选择后者的,因为国家经不起整个机床行业瘫痪造成的损失。

至于说如何才能对高锦盛形成打击,唐子风必须等回去向几位领导请示之后才能确定。

在夏梁又待了一天,私下约见了夏一机的另外几位干部之后,唐子风乘飞机返回了京城,去向周衡复命。

第三百五十九章　上不了台面

京城，深蓝焦点文化传播公司，总经理办公室。

屋子的主人包娜娜正在给几位来访的客人倒茶。坐在长沙发上的两位，一位是人民大学经济学教授王梓杰，另一位是京城一家新注册的投资咨询公司的总裁兼唯一员工梁子乐。还有一位客人，正大大咧咧地坐在属于包娜娜的那张办公桌后面的大皮转椅上，左三圈右三圈地旋转着，像是上辈子都没玩过这种转椅一般。

"师兄，唐总，唐大老板，你能表现得成熟一点吗？"

见唐子风玩得越来越起劲，身体的转速已经接近风扇，包娜娜实在忍不住了，大声地抗议起来。

"我这不是试试你的转椅质量如何吗？"唐子风伸手按在办公桌上，止住了自己的高速旋转，然后笑呵呵道，"你还别说，这 3000 块钱一把的转椅，就是比我办公室那把 300 块钱的转椅强多了。我那把转椅转起来咯吱咯吱响，非常影响心情。唉，有钱人就是不一样，真是太会享受了。"

"我为什么事先没在转椅下面装点炸药呢？否则这会儿我一按遥控器，就能把你给炸到顶楼去了！"包娜娜在旁边的短沙发上坐下，咬牙切齿地对唐子风说道。

"唐师兄办公室的椅子也该换一换了，这不仅仅是一个享受问题，也是一个企业形象的问题。如果总经理办公室的陈设都过于简陋，客户难免会怀疑你们的经营状况。事实上，以你们临机集团的财力，给总经理买一把 3000 块钱的椅子也不是什么难事吧？"梁子乐给新婚妻子做着补充。

在这里需要解释一下，几个月前，从沃顿商学院毕业回国来创业的梁子乐终于与包娜娜结束了马拉松式的恋爱，在京城民政局领了结婚证。不过，就算拿了证，梁子乐在包娜娜面前依然是一副逆来顺受的样子，而他也对这种处境甘之如饴。

唐子风摆摆手，说："你们不了解情况。我如果花3000块钱换把椅子，各家子公司的那些领导就会有样学样，一个个也跟着换椅子，然后就是中层干部。领导都换了椅子，员工自然也要改善一下条件，换不了3000一把的，换成1500一把的总可以吧？

"以我们集团的财力，真给大家都换把椅子，也没那么难。可是这样一来风气就坏了，大家都追求奢侈享乐，就没人好好干活了。"

"看看，这就是资本家本色！"包娜娜用手指着唐子风，做出一副痛心疾首的样子。

"别扯这些没用的了，说正事吧。"王梓杰发话了，他当了几年知名学者，现在走到哪都装学者范儿。

当年的这一班朋友里，李可佳、唐子风、包娜娜都已经成了家，现在只剩下王梓杰一个人是单身了。王梓杰的原籍在东南沿海，那里素有早婚和多子的传统，王梓杰也一直嚷嚷着要结婚生子。

可谁也没想到，他自从成了知名教授之后，也不知道是眼界高了，还是身边的机会多了，让他挑花了眼，他居然到今天还没有成家，甚至连一个固定的女友都没有。

对于王梓杰不结婚这件事，他父亲王崇寿一度是很焦虑的，还拜托唐子风去劝过几回。待到发现儿子已经魔怔，不可救药，王崇寿两口子一琢磨，觉得传宗接代这种事情也不一定非要指望王梓杰，他们俩还年轻，为什么不能再生一个呢？

好吧，现在王梓杰的确已经有了一个一岁多的弟弟……

笑闹过一番，唐子风把话头引回了正题。他在转椅上坐直了身体，说道："关于锦盛集团以及高锦盛的事情，我能跟你们说的也就是这些了。现在，我们整个机床行业，加上行业的老领导们，对这件事都只有一个态度，那就是狠狠地收拾一下熊孩子，不能让他把大家的饭碗给砸了。"

"所以你就到我这个小公司来了。是不是又想拿我们给你当枪使啊？"包娜娜问道。

"文化人办事，当然得是文斗。师妹是开公关公司的，引导舆论啥的，我不找你找谁？"唐子风理直气壮地说道。

包娜娜创办的这家深蓝焦点文化传播公司，正是时下国内很流行的所谓"公关公司"，就是负责帮客户进行形象包装、舆论宣传。公关也被称为"软广告"，相比硬广告，其成本更低，而且有时候收效更好。

包娜娜是新闻系出身，又在美国学了传播学，回来开办这样一家公关公司，也算是专业对口了。这几年，得益于她自己的努力以及唐子风、王梓杰、李可佳等一班学长的指导与帮衬，深蓝焦点公司的名气不断提升，如今已经挤进了京城公关圈的前几位。

这一次，唐子风前往夏梁去与高锦盛谈判，没有取得任何成效。甚至唐子风前脚刚走，后脚高锦盛就宣布要开展新一轮价格战，这分明就是打算与整个机床界为敌了。

唐子风回来之后，把情况向许昭坚、谢天成、周衡等人做了汇报，许昭坚当即就拍了桌子，指示周衡和唐子风全权处理此事，务必要把高锦盛的嚣张气焰打下去。许昭坚还放了话，让他们大胆去干，捅出娄子有他撑着。

得到许昭坚的授权，再加上也知道若是任由高锦盛闹下去，整个行业都要遭殃，唐子风便开始行动了。此次到深蓝焦点公司来，就是唐子风全盘策略的一部分。

"高锦盛的事情，绝不仅仅是一个夏一机床公司的事情，也绝不仅仅是机床行业的事情，而是涉及国家如何管理关系国计民生的重点领域的问题。这个问题不处理好，对国家的技术安全和经济安全都将产生严重的影响。"王梓杰说道。

唐子风竖起一个大拇指，赞道："教授就是教授，一张嘴就能把事情拔高到这个层次，像我们这种俗气的资本家，肯定是做不到的。"

"这个定性会不会太严重了？"梁子乐小心翼翼地质疑道。

虽然知道唐子风和王梓杰的观点是一致的，但梁子乐还是要提出一些不同的意见。唐子风叫他来参加这个会议，当然不是让他来给大家点赞的，他能提出问题，对于大家正确认识这件事情是有好处的。

王梓杰说："这个定性并不算严重。事实上，咱们国家对于关系国计民生的重点领域，一向是非常谨慎的。像军工、重大技术装备这些领域，目前还不敢向民间资本开放，一定程度上就是担心民间资本无法控制，动摇国家基础。

"机床这个行业，不算特别敏感，但也与国家安全有关。《考克斯报告》也就是四年前的事情，如果不是因为美国把注意力转向了反恐战争，西方对中国的高精度机床禁运肯定是要开展的……"

"现在有一些高精度机床，西方对中国也是禁运的。"唐子风纠正道。

"是的是的，但好歹还不是全部吧。"王梓杰说，"我的意思是说，高精度机床也是战略性技术的一部分，中国肯定是要把它掌握在可靠的企业手里的。高锦盛这种行为，明显是不把国家利益放在眼里，如果不能给予打击，未来其他的企业也会跟着做，甚至一些国企也可能参与，这就麻烦了。"

"王师兄的意思是不是说，高锦盛这件事本身不算很大，但它的示范作用很危险，所以必须防微杜渐？"包娜娜说。

唐子风说："高锦盛的事情本身也很大，夏一机床的行为已经影响到我们临机集团的经营了，你说事情大不大？"

"喊！"包娜娜鄙夷地瞟了唐子风一眼，说，"你这是企业本位主义，王师兄那才叫胸怀大局。我们做公关炒作，是要扯大旗的，你那点企业利益，上不了台面啊。"

第三百六十章　绝对的自由是不可能存在的

"这倒也是。"唐子风改口也挺快,他说道,"我们这次打击高锦盛,也是从保护市场的角度考虑。"

"你们不仅仅是想用舆论来打击他吧?"梁子乐问。

"当然不是。"唐子风说,"就高锦盛那种人,舆论压力对他一点用都没有。他信奉的是自由市场原则,说只要自己没犯法,国家就不能拿他怎么样。区区一些舆论,对他能有啥影响?"

梁子乐嘟哝道:"可是,自由市场原则也没错啊。只要一家企业的经营的确不违法,国家就不会干预。"

"这个问题,让教授来向你解释吧。"唐子风用手一指王梓杰,说道。

王梓杰说:"小梁说的这一点,和国内学术界的主流观点是一致的。大多数学者认为,国家不应当干预正当的市场竞争行为,除非有企业违反法律规定。比如说,如果你们能够证明夏一机床公司的降价行为涉嫌倾销,那么政府予以打击是可以的;如果没有证据,那就应当是疑罪从无,不能粗暴干涉。"

梁子乐说:"是啊是啊,这也是国际主流经济学界的观点。现在主流理论都是在号召大家回归斯密传统,也就是政府只充当'守夜人',企业经营交给市场去调节就好了。"

所谓"斯密传统",就是西方经济学的开山鼻祖亚当·斯密的观点。斯密认为,市场上存在着一只"看不见的手",能够自发地调节生产,并不需要政府多事。

在斯密之后的一百多年时间里,西方国家一直都是奉行不干预市场的政策,但市场并未如斯密预言的那样,能够"自动出清",而是每隔十几年就出现一次由于供给与需求严重脱节而导致的经济危机,对市场进行强制出清。

到 20 世纪 20 年代末,西方世界爆发了规模空前的经济危机,重挫了整个

第三百六十章 绝对的自由是不可能存在的

资本主义世界。危机过后,鼓吹政府干预市场的凯恩斯学派占据上风,斯密教条被抛弃。西方国家普遍推行赤字财政政策,由政府出面刺激市场的有效需求,以维持市场繁荣。

凯恩斯学派红火了半个世纪左右。到20世纪70年代,西方世界出现了既不繁荣也不萧条的长期滞胀。经济学家经过研究,认为这是凯恩斯经济学带来的问题,经济过多地依赖赤字预算续命,相当于一个病人长期吃补药维持生命,最终的结果就是补成了一个虚弱的胖子。

经济学家痛定思痛,决定抛弃凯恩斯,重新供奉起老祖宗斯密,从而产生了新自由主义经济学。过去这十几年,正是新自由主义经济学闹腾得最凶的时候,中国国内的经济学圈子自然也不能免俗。做学术交流的时候,你不能飙出几句斯密语录,都不好意思自称是搞经济学的。

梁子乐的本科和硕士都是在美国读的,说起这套理论,自然更加头头是道了。

王梓杰说:"小梁说得对,'守夜人政府'这种观念,现在在国际学术界是共识,在国内学术圈也是备受推崇的。说真的,如果不是被唐子风这厮'裹胁'了,我也想投到新自由主义的门下去,申请课题、评奖之类的,都容易多了。"

他话虽这样说,心里却不是这样想的。他做学问的方向,很大程度上是受唐子风影响的,这使他的学术观点与目前占据主流的自由派观点大不相同。而也正因为他独树一帜,许多观点契合政府的管理实践,才使他在各个政府部门受到广泛的欢迎。

"唐师兄是从机械部出来的,现在又是国企的老总,当然是支持国家干预的。这叫臀部指挥大脑,我们也不觉得意外了。"包娜娜调侃道。

唐子风大摇其头,说:"恰恰相反,我这才是真正的大脑指挥臀部。那些信奉新自由主义的,有几个是真正研究过经济的?小梁,你跟我解释一下,《考克斯报告》是依据哪条自由主义法则写出来的?《瓦森纳协定》,用新自由主义又怎么解释?"

听到唐子风举的这两个例子,梁子乐只能耸耸肩,没法吭声。

所谓《瓦森纳协定》,全称叫《关于常规武器和两用物品及技术出口控制的瓦森纳协定》,是1996年由美国牵头发起的一项技术禁运措施。这份协定名义上是限制向一些敏感国家出口武器以及与武器相关的技术和设备,实际上却是以此为借口，限制技术的流动，以保持缔约国自身的技术优势。

依据《瓦森纳协定》，西方国家就可以在不违背"贸易自由化"原则的条件下，名正言顺地对其他国家进行技术封锁。而以当今的世界格局来看，这个"其他国家"主要就是指中国。

梁子乐这些年与唐子风他们交流甚多，思想观念多少受到了一些影响。尽管一些人能够找出种种理由证明《瓦森纳协定》的所谓合理性，但只要稍有点头脑就知道，这种解释不过是强词夺理，说到底，这就是国家间的利益之争。

国内学术圈里，认为《瓦森纳协定》合理的人是非常多的，甚至可以说占据了主流。这些人支持《瓦森纳协定》的唯一原因就是它是西方国家搞出来的。

相比之下，王梓杰的确算是一股清流了。

"不说对中国怎么样了，就算是西方国家内部，又哪里搞过真正的自由主义？波音和空客的斗争，背后不是美国和欧盟在使劲吗？两边对着搞补贴，这算哪门子的自由贸易？"唐子风继续说道。

"绝对的自由是不可能存在的。"梁子乐悻悻地说话了，"其实就算是美国内部，各个行业的发展也都不是纯粹讲究自由竞争的。像农业、能源产业、军工产业，都是国会游说的大户，他们花钱买通议员，让国会通过对他们有利的法案，说到底也是政府干预经济的表现。关于这一点，美国的很多学者也指出来过。"

"嘚（对）头！"唐子风来了一句川地方言，接着说道，"人类还没有实现世界大同呢，这个时候讲自由主义就是幼稚。就拿咱们中国来说，要想崛起，就必须把关系国家经济命脉的产业控制在自己手上，这是不容置疑的。高锦盛的问题，就是挑战了国家的底线，跟这种人还讲什么市场原则？"

"我明白了。"梁子乐点点头。这些道理，他其实也不是不明白，刚才只是和唐子风讨论讨论而已。唐子风说的是高锦盛的事情，梁子乐从中学到的却更多。他现在在京城开了一家投资咨询公司，如何把握政策脉络是非常重要的。

"那么，我们该做什么呢？"听唐子风与梁子乐讨论完，包娜娜说起了现实的问题。

政策上的事，包娜娜多少是懂一些的。这几年下来，她也养成了唯唐子风马首是瞻的习惯，知道唐子风看准的事情，即便与当前普遍的社会思潮相悖，也肯定是正确的。具体到这个高锦盛，包娜娜和他没有一分钱的瓜葛，唐子风要收拾他，包娜娜就负责预备绳子、皮鞭好了，没必要顾忌其他的事。

第三百六十章　绝对的自由是不可能存在的

"你们俩要互相配合。"唐子风指着王梓杰，对包娜娜说，"王教授负责写理论文章，探讨装备工业对于国家的意义，以及全国一盘棋思想在今天的价值。至于你们这边，就要负责把媒体文章跟上，要揭露高锦盛的行为对机床行业的恶劣影响，在关键的地方引用王教授的观点，上纲上线。"

"明白。"包娜娜点头。

"还有，这一次的宣传绝对不能仅限于打击锦盛集团，还要说明这件事的意义，要让其他企业引以为戒。我们不能每次都被动出击，这样折腾一次，对我们自己的力量也是一个损失。"唐子风又说。

包娜娜问："师兄，我想知道，在我们这边的宣传展开之后，你们那边打算对锦盛集团如何下手？"

"这个暂时还不能透露。不过有一点你是可以放心的，那就是锦盛集团经过这一轮打击之后，肯定是要完蛋的。"唐子风信心满满地说道。

第三百六十一章　好自为之

"锦盛,你的事情闹大了。"

井南芮岗市,发改委主任华云生手里拿着一份报纸,满脸忧郁之色地对坐在自己办公室沙发上的高锦盛说道。

华云生与高锦盛是中学同学,后来又同年考上大学。大学毕业后,高锦盛回家继承家业,华云生则被分配到当时的芮岗市计委,当了一名公务员,经过十几年努力,终于晋升到发改委主任。

华云生算是高锦盛少有的几个真心朋友之一,至于其他那些日常与高锦盛在酒桌上推杯换盏的企业老板,用高锦盛的话说,只是一些互相利用的关系而已,说这些人是朋友,简直就是污辱了"朋友"这个词。

这些年,高锦盛的生意越做越大,其中也少不了华云生给他的帮助。发改委是一个有权力的单位,与其他政府部门的关系也很密切。高锦盛在企业经营过程中遇到麻烦的时候,华云生总是可以给他找到一些解决的渠道。

除了那些业务上的实质性帮助之外,华云生对于高锦盛来说,还充当着一个智囊的角色。发改委经常能够得到一些内部消息,对国家政策动向的把握也更准确。高锦盛没事的时候就会到华云生这里来坐坐,哪怕是纯粹地聊聊天,往往也能获得一些启发。

今天,是华云生主动打电话约高锦盛过来的。高锦盛一进门,华云生便递给他一沓报纸,让他自己看。在那些报纸上,有华云生用红笔圈出来的内容,都是关于夏一机发动价格战的事情。

有些文章写得比较隐晦,只是说位于北甸省的某家大型机床企业,不顾市场规则,悍然进行倾销,排挤同行。还有些文章就比较直白了,借用其他机床企业领导之口,点出了夏一机的名字,还做了一番调查,把锦盛集团也扯了出来。

"这是有人在搞我啊。"高锦盛把那些报纸上的标题草草扫了一眼,然后把报纸扔在沙发上,满不在乎地说道,"没准就是我跟你说起过的那个唐子风搞的名堂,他在夏梁没说动我,就想拿这样的手段来吓唬我。这个人啊,年纪不大,就喜欢要一点这样的小聪明。"

华云生说:"锦盛,你可别掉以轻心。你看看那些报道的内容,有些话说得很诛心呢。"

"诛什么心?"高锦盛不屑地说。他重新拿过一份报纸,随便读了几段,脸上露出讥诮之色:"'装备制造业是国之重器,要服从国家的整体布局,全国一盘棋的提法永不过时……'真是笑话,能够说出这种话的人,本身就已经过时了。全国一盘棋,云生,我记得这还是咱们上中学的时候政治课上学的东西吧,现在都2003年了,还提这种老掉牙的口号。"

华云生面色严峻,他说道:"锦盛,全国一盘棋这种说法,我们发改委内部一直都在说的,不能说是过时的话。还有,你也不看看这些话是谁说的,同样一句话,出自不同人的口,分量可是不一样的。"

"谁说的?"高锦盛把目光重新投向报纸,找了一下,说道,"是这个人吧?人民大学教授王梓杰。不就是一个教授吗?估计也是收了唐子风的好处费,出来给他捧场的吧。回头我让人去问问价钱,唐子风给他多少,我出双倍,不信他不会改口去骂唐子风。"

华云生摇摇头,说:"锦盛,你这可弄错了。这个王梓杰可不是你过去请来站台的那种人,他是能够经常和上级领导说上话的人。国内的青年经济学家里,他的名气是排在前三位的,你确定自己随便出点钱就能让他替你说话?"

"这有什么难的?他名气大,那就是价钱高一点呗。"高锦盛说。

华云生沉默了片刻,沉声说道:"锦盛,咱们是老同学了,有句话我一直想跟你说,又不知道合适不合适。"

高锦盛一愕,说道:"云生,你有啥话就说吧,咱们之间还用得着客气吗?"

华云生说:"不瞒你说,已经不止一个人在我面前说,锦盛你最近生意越做越大,人也有点飘了。"

"飘?"高锦盛冷笑一声,"我从来就没有飘过,是他们看我赚了点钱,心理不平衡了,所以我随便说句话,他们都觉得我飘。"

"你现在跟人说话,动不动就说什么'而已',很多人都听不惯呢。"

"是吗?其实我是故意这样说的。他们不是瞧不起我吗?我就要告诉他们,他们说的话、做的事,对于我来说,也就是'而已'二字。"

"你是不是真的以为有钱就可以为所欲为了?包括你说多花点钱,就可以让王梓杰替你说话,你是当真的吗?"

"我的确是这样想的。你说的这个王梓杰,我不知道他有多了不起,不过,再了不起,也就是一个大学教授……而已吧,给他10万块钱,他能不要?"

"锦盛,你能说出这种话,就是飘了。"华云生叹了口气,"据我所知,这个王梓杰现在火得很,各地的政府都想请他去讲课,一次课的出场费就是五六万块。你想想看,他会缺你这10万块钱吗?"

"有这么牛?"高锦盛诧异道,"花五六万块钱,就为了请一个人过来讲次课,你们政府是不是钱太多了?"

"讲课和讲课可不一样。"华云生耐心地解释说,"我跟你说过,这个王梓杰是能够吃透高层政策的。我们这些做政府工作的,凡事都是紧跟政策,万一跟错了,不说犯什么错误,光是错失了发展机会,损失就是以亿元来计算的。你说说看,花五六万块钱请他来给大家讲一次课,很贵吗?"

高锦盛终于品出一点味道了,问道:"你的意思是说,报纸上这篇文章里用了这个王梓杰的话……"

华云生说:"这个不太好说,但既然是王梓杰说了话,我们最好还是谨慎一点,谁知道他是不是……在对你隔空喊话呢?"

高锦盛说:"我又没犯法。机床降价这件事,就是普通的企业经营行为而已。前几年电视机行业不也在打价格战?好像也没谁说什么吧?"

华云生说:"电视机行业的情况和机床行业的不一样。这几篇文章上说得很清楚,机床属于国家装备行业,涉及国家技术安全,国家在这方面的管控是比较严格的。

"我在发改委工作,对这方面的事情接触得比较多。比如说,几年前,美国人想遏制中国的军工发展,搞了一个《考克斯报告》,其中就提出了要对中国进行一些高端机床的出口限制。当时好几位领导都说了话,说像机床这样的东西,必须掌握在自己手上才踏实,机床行业是绝对不能垮掉的。你想想看,这和电视机能是一回事吗?"

高锦盛想了想,问道:"那么,云生,你的意思是什么呢?"

"你们那个价格战,别再搞了,见好就收吧。"华云生说。

第三百六十一章 好自为之

"这不可能。"高锦盛想都没想,直接就拒绝了。

"为什么?"华云生倒诧异了。他跟高锦盛说了这么老半天,高锦盛就算不太理解,也不应当拒绝得这么干脆吧,难道自己刚才说的那些话,高锦盛都当成空气了?

高锦盛说:"我让夏一机连续几次降价,已经打得他们喘不过来气了。下个月我打算把价格再降5%,估计有几家机床厂就要直接关门了。他们现在搞这个名堂,就是想用舆论来吓唬我,让我放他们一马。

"就算你说得有道理,机床行业很重要,不适合打价格战,他们起码也得找个人来跟我谈吧?如果他们在报纸上随便发几篇文章,我就缩回去了,以后还不被他们看扁了?"

华云生说:"你上次不是跟我说过,那个机二〇联席会议的周会长,还有临机集团的唐子风,都去夏梁见过你吗?"

"那不能算。"高锦盛说,"他们是去向我示威的,不是去和我谈判的。两个人都是摆出一副官架子,觉得他们是国企的,我就是一个私企小老板而已,根本没把我放在眼里。他们这样来跟我谈,我肯定不会买他们的账。"

"你想怎么样?让机械部的部长来求你吗?"华云生有些急眼了。

"这倒不至于。再说机械部不是已经撤销了吗?"高锦盛说,"我只是希望他们能够有点诚意。要我停手也不是不可以,但他们总得给出一些条件吧?我这几年,在夏一机前前后后投入了1亿多,可不是为了做个小机床厂。如果现在半途而废,我前面花的钱不就白费了?"

华云生看着高锦盛,好一会儿才问道:"锦盛,你刚才这话是认真的吧?"

"当然是认真的。"高锦盛说。

华云生点点头,说道:"既然如此,那我也就不说啥了。锦盛,你好自为之吧。"

第三百六十二章　人人喊打

几家主要媒体密集报道机床行业的价格战乱象，这一情况一开始并没有引起太多人的关注。毕竟机床只是一个小众行业，再加上夏一机、箐机、前一机等企业都属于大型企业，它们之间的竞争，对于广大中小企业来说，纯粹就是神仙打架，与己无关。

可随着报道的逐渐深入，配发的评论员文章一篇比一篇犀利，一些敏感人士终于意识到风向不对，开始紧张起来了。

"老李，这篇文章你看过没有？我觉得是有所指啊。"

芮岗的一家茶楼里，新塔模具公司董事长叶永发向自己的老朋友——福美厨房用品公司的董事长李永福说道。他手里拿的是一份中央级的大报，上面就有一篇讲述夏一机价格战事件的文章。

"这应当是那个高锦盛搞出来的事情吧。"李永福带着几分幸灾乐祸地说，"高锦盛这小子在芮岗呼风唤雨，大家都怕他。现在他搞到国家头上去，直接被报纸点名了，我看他怎么收场。"

叶永发摇摇头，说道："老李，你没看出问题来。这几天我一直都在关注报纸上的文章，觉得苗头有点不太对。这件事再发展下去，恐怕就不是高锦盛一个人的事情，而是要连累到咱们了。"

"连累到咱们？这怎么可能？"李永福一怔，坐正了身体，盯着叶永发，惊愕地问道。

叶永发说："前几天，报纸上只是讲夏一机不顾大局，盲目打价格战，扰乱市场。再后来，就是说夏一机的背后是锦盛集团，还提到这个锦盛集团是咱们井南的私人企业。"

"那又怎么样？咱们井南的私人企业多了。省领导不还说咱们井南是改革开放的排头兵，民营经济发展走在全国前列吗？"李永福说。

"问题就在这。"叶永发说,"今天这篇文章写得就很露骨了。这个评论员说,井南的民营经济能够发展得这么好,离不开国家的政策,也离不开全国各地的支持。国家支持井南发展民营经济,是希望井南的民营经济能够成为国家的助力,成为中国'三驾马车'中的一匹'骏马'。

"可锦盛集团的种种作为,却让人不得不提出一个疑问:井南的民营经济发展起来之后,到底是会反哺国家,还是会反噬国家?"

"反噬?"李永福一下子没听懂这个词。

"就是反咬一口的意思。"叶永发解释道。

"反咬一口,这怎么可能呢?"李永福的脸色蓦地白了,"叶总,报纸上这样说,是什么意思啊?"

叶永发黑着脸说:"还能是什么意思?你想想看,高锦盛收购了夏一机,然后搞价格战,把箐机、前一机这些老牌国营厂子搞得都要破产了,国家能没什么想法吗?而高锦盛能够打得起价格战,靠的就是他在井南赚的钱。

"人家报纸现在就提出这样的问题:为什么你们井南的民营企业这么牛?是不是国家让你们赚的钱太多了?

"我给你念念报纸上的这段话:'如果在国家政策支持下发展起来的井南民营经济非但不能服务于全国经济发展的大局,反而成为全国经济发展的障碍,那么,这种政策是不是出现了偏差?'"

"叶总,这明明是高锦盛自己作死,怎么说到咱们整个井南来了?照报纸上这个意思,是说国家给咱们井南的政策太好了,要让国家把政策收回去,是不是?"李永福惊愕道。

"就是这个意思。"叶永发说,"你现在知道我为什么紧张了吧?"

"叶总,国家不可能收回政策吧?"李永福怯怯地说,"现在不比前些年了,国家不是一直在说搞市场经济吗?而且大前年咱们还加入了WTO,报纸上都说以后的政策肯定是越来越开放的,不可能再收回去。"

叶永发冷笑道:"国家啥时候说过要收回政策了?但如果咱们井南人自己作死,像报纸上讲的,反噬国家,上头把一些口子稍微收一收,你会不会难受?"

"可是这样一来,国家收的税也少了呀。"李永福还在做着最后的挣扎,他其实并不是想与叶永发争论,而是想给自己找一些安慰。

叶永发说:"你以为中国只有井南这一个省?国家给明溪一点好政策行不

行？给霞海一点好政策行不行？政策稍微向谁倾斜一点,效果就大不相同了。说个最简单的,咱们省里准备修的高速公路,那可是需要国家发改委批准的。国家发改委如果缓上一两年,你想想,你这家企业的损失得有多大？"

李永福傻眼了。

他的公司是做厨房用品的,现在这个行业的竞争已经达到了白热化的程度,除了产品设计、质量、价格、广告等之外,物流速度也是决定企业成败的关键。现在各地都在修高速公路,井南也规划了好几条,其中有一条就是从芮岗通过的。

李永福评估过,如果这条高速公路修通,他公司的产品运输时间就能够缩短两天,这对于他争夺外地市场是大有帮助的;反之,如果这条高速公路迟迟未能修通,而他的竞争对手却拥有了运输的便利,他在竞争中就会处于极其不利的地位。

一条高速公路的修建申请缓上一两年,会是很难的事情吗？

答案当然是否定的。

除了高速公路,其他方面的情况也是一样,如电力、通信、银行贷款等等。如果国家不再对井南给予政策支持,就意味着各行各业都会受到影响。

"高锦盛这个王八蛋！老子跟他不死不休！"

想明白了这一点,李永福几乎有一种打上高锦盛家门的冲动。当然,这种事他也就是心里想想而已,绝对不敢付诸实施的。

"这篇文章是在向咱们这些人喊话呢。"叶永发用手轻轻拍着报纸,对李永福说。

"喊什么话？"李永福有些不明白。

"让咱们站队啊。要么和高锦盛站在一起,要么就站到高锦盛的对立面去。"

"那还用选吗？我们肯定是站到他的对立面啊。可是,叶总,报纸上有没有说,咱们要怎么站队？"

"报纸上没有明说,但意思是很清楚的。那就是,咱们这些民营企业在这个关头不能沉默观望,必须公开站出来表态。"叶永发说,"我看出来了,国家这次在报纸上造势,不仅仅是冲着高锦盛来的,还要敲打咱们所有人,让咱们老实一点,不要学高锦盛。"

"原来是这样。"李永福点点头,带着几分恍然大悟的神色说,"闹了半天,这些话是说给咱们这些人听的。其实,我老李啥时候和国家对着干了?就算谁借给我一个胆子,我也不敢去干这种事情啊。叶总,你说吧,咱们怎么做?"

"咱们得邀一些人,发一个联合声明,表明咱们的立场,说咱们这些民营企业永远都和国家站在一起,维护国家的利益,支持国家的发展,谁妨碍国家发展大局,谁就是我们芮岗企业家的敌人。"叶永发说。

"可是这样一来,咱们可就把高锦盛给得罪死了。"李永福说。

"那又怎么样?"

"这小子可是属狗的,逮着谁咬谁。叶总你的公司大,他拿你没办法。像我这个小公司,如果得罪了他,以后很麻烦的。"

"你放心吧,这一次,上头肯定不会放过他的。他这条疯狗,肯定会变成一条落水狗。你老李不会连一条落水狗都怕吧?"叶永发轻松地说道。

"哈哈,那倒不至于。落水狗嘛,那就肯定是人人喊打了,我得先去买根结实点的棍子。"

李永福哈哈地笑了起来,他仿佛已经看到了高锦盛倒霉的样子,这让他很是开心。

第三百六十三章　市里是什么态度

后世有一个笑话,说大学宿舍里六个同学,能够组成八个微信群。现实中的芮岗也是如此,十几万家民营企业采用各种组合方法,建立了上百个各式各样的协会和团体。其中,芮岗市民营企业家协会无疑是规模最大也最具权威性的一个。

由民营企业家协会的四十九家理事企业联名发起的"我为国家发展助力"电话签名活动,得到了全市大多数民营企业的支持。短短几天时间,征集到的签名已经超过了五万个,协会办公室紧急增加的二十条签名电话热线几乎片刻不停,甚至凌晨一两点钟都有电话打进来。

对于电话签名这件事,芮岗的许多中小企业老板一开始都是莫名蒙圈的。有心人注意到,协会一共有五十家理事企业,都是芮岗较大的民营企业,发起签名的却只有四十九家,唯一被遗漏的一家名叫锦盛集团,也是整个芮岗的著名民营企业中名声最为不堪的一家。

"锦盛集团出事了吗?"

这是所有人的疑问。

能够办起企业来的人,脑子都不会太笨。事出反常必有妖,这是每个人都懂的道理。协会好端端地突然发起一场全市大签名,而发起单位中又独独漏掉一家企业,这不分明是说这家企业出了问题,其他企业出于自保,要和它进行切割了吗?

有些企业主平常也是喜欢看报的,联想到几家国内主要媒体过去几天报道的消息,事情的轮廓自然就浮现出来了。有些企业主不太关心时事,但也都有一些消息灵通的同行,稍一打听就知道了。原来这个曾经在芮岗搅得鸡犬不宁的锦盛集团不甘寂寞,扰乱了市场秩序,事情很严重。

锦盛集团是民营企业家协会的理事单位之一,所以高锦盛是最早知道这次签名活动的。接到协会办公室发来的函,高锦盛第一个反应是愤怒,第二个反应是不屑,第三个反应则是琢磨着要采取一点什么行动,好好地和那些"趋炎附势"的同乡讲讲道理。

当然,这个讲道理的方式会是比较粗暴的,怎么也得让那些挑事的企业付出一些沉重代价才行。

高锦盛唯一没有考虑的,就是这次签名活动会对自己产生什么影响。在他看来,协会不过就是一个草台班子,大家凑到一起喝喝酒、聊聊天,交换一些信息和关系。锦盛集团每年给协会交10万元赞助费,算是协会的金主。协会如果敢做出一些对锦盛集团不利的事情,高锦盛会让财务取消今年的赞助,让协会那帮吃闲饭的家伙知道谁说了算。

"高总,出事了。"秘书谭茂杰匆匆忙忙地跑进高锦盛的办公室,向他报告道。

"出什么事了?"

"红敦项目那边打来电话,说工商银行把项目的资金冻结了。"

"把资金冻结了?什么原因?"高锦盛皱着眉头问道。

红敦项目是锦盛集团在芮岗开发的一个大型房地产项目,也是集团最近两年投资的最大的项目。按照预先的测算,红敦项目能够给集团带来不少于15亿元的利润,这也是高锦盛随随便便就敢拿出几千万让夏一机打价格战的依仗之一。

房地产项目的前期投入不少,其中一半以上来自银行贷款。锦盛集团实力雄厚,信用良好,芮岗的各家银行都愿意向锦盛集团发放贷款,有时候甚至可以说是求着锦盛集团贷款。高锦盛从来就没有担心过资金短缺的问题,也从来没有遭遇过银行冻结资金的事情。

"原因……项目部那边没说。"

谭茂杰一句话涌到嘴边,又硬生生地咽回去了。他用脚后跟思考,都能猜出原因是什么,也只有这个自以为老子天下第一的高锦盛还会问这种白痴问题。

可面对这样一个老板,最好的办法就是装傻,这样才是最安全的。

高锦盛想了想,拿起手机,拨通市工商银行行长康栋的电话:"喂,老康吗?我高锦盛啊!"

"哦哦,是高总啊!"

电话那头传来一个热情的声音,高锦盛没有听出,那声音里带着几分慌乱。

"老康啊,我想问一下,工商银行把红敦项目的资金冻结了,这件事你知不知道?"高锦盛没有绕弯子,直截了当地问道。若干年前,高锦盛到工商银行跑贷款,态度是十分谦恭的,见谁都叫对方的官衔,实在没有官衔的,也要尊称"老师"。

也不知道从什么时候开始,他与工商银行人员之间的关系就颠倒过来了,对方对他客客气气,而他则可以趾高气扬。即便是对康栋这样一位比他年长十几岁的老行长,他也可以直接称一句"老康",丝毫不用担心对方会不悦。

"红敦项目?让我想想……"康栋假意地沉默了几秒钟,然后才说道,"嗯嗯,好像是有这么回事……"

高锦盛才不会相信康栋的做作呢,红敦项目这么大的资金盘子,背后又是锦盛集团这样一个大企业,工商银行要冻结项目资金,哪有不反复斟酌的?康栋装作一时想不起来的样子,分明就是心里有鬼嘛。

"老康,这是怎么回事?"高锦盛不客气地质问道。

"高总,你别急。这件事嘛……其实也不是我们工商银行决定的,是上级领导交代的,说红敦项目可能涉及一些问题,资金方面要暂时进行控制。你也知道的,我们这么一个小银行,凡事自己也做不了主……"康栋讷讷地解释道。

高锦盛冷冷地说:"老康,你觉得我是三岁小孩吗?你编这样一个理由出来,我会相信吗?我就问你一句,是不是有谁给你打了招呼,想从我这里要什么好处?你把他的名字说出来,该怎么做,我会把握。"

"没有没有,绝对没有!"康栋赌咒发誓道,随后便换了一种推心置腹的口吻,说道,"高总,你这几天是不是在外地?芮岗这边的动静,你一点都不知道吗?"

"动静?你是说那个签名的事情?"高锦盛问。他当然也不至于迟钝到不怀疑眼下这件事与签名的事情有关,只是不明白工商银行为什么会掺和到这件事情里去。

康栋说:"就是这事。高总,这件事闹得有点大,听说省里也有领导说话了,省分行那边专门打电话过来问我们是怎么回事。关于暂时冻结红敦项目资金

第三百六十三章　市里是什么态度

的安排,就是……"

说到这,他停下了。有些事情他是不便直接告诉高锦盛的,能够拖个长长的尾音暗示一下,就已经算是违反规定了。

"简直是胡闹!"高锦盛怒骂了一句,也没再和康栋多说一句,便挂断了电话。

高锦盛自然不会去琢磨康栋对他有什么意见,他思索了几秒钟,重新拿起电话,打给了华云生。

"云生,企业家协会那边搞那个大签名,这件事是市里安排的吗?"高锦盛问。

华云生的声音里透着几分疲惫,他说道:"这件事不是市里安排的,是企业家协会那边的一些理事单位自己发起的。不过,开始正式签名之前,他们倒是向市里做了一个报备。"

"市里是什么态度?"

"莫市长说,这是企业自己的事情,市里不反对。"

华云生说的莫市长,是芮岗分管经济的副市长,名叫莫守勤。高锦盛和莫守勤是经常打交道的,说不上有什么良好的私交,也就是互相熟悉而已。高锦盛知道,莫守勤对于他在芮岗做的很多事情都不赞成,但碍于锦盛集团在当地经济中的地位,又不便对他发难,所以就只能是敬而远之,以求相安无事。

这一次,企业家协会发起大签名,别人不知道是怎么回事,莫守勤岂能不知道?明知这项活动是针对锦盛集团的,莫守勤说不反对,其实就是在暗中支持了,这一点高锦盛是懂的。

"云生,市里是什么意思?难道真的要因为报纸上那几篇文章就跟我过不去?"高锦盛问道。

华云生说:"锦盛,我跟你说过的,这绝对不是几篇文章的事情。这几天报上一直在讨论发展民营经济的得失,还有搞文化的学者在分析井南的商业文化,说咱们这里一向有和国家离心离德的倾向,还举了明朝和清朝的例子。你想想看,这意味着什么?"

"这不是牵强附会吗?!"高锦盛急了,这都哪跟哪的事情啊?明清的事,怎么就扯到现在来了?与国家离心离德,这得是多大的一个罪名。

华云生说:"这是不是牵强附会,你说了不算,我说了也不算。你想想看,有了这样的传言,省里的领导会怎么看？省里领导有想法了,市领导又会怎么做呢？"

第三百六十四章　是不是太便宜了一点呢

　　这是高锦盛在商海中遭遇过的最凶险的一次危机，好消息是，这也是最后一次了。

　　继市工商银行冻结了红敦项目的资金之后，市里的其他几家银行也纷纷出手，以各种名目冻结了锦盛集团旗下各家企业的账户，让这些企业瞬间就停摆了。

　　原材料供应商开始上门催讨货款，表面上的理由说得千奇百怪，但实际的想法都是同一个，那就是担心锦盛集团要凉，现在不赶紧把钱讨回来，没准就成一笔烂账了。

　　销售商那边则是相反，故意拖着锦盛集团的钱不肯付账，嘴里说着只是耽误三五天，实际上却在观察锦盛的动向，想着万一锦盛集团倒了，这些钱是不是就可以赖掉了，或者，最起码在手里多放个三年五载的，光利息就能赚不少了。

　　如果是一两家合作企业这样做，高锦盛自然可以找上门去说理，以锦盛集团的实力，还真没人敢不给他面子。可现在的情况是整个芮岗都在抵制锦盛，高锦盛想上门威胁，都不知道从谁那里开始。

　　其他城市也跟风发起了与芮岗相似的签名活动，据说是得到了政府的暗示。大家都听说了锦盛集团与国家硬杠的事情，于是一个个都搬个小马扎、捧着西瓜待在旁边看热闹。大家的心思是一致的，那就是看看国家对这种事情会如何处置，这将决定各家企业未来的行事风格。

　　"我不信！那个周衡不就是一个退休老头吗？退休前也不过就是滕机的厂长，能有多大的能耐？那个唐子风也就是临机的总经理而已，他就能一手遮天了？"

　　在华云生的办公室里，已经进入狂躁状态的高锦盛大声地吼叫着。

　　十几家子公司，几十亿元的资产，听起来像是实力雄厚的样子，足以呼风唤雨,可一旦出现信用危机,资金链被卡,高锦盛就发现自己像是被拔光了牙齿的猫,不管叫唤的声音有多大,战斗力是一点都没有了。

"锦盛,我提醒过你的。"华云生一脸无奈地规劝着,但也不便说得太多了。高锦盛的名字,据说现在已经被省领导刻到办公桌的台面上了,华云生与高锦盛走动这么频繁,可绝对不是什么好事。

除了避嫌的因素之外,华云生也觉得自己实在是没什么可与这位老同学谈的。不作就不会死,这是芮岗随便一个中学生都知道的道理,高锦盛身为一个大企业集团的老板,居然就忘到脑后去了。现在事情已经发展到不可挽回的地步了,华云生还能说啥呢?

"云生,你告诉我,这件事现在还有没有回旋的余地?"高锦盛发完飙,切换回柔声模式,向华云生问道。

华云生摇摇头,说:"据我看,回旋的余地非常有限。很明显,省里这一次是想拿你们锦盛集团当个典型了,如果闹到现在这个地步,最后还是轻轻放过,别说国家会怎么想,你想想看,井南的这些企业会怎么想?"

"我没犯法,政府还能没收我的财产不成?"高锦盛问。

华云生淡淡一笑,说:"锦盛,你没看出来吗?政府这一次没有动用任何行政手段,甚至整个签名活动都是民间自发的,政府没有插手。我听说原来和你们锦盛集团合作的那些企业,都和你们中断协议了,这完全是企业间自发的行为,政府可啥都没做。"

"这还需要政府插手吗?"高锦盛冷笑着说,"那几份国家级的报纸,天天打着讨论的名义,在讨伐我们锦盛集团,咱们市里那些墙头草还能看不出意思来?我打听过了,这次签名活动最早的发起人,是新塔的叶永发。老子不就是十多年前抢过他两个产品吗?他就能记这么久的仇,借着上头点我名的机会,就来落井下石了。"

听到高锦盛这样说,华云生不吭声了。多说也是无益,没准说多了,高锦盛恼羞成怒,还以为华云生在背后捅了他的刀子,那华云生可就是无端地背上一个黑锅了。

高锦盛其人,年轻时还是有点理智的,人也很聪明,是个能交的朋友。这些年,高锦盛的企业越做越大,脾气也越来越大,已经没法做朋友了,趁这个机会,大家分道扬镳,似乎也是一个不错的结果。

第三百六十四章 是不是太便宜了一点呢

"我要去见唐子风。我认栽,我把夏一机送给他,不信他不心动!"

高锦盛最后冒出来这样一个念头。

由于肖文珺临盆在即,唐子风这段时间都待在京城,老老实实地守着媳妇,等着升格为老父亲的那天。

高锦盛让谭茂杰联系唐子风的秘书熊凯,经过层层传话,最终确定了二人在京城见面的时间和地点。地点是由唐子风提供的,是机二〇秘书处在京城的办公室。

"唐总,咱们又见面了。"

一见面,高锦盛先向唐子风伸出手去,倒的确有了点礼下于人的样子。

唐子风与高锦盛握了握手,招呼他在沙发上坐下,然后一边给他倒茶,一边说道:"欢迎高总。抱歉,我这里的条件没法和高总那里比,茶叶也只有龙井,没有极品大红袍。不过,龙井倒是明前的,味道还挺不错呢。"

高锦盛说:"什么茶不都是用来解渴的吗?什么极品大红袍,也不过是名气大一点而已,徒有其表。"

"也就是高总才有资格这样说,我如果这样说,大家该觉得我是买不起大红袍,才说大红袍泡出来是酸的。"唐子风说。

"其实,唐总想要天天喝极品大红袍,也不困难啊。"高锦盛看着唐子风,意味深长地说。

"是吗?"唐子风眉毛一挑,笑着问道,"我该怎么做?还请高总教我。"

高锦盛说:"夏一机的事情,我认栽,我从此金盆洗手,不再碰机床行业。至于夏一机,我作价1元钱卖给唐总,你看怎么样?"

"多少?"唐子风一怔。

亿元?是不是贵了点?如果是8000万元,临机集团收下来,还是可以的,毕竟夏一机也是老牌的机床企业,技术积累那是杠杠的。

"1元。1、2、3的1。"高锦盛竖起一个手指头,说道。

"1元?"唐子风稍一迟疑,突然听明白了高锦盛的意思,不由得笑了,问道,"高总的意思是卖给我个人,而不是卖给我们临机集团?"

"当然不是卖给临机集团。"高锦盛说,"我想和唐总当朋友,但不想和临机集团当朋友。夏一机现在对于我来说就是一块鸡肋,如果交给唐总,相信你能够化腐朽为神奇。所以,我准备把夏一机折价1元钱卖给唐总,唐总觉得怎么样?"

"然后我就想办法帮锦盛集团从这件事情里脱身,是不是这样?"唐子风问道。

高锦盛说:"除了夏一机这件事,锦盛集团并没有做错什么。现在我把夏一机交出去了,还请唐总帮我斡旋。毕竟,锦盛集团也是芮岗市的纳税大户,如果我们垮掉了,芮岗的财政就要损失一大块,失业人数起码得有上万人。"

"高总怎么觉得我能够做到这一点呢?"唐子风问。

高锦盛说:"我听说,周会长,还有你们都说过的许老,都很器重唐总。这一次的事情,我琢磨来琢磨去,觉得很可能是出自唐总你的手笔。周会长他们办事,应当不会绕这么多圈子。

"而唐总出手,却是非同寻常。我这些天把整件事情做了次复盘,不得不佩服唐总你的才干。你甚至连井南的地都没踩上,就把我这么大的一个集团玩得生不如死。在夏梁那次,我真是看走眼了,没看出唐总有这么大的能耐。"

"高总过奖了。"唐子风说,"其实,这一次的事情并不是我做的,我充其量也就是一个帮着跑跑腿,组织几个笔杆子写写文章的人。真正要打击你们锦盛集团的,是工业界的那些前辈。他们不能允许你毁掉他们的心血,所以才痛下狠心。"

高锦盛说:"我不管背后真正的人是谁,我现在只能联系到唐总你,所以就想请唐总你帮我摆平这件事。夏一机就作为我送给唐总的礼物,未来你愿意转手卖给临机也好,或者卖给其他人也好,我都不管。这中间需要什么手续,或者需要我帮你找个什么人做掩护,唐总尽管开口,我保证给你做得天衣无缝。"

"高总果然是大手笔。"唐子风跷起一个大拇指,夸奖了高锦盛一句,接着说道,"一家价值8000万的企业,以1元钱卖给我,我随便一转手就能赚到这8000万,的确是够诱人的。不过呢,高总可能有点低估我的胃口了。区区8000万,就想让我替高总扛雷,是不是太便宜了一点呢?"

第三百六十五章　搞技术的人都很清高

"想拿区区 8000 万买通我，他把我看成叫花子了吗？"

肖文珺正忙着在电脑上看资料，听到唐子风的话，她转回头来，问道："对了，子风，你说实话，如果你没有和王梓杰一起开公司，现在也没那么多钱，高锦盛平白送给你一家企业，你会不会动心？"

"这事啊……"唐子风琢磨了一下，摇摇头说，"还真不好说。不过，我估计像老周这种人是真正能够做到富贵不能淫的。他过去就知道我开公司赚了很多钱，但他从来没有想过要从我手上得到什么好处，这一点真的很难得。"

肖文珺说："我觉得，我爸爸应当也能做到，还有秦总工。总的来说，搞技术的人应当是比较清高的。"

"你确信？"

"我当然确信！"

"那么，你清高吗？"

"你是什么意思？难道我不够清高吗？"

"嗯，我只是问问……"

唐子风迅速地改口了。孕妇不能生气，否则生下来的孩子脾气也不好，这是老人们教他的道理。唐子风不知道这个道理有没有科学依据，不过，看在还没出生的娃儿的面子上，他也不能和肖文珺顶嘴不是？

"你们是真的不打算放过锦盛集团了？"肖文珺回到原题上，问道。

唐子风说："不可能放过它了。这一次，我们就是要用它来做典型，震慑那些试图挖国家墙脚的人。如果闹得这么大，最后还是把它放过去了，日后难免还会有人想出来以身试法。"

"这个高锦盛也挺可怜的。你上次回来说他的少年阴影，我还挺同情他的。"

"这就没办法了。其实，我们给过他机会的，老周去和他谈过，我也去和他谈过,他满不在乎,那就怪不了我们了。"

"你说,他最后的结果会是什么样呢?"

"其实也不会太惨。锦盛集团肯定是要破产的,这么大的企业,资金链断了,同行又在落井下石,高锦盛有再大的本事,也不可能翻盘。"

"对于这样一个心高气傲的人,把他的事业都剥夺了,他恐怕是高兴不起来的吧?我觉得挺可惜的,他能把企业做得这么大,应当也算是一个人才了。"

"他算个什么人才?"唐子风不屑地说,"生意做得这么大,还连一点起码的情商都没有,垮台是迟早的事。"

"你说得也对。"肖文珺点点头说,然后又把脸转向了电脑屏幕。

"我说,你别成天盯着电脑看了,人家都说孕妇不能看电脑的。你可好,在家里养胎,比在实验室还忙,一天看十几个小时电脑了吧?"唐子风不满地说。

肖文珺笑道:"你这不是专门给我配了液晶屏吗?那些人说孕妇不能看电脑,是说CRT屏有辐射,液晶屏就没这事了。趁着孩子还没生下来,我得多看点资料,等到孩子生出来,再想集中精力看资料就不容易了。这几年机床技术进步非常快,我如果耽误个大半年,等到回去上班的时候,估计就要落伍了。"

"落伍就落伍吧,咱家也不缺你赚的那点工资不是?"唐子风嘟哝着。

"呸!"肖文珺啐了一口,"唐子风,我发现你和那个高锦盛也没差多少,都是有点钱就开始嘚瑟了。我看资料可不是为了赚工资,这是我喜欢的事业,不是能用钱来衡量的,你懂不懂?"

唐子风胡乱地点着头说:"懂懂,不就是你说的做技术的人都清高吗?我老婆就是一个清高的科学家。"

肖文珺用手指着电脑屏幕,说道:"你还别不服。我现在正在看的这份资料,是明溪理工大学的一位教授写的。这个人非常年轻,在美国拿了博士学位,又被莱顿公司以高薪聘用,在莱顿公司负责新型机床控制系统的开发。去年他毅然辞掉了莱顿公司的工作,被明溪省作为杰出人才引进,到了明溪理工大学。

"目前,他带的课题组承担了国家机床专项里的'大尺寸高硬特殊旋转曲面切削方法'的课题,不到一年时间就出了一大批成果,预计明年初就能够拿出机床样机。你说说看,这样的人算不算清高?"

"有这事?"唐子风一下子来了兴趣,把头凑上前去,开始看肖文珺所说的那份资料。

第三百六十五章 搞技术的人都很清高

美国莱顿公司在机床领域里是鼎鼎有名的企业。它的规模不大，年产值比临机集团小得多，但它拥有许多世界顶尖的机床技术，能够生产一些满足特殊需求的机床，例如用于切削高硬度材料的机床、超高精密度加工的机床等等。

肖文珺说的这个人，能够被莱顿公司高薪聘用，就说明他的水平是极高的。莱顿公司给技术人员的薪水原本就很高，此人又属于高薪中的高薪，在美国的生活应当是极其优裕的。

这样一个人，放弃了在美国的职位，回国到明溪理工大学当教授，又承担了国家机床专项里的重要课题，这就非常难得了。

2003年的中国，无论是生活条件还是科研条件，与美国的差距都是非常大的，在这个时候能够放弃高薪回国来工作的人，的确是值得尊重的。

国家机床专项是在1999年美国的《考克斯报告》出炉之后，国家为了保障战略性技术的安全而启动的若干个技术专项之一，目标是用十五至二十年时间，突破我国在若干项重要机床技术上的瓶颈，保证重要机床能够实现自主。

肖文珺说的这个"大尺寸高硬特殊旋转曲面切削方法"课题，唐子风也知道。苍龙研究院曾经对这个课题进行过评估，结论是暂时拿不下来。现在这位明溪理工大学的海归博士所带领的团队，仅用不到一年时间就取得了突破，并声称明年初就能够拿出机床样机，这就不能不让唐子风另眼相看了。

要知道，时下已经是10月份了，离明年初也就两三个月的时间。

"欧阳康？你过去听说过这个人吗？"唐子风指着资料上的名字，向肖文珺问道。

肖文珺摇摇头，说："过去从来没听说过这个人。我看了明溪理工大学网站上的介绍，这个欧阳康本科毕业于浦江交通大学，然后到麻省理工读博士，博士毕业后到了莱顿公司，在莱顿公司工作一年时间便回国来了。

"我查了一下他读博士期间的成果，有几篇论文，不过都算不上是很好的刊物。论文的原文我没有看到，也无从评论他的水平。但他回国后能够拿下'大尺寸高硬特殊旋转曲面切削方法'这个课题，而且这么快就取得突破性的成果，想必是有一些积累的。

"我猜想他的积累应当是来自他在莱顿公司的工作经历，甚至怀疑过他是不是直接盗用了莱顿公司的内部技术。不过，他的课题组在过去一年中申请了30多项专利，这个应当是无法造假的。如果他的技术是从莱顿公司剽窃来的，那么申请专利的时候肯定会被查出来。"

"也就是说,即便他的技术是借鉴了莱顿公司的内部技术,但至少专利是他独有的,不会引起知识产权纠纷?"唐子风问。

肖文珺点点头,说:"就是这个意思。他敢申请专利,肯定就不怕别人查。他有在莱顿公司工作的经历,一旦从他手上拿出了机床产品,莱顿公司就不可能不去查他的专利是否侵权。我觉得,他应当是有一些水平的,所以能够在莱顿公司的技术基础上进行实质性的改造,使之成为自己的技术。"

"这倒是有趣。回头我去会会他。如果他真的有这么大本事,我们苍龙研究院也可以考虑高薪把他挖过来嘛。"唐子风说道。

第三百六十六章　管你叫啥

锦盛公司宣布破产了。

几个尚未完工的房地产项目因为资金被冻结，陷入了停顿。坊间盛传锦盛的老板出事，锦盛开发的楼盘或许要出问题，结果引发了退房潮，各个售楼处都被要求退房的买主砸了。

实业那边的情况同样糟糕。原来的客户生怕受到锦盛集团的连累，纷纷取消订单，而原来被锦盛集团挤压得无路可走的那些竞争对手则得到了千载难逢的机会，一拥而上，把锦盛的市场份额分了个精光。

所有的业务都无法开展，锦盛集团只能进行裁员。裁员本来只是针对那些可有可无的普通员工，但核心员工担心前途，竞相提出离职。高锦盛算是近距离地感受了一下什么叫树倒猢狲散，偌大的一个集团，没几天就走得门可罗雀了。

到了这个地步，高锦盛也只能让集团关门了。

高锦盛的狂妄是建立在实力基础上的，现在实力没了，他也就立马恢复了理智，不敢再矫情了。

夏梁市收回夏一机之后，便开始了新一轮招商。按邵伟元的想法，是希望临机集团能够出手收购的。但唐子风琢磨了一下，觉得临机集团已经足够大，如果再收一家夏一机进来，难免会树大招风。

此外，集团规模扩张太快，也容易带来一些管理上的问题。唐子风不是贪心的人，自然也就没必要去揽这件事了。

最终，合岭市龙湖机械公司的赵家兄弟联合本地的十几家民营中小机床厂，集资收购了夏一机。合岭的这些民营企业老板都是做营销的高手，所缺的只是技术而已。而夏一机有雄厚的技术积累，营销能力是最大的短板。这桩收购案，算是取长补短，对于双方都是大有好处的。

赵家兄弟在收购夏一机之前，专门到京城拜访了唐子风，名义上是向他请教，实际上却是在表忠心。照赵家兄弟的意思，他们即便是并购了夏一机，也依然会把自己定位为临机集团的小跟班，唐总的这条粗腿，他们将一辈子抱下去。

唐子风已经无暇琢磨谁抱自己粗腿的事情了，他现在的任务是抱孩子。

2003年12月，肖文珺生下了一个大胖小子，由两家的老人共同商量，取名为唐彦奇。唐子风对这个肥头大耳的儿子甚是喜爱，一天到晚抱在怀里，趁着别人没看见，便教儿子练各种版本的"艺术体操"，玩得不亦乐乎。

只可惜这会儿没有朋友圈，否则唐总也得变成一个"晒娃狂魔"了。

"喂喂，唐总，孩子不是机床，你别这么暴力行不行？"

看着唐子风折腾还没满月的儿子，上门来贺喜的李可佳实在忍不住了，出言"斥责"道。她现在也是有娃的人，还真看不得别人这样"虐待"孩子。

"没事，小孩骨头软，多练一练能够增强柔韧性。"唐子风强词夺理道。

不过，他也分明看到儿子已经不堪"蹂躏"，小嘴一瘪一瘪的，即将进入崩溃的状态，于是赶紧就坡下驴，把儿子抱起来，轻轻地哄着。唐彦奇也确实遗传了唐子风那没心没肺的"品质"，老爹刚给他一点好脸，他便呵呵地傻笑起来，哈喇子蹭了唐子风一肩膀。

"他就没把儿子当儿子。早知如此，我也不这么辛苦了，直接从玩具店买个布娃娃给他玩不就行了？"肖文珺坐在一旁，没好气地评论道。

"才不是文珺姐说的那样呢，小奇奇多好玩啊，你看，他还会冲我笑呢。"

说这话的是于晓惠。她和男友苏化今天约了李可佳、葛亚飞两口子一同上门来看望肖文珺。满屋子人里，就数她对小彦奇最稀罕了。

"我说晓惠，你这称呼是不是也该统一一下了？你管唐总叫叔叔，管文珺叫姐，那小奇奇管你叫啥？"李可佳在一旁说着风凉话。她一向不忿于晓惠与唐家两口子的亲昵，逮着机会就要挑拨挑拨。

"叫……"于晓惠一下子语塞了，她还真没反应过来这个辈分是怎么算的。

男友的作用在这个时候就体现出来了，苏化说道："文珺姐是晓惠的老师，也是长辈，所以我和晓惠都得叫小奇奇师弟。至于我们叫文珺姐，主要是怕把文珺姐叫老了嘛。"

"那你怎么不叫我可佳姐？"李可佳瞪着苏化质问道。

苏化一直都在新经纬公司兼职，与李可佳很熟。李可佳有时候也会与苏化开玩笑,让苏化管她叫姐。但苏化觉得李可佳是公司老板,又是唐子风的师姐,无论从哪头算都是尊长,所以坚持只叫她"李总"。李可佳当然不是一个在乎称呼的人,此时说这个哏也只是为了逗趣而已。

苏化也无语了,因为怎么回答都是错。此时唐子风笑呵呵地上前补了一刀,对李可佳说:"因为你本来就老,也不存在叫不叫的问题。"

"我不活了!"李可佳作势要撞墙。无奈身边的老公葛亚飞是那种不解风情之人,也不会在这个时候上前搂着她说点漂亮话啥的,让李可佳的一番表演成了独角戏。

大人们的打闹,小彦奇啥也听不懂,最初因为看到人多而导致的兴奋过后,他便开始哈欠连天了。肖文珺从唐子风手里把儿子接过去,向众人道了声歉,便回房间哄儿子睡觉去了。唐子风招呼着众人在客厅的沙发上坐下,说了几句闲话之后,便聊到了工作。

"基于互联网的远程诊断是一个很好的方向,我们现在正在做大范围的测试。王工的很多想法非常天才,我们专门检索过,国外在这方面也还是刚刚起步,很多概念甚至比我们还要落后呢。"李可佳兴奋地说道。

李可佳说的这位王工,是原临一机技术处电子技术科的工程师王俊悌。此人是大裁军时从部队转业的一位电子专家,在部队的时候就是做通信工程的,对网络技术颇有研究。

九年前,王俊悌向唐子风说起利用互联网远程管理机床的思路,唐子风当即表示认同,并且在厂务会上为王俊悌申请到了一笔数额不小的资金,让他组织一个小团队,开展这方面的预研。

那时候,互联网刚刚进入中国,王俊悌对互联网的认识也非常肤浅。唐子风向他介绍了后世互联网的发展情况,尤其是向他灌输了移动互联、5G、大数据等方面的概念。作为一个文科生,唐子风对这些技术也是一知半解,王俊悌却能从唐子风的讲述中举一反三,领悟其中的技术内涵。

从1994年到现在,互联网技术不断普及,各种基于网络的应用也如井喷一般涌现出来。去年,唐子风把王俊悌介绍给了李可佳,双方商定成立一个联合课题组,开发互联网与机床相结合的技术。这项技术在当时算是超前的,但唐子风和李可佳都看到了它的发展前景,决定加大投入,抢占这个领域的先机。

王俊悌有七八年的技术积累,新经纬公司有强大的软件开发能力,强强联手,王俊悌的许多想法迅速变成了现实。目前新经纬公司正在做的,是大型机床的远程诊断技术。这项技术能够将分布在全国各地的大型机床用互联网连接起来,技术人员可以在远端监视机床的运行情况,及时发现问题,并通知现场的操作人员进行调整。

这项技术更重要的一个意义在于搜集全国大型机床的运行数据,用于指导机床开发。以往,机床设计人员需要到工厂去实地了解机床的运行情况,通过分析这些情况,获得机床开发的思路。

如今有了这种远程搜集数据的技术,设计人员能够获得的信息就更多了,而且也更准确了。这就是后世的工业大数据概念,这些数据对于机床设计企业来说,是千金不换的核心资产。

在这个时间点上,西方互联网技术发达的国家也看到了互联网与机床相结合的价值,并且在着手研究相关技术。得益于唐子风拥有的穿越者金手指,王俊悌提前若干年就开始了这方面的研究,此时许多概念已经走到西方企业的前面去了。

李可佳让公司里的法务守在专利局门口,但凡公司里整理出什么新概念,法务就立即申请一个新专利,如今已经隐隐拥有了一道专利壁垒。

"互联网的浪潮太可怕了。我预计,未来二十年,所有的技术如果不与互联网挂钩,都会落伍。我们现在开发的新版本CAD系统,就已经考虑到了网络协作的问题。"李可佳向唐子风汇报道。

第三百六十七章　做得和唐总一样好

"也不绝对吧。"葛亚飞打岔道,"我现在正在搞的超重型旋风铣床,就和互联网没啥关系。"

"所以就落伍了呀。"李可佳呛声道。

"怎么会落伍呢？三峡水轮机的叶轮加工就等着我们这台旋风铣床呢,好几位中央领导都过问过的。"葛亚飞争辩道。

唐子风笑道："李师姐的话也是泛指,不是针对某个具体产品。葛师兄牵头搞的这台超重型旋风铣床,未来也得用新经纬的技术进行联网监控。不过,最难的技术肯定不在联网这块,而是葛师兄搞的旋风铣刀算法。"

"算法为王,我啥时候否认过啊？"李可佳附和道。她刚才的话的确说得太满了,这也是搞营销的人的通病。时下流行的是眼球经济,你不把一分说成十分、一百分,如何能够吸引大家的关注呢？

"对了,说起算法,我倒想起一件事。"唐子风转向葛亚飞,问道,"葛师兄,你是麻省理工学院的博士后,你有没有听说过欧阳康这个人？"

"我听说过这个人。"葛亚飞说,"不过,我也是因为他在国内出名了,才专门去问了一下美国那边的老同学。欧阳康到麻省理工学院的时候,我们这些人都已经毕业了,没人和他有过交集。听我同学辗转打听来的消息,这个人挺聪明的。"

"聪明？"唐子风笑道,"这可不是一个好评价。"

葛亚飞也笑了笑,说："算是一个中性的评价吧。我同学也没有直接接触过他,只是听其他人介绍。据说这个欧阳康智商很高,情商也很高,很擅长经营人际关系。当然,这也不是什么毛病,只是以我们这些搞技术的人的眼光来看,总觉得有点浮躁。"

"他总说我浮躁！"李可佳指着葛亚飞,向唐子风告状道。

"他也浮躁!"于晓惠也用手指着苏化,说道。

"那你觉得我浮躁吗?"唐子风向于晓惠问道。

于晓惠摇着头:"唐叔叔不是浮躁,唐叔叔是聪明。唐叔叔和葛叔叔是不同的人。葛叔叔是做技术的,要稳重;唐叔叔是总经理,就是要和别人打交道。"

"那么,苏化,你是打算搞技术,还是搞经营?"唐子风向苏化问道。

苏化自信满满地说:"兼而有之吧。其实搞技术和搞经营是可以合二为一的,你们刚才说的欧阳康,是不是就是这样的?"

"欧阳康的确很擅长经营。"唐子风回到原题上,他皱着眉头说,"他承担了国家的机床专项,然后不到一年时间就突破了很多项关键技术。接着,他就成立了一家公司,自己当法人代表,专门生产大尺寸高硬切削机床,用他对记者说的话来说,这叫打通产学研,用最快的速度实现科研成果的商品化。"

"他怎么有这么多的精力?"于晓惠吃惊道,"我现在天天画图纸就已经累得够呛了,晚上回到宿舍只想睡觉。这个欧阳康一边搞科研,一边还能开公司,这本事岂不是比……还大吗?"

说到最后,她把用来对比的对象给隐去了。她原本是想说欧阳康岂不是比唐子风本事还大,但又怕这样说出来会刺激唐子风,所以话到嘴边又咽了回去。

"小丫头,你直说他比我本事大不就行了?你唐叔叔肚子里能开歼星舰,还会嫉妒这么一个书呆子不成?"唐子风笑着对于晓惠说道。

于晓惠冲唐子风皱了皱鼻子,笑着说:"唐叔叔就是嫉妒人家了,要不你不会说人家是书呆子的。"

唐子风装出悻悻然的样子,说道:"我居然这么不含蓄,嫉妒一个书呆子,都被晓惠给看穿了。其实吧,我也不是嫉妒他,而是文珺跟我说过,她让学生帮忙查了欧阳康读博士期间发的几篇论文,觉得他的功底不是特别扎实。

"高硬机床这个课题,当初我们苍龙研究院也想拿下,后来大家觉得技术上有些难度,有几个关键技术问题大家没把握,所以就放弃了。欧阳康以一己之力,用这么短的时间就解决了这些问题,这让我觉得有些不可思议。"

"你是说,他的技术是假的?"李可佳问。

唐子风摇头说:"也不像。他已经用自己的技术造出了一台样机,下周就要接受科技部的鉴定。能不能实现大尺寸高硬切削,就是判断他的技术真伪的依据。大家都是懂行的人,他如果造假,大家还能看不出来吗?"

第三百六十七章 做得和唐总一样好

"这倒也是。"李可佳点头说，随即又笑道，"既然如此，你还嘀嘀咕咕干什么？会不会真的像晓惠说的那样，你是嫉妒人家的才华了？"

"唉，后生可畏啊。"唐子风做出一副老态龙钟的样子。

"别酸了，这个欧阳康好像和你是同年的吧，哪是什么后生？"李可佳说。

唐子风不忿地说："和我同年就不能是后生了吗？我怎么觉得我还是粉嫩粉嫩的新人呢？"

"粉嫩粉嫩的新人好像正在屋里吃奶吧？"李可佳笑道。

"唉！想着自己青春年少，居然就当了爹，真是扼腕啊。"唐子风叹道。

葛亚飞自动过滤掉了这俩文科生的牢骚怪话，他说道："唐总，你的担忧，我也有。大尺寸高硬曲面加工这个课题，我当时也参与了讨论，觉得障碍很大。欧阳康能够这么快就解决掉这些关键技术问题，要么是他天资过人，比我们这些人都强得多，要么就是搞了什么名堂，比如说剽窃了莱顿公司的技术。"

"天资这方面，我是不信的。"唐子风说，"文珺认真读过欧阳康的一些论文，跟我说这个人小聪明是有的，但真功夫不多。高硬加工这项技术，不是靠一些小聪明就能够突破的，尤其是他的团队里只有他一个人有过硬的学术背景，其他人要么是在校研究生，要么就是以前没什么成果的副教授、讲师啥的。要说他一个人就能够解决苍龙研究院都不敢接的课题，或者说他的团队里那些'菜鸟'一下子就开窍了，怎么说都不可信。"

"那么，就只有他剽窃莱顿公司技术这一种可能了？"李可佳问。

唐子风还是摇着头，说："这个也不容易。莱顿公司也是有保密规则的，就算他曾经在莱顿公司工作过，参与过一些重要课题，能够掌握的技术秘密也只是少数，不可能面面俱到。高硬机床的难点是切削算法，开发这样一套算法，不是一个人就能完成的。欧阳康在莱顿公司满打满算也就待了一年时间，他怎么能把整套算法都剽窃过来呢？"

"的确如此。"葛亚飞说。

他也是因为在美国的机床企业待过，掌握了一些核心技术，回国之后才被唐子风委任负责重型曲轴机床的开发工作。他深知，在美国的机床企业里，核心算法是高度保密的，别说是一位新来的员工，就算是混到高管级别，也很难把整套算法都盗出来。

葛亚飞开发重型曲轴机床的时候，就是通过回忆美国那家公司的一些技术片段,再进行逆向破解,逐渐还原出技术细节。为了做到这一点,他亲自带着一个精锐团队干了好几年时间,中间走了不少弯路,最终才取得了成果。

要说欧阳康仅仅在莱顿公司待了一年,就能够把人家的核心算法全都抄出来,变成自己的东西,葛亚飞第一个就不相信。

"这个问题不想了。"唐子风挥挥手说,"下星期科技部去丹彰开产品鉴定会,也邀请了我们临机集团参加。到时候,我带孙民和关埔去,看看能不能找出一些破绽来。"

"我真是服你们了!"李可佳说,"心里全是阴谋论,还惦记着要找出人家的破绽。万一人家就这么牛,技术全是自己开发出来的,你们打算怎么办?"

"当然是直接跪了。"唐子风嬉皮笑脸地说,"有这么牛的人,开发点技术跟玩儿似的,还能经营好一家公司,这种人多难得啊。师姐,你不知道,我这些年太优秀了,想找个比我优秀的人来打击打击我的自信都难。我现在理解独孤求败的心理了……"

"不行不行,我要吐了!"李可佳叫嚷起来。知道自己的校友都喜欢吹牛,可这位师弟未免吹得太狠了,让老师姐都自愧弗如。

"唐叔叔本来就是最优秀的,没有之一。"于晓惠很认真地维护着自己的偶像。

"看看,还是晓惠了解我。"唐子风得意地笑着,随后又看着苏化,说道,"不过,苏化,我倒是挺看好你。我估计,未来十年,如果年轻一代里有人能够超过我,恐怕就是你苏化了,好好努力吧。"

"我怎么可能超过唐总呢?"苏化谦虚道,"我最大的理想就是做得和唐总一样好而已。"

"噗,哈哈哈!"李可佳直接就笑喷了。

于晓惠则是用粉拳猛砸着苏化的后背,借以惩罚男友吹牛。

做到和唐子风一样好,这可真不是什么小目标。

第三百六十八章　技术鉴定会

明溪省会丹彰市。

明溪理工大学的校园里彩旗飘飘，主干道上拉着大红横幅，上面写着诸如"欢迎科技部领导莅临指导""预祝丹锐03型机床鉴定会取得圆满成功"之类的标语。明理工的头头脑脑都换上了崭新的西装，各就各位，迎接从京城以及全国其他地方前来参加鉴定会的嘉宾。

三辆小轿车鱼贯开进明理工的校门，来到大报告厅门前。没等车子停稳，校长安向平便疾步上前，来到了第一辆轿车跟前。他欲伸手去拉车门的瞬间，车门已经从里面打开了，一位中年男子从车里走了下来。

"宋司长，我给你介绍一下，这位是明溪理工大学校长安向平。安校长，这是科技部的宋司长。"从车子另一侧下来的省科技厅副厅长袁亮小跑着过来，给双方做着介绍。

"哈哈，袁厅长，用不着你介绍，我和老安是老朋友了。"被称为宋司长的那位中年男子笑着说道，同时伸手与安向平握手。

他叫宋秀杰，是科技部的一位副司长，几年前国家几部委联合推出的机床专项，就是由他负责的。这一次，由明溪理工大学机械系教授欧阳康承担的机床专项中的"大尺寸高硬特殊旋转曲面切削方法"课题召开成果鉴定会，宋秀杰便是鉴定组的组长。

明溪理工大学是国内的重点大学，每年都要承担国家的许多项重点科研攻关项目，安向平与宋秀杰早就熟识了，在一起吃饭的次数都不下十回，倒也的确不需要袁亮来给他们做介绍。

"哈哈，宋司长一向照顾我们明理工，这次又专程前来指导我们的工作，我校师生都觉得蓬荜生辉啊。"安向平与宋秀杰握着手，同时说着客气话。

此时，后面两辆车上的人也都下来了，宋秀杰领着安向平迎过去，给他做着介绍:"老安,我给你介绍一下,这是船舶总公司的副总工康治超。康总工可是一直关心着你们这个高硬曲面加工的课题,到我们科技部询问进度就问了有十几次。如果这次不是你们把技术突破了,生产出了机床样机,我都不敢见康总工呢。"

康治超摆摆手,说:"宋司长夸张了,我这不也是着急吗?"

说着,他又赶紧上前一步,与安向平握手,带着几分激动地说道:"安校长,感谢你们为我们船舶系统又提供了一件利器啊。你们突破的这项技术,能够让我们摆脱对莱顿公司的依赖。你是知道的,莱顿公司卖给我们高硬曲面加工机床,里面是要安装监控芯片的,严禁我们用这些机床生产军品。唉,受制于人的滋味,我们真是受够了。"

"康总工辛苦了!"安向平说,"'感谢'二字,我们可受不起。我们明理工作为重点高校,本身就承担着为国家研制尖端技术装备的任务。我们做的这些,都是分内工作,一会儿鉴定会上我们还要请康总工为我们多做指点呢。"

"哈哈,我是来向安校长和欧阳教授学习的。"康治超说道。

等二人寒暄完,宋秀杰接着向安向平介绍下一位贵宾:"这位是东叶省临河机床集团公司总经理唐子风同志。唐总同时还是苍龙机床协作单位联席会议秘书处的秘书长。关于这个机构的情况嘛,要不,唐总,你自己向安校长介绍一下吧。"

"宋司长客气了,您称我小唐就好了。"唐子风谦虚了一句,然后转过头,与安向平握了握手,说道,"安校长,我们苍龙机床协作单位联席会议,其实就是几年前由国内最大的二十家机床企业组成的一个合作机制,主要是协调各家企业的技术开发,避免重复投入。

"这次听说贵校的欧阳教授突破了高硬曲面加工这个世界级难题,我们那边的工程师们都兴奋不已,委托我来替他们向欧阳教授表达崇敬之情,同时我们也想看看是否有一些合作的机会,所以就不请自来了,安校长不会怪罪我吧?"

"哪能啊!"安向平哈哈笑着,"唐总这样的贵宾,我们想请都请不到呢。我们这次开鉴定会,其实一直都想请企业界的领导、专家过来指导,只是不知道如何与你们联系,所以就委托宋司长他们代发邀请了。"

"我们学校一直都倡导搞产学研一体联动,这次唐总来了,咱们可以好好谈

第三百六十八章 技术鉴定会

谈,看看未来能够开展一些什么样的合作。你们有资金,有经验,还有生产能力,我们这边在理论研究方面可能有些长处,咱们双方合作,应当算是强强联手吧?"

"绝对是强强联手。我们太需要高校的专家、教授去指导我们工作了。"唐子风脸上写满了"真诚"二字。跟在他身后的孙民、关塬和于晓惠三人心里都在偷笑,脸上自然是丝毫不敢流露出来的。

明理工承担科技部委托的课题,开鉴定会的时候,专家自然是要由科技部去请的。唐子风说自己是不请自来,不过是客套话,他拿的其实是科技部发的邀请。

负责对项目进行技术鉴定的,是康治超、孙民、关塬以及其他几位先期到达的专家,唐子风不懂技术,科技部请他过来,主要是让他从技术的应用推广等方面提一些意见。

唐子风来明理工之前就与孙民等人说过,他对欧阳康的这项成果的真实性有些怀疑,让孙民、关塬等人届时多留个心眼,找找破绽。于晓惠是自告奋勇跟着唐子风来的。肖文珺现在还在坐月子,不便出门,便安排于晓惠来给唐子风当个现场技术顾问,省得唐子风啥都不懂,闹笑话。

原本是带着找碴儿的心态,唐子风与安向平打招呼的时候却能说得如此推心置腹,这本事也的确让一帮人开眼界了。

看看时间快到了,安向平向宋秀杰招呼一声,便领着众人走进了大报告厅。

大报告厅里自然也是布置得一丝不苟,演讲席上方挂着横幅,墙上有硕大的投影幕布,上面打着汇报幻灯片的封面:丹锐03型机床技术报告。观众席的前面两排,桌子上蒙了深红色的桌布,摆放着便笺纸、铅笔、水杯、果盘和桌签。其中第一排的每张桌子上还摆着一个蒙了红绸布的话筒,方便领导和专家提问。

看到安向平领人进来,一位正坐在演讲席的电脑前操作着什么的男子站了起来,快步迎向安向平一行。

"宋司长,您好啊,这次又麻烦您亲自过来了。"

那男子向宋秀杰说道,同时向其他人扫视了一圈,目光在每个人脸上都停留了片刻,脸上也快速地切换着"你好"和"再见"这两种表情。几秒钟时间,他就用眼神与众人都打了个招呼,让每个人都有一种如沐春风的感觉。

这小子简直就是一个人精啊！

唐子风在心里感慨道。

"他就是欧阳教授，我们明溪省去年重点引进的青年人才。"安向平给众人做着介绍。

欧阳康承担的是科技部的重点项目，前后经历了申报、立项、中期审核等若干个环节，因此与宋秀杰认识。而康治超、唐子风这些人都是第一次见他，安向平自然要介绍一下。

"不好意思，各位领导、各位专家，安校长说今天的汇报特别重要，让我务必抓紧一切时间再熟悉一下汇报材料，不让我到外面去迎接各位，所以实在是失礼了。"在安向平把众人介绍给欧阳康之后，欧阳康拱拱手，向众人团团一拜，道了声歉。

"哈哈，欧阳，瞧你说的。今天你是主角，我们都是来给你捧场的，还说得上什么失礼不失礼吗？"宋秀杰打了个哈哈说道。从他对欧阳康的称呼，大家能感觉到他对欧阳康是非常器重的。欧阳康与唐子风同年，今年才三十二岁，在宋秀杰、安向平这些人面前就属于小字辈了。宋秀杰称他一句"欧阳"，那就是没拿他当外人的意思。

众人照着桌签的指示各自入席。像于晓惠这种助理级别的来宾，属于没有桌签的路人甲，只能坐在后排。报告厅里已经坐了不少人，其中有前来参加鉴定的专家，也有过来旁听的师生，还有一个群体，那就是明理工和明溪科技厅请来的记者。

在报告厅的各个位置上都已经支上了一些拍照用的三脚架，摄影记者们的长枪短炮全都对准了演讲席。

第三百六十九章　这人有问题

"丹锐03型机床的技术核心,是我们课题组独立开发,并且拥有完全知识产权的高硬曲面切削算法。因为其中涉及一些技术秘密,在此我不便详细介绍全部算法,只是向大家汇报一下算法的核心思路……"

鉴定会开始,欧阳康站在演讲席上,手里拿着一支带遥控的激光笔,一边翻着演示幻灯片,一边侃侃而谈。

幻灯片上,一会儿是密如蛛网的逻辑框图,一会儿是大段大段的数学公式,偶尔穿插几幅图片,算是照顾一下如唐子风这种文科生的情绪。

康治超、孙民、关埔、于晓惠等人都是技术专家,虽然不是做这个方向的研究的,但看这些框图和公式还是能够看出一些端倪。正如欧阳康所说,他不便透露所有的技术细节,所讲的都是思路,专家们各自开动脑筋,把他没有说出来的那些内容补充进去,发现他的讲述倒的确是符合逻辑的,照这个思路做下去,应当能够有所建树。

"在算法的基础上,我们开发出了用于高硬曲面切削的专用控制芯片,我们把它称为'明芯一号'。"

欧阳康手一挥,幕布上出现了一片集成电路的特写,封装上两个小篆汉字熠熠生辉,正是"明芯"二字。

哗!

会场上明理工预备的啦啦队一齐鼓掌,掌声雷动。宋秀杰、康治超等人见身边的安向平、袁亮都在拍巴掌,脸上也挂不住了,赶紧抬手跟着拍掌,还向安向平等人送去一个表示祝贺的笑容。

"明芯一号是由我们独立开发,请台岛代工企业帮助流片的。'明芯'就是指我们明溪省的芯片,这次请各位领导和专家来鉴定的丹锐03型机床,正是装备了明芯一号芯片。

"在此,我还要讲一个花絮。我们这枚芯片上的'明芯'二字,是由我们明溪理工大学的书法大师劳昱先生亲自书写的。为了给我们写好这两个字,劳先生不顾自己九十岁高龄,一口气连写了七幅字,最后才挑选出一幅最得意的,让我们拿去缩印到芯片上。"

欧阳康饱含热情地讲述着,投影幕布上难免要出现劳昱那张苍老而慈祥的笑脸,脸上的每一道皱纹里似乎都写着"睿智"二字,让人对明芯一号又平添了几分信任。

欧阳康的演讲持续了一个小时,随后,鉴定会便进入了下一个环节——专家们前往实验室,观看丹锐03型机床的切削操作。

在来明溪之前,肖文珺已经给唐子风做过一番科普,说大尺寸高硬曲面加工的难度,其实就在于切削算法。当然,这也是有前提的,那就是目前国内在超硬刀具、精密丝杠、电主轴、光栅尺等部件上都已经有了扎实的储备,只要能解决算法问题,做出一台机床来并不困难。

关于这一点,康治超、孙民等人自然是懂的。欧阳康刚才的介绍也非常到位。他没有谈丹锐03型机床的床身设计、刀具选择等问题,而是把介绍的重点放在了算法上,最后隆重推出了集成这种算法的控制芯片,也就是所谓明芯一号。

如果机床的控制系统使用的正是这种明芯一号,而机床又的确能够完成指定的高硬曲面加工操作,那就意味着这个项目达到了预期目标,至于下一步如何提高机床的可靠性、延长使用寿命、降低成本等,都属于细节了。即便欧阳康的团队没有这样的经验,国内那些大型机床企业也是完全能够办到的。

"这是我们使用的数控电路板,主芯片就是我们自主开发的明芯一号。"

在实验室里,欧阳康首先拆开机床的外壳,向专家们展示了数控电路板。大家这回算是看到了明芯一号的实物,与欧阳康此前在投影上展示的一模一样。欧阳康还让自己的研究生拿来了一个盒子,里面装着十几片同样的芯片,据他说,这就是此前从台岛代工商那里流片出来的成品。

看过芯片,接下来就是切削演示。欧阳康没有亲自动手,而是叫来一名研究生,让他把待切削的工件卡在夹具上,再在控制面板上输入一长串指令,接着机床便嗞嗞响着开始工作了。

测试的要求是事先就已经确定的,包括对几种不同硬度的材料以及几种不同曲面的加工。丹锐03型机床倒也不负众望，按照要求逐一完成了切削作业。康治超、孙民等人对切削的成品进行了鉴定，确认达到了设计要求。当然，大家也发现了机床存在的一些问题，不过这些问题都无伤大雅，属于未来需要进一步加强的地方。

这里还有一个不为人知的小技巧，那就是在成果鉴定的时候，课题组不妨留一些小小的破绽让鉴定专家去抓。因为一次鉴定会如果一个毛病都没有发现，外人难免要怀疑课题组有意放水，课题组的专家们也会觉得自己的价值没有体现出来。

最完美的成果鉴定会，就是项目的要求都已经达到，但还显示出了一些"有提高余地"的地方，这样双方都有面子，下次还能继续合作。

有些年轻学者自恃水平很高，在成果鉴定的时候放出豪言，说谁都找不出自己的破绽，这是很得罪人的事情。挨几回专家的暴打，就不会犯这种幼稚的错了。

欧阳康这个项目的鉴定，就非常符合"正常"的鉴定套路。也不知道是他天生就懂得这些门道，还是安向平等人曾向他密授机宜，总之，他所展示出来的技术，分寸拿捏得非常到位，既达到了课题要求，又不是绝对地完美，给每个专家都留出了展现风采的机会。

专家们说得爽了，心情也就爽了，话里话外已经给成果定了性，那就是非常成功，达到国内领先、国际先进的水平。唐子风跟在众人身边，看不懂技术，只能看点热闹。听到大家异口同声地称赞丹锐03型机床以及明芯一号工控芯片，他开始有些怀疑自己此前的判断了。

莫非这个姓欧阳的还真有几把刷子？技术过硬也就罢了，还这么会做人，长袖善舞。相比之下，他唐子风虽然搞经营有一套，可技术方面完全是外行，与欧阳康一比，可就落了下风。

机床业出现这样一个人才，自己作为机床业的一员，应当高兴才对，为什么心里总还有一些硌硬呢？难道自己真是心胸狭窄之徒，看到别人有本事，就生出了羡慕嫉妒恨，非要找找人家的碴儿不成？

唐子风想着心思的时候，大家已经乌泱乌泱地往外走，准备回报告厅进行象征性的闭门讨论，为课题出具鉴定结果。唐子风扭头一看，发现于晓惠落在后面，正和一位与她年龄相仿的女生聊得火热。

"晓惠,怎么,你们认识啊?"

唐子风站住脚,等着于晓惠和那位女生跟上来,这才随口问道。他认得这个女生,她是刚才在实验室里帮忙的学生,照欧阳康的介绍,她应当是他或者课题组其他老师名下的研究生。

"唐叔叔,我给你介绍一下,她叫李甜甜,是我的高中同学,现在正好跟欧阳教授读研究生呢。甜甜,这是唐总,是咱们临河机床集团公司的总经理。"

于晓惠给唐子风和那位女生做着介绍。

"唐总,您好,我听说过您的名字。"李甜甜用甜甜的声音向唐子风问候道。

"是吗?我还不知道自己这么出名呢。"唐子风说,心里倒也不以为然。临机集团是临河市最大的企业,李甜甜既然是于晓惠的高中同学,自然也是临河人,听说过他的名字并不奇怪。

"其实,我是听苏化说的。"李甜甜却给了唐子风一个意外的回答。说到苏化的名字时,她像是不经意地向于晓惠瞟了一眼,唐子风借着眼角的余光分明看到于晓惠的鼻子又皱起来了,那是小姑娘表示不开心时的习惯性动作。

众人要回报告厅去,李甜甜等学生还得回实验室收拾,所以双方没聊几句就互相道别了。李甜甜离开之时,还与于晓惠拉着手,互相说了一些亲热的话,唐子风却觉得空气中弥漫着一股"塑料味"。

"他乡遇故知,你怎么还一副不太开心的样子?"

告别李甜甜之后,唐子风明知故问地向于晓惠说道。

"没有啊,我怎么就不开心了?"于晓惠装出一副天真烂漫的样子,但当她看到唐子风那带着调侃的眼神时,俏脸蓦地就红了。

"晓惠,刚才的切削演示,你看出什么问题没有?"

唐子风赶紧岔开话题,对于晓惠问道。他毕竟是长辈,拿晚辈的感情问题调侃,显得为老不尊,还是谈谈技术更好。

于晓惠窘了片刻,这才不满地白了唐子风一眼,然后答道:"我没看出什么问题。康总工,还有孙老师和关工他们不是都觉得丹锐03挺好的吗?唐叔叔,你觉得有什么不妥吗?"

"没有什么。"唐子风说,说罢,他抬起头,看看前面七八步远,正与康治超小声交流着什么的欧阳康的背影,低声说道,"我就是有点不喜欢这个人,直觉上觉得,这人有问题!"

第三百七十章　根本不是一码事

专家们先回到报告厅旁边的一个小会议室,在里面讨论了十几分钟,最后由孙民执笔,写了一个鉴定报告,大致内容就是明溪理工大学欧阳康承担的课题达到项目要求,所研制的丹锐03型机床通过专家鉴定云云,这也是鉴定报告的常见套路了。

宋秀杰作为鉴定组组长在报告上签了名,其余的人则在鉴定专家一栏里签了名。

随后,大家重新回到报告厅。宋秀杰在安向平的陪同下走上演讲台,宣读了鉴定报告,全场再次爆发出雷鸣般的掌声。欧阳康上前与宋秀杰握手,台下的照相机一齐咔嚓咔嚓地响起来,闪光灯照得整个报告厅一片雪亮。

鉴定会过后,明理工安排了晚宴,款待专家组和其他来宾。宴会后,明理工校办又热情地表示可以再给贵宾们安排一点其他的娱乐项目,大家全都以旅途辛苦为由婉拒了,然后各自返回下榻的明理工国际交流中心休息。

唐子风回到房间,先给肖文珺打了个电话,重点是询问儿子今天吃了多少奶、拉了几泡屎之类的重要事情,然后统一地问了一下家里其他人情况如何。聊完家常,他又向肖文珺说了今天鉴定会的事情,说明专家们都认为欧阳康开发的算法有独到之处,丹锐03型机床的表现也令人满意。

"你有没有问过晓惠,欧阳康他们的算法和莱顿的算法有没有明显的差异?"肖文珺问道。

由于怀疑欧阳康剽窃了莱顿的算法,肖文珺专门让于晓惠去检索了莱顿申请的切削算法专利,用来与欧阳康的算法进行对比。这种算法上的差异,唐子风当然是看不出来的,而于晓惠却能看出来。

唐子风说:"我问过晓惠了,她说欧阳康提出的算法和莱顿的算法有明显的不同,应当是刻意避开了莱顿的专利。"

"这么说,这个欧阳康的水平还是挺高的啰?"肖文珺说。

"是啊,再努力努力,就能超过我了。"唐子风用感慨的语气说道。

肖文珺嘻嘻笑道:"咦,我怎么隔着无线基站都能闻到某人话里的酸味啊?"

"今天晚上明理工安排的宴席上有一道酸汤鱼,你闻到的肯定是酸汤鱼的味道。"

"嗯,那就好。别酸了,术业有专攻,你也有你的专长,没必要啥都要比别人强吧?"

"老婆教训得对,我的确是有些飘了。"

"那就脚踏实地吧。好了,我先去哄你儿子,你也早点休息吧。"

"老婆辛苦了,晚安!"

"晚安!"

挂断电话,唐子风无奈地笑了,难道自己对欧阳康的嫉妒有这么明显,连肖文珺都听出来了?

叮咚,叮咚!

门铃响了。

唐子风过去开了门,门外站着的正是于晓惠。她手里抱着一个笔记本电脑,脸上的表情很复杂。

"唐叔叔,你休息了吗?"

"还没呢,你进来吧。"

于晓惠随着唐子风进了屋,关上门之后,于晓惠说道:"唐叔叔,有个情况,我想向你报告一下。"

"你坐下说吧。什么情况?怎么这么严肃?"

唐子风指指屋里的沙发,招呼于晓惠坐下,同时笑着问道。

于晓惠是个做事挺认真的姑娘,一点小事也弄得很严肃,唐子风已经习惯了。现在看她脸色有些凝重,唐子风并不担心,觉得没准也就是学校里的作业迟交了半小时这样的小事情。

于晓惠说:"唐叔叔,你不是说你怀疑欧阳教授的课题有问题吗?我刚才在电脑上做了一个模拟,的确发现了一些问题。"

唐子风打了个激灵,脸上的笑容立马就消失了。他问道:"你发现了什么问题?你说的模拟是怎么回事?"

第三百七十章 根本不是一码事

"是这样的,今天欧阳教授介绍了他的切削算法思路,虽然没有介绍细节,但我基本上可以根据他介绍的思路,设计一个简化的算法,模拟出机床的切削过程。我刚才在电脑上做了一个动态模拟程序,模仿刀具的走刀策略,结果发现和丹锐03机床的演示情况完全不同。"

于晓惠说着打开笔记本,给唐子风演示起来。于晓惠做的这个程序,模拟了工件和刀具在切削过程中的动作,和一台机床实际运行时的情况一样。

"唐叔叔,今天下午在欧阳教授的实验室里,我认真观察了丹锐03型机床的切削过程,它的走刀策略和我现在模拟出来的这个方式是完全不同的。"于晓惠解说道。

数控机床的加工区域外面有一个外罩,是起保护作用的。这个外罩一般都会做成透明的,这样操作人员能够观察到加工过程,及时发现各种意外情况。

下午欧阳康让学生演示丹锐03型机床的切削作业时,大家都隔着透明外罩看到了工件和刀具的运动方式,只是唐子风对技术缺乏了解,也看不出什么名堂,所以并未特别留意。于晓惠是清华机械系的博士,平日里研究的就是切削过程,观察的时候自然更为仔细,此时凭着记忆便能够发现其与电脑模拟的方式存在着差异。

"你这个模拟可靠吗?"唐子风认真地问道。

于晓惠用力地点点头,说:"可靠,我完全是照着欧阳教授说的算法思路设计的,不可能有错。"

"那么,你确信欧阳康的那台机床的确不是这样走刀的?"唐子风又问道。

于晓惠这回没有那么笃定了,她犹豫着说:"我记得不是这样的。不过我不知道我会不会记错,现在也没法去对比,所以只能说是一个疑问。"

唐子风抄起桌上的电话,直接拨了个房间号。听到对方接起电话,唐子风说道:"老孙,你今天在欧阳康实验室里不是拍了录像吗?你现在马上把DV拿到我房间来,对了,别忘了带上视频转接线。"

少顷,孙民拿着一个袖珍数码摄像机过来了,关埔跟在他的身后。唐子风让于晓惠去关上了房门,然后便指示孙民把摄像机用视频线连接到自己的笔记本电脑上,开始播放孙民录制的丹锐03型机床运行视频。

孙民拍摄这段视频,是为了带回去给苍龙研究院的工程师们看,这种资料对于懂行的专家来说是非常珍贵的。丹锐03型机床是科技部的专项成果,欧阳康也没有保密的权利。除了孙民之外,其他单位来的专家也有用 DV 进行录像的。

"就是这里!"在快进了一段之后,于晓惠用手指着唐子风笔记本的屏幕,大声地说道。

众人都把头凑过去。于晓惠同时打开了自己笔记本上的模拟程序,把两个屏幕并排放着,供大家对比。这一回,连唐子风都能够看出来了,丹锐 03 型机床的刀具运行方式,与于晓惠模拟出来的结果迥然不同,分明就是两个模式。

孙民和关墉一开始没明白是怎么回事,听于晓惠解释了几句,二人的脸色就变得很难看了。这二位都是老一代的机床工程师,对于软件模拟这种方式并不熟悉,但他们能够根据欧阳康所说的算法,在脑子里粗略地模拟出一套走刀策略。

他们把自己想的结果与于晓惠的模拟结果一对照,便知道于晓惠的模拟是正确的;再把于晓惠的模拟结果与视频上显示的丹锐 03 型机床的真实运行情况一对比,就看出问题了。

"这台机床的走刀策略,和欧阳康介绍的算法根本不是一码事。"孙民黑着脸说道。

"我看出来了,这有点像莱顿公司的技术。"关墉说道,"康总工他们那边有几台莱顿公司的高硬曲面机床,我去看过的。康总工当时的意思是,想让我们帮着开发同类机床,后来咱们觉得拿不下来,这件事就搁下了。我现在回想起来,莱顿机床的走刀策略应当就是这个样子。"

"也就是说,欧阳康的确是盗了莱顿的技术,他汇报的算法是一码事,而实际使用的算法是另一码事。"唐子风说。

孙民狐疑道:"不应该啊。我们是看过那台机床的,它用的控制芯片就是欧阳康他们自己开发的明芯一号,他不是说明芯一号就是集成了他提出的算法吗?"

"他完全有可能撒了谎啊。"关墉说,"明芯一号里集成的是莱顿的算法,不是他汇报的那套算法。"

"可是这又有什么必要呢?"于晓惠问。

关墉说:"他如果使用了莱顿的算法,就属于侵权了,科技部不会认可的。所以,他要开发一套自主算法。但是,可能他开发的自主算法性能有问题,达不

第三百七十章 根本不是一码事

到要求,所以他就盗用了莱顿的算法,制作了这个明芯一号。"

于晓惠说:"可这就意味着欧阳教授破解了莱顿的算法。肖老师跟我说过,莱顿的算法是非常复杂的,而且是莱顿公司的核心机密,别人不可能有机会全盘剽窃。欧阳教授非但破解了它的算法,还开发出了专用芯片,这个难度未免太大了。"

"是啊,如果他能做到这一点,根本就没必要瞒着科技部的。"孙民说道,"能够完全把莱顿公司的算法破解,这个成绩甚至比独立开发一套算法还大呢。"

第三百七十一章　谁问你这个了

知识产权是与商业化挂钩的,如果不是商业化应用,也就无须在意知识产权的问题。

莱顿公司的算法是申请了专利的,如果欧阳康模仿或者破解莱顿公司的算法,制造出同样的机床在市场上销售,就属于侵权行为,是要承担法律责任的。

但如果欧阳康破解了莱顿公司的算法,并不进行商业应用,而是限制在内部使用,例如开发出机床提供给军工部门使用,那么莱顿公司是拿欧阳康没什么办法的。

军工部门使用的机床,可以一直处于保密状态,莱顿公司根本无从了解到这些机床采用了什么技术,要想起诉欧阳康,也拿不出证据。

这种事情,即便是从法理上来解释,也是说得过去的。

知识产权保护制度从来都是双向的。一方面,这一制度保护技术原创者的权利不受他人侵犯,以便鼓励创新;另一方面,这一制度也规定技术原创者有向他人提供技术的义务,不得以知识产权保护为名,制造技术壁垒。

通俗地说,那就是我可以承诺不侵权,但前提是你同意我在付出一定代价后,能够使用你开发的技术。如果你把技术捂在手里,不肯给我使用,我又有什么必要去尊重你的知识产权呢?

各个国家对涉及军事用途的技术都会有一定的限制。比如中国购买莱顿公司的机床,莱顿公司便会要求中方签署一份协议,承诺不得将这些机床用于军工目的。

既然你不允许我们的军工部门使用你的机床,那我们军工部门自己破解你的技术,开发出同样的机床,你也就没资格说什么侵权了。责权利关系必须是对等的,这一条大家都明白。

第三百七十一章 谁问你这个了

孙民说,如果欧阳康能够完美地破解莱顿公司的算法,而且造出专用芯片,这会比他提出另一套算法成绩更大,正是指这个方面。莱顿公司的技术是非常先进的,中国如果能够完全模仿出它的技术,哪怕只局限在军工装备部门使用,也是一个了不起的进步。

"欧阳康应当懂这个道理吧?"唐子风皱着眉头说。

孙民说:"我觉得他应当是懂的。你看他和宋司长的关系挺密切的,就算他不懂,难道宋司长也不懂?他完全可以私下里向科技部说明这件事,而没必要拿一个不成熟的算法来掩人耳目。"

"是啊,真的假不了,假的真不了。你看,他搞这个名堂,不就被我们发现了吗?"关墉说道。

孙民白了关墉一眼,说道:"老关,你就别吹牛了。咱们这些人都看走了眼,如果不是晓惠发现了问题,咱们丢人可就丢大了。"

"对对,还是晓惠功底扎实,不愧是清华的博士。"关墉连声说道。

于晓惠脸微微有些红,她低声说道:"其实不是我发现了问题,是唐总说他觉得欧阳教授的成果有问题,我才去做程序模拟的。"

"哦哦,难怪!"孙民改口极快,"唐总就是唐总,看问题可比我们敏锐多了。唉,我们这些搞技术的人,脑子就是太简单了,差点就让这个欧阳康给糊弄过去了。"

唐子风摆摆手,忽略了孙民的恭维,说道:"刚才咱们说了,欧阳康应当知道,他与其冒着被发现的风险,拿一个假成果来参加鉴定,不如向科技部坦白,说自己破解了莱顿公司的算法。虽然这与科技部的项目要求不符,但毕竟也是一个很不错的结果了。那么问题就来了,欧阳康为什么没有这样做呢?"

"是不是还有其他的问题?"于晓惠问道。

"什么问题?"唐子风问。

于晓惠摇摇头:"我想不出来。我只是觉得这件事不合理。你过去不是经常说事出反常即有妖?欧阳教授做的事情这么反常,说不定里面还有什么我们不清楚的事情呢。"

"的确如此。"唐子风说,"欧阳康是个很聪明的人,聪明人干傻事,这就不合理了,里面必有隐情。"

"这件事,要不要向宋司长汇报?"孙民问道。

唐子风想了想,说道:"先放一放吧。毕竟今天白天刚刚完成了鉴定,宋司长就是鉴定组的组长。现在鉴定报告墨迹未干,咱们如果跑去向宋司长报告说可能存在问题,宋司长脸上挂不住啊。"

"可是,这种事情拖得越久,他脸上不是越挂不住吗?"关墉问道。

唐子风笑道:"我的意思是说,咱们还有一些疑点没有搞清楚,现在去汇报,万一宋司长不相信咱们的判断,反而觉得咱们是嫉妒欧阳康的成果,大家不就闹得不愉快了吗?咱们要向宋司长汇报,必须是在掌握了确凿证据的情况下。这样宋司长也无话可说,只能感谢我们替他挽回了损失。"

"唐总说得对。"孙民赶紧附和,随后又愁眉苦脸地说,"可是,咱们上哪儿去找确凿的证据呢?总不能直接去找欧阳康吧?"

"那是肯定不行的,没准还会打草惊蛇。"唐子风说,"这样吧,老孙、关工,你们俩先回去休息吧,顺便也想想可以从什么渠道了解一下丹锐机床的真相。我这边也琢磨琢磨,看看能不能找到一个知情人。"

"好的。"孙民和关墉站起身,向唐子风告辞。于晓惠也稀里糊涂地站起来,正欲跟在孙民他们身后离开,唐子风叫住了她。

"唐叔叔,怎么啦?"于晓惠折返回来,问道。

唐子风关上门,对于晓惠说道:"晓惠,你那个同学,叫什么甜甜的,你了解不了解?"

听唐子风说到李甜甜,于晓惠脸上便带了一层薄霜,她支吾着说道:"也不是特别了解……不过,毕竟同学三年,也可以说是有一些了解吧。"

唐子风知道她的别扭从何而来,但此时也不是开玩笑的时候。他问道:"你觉得,如果我们向她打听丹锐机床的情况,她会不会对我们说实话?"

于晓惠想了足有一分钟,还是摇着头说道:"我说不好。这个人吧,应当还是有一些正义感的,不过那也是中学时的事情了,谁知道这些年她有没有变呢?再说,中学的时候也没啥重要的事情,可现在这件事,关系太大了,我不知道她会怎么做。"

唐子风点了点头,说道:"如果是这样,那你替我约一下她,随便找个理由,比如说家乡的领导关心临河学子的生活,想和她见见面。"

于晓惠微微噘起了嘴,没有动弹,也没有接唐子风的话。

"怎么,有难度?"唐子风问。

第三百七十一章 谁问你这个了

于晓惠不情不愿地说:"今天见面的时候,大家都太高兴了,光顾着聊天,我忘了问她的手机号,现在想给她打电话也没号码。"

"能想想办法吗?"唐子风说。

"想什么办法?"于晓惠问。

唐子风沉下脸,说道:"晓惠,你应当知道的,这件事非常重要。如果欧阳康真的搞了什么名堂,就意味着国家前期投进去的几千万元资金打了水漂,而且还会误导后续的研究,让我们走弯路。你现在已经是一个博士生了,是个人的情绪重要,还是国家的利益重要,你还分不清吗?"

于晓惠脸色有些发白,她垂下头,说道:"唐叔叔,我错了,我现在就给苏化打电话。"

远在京城的苏化接到于晓惠打来的电话,先是一阵兴奋,待听说于晓惠打电话给他的目的是打听李甜甜的电话号码,苏化的声音里几乎带上了哭腔:"晓惠,我跟她真的没啥。她也就是向我请教了几个 C 语言的问题,还有上次她要买电脑,让我给她推荐型号……"

"谁问你这个了!"于晓惠没好气地斥道,"是唐叔叔要找李甜甜,涉及非常重要的事情。是不是要唐叔叔亲自来跟你说?"

"真的是唐总要找她?"苏化还有些不放心,这会不会是女友在套自己的话呢?

"我还能骗你?你到底说不说?"

于晓惠怒了,对着电话喝道。她这也是刚才被唐子风批评了,心里不痛快,于是便迁怒于苏化。

苏化立马就怂了,从手机上查到了李甜甜的电话号码,报给了于晓惠。于晓惠记好号码,懒得跟苏化说晚安啥的,便直接挂断了电话。

唐子风看不下去了,劝道:"你冤枉苏化了,他对你绝对是一心一意的。"

"他敢不一心一意?"于晓惠皱着鼻子撂了句狠话,自己却先笑了起来。这个李甜甜在高中的时候的确是对苏化有点意思的,到现在估计依然有点意思。不过,于晓惠也清楚,李甜甜对苏化绝对只是单恋,苏化并不是那种花心的男生。

但是,吃醋难道不是女生的"特权"吗?

按照苏化提供的号码,于晓惠拨通了李甜甜的电话。她照着唐子风的意

121

思,约李甜甜到国际交流中心楼下的咖啡厅聊天,李甜甜迟疑了片刻,便答应了。

　　十分钟后,唐子风和于晓惠在楼下咖啡厅迎来了裹着厚厚羽绒服的李甜甜。

第三百七十二章 东西找到了

三个人在咖啡厅找了一张靠角落的桌子坐下,两个女孩坐到了一起,互相做出了一些亲昵的表现。唐子风坐在她俩对面,看着这个和睦的场景,心里暗笑,却也不便说什么。他征求两个女孩的意见,给她们要了果汁,自己则点了一杯咖啡,然后便露出一个怪叔叔的笑容,开始与李甜甜聊起了家常。

"小李,你本科就是在明理工读的吗?"

"不是,我本科是在东叶大学读的。我成绩没有晓惠好,要不也考到京城去了。"

"那么,你算是欧阳教授的开门弟子了吧?"

"也不是,我前面还有一届师兄师姐呢,我是第二届。"

"欧阳教授非常了不起啊,你能当他的弟子,将来肯定是前途无量。"

"谢谢唐总。其实我也没想要有多大的前途,毕业以后能够有个稳定一点的工作就好了。"

"将来是想在丹彰这边找工作,还是到北上广深这些大城市去?"

"我哪去得了北上广深?我就想回临河工作。"

"回临河?临河这个地方是不是太小了?你可是研究生毕业呢,而且还是欧阳教授的高徒。"

"不是,主要是我爸妈都在临河,而且我男朋友也在临河。他跟我一样,也是东叶大学毕业的,现在已经回临河当公务员去了。我爸妈的意思是,不希望我过得太辛苦,回临河去,找个好点的工作,也挺舒服的。"

李甜甜说起自己男朋友的时候,唐子风像是不经意地扫了于晓惠一眼,发现她脸上的表情瞬间就松弛了几分,看来警报已经解除了。

"回临河工作其实也挺好的。"唐子风顺着李甜甜的话头说,"临河这些年发展得不错,论城市建设,也不比北上广深差,生活压力更是小多了。你学的专业，回临河应当也是大有用武之地的。如果你不嫌弃的话，我都想替我们临机集团招聘你呢。"

"真的？"李甜甜眼睛里放着光，"唐总，你不知道，我最大的理想就是能够进临机集团呢！我就怕我的水平太差，通不过你们的招聘考试。"

唐子风做出一个夸张的表情，说："这怎么可能？你可是欧阳教授的学生，进我们集团是可以免试的。"

"唐总肯定是在骗我！"李甜甜抿着嘴笑道。

"是真的。"唐子风说，"读研的时候跟对导师，实在是太重要了。你看，你跟的是欧阳教授，欧阳教授名气这么大，你以后走到哪儿去，都不用发愁找不着工作。我以前有个同学，就没这么好的运气了。他读研的时候跟错了导师，后来导师出事了，他也受了连累，最后被分到乡下去了。"

"真的？他导师出什么事了？"李甜甜惊愕地问道。

"学术造假呗。"唐子风做出一副痛心疾首的样子，"他导师承担的课题，弄了一堆假数据糊弄基金委，手下几个研究生，包括我那个同学在内，都参与了造假，最后被基金委查出来了。导师的职称被撤了，几个研究生也都受了处分。你想想看，在学校里受了处分的研究生，哪个大单位敢接收？"

言者有心，听者更有心。唐子风这番话说出来，连于晓惠都能感觉到周围的气温下降了好几摄氏度，李甜甜已经不由自主地裹紧了自己的羽绒服。

"唉，这件事，其实我那个同学还是挺冤的。"唐子风像是没有注意到李甜甜的异样，他还是沉浸在自己编的故事里，"他就是一个研究生而已，导师让他做什么，他能不做吗？他唯一做错的，就是后来基金委下来调查的时候，他听了导师的吩咐，向基金委说了假话。

"导师跟他说，出了事有导师顶着，不会有他们这些研究生的事。也真是笑话，出了事，导师都自身难保了，哪有能力替他们顶着？不让他们帮着顶锅，就已经算是很有良心了。"

"可是，基金委是怎么查出来的呢？"李甜甜问道。她自己都没有注意到，她的声音有些发颤。

唐子风呵呵冷笑："要想人不知，除非己莫为。一件事情，大家如果没关注，当然发现不了破绽。但如果大家开始关注了，一个细节一个细节地查下去，还能查不出问题来？

第三百七十二章 东西找到了

"我那个同学做的课题是关于经济的,你可能也不太懂。我给你举个机床领域的例子吧,比如说刀具的走刀策略,这是作不了假的,如果走刀策略和算法对不上,你觉得专家会看不出来?"

李甜甜的脸变得煞白,全然没有了刚才那副甜甜的样子。她不敢正视唐子风的眼睛,只能掩饰着去拿面前的果汁。可她的手根本不听使唤,果汁杯子端起来的时候晃荡得厉害,一滴果汁溅出来,落到了对面唐子风的手背上。

"对不起,唐总,我帮您擦一下……"

李甜甜赶紧放下杯子,拿起面前的纸巾,准备帮唐子风擦手。坐在她身边的于晓惠眼明手快地按住了她的手,然后语带双关地说道:"甜甜,没事的,唐叔叔人可好了,他不会怪你的。小时候,有时候我在厂里做错了事,唐叔叔也不会骂我,说只要我改了就行了。"

李甜甜转过头,看着于晓惠,怯怯地问道:"晓惠,你们是不是知道什么了?"

于晓惠没有急着回答,而是先看了唐子风一眼。唐子风给了她一个肯定的眼神,于是于晓惠回过头,向李甜甜点了点头,什么也没说。

李甜甜沉默了。她重新坐正身体,拿过自己的果汁,把吸管叼在嘴里,慢慢地吸着,一言不发。她的手已经不发抖了,但脸上的表情不断地变换着,显示着内心的激烈斗争。

唐子风和于晓惠也没再说话,各自喝着自己的饮料,等着李甜甜做出决定。

"我们学校西门外,有个快发装修店,老板叫徐洪忠……"李甜甜用微不可闻的声音说道。

两小时后,一辆面包车趁着夜色开到了快发装修店的门前,几条汉子从车上跳下来,敲响了店门。老板徐洪忠此时还在店里干活,他掸着衣袖上的一点灰尘出来打开了门,没来得及说什么,就已经被人按在墙上了。几个人从他身边闪过,冲进了店堂。

"晓飞,给唐总打个电话,告诉他东西找到了。"

从一个货架上翻出一堆物件之后,领头的汉子面如冰霜,向一个手下吩咐道。此人名叫张宇,明面上的身份是惠利科贸公司的业务经理,实际上却是一名从事国家安全保卫的官员。

从李甜甜那里得到徐洪忠这个线索之后,唐子风没敢造次,先打电话向周衡报告了自己的发现。周衡听罢,同样不敢做主,又请示了许昭坚。许昭坚给了一个指示：大胆假设，小心求证，既不可冤枉好人，也不可放过坏人。周衡会意，马上开始与唐子风商量处理方案。

由于到目前为止还没有关于欧阳康学术造假的确切证据，而照着李甜甜透露的情况，事情又远比大家事先估计的恶劣。唐子风不便直接向宋秀杰透露此事，也不便亲自出马去查证，以防万一出了乌龙，日后难以交代。

周衡让唐子风联系了安全官员曹炳年，请求帮助。曹炳年的手下张宇和孙晓飞二人正好在丹彰公干，曹炳年便命令他们配合唐子风的工作。

为了防止徐洪忠销毁证据，张宇和孙晓飞等人没有走常规手续，直接就扑向了快发装修店。他们也计划好了，如果在快发装修店找到了证据，则他们做的一切都合情合法，事后补一个手续也是可以的；如果最终证明李甜甜提供的信息有误，冤枉了徐洪忠，他们就装成搞错了对象的小混混，大不了扔200元钱给徐洪忠压压惊，对方还能怎么样？

所幸李甜甜提供的信息是非常准确的，而徐洪忠事先也丝毫没有意识到危险来临，一些敏感的东西并未藏起来，而是堂而皇之地搁在货架上。也难怪，他这个装修店接的都是上门装修的活，店里主要是加工一些装修材料，兼做徐洪忠自己的住处，平时谁会跑到店里来东张西望呢？

"这是莱顿的控制芯片，原来如此！"

早已等候在附近的唐子风等人接到电话就赶过来了。孙民拿过张宇搜出来的物件一看就明白了，这分明就是一批莱顿公司的数控芯片，最上面的一片，封装上莱顿公司的商标已经被打磨掉了。而在另一个小盒子里，装着几片刻着"明芯"二字的芯片，与欧阳康白天展示给大家看的明芯一号一模一样。

这两边的芯片，除了商标的差异之外，其他毫无二致，其中是怎么回事，在场的人心里都如明镜一般透亮。

"这上面的字是他们自己刻上去的。"关塽用手摸着明芯一号上的字说道。

孙民左右顾盼了一下，不禁勃然大怒："他们刻字用的机床，居然是咱们滕机的雕铣机！"

第三百七十三章　特大丑闻

宋秀杰在睡梦中被手机铃声吵醒,吓出了一身冷汗。待看清来电显示上出现的名字是"唐子风",而旁边的时间提示则是凌晨两点,宋秀杰就想骂街了。

你个唐子风,能有啥紧要的事情,凌晨两点给一个副司级干部打电话?

心里这样想,宋秀杰按下接听键的时候,还是调整了一下情绪,用尽可能温和的口吻说道:"是唐总啊,这么晚还没休息,有什么事情吗?"

唐子风的声音非常冷静,完全不像是喝醉酒的样子,他说道:"宋司长,出大事了,今天晚上咱们恐怕都没法休息了。您赶紧起来,我马上就到您房间去。"

宋秀杰打了个寒战,这回算是彻底醒了。他是部委里的干部,唐子风是企业干部,虽然论级别唐子风甚至比他还高半级,但按体制内的规矩来说,他在唐子风面前算是领导。唐子风除非真是喝醉了,否则绝不可能无缘无故地在凌晨两点搅他的清梦。

既然不是无缘无故,那就的确是出大事了,但能有什么大事呢?

他没敢耽搁,迅速起床穿好了衣服,来到了套房的外间。此时门铃也响了起来,这说明其实刚才唐子风就已经到了他的门口,只是给他留出几分钟穿衣服的时间而已。

宋秀杰打开门,看到门外站着唐子风、孙民以及一位他不认识的汉子,三个人的脸色都非常难看。

"请进吧。"宋秀杰向大家招呼一声。三个人随着宋秀杰进了房间,孙民走在最后,关上了房门。

"宋司长,不好意思,这么晚还来打搅您。"唐子风随口说了句客气话,然后指着同来的那名汉子向宋秀杰介绍道,"这位是安全局的张宇处长,他这里有些情况,要向宋司长汇报。"

"嗯。"宋秀杰应了一声,没有说什么废话,只是把目光投向了张宇。

"宋司长，我们今天晚上在查一个案子的时候，无意中发现了一些可疑的东西，怀疑可能与机械行业有关。我联系了唐总，请他过去辨认，然后他说这件事非常大，需要向您请示才行。"张宇说道。

宋秀杰丈二和尚摸不着头脑，于是又将目光转向唐子风，等他解释。

唐子风从孙民手里拿过来一片芯片，搁在宋秀杰面前的茶几上，说道："宋司长，您看这是什么。"

宋秀杰拿起芯片，看了一眼，诧异道："这不是欧阳康他们搞出来的明芯一号吗？怎么……"

他话还没说完，唐子风又递过去一块芯片，说道："你再看看这个。"

宋秀杰接过第二块芯片，看了一下封装上的字，脸色立马也变得和唐子风他们一样凝重了。即便他并不是芯片专家，也能看出来，这两块芯片完全是一样的，而封装上的标签却完全不同。在第二块芯片上，赫然有着莱顿公司的名称。

"这是在明理工西门外的快发装修店发现的。我们刚才已经审讯了快发装修店的店主徐洪忠。他交代，是明理工机械系的欧阳康教授给了他一盒莱顿公司的芯片，让他把芯片上莱顿公司的标志打磨掉，再刻上'明芯'二字。"张宇平静地叙说道。

听到这骇人听闻的消息，宋秀杰脑子一时有点"宕机"。手里这片明芯一号，与白天欧阳康汇报时所展示的大图片是完全一样的，肯定不是唐子风伪装出来的。而那片莱顿公司的芯片，又与这片明芯一号完全一样，这说明什么了，宋秀杰还能想不明白？

当然，还有一种可能性，就是明芯一号是真的，有人把上面的"明芯"二字磨掉，刻上了莱顿公司的标志，可这样做图个啥呀？

欧阳康自称搞出了一套自主产权的切削算法，并设计了专用芯片。今天通过鉴定的丹锐03型机床，正是使用这种控制芯片的，大家在机床的控制电路板上，的确看到了这种芯片。

如果这款被称为自主设计的芯片，其实是用莱顿的芯片打磨出来的，那就意味着丹锐03型机床使用的其实是莱顿的控制系统，根本不是什么自主技术。

莱顿的这种控制芯片，在市面上是能够买到的。莱顿的机床也没有向中国禁售，只是不允许中方将其运用于军工罢了。科技部花这么多钱支持高硬曲面课题,是想形成自己能够做主的技术,而不是买莱顿的芯片来凑一台山寨版机床。

如果这件事情完全属实,就意味着欧阳康把大家都给耍了。

"这件事如果爆出来,就是一个特大丑闻了。我之所以这个时候还来打搅宋司长,就是想问问宋司长的意思。天亮以后,几家大报都会报道鉴定会的消息,说不定还会配上社评,把丹锐03型机床的意义拔到很高的位置,到时候咱们再想补救就来不及了。"唐子风说。

"这个时候还说什么打搅不打搅!"宋秀杰恼火地说。唐子风这话就是典型的得便宜卖乖了。出了这么大的事情,宋秀杰如果还计较什么清梦的事情,那才是脑子进水了。

"小唐,你的意见是什么?"宋秀杰看着唐子风问道。

他对唐子风的称呼,有时候是唐总,有时候是小唐,取决于想与唐子风保持什么样的距离。这一会儿他不得不拉着唐子风了,所以便用了这个更亲近的称呼。

唐子风说:"不外乎两个方案。一是把这事压下去,私下里给欧阳康一个处分,把丹锐03型机床的事冷处理掉,日后再悄悄立个项,把高硬曲面机床搞出来,社会公众也不知道真相是什么。"

宋秀杰想了想,断然地摇摇头,说道:"这样不行!别说纸包不住火,就算能够瞒下来,我的党性也不允许我这样做。"

唐子风点了点头,接着说道:"那就只有第二个方案,就是立即对明芯一号和丹锐03型机床进行调查,如果确定伪造芯片的事情成立,就进行严肃处理。不过,咱们昨天刚刚给丹锐03型机床做出了合格鉴定,现在发现机床是造假的,这个责任咱们恐怕是躲不开了。

"虽然几家大报上的消息还没发出来,但明溪和丹彰的几家地方报纸,都已经报道了丹锐03型机床通过鉴定的消息,各大网站上的消息也已经发出来了。这个时候突然爆出造假事件,我担心舆论会把咱们都给淹没的。"

"责任是我的。"宋秀杰说,"我是鉴定组组长,鉴定报告是我签的字,所有的责任都由我来负。这件事,回想起来,是我好大喜功了。当初明理工去申请这个课题的时候,也有一些同志担心他们的基础不够,提出应当再慎重一点。我被欧阳康的头衔迷惑住了,没想到他居然是一个骗子。"

"骗子倒也不至于。"唐子风说,"应当是利令智昏吧。这次鉴定,还有康总工、孙处长以及其他专家参与,大家都没有看出问题,要说有责任,应当是大家一起担吧。"

"对对,我是搞机床的,居然也被他骗过去了。鉴定报告是我起草的,所以我的责任应当是最大的。"孙民说道。

孙民说自己的责任最大,也不完全是假话,因为宋秀杰毕竟只是一名行政官员,懂一点技术,但肯定算不上精通。最终的鉴定结论,宋秀杰肯定是要听康治超、孙民他们的意见,说是孙民误导了宋秀杰,也并不为过。

至于说背锅带来的影响,孙民是不用担心的。他不是机关干部,而是企业里的技术人员,犯了错只有集团能处分他。唐子风知道他是自告奋勇出来背锅的,还能真的亏待他?

宋秀杰说:"孙处长,你的好意我心领了。但我既然是鉴定组组长,就该负这个责任。出了事就把责任推给其他人,这种事我老宋是做不出来的。"

看到孙民还欲争辩,宋秀杰向他摆了摆手,示意他不要再说什么,然后转头向唐子风问道:"小唐,我只想问一下,是谁最先看出了问题?"

"是张处长他们……"孙民又抢答了。这个答案是他们事先商量过的,把发现造假的由头推到张宇那边去,就省得宋秀杰心里埋怨他们多事了。

唐子风却沉吟了一下,然后回答道:"是清华的那个博士于晓惠。她在欧阳康的实验室里观看操作的时候,发现刀具的走刀策略与欧阳康介绍的算法不符,便留了个心眼。"

"了不起!人才啊!"宋秀杰跷了个大拇指,说道,"回头我要给她请功,她的发现,帮国家挽回了重大损失,我代表科技部,感谢她的付出。

"……好了,小唐,你不用担心我有什么意见。你们做得非常对,我老宋也真心感谢你们这种认真的态度。如果我们没能及时发现欧阳康的这种行为,把这种造假的机床列入推广支持的范围,给国家造成更大的损失,我老宋是会抱憾终生的。"

第三百七十四章　不想过平淡的人生

"我从小就很优秀……"

明理工的校办小会议室里,欧阳康坐在一帮官员的对面,述说着自己的心路历程。

头天晚上,宋秀杰得到唐子风报告的情况,马上联系了科技部办公厅,让办公厅立即与几家大报联系,务必要抢在这几家大报发刊之前,把丹锐03型机床通过鉴定的新闻拦下来。

那时已经是凌晨三点了,几家大报都已经做好了清样,几审几校都已完成,正准备上机印刷。接到科技部办公厅打来的电话,值班总编赶紧安排撤稿改版,这一通折腾也不必细说了。

天一亮,宋秀杰就直接找到明溪省科技厅,让科技厅派人赶往明理工,封锁了欧阳康的实验室。明理工校长安向平闻讯赶来,听宋秀杰如此这般地一说,当即吓出了一身冷汗,马上让人去找欧阳康,让他来说个明白。

欧阳康来到校办小会议室时,看到会议室里已经坐了七八个人,分别是宋秀杰、袁亮、安向平、唐子风、康治超等。大家都坐在会议桌对着门的那一面,留出靠门的这面给欧阳康。

在欧阳康面前的桌面上摆着两枚芯片,一枚是刻着"明芯"二字的,另一枚则是莱顿公司的原版。欧阳康进门的时候脸上还带着笑容,一见这两枚芯片,脸上的笑容就凝固了。

他在众人对面坐下来,不提芯片的事情,却先说起了往事:"我中考的时候是全市第一名,高考也是全市第一名,以第一志愿被浦江交通大学录取。我家是住在单位机关院子里的,收到录取通知书那天,我们家那个院子都沸腾了,所有的人见了我父母都是一脸嫉妒,那个场景,我现在还历历在目。"

"欧阳老师,你还是说说眼前这件事吧。"安向平出声提醒。

"让他说吧。"宋秀杰却阻止了安向平,然后对欧阳康说,"你继续……"

欧阳康点点头,接着说道:

"我当时也是得意极了。那些天,我看一切都是明亮的,花特别香,树也特别绿,那种感觉,用一句唐诗来说,就是'春风得意马蹄疾'。

"可是,这种感觉在我到学校报到的那一刻就消失得无影无踪了。那一天,我拎着行李走进浦交大的校园,看到那轰轰烈烈的迎新场面,很多新生来来往往,像是没头苍蝇一样。我突然有了一个很荒谬的感觉,原来我并不是什么天之骄子,这校园里满坑满谷,都是像我一样的天才。"

"这……"

众人都愕然了,这是什么逻辑?合着你入校之前以为全中国只有你一个人优秀是不是?说到底,这就是读中学时让老师给宠坏了,总觉得自己是天选之子。可事实上,一个全市第一算个屁啊,全中国有几百个市好不好?更何况,啥时候说高考成绩就代表一切了?

欧阳康似乎是看出了大家的不屑,他自嘲地笑了一下,说道:

"我知道我这种想法很荒唐,但我无法说服自己承认自己并不是最优秀的。大学四年,我学习很用功,而且还积极地参加学校里的各种社团活动,想得到别人的承认。可浦交大毕竟是浦交大,人才太多了。

"我觉得我已经付出了十二倍的努力,可成绩依然不及班上的几个尖子。他们学习很轻松,考试能拿最高分,平时还有时间做科研,在大学毕业前就已经发表了学术论文。

"大三的时候,我开始考托福,后来申请到了麻省理工的全额奖学金,而那几个成绩比我好的同学,因为家境的问题,都没有申请出国,而是留在本校读研。这让我再一次找到了自己的存在感。

"我到麻省理工去的时候就想过,我一定要学一身本事,未来回国,做出一些响当当的成绩,成为全中国最年轻的教授、最年轻的院士。唯有如此,才对得起我的才华,才能在别人面前抬起头来。"

"光是一个麻省理工博士,在国内也没多稀罕吧?光是咱们学校,这些年引进的国际名校博士和博士后就有三十多位了。"安向平插话道。

在此前,安向平一向是以欧阳康为学校的骄傲,到了这会儿,他才蓦然发现,学校里像欧阳康一样的海归博士并不少,为什么他眼里只有这样一个不争

第三百七十四章 不想过平淡的人生

气的家伙呢?

"安校长说得对。"欧阳康说,"我在麻省的时候,也遇到了不少国内去的留学生,他们做得非常优秀,很多人都在顶尖的学术期刊上发表过文章。而我,每次投往这些期刊的文章都得不到采用,几年下来,只发了几篇很普通的刊物。这让我意识到,我可能真的没希望了,我或许真的不是那种特别优秀的人。"

"别说这个了。你被莱顿公司高薪聘用的情况,是怎么回事?"袁亮问道。

"是我编造的。"欧阳康说,"我的确在莱顿公司工作过一年,但只是很初级的职位。咱们省里到美国去引进人才的时候,我在简历上说自己在莱顿公司是高级职位,其实是玩了一个障眼法,我也没想到省里没有看出来。"

"你这就是赤裸裸的欺骗啊!"袁亮急眼了。

那一次明溪省去美国引进人才,袁亮是人才引进组的成员之一,欧阳康的简历就是他审的。欧阳康自称在莱顿公司处于核心位置,袁亮如获至宝,哪顾得上去验证这话的真伪?美国那些公司里的职位,袁亮也弄不清楚,若真有人在简历里说自己是公司的首席安全官,袁亮哪能猜出他其实只是一个保安?

现在欧阳康吹的牛皮破了,省里的领导会不会追究自己引进人才失误的责任呢?

"这么说,你从申请高硬曲面切削课题的时候,就存着弄虚作假的心态了?"宋秀杰问道。

"不是的!"欧阳康说,"宋司长,请您相信我,我去申请这个课题的时候,是做了破釜沉舟,一定要把课题搞出来的心理准备的。"

"那为什么最后会成这个样子呢?"宋秀杰问。

"眼高手低吧。"欧阳康垂下头,说,"我原来觉得,我在莱顿公司工作了一年,接触了一些边缘的算法,如果努努力,没准能够在这些边缘算法的基础上,搞出一套与莱顿公司核心技术完全不同的新算法。

"当时我把这个想法向安校长说了,安校长又向袁厅长做了汇报,袁厅长说我是明溪省重点引进的人才,必须要出一些重大成果,才能证明省里的引进人才政策是正确的、有效的。就这样,尽管当时的条件还有些不成熟,我还是向科技部提出了申请。"

"你的意思是说,你造假是我和安校长唆使的?"袁亮的眼睛瞪了起来,欧阳康这话太容易让人产生联想了。

欧阳康笑笑，没有回答袁亮的话，而是继续说道："申请的时候，我低估了这个项目的难度。开始研究之后我才发现，凭着我个人的力量，再加上这么一个草台班子的团队，别说三年时间，就是十年时间，我也无法完成这个课题。

"到了这一步，我已经无路可退了。科技部的经费已经拨付下来，立项的消息也已经在省内各家媒体播发了。每次有什么领导来学校视察工作，我这个课题都是学校拿出来重点介绍的。如果这个时候我说无法完成这个项目，我个人丢脸也就罢了，学校也要蒙受羞辱。"

安向平冷笑道："恐怕你心里想的正相反，学校蒙受羞辱也就罢了，你个人丢脸可不行。"

"反正是差不多的意思吧。"欧阳康也不反驳，"我的亲戚朋友，还有我父母的那些同事，都知道我是明溪省重点引进的人才，正在承担国家重点课题，你们说，在这个时候，我能掉链子吗？"

"那个徐洪忠是怎么回事？"宋秀杰问。

"他是我老乡。我原来也不认识他，是实验室装修的时候请他过来帮忙，偶然说起来，我才知道。我托在美国的朋友帮我买了莱顿的芯片带回来，要找人把上面的标志打磨掉，再刻上'明芯'两个字。这种活我自己干不了，也不能委托正式的企业去做。徐洪忠说他能做这种活，我就把这事交给他了。"

"你就不担心他把事情说出去？"

"我给他结算装修费的时候多算了10万元。"

在场的众人都听明白了。安向平和袁亮原先还存着一些侥幸心理，希望宋秀杰提供的消息有误。现在听欧阳康自己说出来，他们俩也死心了。

"你真让我失望！"安向平看着欧阳康，恨恨地说道。

"其实，你完全没必要这样做。"袁亮说，"你是麻省理工的博士，无论是留在美国，还是回中国来，都可以过得很好。踏踏实实做几年科研，你该评教授不还是能评上吗？何必搞这些歪门邪道的事情呢？"

欧阳康惨然一笑，说道："我只是不想过平淡的人生罢了。"

第三百七十五章　敲一个警钟

欧阳康被警察带走了,该如何给他定罪,这是法院的事情。不过,他不想过平平淡淡的人生,现在也算是求仁得仁了。

"这个教训太深刻了!"

小会议室里,袁亮做出一副痛心疾首的模样,用拳头捶着桌子说道。

安向平也感慨地说:"幸亏安全部门的同志发现得及时,事情还没有搞到不可收拾的地步,这真是不幸中的万幸啊。"

按照唐子风与宋秀杰商量好的,发现明芯造假一事全部推到了张宇、孙晓飞他们头上,依然说是安全部门查案的时候无意中发现了这件事。

袁亮、安向平他们也不傻,当然知道这么巧的事情是不可能发生的,这件事肯定是科技部方面发现了问题,再动用安全部门的力量去查证,这才查到了徐洪忠这条线上。

科技部瞒着明溪科技厅以及明溪理工大学,私下里查欧阳康的问题,这就说明部里对他们不信任了。科技厅和学校都是直接与欧阳康打交道的,居然没有发现欧阳康造假,而科技部远在京城,却能明察秋毫,这种事情如果说破了,科技厅和学校这边未免被打脸打得太厉害了。

把事情推到安全部门去,就相当于说科技部没有怀疑科技厅和明理工,也并不比他们更睿智,大家都是受了骗的,坏人只有欧阳康一个,这样双方脸上都比较好看。

最初唐子风试图用这个说法骗宋秀杰,但宋秀杰没有接受,而是直接让唐子风把实情说出来了,这是因为宋秀杰并不想推卸自己的责任,所以也无须唐子风为他遮羞。

袁亮和安向平却很默契地接受了这个说法,因为他们代表的并不是自己,而是他们各自的单位,就算他们自己愿意担责,也得考虑一下单位的面子。

"宋司长,现在这事该怎么办？几家中央报纸被宋司长拦下来了,可我们明溪本地的报纸已经把丹锐03型机床通过鉴定的事情发布出去了,还配发了编者按,说这是明溪省科技制度改革的重大成果。现在弄成这个样子……"

袁亮看着宋秀杰,后面的话没有说出来,他相信宋秀杰是懂的。

宋秀杰说:"老袁,这件事,昨天晚上我想了半夜,我觉得,还是如实向社会披露更好。纸是包不住火的,我们现在隐瞒多少,未来就会有多被动。现在及时披露出来,我们可能会承受一定的压力,但社会公众会看到我们的坦率。"

"你放心,这件事的主要责任在我,我是鉴定小组的组长,我没有组织专家进行充分研讨,被欧阳康的障眼法欺骗了,我会向部党组做深刻的检查。"

"宋司长说哪里话呢！"袁亮急眼了,"这个项目是科技部委托给我们明溪省的,我们明溪省科技厅才是第一责任人。出了这样的事情,当然是我们科技厅承担主要责任,怎么能让宋司长你担责呢？"

安向平说:"这个责任应当由我来负。我作为校长,没能发现本单位的研究人员造假,我的责任才是最大的。"

明理工科技处处长王智毅说:"安校长,您是总揽全局的,学校方方面面的事情都要您关心,一个普通教师的科研进展,您怎么可能了解得那么清楚呢？依我看,这件事是机械系把关不严。我们科技处三天两头提醒各系要注意科研中的学术道德问题,机械系每年都给科技处报自查报告,现在出了这样的事情,我倒想听听马志明如何解释！"

他说的马志明,正是机械系的系主任,是欧阳康的直接领导。安向平摇摇头说:"这个倒真不能怪马教授,马教授去年去美国做访问学者,现在还没回来。欧阳康造假的事情,正好发生在他去美国期间,他没有发现也是无可指摘的。"

"那就是他们分管科研工作的副主任,叫李……李什么来着？"王智毅一时想不起来了。他平时和这位李副系主任的关系还是挺不错的,见面都是称呼老李,倒把对方的真实姓名给忘了。现在要甩锅,总不能还一口一个老李地称呼吧？

"其实,依我看吧,这件事的直接责任人应当是那个什么装修店的老板,叫徐洪忠的。他不帮欧阳康打磨芯片,不就没有这事了吗？"船舶总公司的副总工康治超说话了,老爷子一本正经,却把大家都给说愣了。

让徐洪忠担责,这是不是太荒唐了？

第三百七十五章 敲一个警钟

领导能同意吗？社会公众会认同吗？

可是，这个建议好像也很有建设性哟，要不，试一试？

唐子风却是最早反应过来的，他做出沉痛的样子，说道："是啊，其实要说责任，我们临机集团也是有责任的。你们或许不知道吧，徐洪忠用来在芯片上刻字的雕铣机，就是我们临机集团的产品，2002年的最新款，物美价廉，连一个小装修店都能用得起。我得回去向我们销售公司问责，他们是怎么卖设备的？"

"这……"

袁亮等人这才回过神来，合着康治超那话不是好话啊，而这个唐子风也不是好鸟，补刀补得太狠了。

王智毅当时就想发飙了，他也是教授出身，"学而优则仕"，是从科研岗位调到行政岗位上来的。在他看来，康治超是个副总工，职称也够，说点酸话也就罢了。你唐子风不就是企业里的一个总经理吗？有什么资格在这儿瞎叨叨？我们明理工没拿过你们集团一分钱的经费，我还怕你不成？

宋秀杰抬起手，制止了正准备慷慨陈词的王智毅，然后说道："康总工虽然是正话反说，但很有道理。这么大的事情，我们推到一个系主任头上去，下一步没准还要再推到教研组去，这根本无法服众。

"这件事大家不必争了，责任主要是我们科技部的，我会向部党组做检讨。明溪科技厅和明理工这边也有一定的责任，希望大家能够深刻反思，亡羊补牢，避免出现第二个欧阳康。

"我这里也表一个态，欧阳康的事情，只是他自己的事情，并不意味着整个明理工的师生都缺乏学术道德。这一点，请安校长向全校师生说明白，让大家不要背心理包袱。明理工是一家非常有实力的科研单位，科技部会一如既往地信任明理工。"

"谢谢宋司长！谢谢康总工！"安向平赶紧表态。人家都把话说到这个程度了，自己再叽叽歪歪就没意思了。

袁亮沉默了一会儿，说道："既然部里已经有这个意思了，我们厅里肯定是遵照执行的。欧阳康事件给我们敲了警钟，我们会马上开展一次对重点课题，啊，不，是对所有科研课题的大检查，同时在科研人员中加强学术道德教育，防微杜渐，避免再出现同类事件。"

"那么，这件事以什么样的口径向社会公布呢？我估计，这件事一旦传出去,我们科技处肯定是会首当其冲成为焦点的。各位领导都在这儿,能不能先把事情的性质确定一下,以便我们统一口径?"

王智毅迅速切换回了自己的角色。在这件事情上,他作为学校科技处处长,当然也是要负一定责任的。但有宋秀杰、袁亮、安向平这些人在前面顶着,他的责任就轻多了。他现在需要考虑的,就是处理好这件事情,不要在自己这里再出岔子。

宋秀杰说:"事情的定性很清楚,欧阳康弄虚作假,相关部门审查不严。最后的鉴定环节里,我作为鉴定组组长,工作不认真,错误地做出了鉴定合格的结论。如果有记者来采访,你们科技处就这样回答好了。"

"这……"王智毅扭头去看安向平。

安向平点了点头,说:"就照宋司长说的处理吧。不过,鉴定结论这里虚指一下就可以了,因为宋司长毕竟也不是机床专家,这个结论是专家组做出来的。至于专家组嘛……"

"回京城以后,我会写一篇关于本次鉴定工作的反思报告,并且公开发表出来,该我承担的责任,我也不会逃避的。"康治超说道。他就是专家组的一员,要说起来,这次鉴定失误,他的责任也是很大的。

"媒体方面,是不是稍微控制一下?也没必要炒得沸沸扬扬的。"袁亮向宋秀杰建议道。

宋秀杰说:"炒得沸沸扬扬也有好处,就让这件事给全国的科技部门都敲一个警钟吧。坏事也是可以变成好事的。"

"可是这样一来,我们明溪可就是臭名远扬了。"袁亮愁眉苦脸地说道。

唐子风说:"袁厅长,这件事只要被捅出去,就不是我们能够控制得住的。现在的媒体都是很自由的,大家就愁找不到新闻热点,这么大的事情,他们岂有不扑上来的道理?你们科技厅与其想着如何捂盖子,不如想想如何化被动为主动。

"像刚才袁厅长说的开展全面自查的事情,完全可以大力宣传,让社会公众看到明溪省惩处科研腐败的决心,相信大家是支持你们的。"

"承唐总吉言,但愿如此。"袁亮说道。

第三百七十六章 躺着也中枪

唐子风自诩没有人比他更懂媒体，但他还是低估了欧阳康事件在媒体上的热度。更让他瞠目结舌的是，事件持续发酵之后，媒体开始扩大打击面，把国内其他机构也拿出来质问。临机集团躺在钢筋混凝土的地堡里，居然也中枪了。

"……我们不禁要问，欧阳康现象是孤立偶然的吗？这几年，国内科研机构和企业都热衷于'放卫星'，搞科研'大跃进'。例如某大型机床企业集团两年前就声称他们已经研制成功了世界最大的重型船用曲轴加工机床。

"但据知情人向记者披露，我们每年仍需从日本、韩国等国家进口数十根重型船用曲轴，造船业界十几年来'船等机、机等轴'的困境仍未摆脱。莫非这台所谓的'世界最大'，也不过就是一台大号的丹锐03机床而已？"

唐子风怒不可遏地把一份《南部经济导刊》拍在自家的茶几上，破口大骂起来。

声称研制成功最大重型船用曲轴加工机床的企业，正是临机集团旗下的临一机。这台机床是由葛亚飞带领的团队研制出来的，目前已经提交给船舶总公司进行测试，而且也已经制造出了数十根成品曲轴。

这台"长缨"牌重型船用曲轴加工机床，采用了几十项新技术，是临一机拥有全部自主知识产权的产品，与欧阳康的丹锐03型机床完全是两码事。

至于说国内还要进口日韩的曲轴，这有啥奇怪的？

首先，一种新设备研制出来，要在生产实践中进行测试，几经修改才能定型，然后才是量产，哪有那么快就成批装备的？

其次，船用曲轴的型号多样，有些企业专注于生产某种型号的曲轴，全世界都从这家企业订货，中国采购几根又有啥奇怪的？在中国从日、韩进口曲轴的同时，日、韩也从中国进口其他型号的曲轴，这在工业领域是再正常不过的事情，怎么就成了阴谋论？

还有,这几年中国造船业发展迅速,抢了日、韩的大量造船订单。尤其是日本,造船业已经大幅萎缩,本国造船吨位少了,原来为这些吨位配套的船用曲轴产能就过剩了,转而向国外出口,这不也是正常的事情吗?

这些事情,随便找一个业内的人聊一聊,就知道是怎么回事,可这家媒体竟睁着眼睛说瞎话,非得往各种不可描述的方向去带节奏,这纯粹就是使坏啊!

"你说啥呢?当着孩子的面说脏话,你怎么当爹的?"

坐在旁边的肖文珺不干了。听到老爹骂街,唐彦奇咧着嘴傻乐,这让肖文珺如何受得了?

"对对,不能污染孩子纯洁的心灵。"唐子风连忙道歉。现在都时兴婴教,万一婴儿期没学好,那可就是输在起跑线上了。

"我从一听说欧阳康的名字开始,就知道这厮不是什么好鸟。对了,我记得最早还是你跟我说起他的,说什么你们搞理工的都清高啥的。"

"怨我咯?"肖文珺俏眼立了起来,"就不兴搞理工的人里出一个臭虫?你们文科生有几个好的?对了,就你们人大那个齐木登教授,这几天上蹿下跳,说什么中国人缺乏敬畏之心,没有创新传统,还说什么……"

说到这,她想不起来了,那位齐教授的话太拗口,真不是她这种理工女能记住的。

"缺乏自由的个性,就没有自由的思想。还有中国孩子从小就接受应试教育,没有创新精神,不像人家美国孩子,十四岁就会玩枪,十六岁就能玩毒,所以才能创造出一个伟大的国度……"唐子风用一种嘲讽的口吻说道。

齐木登这几天在几家报纸上发表了评论文章,还发了若干条博客,每条博客出来,都被各大网络论坛疯转,冠以"人大教授揭露惊人秘密"这样的标题,唐子风想不看到都难。

肖文珺简直要笑死了:"哪有后面那些?人家说的是美国的教育很自由好不好?说真的,子风,这一点你不能不服,我这段时间看了一些教育学家介绍美国教育制度的文章,说学校里真的管得很少,课后也没什么作业,都是鼓励孩子个性发展的。"

"这些教育学家信口开河。"唐子风说,"美国的快乐教育是针对普通百姓的。精英家的孩子上的都是私立学校,要求比咱们的学校还高,人家中学生做题做到凌晨一两点也是常态。

"至于那些公立学校,本来就是培养廉价劳动力的,当然提倡快乐教育。美国孩子十七八岁不会做两位数的乘法,是再常见不过的事情了。"

"你胡说吧,你哪接触过美国的中小学?"肖文珺用怀疑的口吻问道。

相处的时间长了,肖文珺知道,唐子风平常说话基本上是真假参半。假的那部分,荒唐得令人发指,纯粹就是恶搞。真的那部分,又是理智得令人发指,说是"众人皆醉我独醒"也不为过。

一开始,肖文珺分不清唐子风的话哪句是真,哪句是假,经常被他绕得晕头转向。现在已经是老夫老妻了,肖文珺开始能够识别出唐子风话里的真伪。

就比如他刚才说的这段对美国教育的评论,明显是与时下的教育类心灵鸡汤相悖的,但肖文珺能够感觉到,或许唐子风才是对的。

唐子风叹了口气,这就是穿越者的烦恼了。

在这个时期,非但那些从未出过国的人相信这种神话,如肖文珺这种经常出国参加学术会议的高知,也相信这种神话。原因无他,唐子风、肖文珺这一代人,小时候都是听着各种西方神话长大的,内心已经形成了对东西方差异的刻板印象。

他们这些人即便出了国,看到国外种种不良现象,也会自发地从最好的一面去解读,认为这是人家的优越性,中国与外国不同,错的一定是中国。

再比如说肖文珺刚才提到的那位人大教授齐木登,比唐子风他们大了十几岁,是70年代末最早接触西方世界的那批人,膝盖早就定型了,想让他们不跪着都难。

唐子风是个穿越者,在他穿越之前的那几年,网上的风气已经开始逆转,各种陈年的帖子都被挖出来反思、批判。唐子风看过无数这样的批判文章,现在提前说出来,自然会让肖文珺觉得惊世骇俗。

第三百七十七章 这都是什么价值观啊

"老齐这个人我知道,原来还是挺正常的一个人,在美国做了几年访问学者回来以后就变得神道了。现在在学校搞了一个中美创新文化比较研究中心,还挺火的。"

在包娜娜的办公室里,几位人大校友例行碰头聚会,唐子风说起齐木登的事情时,王梓杰给他做了一个介绍。

齐木登在人大现在是与王梓杰齐名的大腕儿之一。他们的共同之处在于学术造诣算不上顶尖,但名气极大,经常在各种会议上抛头露面,报纸杂志的约稿他们写得手软,每个月光各种润笔费、车马费都比工资多上十几倍。

王梓杰之所以出名,是因为他在整个经济学圈子都充斥着新自由主义思潮的大环境下,坚称对于发展中国家而言,政府的经济干预是必不可少的,产业政策不能放弃,甚至还要加强。这与他本科就读于计划经济学系的经历倒是颇有一些关联。

由于他坚定地站在政府干预一方,所以颇受政府官员的推崇。在私下里,许多学者都鄙夷地称他是"御用经济学家",是替政府站台的。媒体方面,官方报纸经常请他写评论文章,为国家政策做注解,而大量的自由媒体则往往对他冷嘲热讽。

齐木登与王梓杰是两个极端,他是以抨击体制以及中国文化而出名的。有好事者统计过,他一年中提到"僵化的体制"这个短语不下两百次,这还是基于有据可查的公开演讲、媒体报道以及他发表的文章。至于在各种未被报道的会议上说过多少次,就没法算了。

因为迎合了时下的"反思"潮,齐教授颇受自由媒体的欢迎,在民间,尤其是在新兴的互联网上,拥有无数的拥趸,被冠以"敢说真话的学者""有良知的学者""中国学者第一人"等诸多称号。

第三百七十七章 这都是什么价值观啊

"我觉得齐木登说的很多东西都挺对的,咱们有时的确需要深刻反思。"李可佳评论道。

她也是齐木登的粉丝之一,浏览器的收藏夹里就有齐木登的博客链接,好像是叫"橙色人生"。

王梓杰说:"如果不是老唐成天给我洗脑,我也觉得老齐的观点挺对的。不过,让老唐洗过脑之后,我再看老齐的东西,就实在看不下去了,这全是胡说八道啊。"

"怎么就胡说八道了?"李可佳不乐意了。她此时正坐在包娜娜的位子上,面前就是电脑。她随手输了个网址,打开"橙色人生"博客,指着一篇文章说道:"你看他上个月发的这篇文章,《美国政府建筑与中国政府建筑的对比》,我看了,真是觉得触目惊心。他举了个例子,说美国缅因州的拉莫尼市,面积和苏州差不多,可你看它市政府的照片,还不如我们一个居委会。换成我们中国,一个市政府的建筑有多气派,你能想象出来吧?"

听到李可佳这样说,王梓杰与唐子风对了一个眼神,然后叹了口气,说道:"师姐,你说的这篇文章,我也看过了。当时我和老唐讨论,老唐给了我一个建议,让我去查一下这个拉莫尼市的情况,然后我就'跪了'。"

"'跪了'是什么意思?"包娜娜在旁边笑着问道。

李可佳说的这篇文章,时下在网上炒得很火,各种"陷入沉思""男默女泪""不转不是×××"之类的评论铺天盖地,包娜娜是做公关公司的,不可能不注意到这样的文章。

看过这篇图文并茂的文章,从内心来说,包娜娜是支持齐木登的,但长期与唐子风、王梓杰合作的经历,又让她学会在这种时候装傻卖乖,不直接发表意见。因为她知道,但凡是这二位反对的事情,你站在他们的对立面上,十有八九最后是要被打脸的。

王梓杰说:"齐木登的这篇文章,其实是利用了咱们中国人的一个错觉,总觉得一个市就是很大的一个行政单位。这个拉莫尼市,尽管大家都没有听说过,他说一句'面积相当于苏州',咱们就真的把它当成苏州了。

"事实上,苏州的人口是 1000 万,而整个缅因州,2000 年人口普查的数据也只有 127 万人,二者怎么比?"

"可是,光比人数也不能说明什么呀。就算拉莫尼市只有 10 万人,咱们那些 10 万人的小县城,县政府也不止这么一点大吧?"李可佳抬杠说。

王梓杰说:"缅因州最重要的城市包括欧本、奥古斯塔、班哥尔、巴尔港、波特兰、南波特兰等,里面并没有拉莫尼市,你觉得它能有 10 万人吗?"

"或许有呢?"李可佳说,"齐木登总不可能瞎编吧?"

王梓杰点点头,说:"你猜对了,他就是瞎编的。一开始,我也是你这种想法,但被老唐提醒之后,我下决心要查一下。我登录了美国那边的网站,费了九牛二虎之力,总算让我查到这个拉莫尼市了。市政厅的照片我也比对过,和齐木登转的这张照片一模一样。"

"然后呢?"李可佳问。

"这个拉莫尼市,英文名字是 Lamoine,是缅因州汉考克县下属的一个镇,面积 65 平方公里,大约相当于苏州市的 1/133,2000 年普查的人口数是 1495 人。"

"多少人?"包娜娜有些不敢相信自己的耳朵了。

"1495 人。"王梓杰答道。

"那不是……还不如我们一个居委会的人多吗?"包娜娜愕然道。

"可不就是一个居委会吗?"唐子风笑呵呵地插话说,"其实美国的什么市,很多就是一个居民点,相当于咱们的居委会。齐木登就是利用咱们的这种错觉,贩卖毒鸡汤,炒作什么制度差异。这种东西,想蒙我这种睿智博学的天才,那是不可能的。"

"又吹,又吹!是不是在家里被肖博士虐得很了,上我们这里找心理平衡来了?"李可佳恶狠狠地训道,借以掩饰自己的尴尬。

王梓杰报出来的数据有零有整,显然不可能是自己编的。当然,这也取决于大家相互间的信任了,李可佳相信王梓杰不会编一个数据来蒙她。

既然王梓杰的数据是真的,那就意味着齐木登的博客文章是在混淆是非。当然,也可能齐木登是被别人蒙了,看到一点道听途说的消息,就当成宝贝拿出来秀。可笑自己好歹也是白领、精英、骨干,居然会被这样拙劣的段子给忽悠了。

"这两年,报纸上,尤其是网络上,充斥着这种似是而非的文章,开头一张图,过程全靠编。如果你自己不去考证,不加思考,就会在不知不觉中被他们洗脑,最后相信我们真的一无是处,最好是'躺平'了让别人去踩。

"反之,如果我们有分辨能力,就能知道哪些是真正的国外先进经验,哪些

第三百七十七章 这都是什么价值观啊

不过是心灵毒鸡汤,从而建立起制度自信、文化自信、道路自信。"

唐子风侃侃而谈,后世的网络俏皮话和政治术语信手拈来,毫无违和的感觉。

李可佳笑着说:"子风,你这个机床集团的总经理,也未免太不务正业了吧?人家王教授是靠忽悠为生的,研究这些网络段子也就罢了。你是搞工业的,这些段子与你何干?"

"怎么就无关了?"唐子风说,"我给你举个例子。前几年,国内'哈韩'之风盛行,甚至于影响到了用户对机床的选择,韩资机床企业在国内那叫一个风光无限。

"后来我安排了一批人,专门在报纸上揭露这些产品的问题,把它们的那点不堪抖搂了个遍。我们的很多客户就是看过这些文章之后,开始对韩国机床产生怀疑。后来我们把韩国劣质机床赶出了中国市场,其中固然有产品质量的问题和价格上的优势,但我们前面的舆论战也是功不可没的。"

"你说得有道理。"李可佳认真地说。

这几个人都是干实事的人,在一起讨论问题也是为了明辨是非,而不是为了争面子,所以虽然王梓杰批驳了李可佳的观点,可李可佳丝毫不会有恼羞成怒的感觉。

她说道:"我们在推销国产软件的时候,也深受这种媚外思潮的影响。用户一听说软件是国产的就摇头,还要问我们是不是用国外的现成软件改的。"

"如果是呢?"包娜娜好奇地问道。

李可佳无奈地说:"如果是用国外软件改的,他们还愿意拿去试试。如果我们说是完全独立自主开发的,他们连试用的兴趣都没有。"

"这……这不是完全颠倒了吗?"包娜娜糊涂了,"自主的东西他们不接受,抄袭的东西他们反倒觉得好,这都是什么价值观啊!"

第三百七十八章　为什么是我呢

"不打破这种对外国的盲目崇拜，咱们就不可能真正地崛起。"唐子风说，"事实上，对外国的盲目崇拜已经在各个领域里产生了负面影响。这几天因为欧阳康事件，齐木登等人又在上蹿下跳，贩卖他们的快乐教育观念，说什么中国人过于功利，缺乏创新精神。

"配合他们的这种鼓噪，有些学校已经开始搞所谓'创新精神培养'，不让学生做题，不让学生背公式，说什么做题和背公式会导致学生思维僵化，不利于创新。"

"我怎么没赶上这样的好时候？"包娜娜笑着说，"我就不爱做题，也不爱背公式，要不我也不会去读文科了。"

"读文科怎么啦？"众人齐齐地冲她瞪眼。

这一屋子人，有一个算一个，都是文科出身。王梓杰还好，现在待在学校里，又是大腕儿，没人会在乎他的文科背景。李可佳和唐子风俩人都是在企业里的，而且还都是那类特别重视研发的企业，与技术部门讨论新产品开发时，经常因为说错话而遭到工程师们的鄙夷，这让他们对"文科生"这个词都有些创伤后应激反应了。

"我是说，我们文科生也很重要。"包娜娜改口极快，"像刚才唐师兄说的社会思潮问题，靠那些理工科的学者能解决得了吗？要搞这种大众传播，还得靠咱们文科生，是不是？"

"怎么，子风，你想让娜娜去揭穿齐木登的谎言？"李可佳看着唐子风问道。大家都长着一颗七窍玲珑心，有些事情是可以猜得出来的。

唐子风摇摇头说："不是，娜娜这边做这种事情不合适。现在崇洋是主流，要纠正主流思潮，必然会遭受大量的指责。娜娜的公司是搞公关宣传的，如果卷入这种是非，业务就做不下去了。在商言商，没必要把商业和这些事情捆绑在一起。"

包娜娜嘿嘿笑道:"还是唐师兄对我好,生怕我的生意受影响。"

唐子风没有搭理她的献媚,继续说道:"我考虑,由我个人出资,创建一个专门辟谣的网站,名字我已经想好了,就叫'辨识网'。"

"哪两个字?"李可佳问。

"辨别、认识,简称'辨识'。"唐子风解释道。

李可佳不屑地说:"太拗口了,怎么会起这么一个名字?"

王梓杰笑道:"师姐,你仔细读一下这两个字,看看有什么谐音?"

"谐音?"李可佳果然念叨起来,"辨识、变识、鞭石……鞭尸!呃,子风,你这个趣味也太低俗了吧?"

"可不就是'鞭尸网'吗?"唐子风笑呵呵地说,"我的想法是,这个网站专门把那些混淆是非的文章找出来,一条一条地指出其中的毛病,包括数据错误、事实错误、逻辑错误等等,让人们明白这些所谓的'良心学者'其实只是一群招摇撞骗之徒。

"就比如刚才说的对比中外政府建筑的文章,只要把里面这些地名一个个考证出来,告诉社会公众,这类谎言就不攻自破了。以后谁还相信这种文章,就可以用纸剪出'傻子'二字,给他贴到脑门上。"

"你看我这脑门上哪个地方有空,你现在就贴吧!"李可佳没好气地说道。她刚才还相信这篇文章,现在知道自己被人骗了,心里正在滴血,这个唐子风是在往她的伤口上撒盐、酱油、醋、孜然,搁进烤箱就成为美味的烤猪心了。

王梓杰说道:

"其实老齐最著名的一篇文章,是《冬训营里的较量》,说的是中国和美国两个国家的大学生参加一个训练营,训练营里有一个测试题,是让大家设计一个螺母。

"结果,中国大学生设计出来的螺母都是六边形的,和我们日常看到的螺母一样;而美国大学生就极具创新精神,设计出了四边形、五边形、七边形、八边形的各种螺母。

"老齐因此感慨说,中国人思维僵化,平常只能看到六边形的螺母;就不知道设计其他形状的螺母;美国大学生思维活跃,敢于创新,敢于打破陈规。

"一切关心中国发展的人,都应当想一想这说明了什么。世界在竞争,大学生是关键。如果中国的大学生在世界上没有竞争力，中国能不落伍吗？"

"对对，这篇文章我也看过。"包娜娜拍着手，萌态可掬地说，"我当时也琢磨了一下，觉得咱们有时候真的很僵化，平时见到的螺母和螺帽都是六边形的，为什么就不能设计成其他形状的呢？"

"六边形做起来方便吧？"李可佳猜测道。

"是不是为了和扳手相配合？修自行车的那种扳手，上面就有六边形的孔，套进去就可以拧螺丝了。"王梓杰说道。

唐子风笑着说："你们说得都有一些道理，但更多的道理是你们想不到的。"

"你能想到？"李可佳用不信任的口吻问道。

"我当然也想不到。"唐子风说，没等大家开口，他又补充道，"可是我老婆懂啊。还有，作为一名机床集团的总经理，我手下有三万名干部职工，他们也懂啊。"

"梓杰，我觉得你可以在网上发起一个讨论，美国大学生设计出七边形的螺母，是道德的沦丧，还是人性的扭曲……"

"嗯？"众人都莫名惊诧。

"呃……口误。"唐子风赶紧纠正，"我想说的是，美国大学生设计出七边形的螺母，是思维的沦丧，还是创新的扭曲，副标题是，《评齐教授的冬训营谬论》。"

"这倒是一个好的炒作方法。"包娜娜立马就从专业角度做出了评价，"如果能够演化成一个全网大讨论就更好了。大家来找碴儿，看看能找出多少个破绽。把这个作为辨识网开张的广告，效果一定非常好。"

李可佳点头说："大家来找碴儿，这个创意好。我们可以挂点彩头，比如能够提出合理的而且又没人提出过的角度，就奖励一套华夏CAD至尊版。"

"……"

唐子风和包娜娜都无语了，这也能蹭出热点来？

"可是，为什么是我呢？"王梓杰不满地问道。

唐子风还没开口，包娜娜就替他回答了："因为王教授是辨识网的首任CEO（首席执行官），兼CTO（首席技术官），兼COO（首席运营官）……"

"我还XO（白兰地）呢！"王梓杰说，"老唐，你要办这个辨识网，你自己去'O'就好了。我可是堂堂大教授，成天在网上趴着，读者不该说我不务正业了吗？"

第三百七十八章 为什么是我呢

唐子风说："大教授不上网,如锦衣夜行。我们这个辨识网,未来要做成网上弘扬民族自信的主阵地,专门批驳各种自我矮化的言论,宣传中国企业自主创新的成就,让更多的国人为国家的进步而感到自豪。

"只要你能做到这一点,所有有民族精神的企业都会支持你,广告费、代言费啥的,根本就不用愁,不会比你现在当教授挣的钱少。"

"说得好像人家王教授是靠工资过日子似的。"李可佳在旁边"毒舌"了一句。

"对,谈钱就俗了!"王梓杰义正词严地说道。

"不谈钱也行啊。"唐子风说,"你想,现在有些舆论说中国实力还不够,你独树一帜,宣传中国的成就,领导会不关注吗?领导一旦关注,再一打听,原来是小王同志在主持这个网站,难怪这么积极向上,这么能量满满,这意味着什么?"

王梓杰的眼睛一下子就亮了,踌躇满志地说："这么说,值得干?"

"当然值得干。"唐子风说,"我给你出的主意,啥时候是不好的?"

"这倒是。"李可佳说,"这样吧,如果王教授要办这个辨识网,我们新经纬公司赞助100万,不需要股权,只需要把我们的LOGO(标识)贴在首页上,说明我们是支持单位之一就行了。"

"我们深蓝焦点也赞助一把,10万。"包娜娜说。她的公司业务规模没法和新经纬比,出钱的时候自然就得打个折扣了。

这俩人毫不犹豫地表示要投资,可绝对不是看在校友的面子上,而是她们都意识到了这个网站的价值。

"春江水暖鸭先知",像齐木登这类习惯于在沙龙里坐而论道的人,对中国以及对世界的认知还停留在二十年前,丝毫不知道世事已然变迁。

李可佳和包娜娜都是身处商场一线的,她们能够亲身感受到这些年国家的变化。许多原先只有国外才有的东西,现在在国内已经是十分寻常了,这意味着中国已经追赶上了世界的步伐。

假以时日,中国将逐渐与国外齐肩,甚至超出国外一头。到那个时候,民族自信将会上升,诸如《冬训营里的较量》这种文章,将会成为一个笑话。

一家早在若干年前就大力弘扬民族自信的网站,到那时候将会因精准的预见而得到热捧,并且拥有空前的话语权。

能够与这样一家网站绑定,成为这家网站最早的支持者,绝对是没有坏处的。

第三百七十九章　大家来找碴儿

"螺母做成六边形是有道理的啊。有些机器上安装螺母的部位空间不宽裕,拧螺母的扳手能够活动的地方有限。六边形的螺母,一次拧 60 度就可以了,如果做成四边形,一次要拧 90 度,空间就不够用了。"

"螺母外圈直边的中点是螺母最薄弱的地方,必须要做得厚一点。如果做成四边形,边缘就会浪费材料,做成六边形就比较省料。"

"做成八边形当然也可以,但八边形的每条边太短,扳手容易打滑,多打滑几次就变成圆形了,没法拧了。"

"四边形的角度太尖,容易磕伤人……这算不算一个理由?"

"其实四边形的螺母也是有的,有些机柜里用得上,但不是主流。"

"就这么说吧,全世界主流的螺母都是六边形,这是遵循了物理规律的结果,扯得着什么创新吗?"

"设计出七边形螺母的才是欠妥的好不好?加工起来麻烦,而且必须用专用扳手,普通扳手根本夹不住。"

"明明是美国大学生不接地气,不懂生产,怎么吹成有创新精神了?"

由辨识网发起的"大家来找碴儿"活动,经过深蓝焦点公司巧妙的炒作,迅速风靡整个网络。当然,由新经纬公司提供的 10 万元活动赞助,也是广大网民热衷于此的重要原因。

根据活动要求,每个人都可以质疑齐木登教授的《冬训营里的较量》一文,尤其是针对其中谈到的美国大学生设计出七边形螺母的问题,要给出有说服力的评论。最早提供某一个角度的网友,将获得价值 500 元的网络购物卡,可以在唐易网上购买自己青睐的商品。

在活动结束后,辨识网还会组织机械专家和教授对网友们的回答进行评选,最佳答案提供者可以另外得到 1000 元奖金,当然,依然是以唐易网购物卡

第三百七十九章 大家来找碴儿

的形式发放的。

在此需要说明一下，唐易网作为国内风头正劲的电子商务网站，是第一家与辨识网建立战略合作关系的公司。

齐木登的那篇文章在网上一度很火，各个论坛都转过，甚至还有几个省份出的高考模拟卷里也使用了其中的内容。出题者所提出的问题都是关于创新精神、文化缺陷之类的，你在答题的时候不写上几点反思就别想拿高分了。

看文章的人大多不会像唐子风那样吹毛求疵，有些工科背景的大学生，或者工厂里的工人、技术员等，虽然觉得齐木登的感慨不着调，但也懒得去反驳。因为网络上满是齐教授的粉丝，你稍微质疑一下，难免就会被喷成僵化、守旧，普通人谁乐意去招惹这种是非？

可辨识网挑出此事，还悬赏求解，那些沉默的多数就不再沉默了。你的观点是否正确，我们姑且不论，你拿着一个七边形的螺母愣说是创新，还说中国人就想不到，这可就是侮辱大家的智商了。

我怎么就想不到做一个七边形的螺母了？我三岁的时候就设计过，现在不是长大了吗？所以知道这种所谓创新其实不是。

继螺母的争议之后，辨识网又推出了其他几十篇重量级的辟谣文章，基本上都是把网络上曾经火爆一时的文章找出来进行评论。这些评论文章有理有据，所有的事实和数据都有确切出处，可以进行文献检索，这就增强了这些评论文章的说服力。

既然这些评论文章是正确的，或者至少是有道理的，那么被评论的那些文章，显然就站不住脚了。有些网友照着评论文章的指点亲自去查阅资料，果然发现原来的那些文章里充满了断章取义甚至是胡编乱造的内容。

写文章这种事，最怕的就是被人发现破绽。一旦有一个数据错了，大家就会怀疑你治学的严谨性，进而怀疑其他数据是否有错。如果你的文章接二连三地被发现有错误，大家就会对你提出的观点产生疑问。

如果你的观点是正确的，为什么非要用编造的事实和数据来作为支撑呢？莫非你的观点也是有问题的，在现实中根本就无法得到验证？

齐木登的名声在网上暴跌，许多原来尊称他齐教授的网友，现在都改称他"齐叫兽"了。当然，他在网上经营好几年，已然收获了一大批忠实粉丝，捂着被打肿的脸依然为他辩护的网友，在每个论坛上都有不少。

"小唐,你们干得不错啊!"

许昭坚在自家的客厅里接待了上门汇报工作的周衡和唐子风二人,请二人坐下后,许昭坚笑呵呵地称赞了唐子风一句。

"许老是指哪件事啊?"唐子风做出不明白的样子。

"哦?这么说,你干得不错的事情太多,自己都不知道我表扬的是哪一件了?"许昭坚逗趣地说道。

唐子风假意地挠了挠头皮,说道:"不是,我实在想不起自己干过什么不错的事。我觉得我最近干的事情都是错的,周厂长已经批评过我很多回了。"

许昭坚说:"哈哈,我得到的消息怎么是相反的?周厂长每次在我这里,都是夸奖你会办事呢。"

"这孩子不能夸,一夸就翘尾巴,然后就不定惹出什么事来。"周衡黑着脸说,不过眼角分明带着几分笑意。

"办一个网站,批驳一下现在那些崇洋媚外的言论,这件事办得非常好。"许昭坚没有继续开玩笑,而是直接进入了正题,"这件事,小周向我汇报之后,我专门让秘书去了解了一下,然后形成了一个报告,提交给领导了。

"领导指示,我们要坚定不移地进行改革开放,要敞开胸怀学习国外的一切先进技术和经验,但与此同时,也要坚定树立民族自信心,要相信我们的制度优势,相信我们的人民、我们的干部和职工都是有能力、有觉悟的,我们丝毫不比外国人差。"

唐子风也收敛起笑容,严肃地报告道:"我和王梓杰也是这样想的,所以才商量着办了这样一个网站。我因为工作忙,加上学历低,理论功底不够,所以在网站里也发挥不了太大的作用,网站的日常管理以及一些重磅文章的撰写,都是王梓杰负责的。深蓝焦点公司帮助他组织了一个团队,负责维护网络、搜集资料以及回答网友的问题。"

"这种方式好。"许昭坚说,"有些话,直接由宣传部门来说,不太合适,容易让人觉得是在压制言论,也容易让群众反感。你们这种纯民间的方式就无妨了,理不辩不明,我相信广大的网民是能明辨是非的。"

"现在已经能够看到效果了。"唐子风说,"短短两个月时间,我们的注册用户数已经超过了20万,那些没有注册但同样经常关注我们网站的网友,数量大概是这个数字的10多倍。很多原来观点一边倒的论坛,现在都有网友在自发地反驳那些不实言论,很多争论都进入白热化了。"

"这些论坛的管理人员没有去干预吗?"许昭坚问。

唐子风笑道:"他们才不会干预呢。一吵起来,网站的流量就大了,这些论坛的管理人员巴不得有这样的效果呢。"

许昭坚说:"上周的报纸上好像登了一条消息,说是某个网络论坛上,网友因为支持齐木登和反对齐木登的问题发生争执,后来发展到去公园约架了。"

唐子风笑道:"这个其实是那家论坛的一场炒作,约架的双方拍完所谓打架现场的照片,就一起吃麻辣烫去了。"

"还有这样的事?"许昭坚愕然。这网络上的套路还真是挺深的,他这样的老人是真的跟不上了。

唐子风点点头表示确认,然后说道:"其实,对网友进行宣传还只是一方面。目前网友还是以年轻人为主,很多都是在校学生,现在对他们进行民族自信的教育,着眼的是未来长远的事情。

"我们注意到,许多基层的企业领导,还有一些政府机关里的干部,同样或多或少地存在着崇洋心理,对中国的制度和中国的产品缺乏信心。这些人的年龄大都在四十岁以上,平时接触网络不多,像辨识网开展的这种宣传活动,对他们产生的影响非常有限。

"这些人直接影响着各行各业的政策制定和企业经营决策,如果不能纠正他们脑子里的错误观念,我们的发展还是会受到很大影响。"

"的确如此。不过,你们有什么确切的证据吗?"许昭坚问道。

"有。"唐子风说,"前几天,我让集团信息部做了一个调研,搜集了国内500多家重点企业的宣传材料,对其中涉及装备的内容进行了一个统计,发现了一些值得深思的问题。这是我们的研究报告,请许老过目。"

说到此,他从包里掏出厚厚的一沓资料,递到了许昭坚的手上。

第三百八十章　站到角落里去

唐子风交给许昭坚的资料分为两个部分。

其中最厚实的那部分装订成好几册，正是唐子风所说的临机集团信息部搜集的国内大型企业的宣传材料，有些是彩页，有些是从报纸杂志上剪下来的原件，有些则是文字录入稿。许昭坚稍稍一翻，发现许多内容都是自己有印象的，知道唐子风所言不虚。

再看另外一部分，只有薄薄的十几页纸，是研究者所写的分析报告，其中还有表格、统计图啥的，看起来有理有据。唐子风这个文科生，在指导下属写分析报告方面还是有些优势的。临机集团的分析报告一向写得很好，条理清晰，逻辑严谨，让领导一眼就能看明白。

"在全部529家样本企业的宣传材料中，声称本企业拥有进口设备的，占92.25%；强调主要加工设备均为国外进口的，占42.72%；在宣传材料中提及拥有国产高端设备的，占10.21%……"

许昭坚读着分析报告里的内容，脸色逐渐变得难看起来。他重新翻开那几本原始材料，察看各家企业的宣传内容，再与分析报告进行比对。看到一半，老爷子就看不下去了，他把那沓材料用力地掼在茶几上，怒骂道："太不像话了！还有一点骨气没有！"

原来，在这些企业的材料里，都密密麻麻地写着"引进德国先进生产线""拥有100余台进口精密设备""美国分析仪器""意大利专利技术"等字样，用以强调自己的技术如何先进，产品如何高端。有些彩页上还配有生产车间的照片，设备上那些国外厂商的LOGO亮得晃人眼。

更为搞笑的是，在同一份材料上，这些厂商又声称自己如何独立自主、艰苦奋斗，克服重重困难，只为填补国内空白。有些材料上还用硕大的字体写着宣传口号：

第三百八十章 站到角落里去

光大民族工业，打造中国品牌！

你自己都以使用进口装备为荣，还说什么民族工业、中国品牌，这不是自相矛盾吗？！

"许老，您别太激动。"周衡劝道，接着又叹了口气，说道，"小唐把这份材料拿给我看的时候，我也觉得很震惊。这些年，我们的确引进了大量的国外先进设备，这些先进设备也的确是各家企业竞争力的重要组成部分。

"各家企业将自己拥有的国外设备作为宣传重点，似乎是顺理成章的。过去我在临一机的时候，让办公室写宣传材料，也要强调这一点，似乎不强调这一点，就无法体现出我们的实力。现在想起来，好像的确是陷入了一个误区。"

许昭坚经过最初的盛怒，此时情绪已经平和下来了，他点点头，说："没错，这其实也是一个事实。国产装备的水平，的确不如进口装备，各家企业把拥有进口装备当成自己实力的象征，也是合情合理的。我们看得多了，也没觉得有什么不对。可经小唐他们这样一分析，问题的确是很大啊。"

唐子风说："这种合情合理所产生的效果，就是在人们心目中不断强化了进口设备好、国产设备差的观念，相当于我们帮外国企业做了广告。

"虽然我们这些年已经造出了许多优秀的国产装备，比如我们为船舶公司制造了全球最大的船用曲轴机床，但在公众的心目中，他们还是觉得无法相信。媒体甚至借着这次的欧阳康事件，怀疑我们的机床是剽窃了国外的技术。"

许昭坚指着茶几上的报告，说道："你们做的这个统计，的确是触目惊心。90%以上的大型工业企业，都把拥有进口装备当成最大的荣耀，写在自己的宣传材料上，而说自己拥有国产装备的只有10%，这个对比太强烈了。"

唐子风说："每一家企业都不觉得自己这样宣传有什么不对，甚至我们自己也是见怪不怪，觉得本来就该如此。但大家天天看这样的材料，怎么可能不对国外产生崇拜之心？

"就像我们的报纸，天天宣传日本人如何有爱心，美国人如何有勇气，法国人如何浪漫，而说到我们自己的时候，就是随地吐痰、坑蒙拐骗，连闯个红灯都叫'中国式闯红灯'，说得好像外国人就不闯红灯似的。"

"外国人在遵守交通规则方面，的确是……"

周衡下意识地想反驳一下唐子风,说外国人是很守交通规则的,话到嘴边,突然又顿住了。他认真一想,发现自己其实并不知道外国人是否会闯红灯,而他脑子里那个外国人不闯红灯的印象,似乎就是媒体强塞给他的。他甚至都不记得自己是如何形成这个印象的。

这种潜移默化的洗脑,真是太可怕了。

"这个问题要认真地提出来。"许昭坚严肃地说,"要给我们的企业,尤其是国有大型企业,下一个禁令,不许过度宣传进口设备。像这些乌烟瘴气的话,要统统收回,不许再出现。

"你的产品质量好不好,技术先进不先进,拿出具体的性能指标来说话就行了,为什么非要说自己的是全套德国生产线,这算不算是挟洋自重呢?

"战争年代里,我们是小米加步枪,敌人是全套美械,武装到牙齿,结果不还是被我们打到海岛上去了?主席说,决定战争胜负的,不是一两件先进武器,最重要的是精神。人没了精气神,装备再好,也是一帮豆腐兵。"

唐子风说:"不仅如此,我觉得还得要求他们在宣传的时候,强调国产装备的应用情况,比如说,'我厂引进了临机集团生产的高精度外圆磨床,产品质量得到有效提升'。大家都是国内的装备企业,应当有这种互相搭台的意识。"

"互相搭台这个提法好。"许昭坚说,"事实上,咱们有很多企业用的核心装备就是国产的,性能并不比进口装备差,为什么不能强调一下呢?"

"大家也是担心过多强调国产装备,会让他们的用户产生不信任感吧。"周衡解释道。

唐子风说:"这是肯定的。一开始这样做,用户的确是会有些不踏实,但用了你的产品之后,觉得质量并不比那些用进口装备生产出来的产品差,他们对国产装备的信任感就会增强。

"如果每家企业都在自己的宣传材料里说明自己使用了某些国产的优质装备,时间长了,用户那边就会形成一种印象,觉得国产装备也是挺好的。这种认识会从装备领域逐渐蔓延到所有的领域,让全社会都对国货产生信心。"

"媒体宣传也要跟上,要多宣传国内企业的技术突破。就比如临机集团的那个重型船用曲轴机床,目前是全球最大的,这一点可以大力宣传,做到妇孺皆知。"周衡说。

唐子风说:"另外就是要立个规矩,凡是国内能够生产的装备,至少国有大

第三百八十章 站到角落里去

型工业企业不能再从国外进口,必须优先采用国货。在进行企业评比的时候,绝对不允许用进口设备比例这样的指标。如果有这个指标,也一定要设置扣分项,也就是进口设备占比越高,分数就越低。"

"这个想法好!"许昭坚赞道,"我想起到企业去考察的时候,很多企业都向我们汇报,说自己拥有多少多少台进口设备,一线设备的进口率达到了多少多少,这都是当成成绩来说的。

"以后谁如果这样汇报,我们就要给予严厉的批评。进口设备占比最高的,开会的时候要罚他们的总经理站到主席台的角落里去,让大家看看,这就是一帮数典忘祖的家伙,是一帮软骨头!"

"许老霸气!"

唐子风向许昭坚跷了个大拇指。

老爷子已经退下去许多年了,但在装备工业这个圈子里还是挺有权威的。这些国有大型企业的总经理可都是有头有脸的人物,在自己单位里可谓是一言九鼎,可许昭坚就敢说让他们站到主席台的角落里去。

估计他们还真就会乖乖站那儿去。

"这个标准也要有点弹性。"周衡出来搞平衡了,他说,"不同的企业,情况也不同,有些企业需要的设备,国内厂家无法提供,不得不采用进口设备,这也不是他们的错。在这方面,咱们这些装备制造企业也还需要加把劲,不能总是指望着国家保护。"

唐子风说:"这是肯定的。我们现在提出的口号,也是要加快实现进口替代。在我们无法实现进口替代之前,使用进口设备也是应该的,我们总不能让其他企业为了等我们而采用落后技术吧。"

"你们说到这,我倒是想起一件事情来。"许昭坚说,"上次军工那边的几个同志到我这里来坐,谈到很多军工企业里的生产严重依赖进口装备,一旦国外卡咱们的脖子,限制一些重要配件的出口,咱们那些进口装备就得趴窝,军工生产就会受到严重影响。关于这件事,你们二位是怎么看的?"

第三百八十一章 长效机制

"这件事,说来话长啊。"唐子风叹着气说:

"就最近来说,1999年美国推出《考克斯报告》,提出要对中国进行高端机床的出口限制。当时军工方面很紧张,科工委也找了我们这些地方企业,要求我们为军工部门研制高端机床,以防不测。那时候,我们和军工部门这边的关系还是很不错的,双方来往很密切,合作也算愉快。

"可没过多久,美国的双子大楼被撞,美国发动反恐战争,对华禁运的事情就搁置下来了。军工那边觉得既然能够从西方买到机床,也就没必要靠着我们了,于是双方的关系越来越冷淡。"

许昭坚笑道:"你这可是站在你们的立场说的。军工那边的说法是,你们的研发进度太慢,缺乏服务意识,动不动就撂挑子、给脸子,人家花了钱,买不到好东西不说,还要受你们的气,人家能没意见吗?"

"可是,他们给的钱也不多啊。"唐子风嘟哝道。

"为军工部门提供装备,一向是咱们机械行业的义务,何况人家还给了研发经费。如果一分钱不给,你们就不干了?"许昭坚问。

唐子风说:"最起码积极性没这么高吧。国外制裁我们,国家就说研制高端机床是我们的义务,可等到国外放松制裁了,这些军工部门又赶紧去采购国外的机床,把我们辛辛苦苦干的活给扔到一边了。这种事,搁在谁身上能没点意见?"

这一老一少的对话,在旁人听来,或许会认为他们是在互相呛声。其实,这恰恰是两个人所熟悉的讨论方式。许昭坚最欣赏唐子风的一点,就是他敢说话,有不同意见的时候能够直言不讳,不像有些人在领导面前唯唯诺诺,明明一句话可以说清楚的事情,却要绕一个大弯子,生怕说得太直白会让领导不高兴。

绕弯子的做法,看上去是讲究长幼尊卑,是对领导的尊重,实际上却是对领

第三百八十一章 长效机制

导的胸怀缺乏信心。真正睿智的领导,哪里听不出哪句是好话、哪句是坏话?你凭着本心做事,领导又岂会因为你说话不够艺术就不高兴?

何况唐子风并不是鲁莽的人,他懂得看人下菜碟。在该委婉的地方,他自然也是懂得如何委婉的,但在许昭坚面前,他不需要这样做。

周衡插进话来,说道:"小唐说的情况也是事实。军工方面一直是拿国内装备制造企业当后备,能够买到进口机床的时候就尽量用进口机床,买不到进口机床了才想到用国产机床。

"这样搞的结果就是,国内机床企业缺乏积极性,有时候费尽九牛二虎之力把一种机床开发出来了,军工方面却说达不到国外同类机床的性能,就不要了。这种事情,我在二局的时候就已经听说过多回了。"

"他们也有他们的难处。"许昭坚说,"部队对装备的要求很高,军工企业要提高装备性能和质量,当然是尽可能用最好的机床。买不到进口的,不得不用国内生产的,他们也没办法。如果明明能够买到国外更好的机床,他们的心理肯定是偏向国外的,理由也是正当的。"

周衡说:"如果美国再搞一个《考克斯报告》,这些军工企业怎么办?"

许昭坚说:"科工委的同志其实已经意识到这个问题了,也和下面的企业交流过。下面企业的担忧,就是国内的机床企业能不能靠得住。他们担心对国内机床企业寄希望太大,最后落个两头空。"

"其实问题不大。"周衡说,"这些年,咱们的机床企业技术进步很快,材料、工艺、装备,加上设计能力,都和过去不可同日而语了。如果国家能够加大投入,持续地投入,咱们的机床企业完全能够完成进口替代的任务。"

"前提是,国家需要持续地投入。"唐子风接着周衡的话头说,"这个投入不仅仅是资金上的投入,还包括国家政策层面上的重视。说句大话,像我们临机集团这种企业,现在还真不差那几千万元专项资金,我们需要的是干出来的成果能够得到国家的承认,在国家的心理天平上能够有点分量。"

许昭坚点点头,说:"我明白你的意思。我们过去提机床是国之基础,现在和未来同样要这样提。上次你们打击那个锦盛集团,也有同志质疑,说采用这样的手段去解决市场竞争问题是不是过头了。我当时就表示,有些领域是不能放松的,在这些领域里,无论怎样谨慎都不为过。"

"许老圣明!"唐子风赶紧拍了一记马屁。

许昭坚横了他一眼,倒也没计较,而是继续说道:"这件事,我觉得你们军民双方还是应当坐下来再好好谈谈,商量一个合适的机制。对了,必须是一个长效机制,五十年不变,不能朝令夕改。"

"长效机制这个提法好!"周衡赞道,"机床的研发,不是能够一蹴而就的。如果搞那种大会战式的研发,轰轰烈烈搞上一两年,然后就偃旗息鼓,就算当时能够搞出几个型号,也会缺乏后劲。没有持续的研发,我们和国外的差距就会越拉越大,有朝一日连人家在干什么我们都看不懂。"

"关于这一点,你们要加强宣传,尤其是要让咱们的领导干部明白。"许昭坚指着唐子风吩咐道。

唐子风笑道:"许老,这宣传的事情不应当是宣传部门去做吗?您怎么点到我头上了?"

"宣传部门的人,有几个懂机床的?"许昭坚带着不满的口气说,"就你们那个辨识网前段时间讨论的七边形螺母的问题,我听到反映,说党校那边很多教授都不理解。还有教授在课堂上向学员们介绍过那篇《冬训营里的较量》,据说学员们都觉得七边形螺母是对的。"

"这个问题太大了。"周衡说,"咱们现在很多政府部门的官员都是学经济、法律、历史、中文这些专业出身的,对工业知识一窍不通。说起造飞机、造汽车啥的,他们头头是道,但要具体到飞机上的一个刹车片性能如何,汽车上的一个轴承性能如何,他们就完全抓瞎了。不改变这种情况,咱们的工业发展是会走偏的。"

唐子风做郁闷状:"周厂长这是说我呢,我就是学经济出身的。不过,我上大学的时候,学校里还是挺讲究与生产实践相结合的。我们虽然是经济专业,却也开过工业技术课,还让我们去工厂里做过金工实习。"

"这些年,学校越来越讲究学术化了,各学校的文科专业都取消了生产实践类的课程。学工业经济的分不清车床、铣床,学农业经济的不知道水田、旱田,都是常态。"

"分不清车床、铣床,不知道水田、旱田,还怎么指挥生产?"许昭坚说,"小唐说的这个问题很重要,我们要从人才培养的基础抓起。中小学应当开设劳动课,接触生产实践。大学要开设生产实践课,就算是学经济的、学新闻的,也要了解一下电是怎么发出来的,螺丝是怎么加工出来的,最起码不至于闹出像七边形螺母这样的笑话来。"

"对于现有的领导干部,也要补这方面的课。"周衡补充说,"我觉得,是不是可以制订一个政策,各级政府官员都要抽出时间到工厂、农村去看看。这种看,不是像过去那样走马观花地视察工作,而是要下到车间、地头,实际了解一下工农业生产过程是什么样子,顺便也增强一下对中国制造的信心。"

"我们临机集团可以提供这种业务。"唐子风举手道,"我们可以开辟一个工业旅游项目,欢迎各级领导去进行工业一日游,如果一日不够,变成三日、五日也行,让这些领导亲自下车间,亲手做个锤子啥的,基本上就能知道工业是怎么回事了。"

许昭坚笑道:"我怎么觉得这件事越说越大了?最初不是谈国产化的事情吗?现在这样一搞,教委、工信部、组织部、人事部、发改委,各个部门都得动起来了。

"不过,我觉得这也是必要的。现在不是有一种说法吗?说中国是世界工厂,很多工业品的产量都已经是世界第一了。像咱们这么大的一个工业国,各级领导缺乏工业知识,这是完全不合理的。加强对领导干部的工业知识教育,也应当建立一个长效机制,断不可再闹出外行领导内行的事情来。

"关于这件事,小周、小唐,你们辛苦一下,形成一个文字报告,我给你们递上去。"

第三百八十二章　走进工厂

"原来这就是机床啊，比我想象的漂亮多了！"

"这个车间也好漂亮，我原来觉得车间就是又脏又破的。"

"哇，零件居然是这样做出来的！这车床太厉害了，这么硬的铁也能切得动！"

"这是铣床，老师不是说过吗？车床的主运动是工件旋转，铣床的主运动是刀具旋转……"

"你分得清哪个是工件，哪个是刀具？"

"可刚才那位师傅不是介绍说，这是车铣复合一体机床吗？"

"这么牛的机床，肯定是进口的吧？"

"哈，你不认识字啊？这里明明写着'普门机床厂制造'。"

"普门是什么？能吃吗？"

"咦，发现一个奇怪的动物，居然不知道普门。你不会连儒北省都不知道吧？"

……

临一机的生产车间里，再次迎来了一拨大惊小怪的参观者。这是东叶大学的二年级在校生，是专程从省城南梧到临河来参加社会实践的。

在许昭坚等一批前辈的推动下，国家有关部门发出号召，要求全国的机关干部、事业单位职工、大中小学生等都要参加工农业生产实践，一方面是让他们了解国情，增强自信心、自豪感，另一方面则是增加工农业知识，避免闭门造车。

临机集团作为最早推动此事的特大型企业集团，责无旁贷地在集团下属企业率先建立了大学生工业实践基地以及面向社会的工业旅游项目，接待各类参观、实践人员。

临河市的各级政府部门以及大中小学校，有的是真正对工业感兴趣，有的

第三百八十二章 走进工厂

则是为了应付上级要求，都安排了前往临一机参观的活动。再往后，南梧以及其他地市的人也过来了。

有些政府官员原本就是从企业提拔上去的，对工业生产并不陌生。但也有许多官员是一直在机关里待着的，按唐子风的说法，就是分不清车床、铣床，走进车间里，对于看到的一切东西都觉得新鲜，内心受到的冲击也是极大的。

再说大中小学的学生们，绝大多数都没有过进工厂的经历，进到车间里，恨不得连铁刨花都要捡起来看看。

"崔老师，这些机床算不算是最先进的？"一位女生向负责担任解说的车间副主任崔冰询问道。

崔冰摇摇头说："这些肯定不算是最先进的。我们公司目前正在研制的七轴五联动强力成型磨床，如果搞出来，和国外的最好水平也差不了多少。"

"那你们能搞得出来吗？"女生问道。

"搞是肯定能搞出来的，我们公司要搞的东西，还没有搞不出来的。"崔冰自豪地说。

旁边一位男生插话道："崔老师，我看到网上说，咱们国家的机床水平特别差，和国外相比，起码差了三十年。"

崔冰回答道："网上的这种说法，对，也不对。对的地方，就是我们的确有一些技术比人家差了三十年。说它不对，是因为机床的范围是很大的，就比如说你们现在看到的这些机床，都是咱们国产的，和国外的同类机床也差不了多少。

"照我们集团技术部的说法，我们现在和国外相比，落后的主要是高端机床。像我刚才说的七轴五联动磨床，国外早在七八年前就已经有了，我们现在还在研制，研制出来再定型量产，起码也要五年时间，这样一算，和国外也就差出十几年了。

"但从另一方面说，其实大多数生产环节使用的都是这些中低端机床，也就是普通数控机床。在这方面，我们和国外的差距并不大。现在国内企业使用的机床绝大多数是国产的，我们需要进口的只是高端机床而已。"

"可是，高端机床不是利润最大的吗？咱们只能生产中低端机床，不就是只能赚点力气钱了？"男生说道。他也算是这些学生里比较关注产业问题的人了，脑子里装的都是网上那些"中必输"的段子。

崔冰被安排来做解说，事先也是接受过专门培训的，甚至唐子风都给他们这些解说人员讲过课,教了他们回答各种问题的口径。

听到那位男生的话,崔冰笑着说:"的确如此。咱们国家的机床业的确比国外落后,那些利润最高的高端机床,绝大多数还是掌握在外国人手里,咱们这些年突破了一些技术,但总体还是不行。

"不过,这位同学,你也别瞧不起这些中低端机床。在咱们自己能够制造这些机床之前,它们也是属于高端的。就比如这台普通的数控车铣复合一体机床,十年前咱们还需要从国外进口,一台的价格是12万美元,按汇率计算,差不多就是100万元人民币了。

"可自从咱们突破了这项技术之后,国外的报价就一跌再跌。现在最新的报价是3万多美元,折合人民币不到30万元。"

"那咱们国产的是多少钱?"女生问道。

崔冰伸出两个手指头,说道:"不到20万元。"

"居然差这么多!"

旁边围过来的学生都咂舌了,从100万元降到20万元,足足五倍的差价。如果自己不会造,人家就能赚走这些差价。眼前这台机床,外壳有着湛蓝的烤漆,各个部件看上去都有一种深邃的工业美感,和想象中的进口机床也没啥差别了。原来中国自己也能制造这样的机床,实在有些颠覆旧有的认知了。

"事实上,'外国'也并不是一个国家,而是包括了很多国家,每个国家都不是自己生产所有类型的机床。比如有些机床是日本制造的,德国企业如果要用这种机床,也得从日本进口;反之,日本企业也会进口德国、意大利、瑞士等国家的机床。不能因为咱们国家进口外国机床,就觉得咱们不行,是不是这样?"崔冰继续给大家解释。

先前那位女生好奇地问道:"那么,崔老师,咱们的机床也能出口吗?"

"当然能!"崔冰自豪地说,"去年光我们临机集团出口海外的机床就有2亿多美元了。"

"能出口到发达国家去吗?"有学生追问道。

崔冰点点头:"能啊,美国、日本、德国都买过我们的机床。我们前些年研制的一种迷你家用机床,在美国市场上卖得特别火呢。"

"原来是这样的。"那个学生做恍然大悟状,"这不还是低端货吗?就像咱们出口的衬衣、袜子那样。"

崔冰说："你说得对，我们目前出口到欧美的机床，大多是中低端产品，主要是凭借我们的价格优势。不过，我们的高端机床出口也已经开始了。我们集团下属的长化滕村机床公司，去年接到了韩国的一个订单，是一台重型船用曲轴机床。这台机床的技术指标已经达到了国外先进水平，目前国际上能够制造同类机床的，只有德国、日本和咱们中国。"

"才一台……"那个学生嘟哝道，不过这一回口气没有那么傲慢了。

在他看过的网上资料里，从来没说过中国还能出口高端机床，甚至有人断言中国根本就造不出国际领先的机床。现在听崔冰这样一说，原来中国的机床技术也并不像网上说的那么差，虽然与西方发达国家相比还有差距，却有希望赶超。

多数学生内心都是盼着国家强大的，他们之所以有时候对国内的事情冷嘲热讽，只不过是因为被网上的一些文章打击得太狠，不得不装出一副高冷的样子，以显示自己不在乎。

现在走进工厂，看到车间里的国产设备，又听到生产一线的人讲述中国工业的进步，大家深藏在心里的那颗民族自豪感的种子便开始萌动了。

有一台，就会有十台、一百台。

原来中国也能制造高端机床，而且中国的高端机床还能出口到外国去。

这样一个国家，居然也要从中国进口高端机床，这不就证明了中国并非没有一战之力吗？

"崔老师，你们太了不起了！你们真是民族的希望！"

"对啊，和你们一比，我们真是太差了。哎呀，当年我为什么没去学工科，学什么金融啊！"

"就是就是，我回去就申请换专业！"

"你拉倒吧，数学四都挂科的人，你换什么专业？"

"我换中文不行吗？专门写小说讴歌崔老师这样的英雄。"

"你赢了……"

车间里充满了快活的气氛。

第三百八十三章　合作办学

此刻,临机集团总经理办公室里正在谈论另外一个话题。

"唐总,关于在临河建立东叶大学苍龙机械学院的事情,校务会已经原则上通过了,下一步就是要报教育部批准。按照教育部前一段时间的指示精神,这件事得到批准,基本上是板上钉钉的事情了。"

说话的是东叶大学副校长范文平。他这次是跟着学生实践队一起到临河来的,主要任务就是与唐子风会晤,商讨两家合作办学的事情。办公室里的人,除了范文平和唐子风之外,还有临河市副市长邵俊杰、东叶大学机械系主任孙凡卓以及临机集团副总经理张建阳。

欧阳康事件让唐子风意识到一个问题:高校里的科研,与现实生产部门的需要是存在着一些脱节的。明理工承担科技部的机床专项,考虑的是如何出科研成果,并不特别在乎实践部门的想法。

这种情况并不罕见。有些高校搞出来的成果,通过了专家鉴定,但随后就杳无音讯了。因为从实验室到生产一线还有很深的一道沟堑,跨不过去的话,这样的成果是毫无价值的。

科研如此,教学也是如此。很多高校的机械专业讲的东西,与生产实践相悖离,学生毕业出来之后,无法适应生产一线的需要。

认识到这个问题之后,唐子风便萌生了自己来培养人才的想法。他非常清楚,产业的竞争,归根结底要落到人才身上,哪个国家拥有第一流的人才,就能够占据产业高地。

说是自己培养人才,唐子风当然也不可能自己办一所大学来招收学生。先不说教育部答应不答应,就算教育部同意他自己办一所大学,如何招生、如何管理学生、如果组织教学,都不是他所擅长的,也不是临机集团里的其他任何人所擅长的。

第三百八十三章 合作办学

临机集团旗下倒是有一所技校,这是由原来的临一机技校和滕机技校合并而成的,主要承担职工培训,相当于把工厂里传统的师傅带徒弟的方式转变为现代教育方式。技校培养出来的学生,能够掌握基本的工业生产知识,了解各种生产规范,进了车间就能够上手干活。但是,要让这些学生来设计机床可就没戏了,人家原本也不是干这个的。

唐子风向肖文珺说起此事,肖文珺告诉他,时下有一种很流行的方式,就是企业与高校联合办学,有的是赞助某个学院,有的则是另外建立独立学院,按照企业的需求进行人才培养。

这种方式,对于企业和学校双方都是有好处的。从企业方面来说,能够得到按自己要求培养出来的人才,相当于在学校里就对未来的员工进行了职业培训。从学校来说,则是增加了创收机会,同时扩大了自身规模。

要知道,学校进行评比的时候,这些独立学院的学生也是可以算人头的。人头多了,学校的分值就高了,后续的各种好处都会接踵而来。

独立学院这种模式,唐子风在后来是听说过的,只是没想到自己居然还能实际操作一番。他当即请肖文珺给清华机械系的系主任带个话,问对方是否有意与自己合办一个独立学院,还自信地表示钱不是问题。

他的话还没说完,就被肖文珺一脸嫌弃地打断了。肖文珺告诉他,这种与企业合办独立学院的事情,像清北这种顶级高校是不屑于去做的。

知道自己高攀不上清北,唐子风便把目光投向了地方院校,首先当然就是东叶省的最高学府东叶大学。

东叶省原本有东叶大学和东叶工学院,后来工学院改名为工业大学,再后来就被并入了东叶大学,这也是许多省区的常规操作了。国际和国内的各种大学排名,基本上都是看总量数据的,比如一年发多少篇论文,一年拿到多少课题经费。把两所大学合并起来,这些成果就能够算在一起,从而提高大学排名。

唐子风想合作的单位,正是原东叶工业大学的机械系,现在则是东叶大学的机械与自动化系。临一机有不少工程师都是这个系毕业的,对它的实力还是比较认可的。

唐子风亲自上门,与东大机械系主任孙凡卓谈了一次。孙凡卓闻言大喜,马上领着唐子风去见分管教学的副校长范文平。范文平对唐子风的提议也很感兴趣,两家一拍即合,很快就开始了可行性研究,具体到办学场地、经费来源、招生就业等各个环节。

专业的事情交给专业的人去做,这句话在任何时候都是正确的。唐子风觉得一团乱麻的办学事宜,在东叶大学的专业人员面前,显得十分简单。

你不是自称能够提供场地吗?你们集团不是有完善的实验条件和充足的实习机会吗?你们不是说可以分担一部分经费吗?

那就招生呗。

树起招生旗,何愁没有想上学的?

至于说学生招进来怎么办,带进宿舍,贴张课表,告诉他们啥时候去哪上课,任课教师、辅导员、教务、宿管等等,我们这儿都是现成的。

相比教学环节,学校里更关心的是学生的就业问题。全国各高校广泛扩招的结果就是,大学生就业日益成为一个大问题,不解决这个问题,东叶大学是不敢随便招生的。

二十年前,大学生在社会上绝对是香饽饽,一个单位能够分配到一两名大学生,那简直就是捡到了宝贝。后来揭秘的很多重大军工装备研究历史中,都有某某人刚从大学毕业就被委以重任的佳话,那时候的人才实在是太缺乏了。

一边是大学生就业难,另一边是各高校还有扩招的冲动,教育部的做法也很公平,那就是看你的毕业生就业率。能解决就业问题,你就招。解决不了就业问题,你就免开尊口。

到了学校内部,这个压力就被分摊到了各个系。你这个系的学生就业情况好,就给你加招生名额。你的就业情况差,对不起,明年要扣掉几个名额,转给那些就业好的系。

学生名额代表的是一个系在学校的地位,以及老师的待遇。学生人数少了,你就开不了这么多课,有些老师的工作量就会不足,工作量不足就会扣奖金,影响职称晋升,这简直就是要了老师们的命了。

于是,各个系的领导都绞尽脑汁,把专业的名字改得好听一点,去掉那些对找工作没帮助的课程,把时下社会上最流行的概念都弄进来,哪怕一时无法变成课程,至少也要开几个讲座。

所以,临机集团想和东叶大学合建一个独立学院,校方最关注的当然就是就业问题了。独立学院的就业也是要算在学校就业率里的,别拖了学校的后腿。

对于学校而言最麻烦的问题,对于企业来说却是最简单的,这就是合作的意义了。

唐子风告诉范文平和孙凡卓,独立学院毕业的学生,临机集团负责兜底。也就是说,这些学生毕业后如果找不着工作,临机集团会全额接收。当然了,前提是学生在学校里的表现是合格的,最起码数学四不能挂科吧。

有了唐子风的这个承诺,东叶大学方面还有什么好犹豫的?立马就组织了一个精干的班子,开始写计划书,制订培养方案,先报省教育厅,然后报教育部,现在就等着教育部批复了。

正如范文平对唐子风所说的,由于前段时间许昭坚等前辈的呼吁,教育部对于这种面向工农业实践部门的专业是持鼓励态度的,加之东大提交的方案中重点指出了毕业生就业将由企业全部兜底这一条,教育部批准这个独立学院的设置,基本是没有悬念的。

"现在的问题是,唐总觉得,咱们这个学院,录取分数线划在哪里比较合适?"范文平向唐子风问道。

第三百八十四章　我们多少还是要挑选一下的

"分数线？当然是越高越好了。"唐子风下意识地回答道，想了想又补充道，"当然，咱们和清北也比不了。比他们低个三四分，范校长觉得如何？"

"……"范文平直接无语了。

孙凡卓的脸抽搐了几下，这才讷讷地说道："唐总，范校长说的这个，是认真的。"

"我也是认真的啊。"唐子风答道，他看了看范、孙二人那像是便秘一星期的苦脸，诧异道，"怎么，你们觉得不合适？"

"高了点……"范文平说，"我们东叶大学的录取分数线，和清北相比，是要差出80分左右的，独立学院嘛……一般的情况，还要比本部低一点点。"

这样解释的时候，范文平在心里嘀咕着，听说这位唐总也是上过大学的呀，怎么会连这样的道理都不懂？莫非他的文凭是充话费送的？

唐子风的文凭当然不是充话费送的，他当年也曾是屯岭市高考文科第一名，对高考这点事还是门儿清的。他之所以会说出上面那些让范文平觉得外行的话，是因为他对独立学院的期望，与范文平的期望是完全不同的。

以东叶大学学生的水平，如果进入临机集团的技术部门，当个普通工程师是没啥问题的。其中有一些确有才华的，经过一段时间的磨炼，在某个技术领域独当一面也有可能。

但唐子风所需要的，并不仅仅是一些普通工程师，他还希望从这些人中间产生一些高水平的专家，类似于肖文珺、葛亚飞这种。

"取乎其上，得乎其中；取乎其中，得乎其下。"如果从招生的时候大家就带着普通水平的要求，那么最终自己得到的也只能是普通人才。

更何况，范文平还有一句说得很含糊的话，那就是独立学院的学生录取分数线，比本部的学生还要低一点点。

第三百八十四章 我们多少还是要挑选一下的

这个一点点是多少呢？唐子风事先打听过，基本上就是一本和二本的区别吧。很多学校本身是一本院校，甚至是"211""985"这样的级别，但它们的独立学院却只能是二本，录取分数线比本部又能差出几十分去。

如果是这样，唐子风何不把临机集团的技校拾掇拾掇？培养出来的人才也不一定比这个降了上百分的独立学院差吧。

"范校长，我们要的，可不是一个比本部低一些的独立学院。相反，我希望我们这个独立学院的录取分数线，要比东叶大学的本部高，最起码得高出 20 分以上吧。"唐子风说道。

"这是不可能的！"孙凡卓道，"独立学院的录取分数线比本部低，这是惯例。如果录取分数线更高，人家为什么不上本部呢？"

唐子风微微一笑，问道："他们为什么要上本部呢？"

"最起码的一点，独立学院的毕业证上是要注明毕业于东叶大学独立学院的，和本部的毕业证的含金量不同啊。"孙凡卓几乎有点不耐烦地说道。

这种事情在高校里是非常正常的。就算唐子风不在高校工作，你起码也有亲戚朋友啥的近年参加过高考吧，本部和独立学院的区别，你能不知道？

在孙凡卓看来，唐子风这样提问，简直就是在抬杠。范文平是领导，不便直接反驳唐子风的话，孙凡卓作为下属，自然要替领导把话说出来。这样万一唐子风被撑之后觉得不高兴，范文平还能出来打个圆场。

唐子风却似乎没有感觉到孙凡卓的不满，他依然笑呵呵地说："孙主任，我不太了解，毕业证的含金量多少，是按什么计算的？"

"找工作的时候，用人单位的态度就是计算标准。"孙凡卓脱口而出。

张建阳在旁边悠悠地回了一句："孙主任，刚才唐总说了，独立学院毕业的学生，如果找不到工作，我们临机集团可以兜底。但东叶大学的学生如果到临机集团来应聘，我们多少还是要挑选一下的。"

"这……"孙凡卓一下子就被噎住了，老脸涨得通红，再没有刚才那种慷慨陈词的气势了。

临机集团这些年发展势头极好，这是东叶人都知道的事情。企业发展得好，职工的待遇就好，各种机会也多，因此也就成了大学生找工作时最为青睐的单位，好吧，就算是"之一"，那也是俏得不得了的地方。

刚才张建阳说东叶大学的学生想进临机集团，临机集团是要挑选一下的，这话其实已经说得很委婉了。孙凡卓是当系主任的，他岂能不知道自己的学生想进临机集团有多难？每年有那么几个从独木桥上挤过去的，在机械系的汇报材料上，都是值得专门书写一笔的。

就是这么一个让东叶大学本部学生觉得高不可攀的临机集团，却放出能够为独立学院兜底的豪言，亏他孙凡卓还口口声声说独立学院的毕业证含金量不高。

范文平也咂摸出味道来了，唐子风的这个承诺，还真是不同寻常呢。省里其他高校与企业合办的独立学院之所以录取分数线低，是因为这些合作企业并没有把独立学院当成亲生的。它们会从独立学院的毕业生中挑几个最好的吸纳到企业里去，至于其他学生，那就管不了了。

有些企业与高校合作办学，主要是看中了办学的收益，独立学院是可以收高额学费的，若经营得当，也算是一个产业。那些成绩好的学生自然不愿意到这种独立学院来学习，教学质量差一个档次，学费又高，人家图个啥？

但临机集团要办的这个独立学院恰恰相反。唐子风从一开始就提出希望东叶大学提供最好的师资，又承诺接收全部毕业生。在收费方面，唐子风甚至提出学费全免，是东叶大学这边觉得不能坏了规矩，这才定下与本部学费持平的标准。

于是唐子风另外提出，未来可以给独立学院的学生发奖学金，一、二、三等奖的名额加起来不少于学生数的 50%，最低档的三等奖，奖金额度相当于全年的学费。

这不还是全免吗？

如果把这些条件都公布出去，正常人恐怕都能看出独立学院比本部更有吸引力了。当然，独立学院只有与机床相关的专业，你如果想学中文、经济、临床、畜牧之类的，就只能绕道了。

这样一想，独立学院的录取分数线高于本部的，也不是不可能的事情。

"唐总的魄力的确是让人佩服啊。"范文平发话了，"如果唐总刚才说的毕业生兜底的条件能够明确写在招生简章上，那么将独立学院的投档线设置到和本部的相同，也不是不可能。

"至于说比本部的高出 20 分以上，这个难度有点大。如果比我们高出 20 分，考生可能就选择像明理工那样的重点学校了。我们东叶大学的地位比明理工还是要低一些的。"

第三百八十四章 我们多少还是要挑选一下的

"明理工的优势有哪些呢?"唐子风问。

孙凡卓的脸又在抽抽了。他说道:"唐总,明理工的实力还是不容小觑的。咱们不管开出什么样的条件,考生肯定还是优先选择明理工,不会选择咱们东大的。"

"这可不一定。"张建阳说,"我儿子是前年参加高考的,给他报志愿的时候,我和我爱人可是考虑过很多因素的。如果我们把这些地方都做得比明理工要好,我相信考生家长肯定会更倾向于咱们。比如说,明理工的学生想进我们临机集团,我们同样也是要挑一挑的。"

你能不提这茬吗?

孙凡卓在心里嘀咕道。

你能兜底毕业生就了不起啊?你能兜底毕业生就能为所欲为啊?除了有几个招聘名额以外,你还有什么能拿得出来说的吗?

"明理工的毕业生,每年能够出国留学的,有将近5%,这个比例就非常了不起了。我们东大的学生,一年出国的也就是1%的样子,而且很多不是拿到国外的奖学金,而是自费去留学的。"范文平抛出了一个指标,这也有要打压一下唐子风等人的嚣张气焰的意思。

你说你能给独立学院的毕业生兜底,可万一人家是奔着出国留学来的呢?你能让国外的大学给他们全奖?

"这个简单,咱们也设个5%的标准好了。"唐子风说,"咱们在招生简章里写上,由临机集团每年资助5%的毕业生出国留学,只要他们能申请到国外的学校,学费和生活费就由我们包了。"

"你们包了?"

范文平和孙凡卓的眼睛都瞪圆了。就为了跟明理工赌气,你们集团居然能如此下本?

"这笔钱不多啊。"

又是张建阳开口了,他存在的意义,就是替唐子风"拉仇恨",这种足以让东叶大学领导们怒不可遏的话,肯定是要由他来说的。

"咱们独立学院,按目前的规划是一届招收两百名学生。按5%计算,也就是十个人嘛。一个学生出国留学,连学费带生活费,一年20万元了不起吧?读个硕士算三年,也就是60万元,十个人就是600万元,这笔钱,我们出得起。"

第三百八十五章　国际化

600万元还不多……

范文平和孙凡卓都无语了。

还是企业有钱啊。学校里一年的经费说起来也有上亿元,但大多是用来给老师们发工资的,再扣掉一点基建、实验经费、图书采购费之类的,余钱就真的不多了。

临机集团敢放出豪言,说一年拿出600万元资助十名学生出国留学,东大没有这个底气啊。不说学校能不能挤出这些钱,就算有这些钱,用来资助老师出国访问不好吗?

当然了,这并不是说学校老师要和学生抢资源,而是资助一个老师出国做访问学者,回来后能够把国际化概念传播给成百上千的学生;而如果用于资助一个学生出国留学,这个学生很有可能就一去不回了。换成你是校长,会如何选?

咦,国际化?

范文平刚想到这儿,突然一个念头闪过。他看看张建阳,又看看唐子风,迟疑着说道:"唐总、张总,贵集团如果经费充足的话,是否考虑聘请一些外教呢?"

"外教?"唐子风一怔。

唐子风在读大学的时候也是见过外教的,全校有那么三五个,走在校园里回头率极高。外教承担的一般是外语口语课,也没啥硬性的教学指标,上课的时候就是坐在那儿和大家神侃。唐子风觉得到美国得克萨斯州去找几个农民来干这活都成,没准还更合适,连美国俚语都一块教了。

在十几年前,这种外教对于高校学生来说还是很有用的。一是能够让学生接触到真实的国外对话场景,这比听那些主谓宾齐全的英语磁带更接地气;二是能够让学生消除对外国人的陌生感或者敬畏感,起码知道外国人的膝盖也是能打弯的,将来出国留学的时候,不至于害怕和外国人交往。

但这些年,中国与国外的交流越来越多,出过国的人都有不少,至于说日常生活里遇到老外,那就更是寻常了。临机集团里就常年有外国人来往,有些是来进行业务交流的,有些是来做售后服务的。

在临一机,有几个老外在厂子里一待好几个月,也学会了去东区菜场旁边吃烧烤。厂里有些年轻人就往这些老外身边蹭,操着半生不熟的英语和人家聊天,美其名曰培养语感。

有了这样的环境,独立学院还需要聘什么外教?隔三岔五地带学生去吃几回烤串不就行了?

想到此,唐子风摇摇头,说:"这个就免了吧,口语啥的,未来有机会和外国人多接触,自然就能练出来。专门请几个外教在学校里教口语,有些多此一举了。"

"怎么会是多此一举呢?"孙凡卓急了,"唐总,外教对于提升学校的档次是很有用处的。你刚才不是问明理工比我们东叶大学强在哪里吗?人家每次高校评估的时候,国际化这一项的得分,都比我们高出一大截。你没看明理工的招生宣传材料,满满的都是高鼻梁的外籍教师,多少考生就是冲着这个去的。"

"可是,国际化得分关我们啥事?"唐子风没好气地呛道。

张建阳替他解释道:"孙主任,你可能不知道,国家刚刚给我们这些大型、特大型企业下发了一个通知,要求我们不要盲目追求洋化,而且特别强调在企业宣传中不得标榜自己拥有多少进口设备。

"现在我们和东大合办独立学院,冠的名字是东叶大学苍龙学院。如果我们在学院的招生宣传里过分突出你刚才说的外国人,没准还要受到上级批评呢。"

"孙主任刚才那个说法有歧义。"范文平赶紧往回撤。

不同领域的人,考虑问题的角度的确是大不相同的。国际化这个概念,在高校圈子里是常识,各高校的校长凑在一起开会,聊起国际化的话题,绝对不会有人质疑,大家都只恨自己没钱,聘不起外教,无法送学生出国交换。

可到了企业这里,国际化居然还成了一件人见人嫌的事情,多几个外国人居然还会被批评,这算什么事啊!

范文平不知道的是,其实这也是刚刚才有的事情。在此之前,哪家企业不是以拥有进口设备或者拥有几个外国工程师为荣？

即使到现在，企业里仍然喜欢进口设备，也仍然认为鼻子的高度与工程师的水平具有正相关性，拥有几个高鼻子工程师，还是很让人觉得踏实的。

再往后，中国企业慢慢会觉得国产设备并不比进口设备差，进口设备的主要原因不再是人家的设备更先进，而只是这种设备过于冷门，国内不屑于制造。高鼻子也不再是技术权威的象征，有些企业在海外建立研究院，雇一帮高鼻子工程师，也是当普通员工用的。

这就是发展阶段的差异，水到渠成，也用不着太过焦虑。

"唐总，你对外教的理解，可能也有一点点偏差。我们学校现在聘请外教，主要并不是让他们当口语教师，而是作为专业教师。对了，孙主任，你们系不是一直想从德国引进几名机械专业教授吗？你把这个情况向唐总和张总介绍一下。"范文平说道。

"好的。"孙凡卓应道，接着转头对唐子风和张建阳说，"唐总、张总，我刚才的话，说得有点急了，没解释清楚，可能让你们误会了。我们高校讲国际化，并不是为了聘几个外教来装门面，而是国外有些教授的水平的确很高，而且他们的知识结构和我们国内教师的大不相同。

"引进这些教授，有助于促进学术交流，提高我们的教学和科研水平。高校里经常说'远缘杂交'这个概念，就是说同一个学校，或者同在国内，大家的思维方式会比较相似，如果能够引进国外的学者来任教，或者参与科研，就能够带来一些新鲜的思维方式，这才是国际化的主要目的。"

孙凡卓这话并不是胡说八道。事实上，高校的国际化指标并非中国才有，甚至中国也是从国外学来的。国际化对于高校的意义，正是促进学术交流，打破一个国家内部长期形成的思维定式。

这种思维定式并不仅仅局限于社会科学领域，在自然科学领域同样存在。举个简单的例子，新中国最早的工业化是来自苏联援助的156项重点工程，这就导致中国的工业技术体系带有很强的"苏式"风格，与欧美的技术完全不同。

苏联在与西方的技术竞争中落伍了，导致全球最先进的技术基本上都是采用欧美体系。在这种情况下，中国只能抛弃苏联体系，全面转向欧美体系，为此付出的代价是极大的。

国内高校最早提出"远缘杂交"的概念，并不是针对国际化，而是针对校际交流。

早先各学校都热衷于把优秀的学生留下来任教，形成门派传承。有些系里七八成的老师都出自同一位"大牛"的门下，大家平日里都以师兄弟相称，这让外校毕业的老师觉得自己是小姓人家，不敢吱声。

这种师门传承导致"大牛"教授在系里呼风唤雨，但凡有点好处，师祖先拿，师伯师叔后拿，最后再轮到弟子辈。那些在师祖生病时忙着床前侍候的弟子，最终就能得到师祖传下的衣钵，等师祖百年之后，他们再摇身一变，成为新的师祖。

这种"近亲繁殖"的现象，使很多原本很有生气的科研单位迅速衰落，单位内论资排辈，排斥异己，师门之间互相吹捧，共同搞学术腐败，把学术圈搞得乌烟瘴气。

鉴于此，许多学校和科研院所纷纷出台规定，限制本校学生留校，积极引进外校毕业的学生，这就是"远缘杂交"概念的来源。

这个概念再推广到国际层面上，就是国际化的理念了。教师间的国际化交流、学生间的国际化交流，以及教师与留学生的交流，都能够产生出思想活力。

而思想活力，才是一个学校最核心的价值。

国际上最知名的高校排行榜，无不将国际化作为一项重要指标，这并不是无聊之举，而是因为国际化水平的确是有用的。有些圈外人不了解实情，跟风起哄，说什么国际化是面子工程，这就是把全球的教育界人士都当成傻子了。

有句话咋说的？不要用你一时的兴趣，去质疑别人赖以为生的职业。

唐子风不是搞教育的，但他有足够的理性，让他能够听懂孙凡卓的解释。其实孙凡卓讲的道理，唐子风也是懂的。苍龙研究院也有引进的外国工程师，还有大量海归，这些人对研究院的贡献，并不仅仅是自己能够设计出什么产品，还在于能够给那些只有单纯的国内教育背景的工程师提供启发，这也算是一种"远缘杂交"吧。

"孙主任，范校长刚才说，你们打算从德国引进几名机械专业的教授，具体情况是怎么样的？对方愿意接受你们的招聘吗？"唐子风向孙凡卓问道。

"愿意肯定是愿意的。"孙凡卓说，"可是，没钱啊！"

说到这儿，孙凡卓脸上露出一个无奈的表情，他还有一句话没有说出来：

你们就为了和明理工赌气，不对，确切地说是为了和我们赌气，就敢放话说一年掏600万元送十个学生出国留学。

这600万元如果给我,我能干成多少比这重要得多的事情啊!

第三百八十六章　学学电子商务不好吗

听孙凡卓说起钱的问题,唐子风立马就不困了。

能用钱解决的问题,还叫问题吗?

"请一个德国教授过来,要花多少钱?"唐子风问道。

"5万美元的样子。"孙凡卓伸出一个巴掌,用以强调。

"这么贵?"唐子风皱起了眉头,"我们苍龙研究院雇的外籍工程师,一个月有5000美元也就够了。"

"我说的是一年啊……"孙凡卓欲哭无泪。

还让不让穷人说话了? 我说一年5万,你能生生理解成一个月5万,你的脑袋是怎么长的?

"这么便宜!"唐子风的眉心皱得更厉害了,"孙主任,你说的不会是那种狗屁不通混日子的教授吧?"

"当然不是!"孙凡卓恼了,"你说的那种……呃,也不能说是狗屁不通,只是水平没那么高而已,那种外教,我们系现在就有两个。我们聘他们过来,也不是为了让他们搞科研,主要是让他们给学生讲机械外语。你们也知道的,机械专业的文献,很多是德语的,所以我们的学生有很多选修了德语。

"我刚才说的那几位,都是国际上很有名气的教授。比如说,德累斯顿工业大学的弗格森教授,那也是好几次和诺贝尔奖擦肩而过的。"

"等等,你说那人叫啥?"唐子风倒是认真起来了。

"弗格森,Ferguson,你找人问问,肯定有人知道他的名字。"孙凡卓好不容易找到了一个能够和唐子风呛声的机会,音调也高了几分。

人家也是堂堂大教授,东叶省最高学府的一个系主任,被唐子风和张建阳打击了好几回自尊心,憋屈死了。

你们不就是有钱吗?

可你们有学问吗？

大名鼎鼎的Ferguson，你们听说过吗？

其实孙凡卓知道这个名字，也是因为系里有一位海归老师推荐了他，孙凡卓等一帮系领导才专门去研究了一下这个人的背景，发现他的确是挺牛的。

唐子风可不会在乎孙凡卓怎么想，孙凡卓让他找人问，他还真就找人问了。他掏出手机，按了两个键就拨出去了，接电话的是太太肖文珺。

"文珺，我向你打听一个人，德国德累斯顿工业大学有个叫弗格森的，英文是Ferguson，你听说过没有？"唐子风当着一帮人的面大大咧咧地问道。

孙凡卓的脸立马就黑了。唐子风真是不讲究啊，这分明就是信不过他啊！

肖文珺在电话那头并不知道是怎么回事，听到唐子风报出来的名字，她毫不犹豫地答道："听说过，这个人是搞金属材料的，在刀具硬质合金方面有点名气。"

"听说他好几次和诺贝尔奖擦肩而过？"唐子风继续问道。

我忍！孙凡卓把硬质合金做的假牙咬得咯咯作响。

"有可能。"肖文珺认真地应道，"没准哪次参加学术会议的时候，他和哪个诺贝尔奖得主擦过肩。"

"明白了。"唐子风呵呵一笑，便挂断了电话。

还好，唐子风给夫人打电话，是不便开免提的，肖文珺那句损人不见血的话，范文平和孙凡卓都没有听到。

唐子风却从电话里得到了自己想要知道的信息。其一，这个弗格森教授还是比较有名气的，至少连肖文珺都知道他。其二，他与诺贝尔奖擦肩而过不是真的，充其量就是和诺贝尔奖得主擦肩而过。当然，能够做到后一条也挺不容易的，诺贝尔奖得主就那么几个，不是谁都有机会去擦擦肩的。

"别介意啊，孙主任，我其实就是找个由头和太太聊聊天，打听弗格森只是顺带。"唐子风解释道，眼见着范文平和孙凡卓有掀桌子的迹象，他又赶紧说道，"刚才我太太说了，弗格森的确是挺知名的，她对弗格森很崇拜呢。我只是有点不太确定，像这样一位知名教授，一年5万美元就能够请过来吗？"

听到唐子风后面的补充，范、孙二人算是舒服了一点。孙凡卓说："这个问题，我们是和弗格森教授直接沟通过的，他提出来的标准，就是一年5万美元。当然，在中国的住宿，还有工作条件等，是要由我们这边提供的，这个就花不了

第三百八十六章 学学电子商务不好吗

太多钱了。"

"他是在那边不太如意吗?"唐子风问。

事出反常必有妖,一位知名教授,花5万美元就能够挖过来,这件事里就透着几分蹊跷。唐子风是个谨慎的人,好吧,其实是因为唐子风自己就是一个惯于"搞阴谋"的人,所以遇到蹊跷的事情,必须先问个明白,省得被别人坑了,丢了母校的脸。

"的确是不太如意。"孙凡卓说,"他所在的学院,从两年前开始就已经招不满学生了。本科生的人数不够,研究生的数量也减少了,弗格森自己就已经有两年没有招收到研究生了。学校说了,如果他们下一个学年招生人数依然不足,学校就要考虑缩减他们的规模了。

"弗格森教授说,他现在基本没有什么事情可做,即便不被学校辞退,继续留下去也毫无价值,所以当我们和他联系的时候,他表示愿意过来。"

"可是,他们为什么会招不满学生呢?"唐子风有些诧异地问道。

孙凡卓说:"这个问题我们也问过他了。他说,大约从十年前开始,德国的年轻人就不愿意学习工科了,最优秀的年轻人都是去学金融,还有的就是学艺术。这些年,他们的生源质量越来越差,有时候虽然能够招满学生,但这些学生根本就没有学习能力,给他们上课非常累,非常没有成就感。"

"这个情况,我们学校也专门安排人了解过,主要是因为欧洲的制造业在萎缩,很多工厂倒闭了,其他工厂也缺乏扩张的计划,所以对工科人才的需求越来越少。一些新兴产业的情况还好,像机械这种传统产业,毕业生就业越来越难,年轻人自然也就不愿意报考了。"范文平补充道。

"原来是这样。"唐子风明白了。

欧洲的制造业萎缩,并不是一天两天的事情。早在20世纪六七十年代,日本制造横扫全球,欧美的制造业便开始衰退了。

最早的时候,日本只是承接了从欧美转移过来的劳动密集型产业,欧美则转向了资金密集型和技术密集型产业,实现了"腾笼换鸟"。再往后,"亚洲四小龙"崛起,日本的产业结构由劳动密集型转向资金密集型和技术密集型,这就是开始抢欧美碗里的奶酪了。

随着中国的外向型经济全面发力,中国制造接替日本制造,成为欧美制造业企业的梦魇。日本制造虽然凶猛,但毕竟日本只是一个拥有一亿多人口的国家,难以把整个市场都吞下去。而中国是拥有十几亿人口的大国,制造业工人的人数比英、法、德三国的人口数都多,多大的市场需求都能满足。

一开始,中国的制造业主要是"大进大出"的出口加工业,也就是从国外进口原材料,在中国进行组装加工,再销往国外。欧美国家主要制造各种机械装备,与中国形成了一种互补关系。

在这个互补关系中,中国贡献的是廉价劳动力,欧美贡献的则是技术和品牌。中国人辛辛苦苦地生产几亿件衬衫,所获利润还不够从欧洲购买一架空客A380。

但随着中国的出口加工业规模扩大,对设备的需求不断增加,中国自己的装备制造业也被培养出来了。欧美的设备厂商为了与中国本土厂商争夺市场,不得不把自己的生产基地迁到中国来,以便就近为下游厂商提供服务。

生产基地过来了,研发中心也留不住了。想想看,一群机床设计师如果成天见不着自己制造的机床,而是隔着上万公里进行"云设计",怎么可能及时发现设计中的问题,又怎么可能得到生产环节的反馈?

这几年,进入中国的欧美装备企业越来越多,而留在欧美的企业则越来越少。有些企业在欧美的总部只剩下一个空架子,主要的生产能力都迁到中国来了。

这样一来,就出现了一个尴尬的局面——欧美那些工科大学的学生,毕业之后如果还想干自己的本行,就只能到中国来应聘。如果他们想留在本地,就不得不改行去做其他专业,比如金融或者互联网等等。

既然学的东西在本土找不到招聘岗位,他们又何必学这个专业呢?

学学电子商务不好吗?

第三百八十七章 一拍即合

学生可以放弃机械专业，可像弗格森这种机械专业的教授没法改行啊。

由于选择机械专业的学生少了，德累斯顿工业大学不得不降低招生门槛，招一些原本不够格的学生进来，好歹得把一个专业支撑下去吧。

但机械这东西可不是什么人都能学的。弗格森他们原来教的学生都是人中龙凤，现在龙凤没有了，换成了几只秃毛鸡，让老弗他们怎么教？

老师教书，不是站在讲台上照本宣科就行了，而是需要与学生进行互动。过去，弗格森在黑板上写一个公式，还没写完，下面的学生已经能够把结果算出来了，这种讲课的感觉，那叫一个酣畅。可现在，弗格森在黑板上推导了半天，下面的学生还是一脸茫然，你说弗格森能不郁闷吗？

偶然间，弗格森听到在中国的同行说起中国的高校机械专业这些年发展很快，正在全球广泛地招聘教师。

中国学生的水平，弗格森是有所见识的。德累斯顿工业大学就有一些中国留学生，他们的功底和刻苦精神，给弗格森留下了很好的印象。

于是，弗格森试探性地向中国同行打听能不能到中国来教书。考虑到中国是一个发展中国家，弗格森提出年薪5万美元。这个标准比他在德国时拿的薪水要低不少，但弗格森觉得还是可以接受的。

他如果一直留在德国，万一有一天学院彻底招不到学生了，他没准就要被辞退，到时连5万美元的年薪都拿不到了。他现在跳槽，也算是未雨绸缪了。

这些细节，有的连范文平和孙凡卓都不知道，但有一点他们是可以确信的，那就是弗格森的要求就是5万美元的年薪。

5万美元的年薪，对唐子风来说可以加上"而已"二字，范文平是不敢这样说的。5万美元折合成人民币就是三四十万元，抵得上学校里五六个中国老师的收入，对于学校来说，可谓是"压力山大"啊。

范文平想通过引进国外教授来提升学校的排名,唐子风没这个想法,但他同样乐于引进国外教授。肖文珺都听说过弗格森的名字,说明这老头的确是有点本事的。他在德累斯顿工业大学教了多年的书,想必教学经验非常丰富,让他来教独立学院的学生,应当会比东叶大学机械系那帮人教得更好。

如果能一口气挖过来几十个,就相当于从国外搬了一所大学过来,而且还是国外的名牌大学,这不正是唐子风想要的效果吗?

"孙主任,你们接触过的这类教授,一共有多少?"唐子风问道。

"五个,都是有意向到中国来的。"孙凡卓答道。

"才五个?"唐子风嘟哝道。

范文平赶紧说道:"唐总,这五个只是孙主任他们前期接触过的。因为我们学校经费有限,也不敢大范围地撒网。如果唐总觉得可以聘更多的国外教授,我们回去之后可以安排有留学背景的老师马上去联系,十个、二十个应当都不成问题的。"

"如果是这样,那你们就抓紧去联系吧。"唐子风说。

"联系多少呢?唐总能给一个指标吗?"孙凡卓懵懵懂懂地问道。

唐子风伸出一个巴掌,说道:"照着五十个起吧。到时候咱们不还得挑一挑吗?不能啥歪瓜裂枣的都引进来,是不是?"

范文平和孙凡卓的脸上都露出狂喜之色。他们倒也知道在这种情况下需要保持矜持,无奈喜讯太大了,大得他们都控制不住了。

"如果是这样,那那那……"孙凡卓结结巴巴,不知道该说啥好了。

范文平比他要稳重得多,这个时候还能够说得出囫囵话来,虽然说话的时候笑得脸像朵菊花一般。

"如果真的能够引进五十个,不,只需要二十个国外的大牌教授,咱们这个独立学院,录取分数线比本部高 20 分也不是问题了。"范文平说,"我们要把这一点写在招生简章上,大大方方地写,纯外教,纯外语教学,课程设置与德国名校相同,有头脑的家长都知道该如何选。"

"这个苍龙学院,应当是设在我们临河吧?"

一直都没有吭声的临河市副市长邵俊杰终于开口了。前面的事情与他无关,他也就是看看热闹。现在说到要引进几十名外教,邵俊杰就得确认一下了,这也是临河市的政绩之一啊。

第三百八十七章 一拍即合

"是的,东叶大学的苍龙学院是设在咱们临河的,就在我们临一机的厂区里。"张建阳回答道。

"如果是这样,那么引进专家的费用,我们市政府这边也可以承担一部分。"邵俊杰说,"按每名专家5万元人民币的标准吧,钱不多,主要就是一个意思而已。"

"咦,还有这样的好事?"唐子风眼睛一亮。每人补助5万元人民币,虽然相比5万美元来说不算多,可蚊子再小也是肉啊,能省下5万元,干吗不要呢?

邵俊杰的想法,唐子风也是知道的。市里出了钱,这些外教就算是市里引进的了,未来是可以写在各种汇报材料里的。如果一共引进二十名教授,临河市需要花100万元,完全在财政能够接受的范围内。

"不过,唐总,这些教授引进之后,教学工作可以放在临河这边,但科研还是要在南梧那边吧?我们那边的科研条件更好,而且孙主任他们机械系还有非常强的科研团队,可以和这些外教形成良好合作。"范文平提醒道。

唐子风呵呵一笑,说道:"范校长,我倒觉得,还不如让孙主任他们机械系的团队到我们临河来做科研。我们这里有临一机这么好的一个实习基地,苍龙研究院的科研条件也是极好的。"

"比孙主任你们的实验室条件还好。"张建阳说道,"这是我听东大的几位教授说的,有些实验设备,你们那里没有,我们这里是有的。"

"这个嘛……"孙凡卓支吾起来了,不知道该如何回答。

唐子风看出了他的想法,笑着说道:"孙主任,你尽管放心,这些外籍教授来了,包括你们机械系的团队来了,做出来的成果,专利归我们双方所有,文章的署名以你们优先,我们的人跟在后面当个第二、第三作者就可以了。"

"如果是这样,那倒是没问题了。"孙凡卓答应得极快。他刚才担心的正是论文的署名问题,科研单位评比,是按第一作者署名单位计算的,万一临机集团要无赖,拉着东大的老师一块搞科研,将来抢了署名权,他可就成冤大头了。

至于说专利啥的,当然也重要,但人家又是出钱,又是承诺提供实验条件的,你一点好处都不分给人家,说得过去吗?

这一通商量,最终达到的效果就是多赢了。

范文平答应回南梧之后就立即安排人与国外的教授联系,争取第一期先引进二十位,未来视情况再增加。

唐子风吩咐张建阳负责跟进此事，他的要求不高，就是苍龙学院的招生必须坚持宁缺毋滥，投档线目前要比东叶大学高 20 分，未来随着学院名气的增长，再进一步提高投档分数，务必招收一批有潜力的学生。

邵俊杰更是淡定，表示除了能够补贴 100 万元用于国外教授的引进之外，没有其他要求。

第三百八十八章　我们责无旁贷

范文平和孙凡卓欢天喜地地离开了。他们需要马上回去落实海外招聘的事情。一旦有二十名外籍教授到位，整个东叶大学的地位就会骤然上升一个台阶，这可是耽误不得的事情。

唐子风让张建阳送二人下楼，自己与邵俊杰只是象征性地送到走廊里便回来了。

回到办公室重新坐下，邵俊杰一扫刚才的官样，笑呵呵地对唐子风说："唐总，真是大手笔啊，我看范校长他们都被你给镇住了。"

邵俊杰是两年前才从外地调到临河来任职的，分管经济，与辖区内的企业走动都非常多，与唐子风这个临河市最大企业的总经理自然混得很熟，相互之间说话也不必忌讳什么。

唐子风当年跟着周衡来到临河的时候，临一机与临河市政府的关系是比较疏远的，更确切地说，是临河市有些不待见临一机。原因无他，临一机当时极为萧条，欠了银行几千万元的债务，工人的工资都发不出，非但不能为临河市提供什么经济贡献，还是一个潜在的不稳定因素。

那时候，临一机的领导到市政府去联系工作，可谓是门难进、脸难看、事难办。

在周衡、唐子风的努力下，临一机很快就起死回生，还清了银行的欠款，还成为临河市的利税大户，与市政府的关系自然恢复到了多年前的和睦状态。

临一机改制升格为临机集团的时候，临河市把市属的临河二机床、三机床等企业都打包并入了临机集团，并换到了集团中的少许股份。对于政府来说，在企业里的这点股份并没有多大意思，他们更看重的是临机集团的发展。

一个大型工业企业集团能够给地方经济带来的好处是数不胜数的。企业所需要的各种配套服务，例如包装、运输、通信等等，都是要由地方来提供的，而这就构成了地方上的收入。临机集团除了滕机公司之外,其他下属企业都在临河市,职工总数有近三万人,这些人的日常消费也必须在地方上实现,仅这一项,就能把地方经济拉高零点几个百分点。

正因为此,邵俊杰对临机集团是非常看重的,隔三岔五就要来走访一下,平时市里有什么活动,也要请临机集团的领导出席,目的就是增进双方的感情。

邵俊杰在市领导中算是一个年轻干部,但与唐子风相比可就不年轻了,比唐子风大了整整十岁。对于唐子风,他有时候称呼"唐总",有时候则称呼"老弟"。每当他用后一种方式称呼唐子风的时候,唐子风就要下意识地打个激灵,不知道这位老哥又打算从自己这里弄点什么好处了。

"这个也算不上什么大手笔了。下一步我们是要去参与国际竞争的,人才是最大的竞争力。我们集团已经做出了决定,要不惜成本地引进人才、培养人才。刚才我和范校长他们谈的资助学生出国留学,以及引进外国大牌教授,都是我们集团战略的一部分。相比我们的收益,这些投入也不算多了。"唐子风淡淡地回答道。

邵俊杰说:"这些投入,对于临机集团这样的大企业来说,的确不算很多。但据我了解,有些和临机集团规模差不多的大企业,却是没有这种意识的。他们的领导人宁可把钱拿来修建豪华办公楼,大堂里的一个吊灯就值上千万呢。"

"哈!这个我们可真比不了。"唐子风笑了。

国企转为公司化经营之后,财务上的自主权比过去大得多了,像装修办公楼这样的支出,企业自己就能说了算,不需要像过去那样请示上级主管部门,于是,各种追求奢侈豪华的事情就出现了,成为互联网上人们津津乐道的段子。

对于企业装修办公楼这样的事情,唐子风的观点是中立的。一方面,他认为企业把厂区、办公楼等修缮得漂亮一些,是可以接受的。这不但能够改善职工的工作条件,而且能起到一定的形象宣传作用。

想想看,你在一个城市看到一座巍峨的建筑,上面写着"某某集团"的字样,你是否会下意识地觉得这家企业非常有实力呢?反之,如果客户到某企业去拜访,看到企业领导是在一个破楼里办公,人家能相信你具有世界五百强的实力吗?

但另一方面,唐子风也承认,有些企业的做法已经远远超出合理的范围了,用"骄奢淫逸"来形容也不为过。说到底,就是企业领导觉得钱是国家的,与自己无关,不花白不花,为了满足自己的虚荣心而一掷千金。

对于后一种情况,唐子风是绝对不能容忍的。临机集团用于改善办公条件的支出一直都控制在恰当的范围之内,这一点也得到了周衡等老领导的赞赏。

邵俊杰对临机集团的作风颇为欣赏,遇到机会就要夸奖几句。

"唐厂长,你刚才说到临机集团还要参与国际竞争,这是不是意味着集团的规模还要进一步扩大啊?"

说完前面那些客套话,邵俊杰开始向唐子风旁敲侧击地打听了。

唐子风点点头,说:"没错。前些年,我们的主要任务是练内功,填补国内空白。到目前为止,国内的低端机床市场已经基本被咱们中国企业占领了。中端机床方面,外国企业还有一定的份额,但被我们挤出去也是迟早的事情,最多也就是三四年吧。

"高端机床,我们和国外还有一定差距,但我们正在努力追赶。国家给我们的要求是,在2035年前后,高端机床基本做到摆脱对外国的依赖,哪怕市场份额不能完全掌握在我们自己手里,至少也要形成与国外的议价能力,以及应对国外制裁的能力。

"上个月,我们'机二〇'机制的领导在一起开了一个会,定下了未来七八年的行动方针,那就是在国内填补高端机床空白的同时,主动出击,进军国外中低端机床市场,抢国外机床同行的份额。"

"高!"邵俊杰跷起一个大拇指,说道,"这应当算是釜底抽薪吧,不,是不是应当叫作以战养战呢?"

"邵市长总结得高明!"唐子风反过来给了对方一个赞,同时笑着说道,"你说的这两条,应当是兼而有之吧。"

能够把"机二〇"确定的外向战略归纳为"釜底抽薪"和"以战养战"这两个词,也足见邵俊杰的眼光了。

所谓釜底抽薪,是指中国机床企业瓜分了国外的机床市场之后,国外机床企业的收益就减少了,从而难以在高端机床的研发上投入更多的资金,相当于拖慢了他们的脚步。

而所谓以战养战,是从中国企业的角度来说的。中国企业从国外市场获得利润,用于自己的研发,便会有更强的实力去与外国企业竞争。

前者是削弱对方,后者是增强自己,这一进一出,就能让中国企业与外国企业之间的差距快速缩小,这就是机二〇峰会上各家企业领导的战略谋划。

邵俊杰只是听唐子风这么一说,就能够把他们的意图归纳出来,也不枉名字里那"俊杰"二字了。

"咱们国家的机床企业进军国际市场,能有多大的胜算?"邵俊杰问道。

唐子风说:"胜算还是不小的。低端机床这方面,现在欧美日的老牌企业都已经不屑于做了,我们的对手基本上就是韩国、新加坡以及咱们中国的台湾,我们的水平不比他们差,打败他们应当不成问题。

"中端机床方面,我们和欧美日的老牌企业相比还有一些差距,但都在代际之内,对于用户来说,其实没太大区别。我们的优势在于价格低廉,同样一款卧式机床,日本企业的开价是3万美元,我们是12万元人民币,也就相当于1.5万美元,对用户是有很大吸引力的。"

"对对,咱们中国产品就是便宜,这是他们比不了的。"邵俊杰说。

唐子风说:"其中也有汇率的功劳吧。咱们现在对美元的汇率是8比1,如果人民币升值到6比1,那么12万元人民币就变成2万美元了,这样我们的竞争力就下降了。

"据我听到的内部消息,可能未来几年,人民币真的会升值到6比1,甚至更高。到那时候,我们进军国际市场的难度就更大了。所以,我们现在也是要争分夺秒呢。"

"争分夺秒,应该的,应该的!"邵俊杰像是深有同感地说,随后,他脸上露出一个极其灿烂的笑容,说道,"唐老弟,你们做这么大的事业,真让老哥我觉得羡慕啊。但是,临机集团要大发展,有没有什么我们能够帮上忙的地方?如果有,唐老弟但说无妨。"

第三百八十九章　依托临河集团

听邵俊杰说得那么真诚，唐子风微微一笑，说道："邵市长，既然市政府有这样的好意，那我们也就厚着脸皮提点要求了。如果邵市长觉得为难，就权当我没说，你看怎么样？"

邵俊杰凛然道："唐厂长提的要求，我们怎么会觉得为难呢？就算是真正为难的事情，我们也只会为难自己，不可能让临机集团为难的。市政府不就是为你们企业服务的吗？怎么能因为困难就不给你们企业服务了呢？"

"是这样啊！"唐子风做出感动的样子，说，"我们的要求其实也不高，就是临一机的业务现在扩张得很快，原有的厂区已经有些不够用了，临一机那边考虑要新建一个生产区。市里能不能给我们再批一块工业用地？也用不着太大，有个 1000 亩左右就可以了。"

"工业用地……"邵俊杰拖了个长腔，果然显出为难的样子，说，"现在国家对土地管得特别严，临河的工业用地，现在也是非常紧张的……"

对于邵俊杰的这个态度，唐子风并没有觉得意外。现在各地的工业用地的确都非常紧张，他刚才狮子大开口，向邵俊杰要 1000 亩地，其实也是存着让对方打个折扣的心态的。他说道："如果有困难，那么暂时给我们 500 亩也行。主要是我们要建一个大件制造车间，涉及大件的铸、锻、热处理等工序，没有几百亩地还真摆不开。"

邵俊杰却摆摆手，说："这哪行？唐总说了要 1000 亩，我们就算有再大的困难，也要想办法克服，尽全力满足唐总的要求。这样吧，唐总，临一机周边的土地，我们肯定是没法腾出来的，按市政规划，那些地方都是商业和住宅用地。

"临河东郊高滩那边，是规划中的工业用地，市里在那里给临一机划一块地，不知道唐总觉得可不可以？"

"高滩吗？那当然可以！"唐子风一点磕绊都没打，便应承下来了。

临一机要扩建厂区,这是临机集团的大事,在集团办公会上讨论过至少十次。临一机周边已经建满了房子,当然不可能腾出空地来,这一点唐子风是知道的。高滩是临河市拟开发的新区,临机集团的企划部门也去考察过,认为如果能够在那里弄到几百亩地,建一个生产区,是不错的选择。

唐子风在这个时候向邵俊杰提出土地的事情,属于高层之间的沟通。他们沟通出一个初步的意向之后,自然会有下面的人去具体落实,包括选址、定价、审批等等,都不是他们这个级别的领导需要关心的。

唐子风没想到的是,邵俊杰居然会答应得如此痛快,而且听他的意思,似乎1000亩的要求也能够完全满足。要知道,集团办公会的期望不过就是500亩,唐子风原本以为自己还要费点口舌,甚至付出一些代价,才能争取到500亩土地,结果竟是这样容易。

"邵市长的意思是,能够给我们1000亩地?"唐子风还有些不确信,追问了一句。

"那是当然,唐老弟你开口了,我能不答应吗?"邵俊杰说。

"那如果我要的不止1000亩呢?"唐子风习惯性地"得寸进尺"了。

"那也没问题啊!唐老弟想要多少?"邵俊杰丝毫没有被难住的样子。

"1500亩?"

"没问题!"

"2000亩呢?"

"同样没问题啊!"

"1万亩?"

"你敢要,我就敢给。"

"10万……"

邵俊杰终于招架不住了,哭丧着脸说:"打住打住,唐老弟,我给你10万亩地,你能建得起来吗?这都够一个中等城市的规模了。1万亩就是极限了,再多的话,老哥我就没这个权力了,得上会讨论才行。"

"老邵,我怎么觉得,这中间有点阴谋的味道啊?"唐子风后知后觉地说道。

1000亩地其实就已经是很大的一件事了,按道理,邵俊杰就算答应,也得先回去开会商量一下才行。邵俊杰却放出狂言,说1万亩之内,他都有权答应,这显然就是有备而来的。甚至即便唐子风不提土地的事情,邵俊杰也会拐弯抹角

第三百八十九章　依托临河集团

地提示他。

要说其中没有阴谋，那可就是哄小孩子了。

"哈哈！"邵俊杰大笑起来，"唐老弟，你也有上当的时候啊！我告诉你吧，别说你们只想要 1000 亩地，就算是 2000 亩、3000 亩，只要是你们业务发展所必需的，我都敢马上答应给你们，市政府已经给了我这个授权。

"当然了，如果你们是想圈地去搞房地产，那就对不起了，这是工业用地，不能挪作他用。市政府的底线是，土地可以给，但只能用来建厂房和必要的生活配套设施，每亩地要保证 100 万元以上的产值。

"如果你们要 2000 亩地，那么至少要产生出 20 亿元的产值才行。或者反过来说，如果你们有 20 亿元的产值，市里就可以给你们批 2000 亩地，绝无二话。"

"这是个什么情况，邵市长能说得明白一点吗？"唐子风问道。

邵俊杰说："这件事，其实是咱们临河市正在制订的'十一五'规划里提出来的。临河市的'十一五'规划提出了'一河两山、三区五园、七大集群、十大支柱'的发展战略。具体到与临河集团有关的，就是我们提出的'七大集群'里的第一项——机床产业集群。我们的目标是，依托临河集团，打造一个产值超过 200 亿元的国内领先、国际知名的机床产业聚集区。"

"还能这样做？"唐子风目瞪口呆，合着人家早就把自己给算计进去了，自己还以为占了人家多大的便宜呢。

"邵市长，你们这样做可太不厚道了。"唐子风在经过短暂的错愕之后，挤出满脸的愤慨之色，对邵俊杰说道，"你们要打造机床产业集群，还要依托我们临机集团，事先连个招呼都不打，这不合规矩啊。"

"抱歉抱歉，唐老弟，这是老哥我的错。"邵俊杰认错如翻书，没有丝毫障碍。

他说："这个规划目前还在酝酿阶段。'七大集群'的想法是新来的书记提出的，然后让大家分头去征求各企业的意见，我这不就是向唐老弟求教来了吗？

"依托临机集团，建立国内领先的机床产业集群，这件事对于临机集团绝对是有百利而无一害的。刚才咱们说引进国外教授的事情，我说市政府可以支持一部分，也是因为打造机床产业集群的需要。

"市政府考虑，在未来七年内，市政府每年会拿出不少于 5000 万元，用于支持与机床产业集群相关的事务。临机集团实力雄厚，当然不稀罕市里这区区

5000万元，但有些业务，如果合理，市里也可以赞助一二，最起码也是聊胜于无吧。"

"原来如此。"唐子风基本听明白了。

平心而论，各地政府有个明确的规划，所有的资源就能够集中使用，有时候还真能搞出几个像样的产业来。就比如说临河市提出打造机床产业集群，如果运作得当，的确是能够做到的。一个城市，如果有几个百亿规模的产业集群，想不繁荣都难。

"这么说，你刚才说1万亩地，就是市政府准备用来打造这个产业集群的用地？"唐子风问。

"正是如此。"邵俊杰说，"市政府现在有一个初步的规划，就是在高滩划出1万亩土地，建设一个机床产业园。园区内只允许机床相关企业入住，其他企业一律不得进入。这个园区，当然是以临机集团为核心的。如果临一机能够在园区内建设一个占地1000亩的厂区，那就能够成为园区的标杆，对于我们招商是大有好处的。"

"是这样啊。"唐子风做出沉思的样子，停了几秒钟，然后说道，"如果是这样，那咱们就得把丑话说在前头了。临一机可以接收1000亩土地，不过嘛，每亩土地，市里能不能补贴个几十万的……"

"你看我这小身板，能不能值几十万？如果你觉得值，就拿去好了。"邵俊杰没好气地说。

"这个就算了吧，邵市长是我们企业的恩人，我们哪敢把邵市长卖了？"唐子风笑呵呵地说，"我的意思是，市里划给我们这些土地，地价方面是不是可以优惠一点？毕竟我们也是在为临河市的'十一五'规划做贡献嘛。"

"给临机集团的地价绝对是按最低标准算的。"邵俊杰说，"不过，我们也有一个条件，那就是希望临机集团能够帮助市里做产业园的招商，吸引一些外地的机床企业到临河来建厂。临机集团在业界有很大的影响力，你们去招商肯定比我们去效果要好得多。"

"成交！"唐子风扬起一个巴掌，向邵俊杰示意了一下。

邵俊杰凑上前来，同样伸出巴掌，与唐子风拍了一记，算是击掌为誓的意思，随后二人便都大笑起来。

第三百九十章　临河在召唤

"张总,你也打算去临河?"

"可不是。那边开出来的条件多好,免五年租金、三年所得税,各种行政审批一站式服务。我前几天去看了一下,那边的政府官员客客气气的,连包烟都不肯收,比咱们井南的官员也不差到哪儿去了。"

"是啊,现在内地好多地方招商的条件也好了,土地租金便宜,雇工人也容易,工资还低,咱们井南真没啥优势了。"

"咱们现在还谈什么优势?从年初闹民工荒开始,咱们井南的生意就没法做了。现在招工比娶媳妇都难。我早就想把厂子迁到内地去了,只是一直没有机会。"

"这次的机会可太好了。临机集团那边说了,所有入驻临河高滩机床产业园区的企业,都能够被纳入临机集团的生产体系,什么数控系统啊,功能部件啊,刀具量具啥的,优先供应。光这一条,咱们也得去啊。"

"没错,同去同去!"

2004年夏天,一条临河高滩机床产业园区的招商信息,在本已风起云涌的机床市场上又掀起了一个大波澜。临河这样一个中部省份的地级市,自然不足以吸引到足够多的眼球,可临机集团高调宣称全力支持高滩机床产业园区的建设,就不能不让业内同行注目了。

过去五年中,脱胎于临一机的临机集团经营蒸蒸日上。去年,仅临一机和滕机这两家子公司,产值之和就已经超过了60亿元。今年临机集团对外宣称主营业务产值要突破80亿元,据消息灵通人士估计,这个目标还是远远低估的,如果下半年国内市场保持目前的火爆态势,临机集团的主营业务做到100亿元规模也不在话下。

抛开远在北方的滕机不提,仅仅是位于临河市的临一机,在业内也已经有了跺跺脚就引发一场小型地震的能力。临一机是机二〇机制的牵头单位,俨然有国内机床业"带头大哥"的气势。

国内实力最强的机床研究机构苍龙研究院,就设在临一机的厂区内。它名义上是机二〇各企业合股建立的,但实际的控制权掌握在临机集团手上。对于这个情况,机二〇的其他企业一半是嫉妒,一半是服气。

苍龙研究院开发的新技术、新产品,让机二〇各企业都受益匪浅。大家都知道,研究院能够不断开发出这些新技术,得益于它灵活的机制,以及决策层的魄力,而这与唐子风的领导又是分不开的。如果换一家企业来控制苍龙研究院,这家研究院难免会像国内的许多研究机构一样,在初期还有点活力,但很快就官僚病缠身,最终泯然众人。

临机集团参与临河市的高滩机床产业园区建设,在集团高层也是有过一些争议的。反对者担心,这个产业园区的建立,会给临机集团培育出竞争对手,进而侵蚀掉集团的市场份额。集团过去几年的发展非常顺利,产值的年增长率都在两位数以上,目前也没有什么明显的威胁,有什么必要去迎合市政府呢?

唐子风属于坚定支持参与产业园区建设的一派。事实上,这一派也正是由于他的牵头才形成的。唐子风表示,国内机床产业即将迎来发展的高潮,全产业总产值两三年翻一番并不是梦想。

临机集团目前已经是产值近百亿元的大企业,未来的远景目标是做到千亿级别,但这种增长绝对不应当是简单的规模扩张,而应当是在提高技术档次基础上的内涵式扩张。临机集团的职工总数已经超过三万人,管理层次越来越多,大企业特有的效率下降现象已经初露端倪。

一家企业不可能无休止地扩张下去,发展到一定程度,就必须要考虑有所为,有所不为。中低端机床业务,最终肯定是要分拆出去的。一些不太重要的配件生产,也要转给专业企业去做,没必要全部留在自己的企业里。

发达国家的经验显示,在一家大型企业的周围,一定会有成千上万家中小企业作为辅助,从而形成一个有活力的产业生态。临机集团要发展,光靠自己是不够的,吸引更多的企业到临河落户,将有助于临机集团优化产业结构,最终达到共赢的目标。

唐子风的信心,最终令集团的全部高管折服了。临机集团与临河市政府签订了合作协议,临机集团承诺为高滩机床产业园区提供全方位的支持;同时,临

第三百九十章 临河在召唤

河市政府也表示,高滩机床产业园区的建设将以不损害临机集团的利益为原则,任何不利于临机集团发展的事情政府都会出面"积极协调",当然了,大家对这个说法的内涵是心照不宣的。

"哎哟,管厂长,您怎么来了?快请坐,快请坐!小刘,拿咱们最好的茶叶来,给管厂长泡茶!"

在高滩机床产业园的招商办公室,管委会主任,同时也是临一机副总经理樊彩虹一惊一乍地把一位头发花白的半大老头请进门,让到沙发上坐下,又忙不迭吩咐着手下给老头倒茶拿烟,百般恭敬。

半大老头倒也没拘礼,他呵呵笑着坐下来,说道:"樊总,我现在可不是什么厂长,我就是一个平头百姓。我这趟来,是想请樊总赏口饭吃。说不定,以后我就是樊总你手下的兵了,就是不知道樊总愿不愿意收留呢。"

"管厂长,您可千万别这样说,这是折小樊我的寿呢!"樊彩虹佯作嗔怒地说,"我可是您一手提拔起来的,没有管厂长您,哪有小樊我的今天?您还是像过去一样,叫我一句小樊就好了。

"哎呀,其实我也是快五十岁的人了,我女儿都快结婚了呢。不过,在您面前,我永远都是过去那个小樊。哪个地方做得不好,您尽管说,尽管骂。可您如果称我一句樊总,我可就得找个地缝钻进去了。"

"哈哈,怎么,小丽都快结婚了?时间过得真快啊。我记得当年她才这么点高,天天叫我'水管子伯伯'呢。"老头脸上露出慈祥的笑容,倒是把有关称呼的问题给揭过去了。

这位老头,正是临一机原先的副厂长管之明。十年前,他因为卷入临一机原领导班子的集体贪腐案而被判了刑,后来在南梧蹲了几年大狱。刑满释放后,管之明到外地的儿子家里住了几年,其间几乎没有回过临河,樊彩虹也已经有多年没有见过他了。

管之明在任时,樊彩虹是厂办主任,就是专门为厂领导服务的,所以与管之明的关系很近。如今,樊彩虹已经当上了临一机的副总经理,而管之明是个刑满释放人员,但樊彩虹丝毫没有要在管之明面前颐指气使的念头,反而仍把他当成领导一样恭敬着,这就让管之明觉得很欣慰了。

办事员过来给管之明奉上了茶水,果然用的是管委会最好的茶叶,管之明从茶水的香气中便感受到了樊彩虹的诚意。他品了一口茶,然后说道:"小樊,我刚才可不是开玩笑,我的确是来请你赏口饭吃的,就是不知道园区的政策方面有什么规定。"

"您是打算到园区来投资?"樊彩虹略一迟疑,便猜出了管之明的意思。

所谓请樊彩虹赏饭,不外乎两个意思,一是到管委会谋份工作,二是到园区来投资建厂。以管之明的年龄,以及他的心气,樊彩虹觉得他不太可能是想到管委会来工作,那么自然就只剩下投资这个选项了。

当然,樊彩虹这样猜还有一层考虑,就是投资比应聘显得高端。猜人家是要来投资,属于一种恭维,即便猜错了,对方也不至于生气。如果你一上来就问对方是不是想来给自己当下属,人家就该不高兴了。

果然,管之明点了点头,说道:"是的,我的确是打算到园区来投资的。不过,真正的出资人并不是我,而是我过去认识的几个朋友。他们也是看我成天没事情干,又听说临河这边在搞产业招商,就出了点钱,让我挑头过来办个厂子。具体能赚多少钱都无所谓,大家也就是找点事情干干而已。"

"原来是这样啊。"樊彩虹笑着说,"管厂长您来投资建厂,那效益肯定是没说的,没准过几年,都能成咱们临一机的竞争对手了呢。对了,管厂长,您打算投多大规模?是办个机床整机厂,还是做别的?"

第三百九十一章　影响也不是特别大

"整机厂太多了,没啥意思。"管之明说,"我是想开一家铸造厂,专门为那些整机厂提供铸件。"

樊彩虹拍手说:"您可太有眼光了!唐总早就说过,咱们这个园区里,未来最赚钱的肯定不是那些整机厂,而是为整机厂提供专业配套服务的厂子,他还专门举了铸造的例子呢。呃……对了,管厂长,您听说过我们唐总吧?"

管之明微微一笑,说:"我怎么会没听说过呢?我们还很熟呢。十年前,临一机赶造金属打包机,时间紧,任务重,就是他和周衡一起到南梧监狱去请我回来组织生产的。那时候我就看出来了,这个小年轻不简单。

"果然不出我所料,这才几年时间,他居然已经当上临机集团的总经理了。这么年轻的大型国企总经理,在国内算是独一份吧。"

"可不是嘛!唐总那可真是一个神人呢!"樊彩虹颇有同感地附和道。

经管之明一提醒,她也想起唐子风与管之明的确是有过交集的。只是她不知道,在那次事情之后,唐子风还曾几次去南梧监狱看望管之明。

管之明出狱后,唐子风曾与他联系,想聘他回来当生产技术顾问。可是管之明觉得自己是在厂里栽了跟头的人,再回来当个顾问,未免有些抬不起头来,所以婉拒了唐子风的邀请。

这一回管之明回临河来投资建厂,有一半的原因便是受了唐子风的撺掇。唐子风给他打电话,介绍了高滩机床产业园区建设的思路之后,又说管之明有那么多的管理经验,不拿出来施展实在是太可惜了。

唐子风还说,国内机床产业即将迎来大发展的机遇,这个机遇期大约会持续十年,如果错过这一次,未来恐怕再也不会有其他的机遇了。

管之明表面上说自己已经看破红尘,没有争强好胜之心了,实际上却是憋着一口气,想着在哪里跌倒就要在哪里爬起来。他原本是一位风光无限的机床企业领导，只是一失足而成了阶下囚，老朋友们里对他幸灾乐祸的不在少数。

在监狱里的时候，管之明就动过一个念头，想出狱之后东山再起，给那些嘲笑过他的人一记响亮的耳光。他当然知道，重回临一机当厂长是不可能的，体制内容不下他这种人。他能够做的，要么是投奔一家大型民营企业，要么就是自己创业。

这几年倒也有一些民营机床企业向他发出过邀请，请他去当分管生产的副总。但管之明了解了这些企业的背景之后，便一一拒绝了。这些企业的规模太小，与临一机差着好几个级别。到这种企业里去当高管，对于他来说并不是什么荣耀，甚至算是一种羞辱。

现在，机会来了。

临河市要建机床产业园，在全国招商，并给了各种优惠条件。管之明独具慧眼，在分析了形势之后，确定如果到园区去开一家专业配套企业，应当会有很好的发展。

要知道，许多中小机床企业根本不具备自我配套的能力，生产一台机床，倒有七八成的部件是要外购的，自己只是一个集成商而已。管之明的产品如果技术过硬，不愁找不到销路。

自己创业与投奔其他企业不同。投奔其他企业，他需要考虑一下对方的规模，规模小了未免不够风光，会被老友们嘲笑。但如果是自己创业，评价成功与否的标准就可以大为降低，一年能赚个一两百万，就足够在人前显摆了。

届时自己可以说淡泊名利，不求闻达，马马虎虎做点生意糊口即可。与老友们一起吃饭的时候，面对着一群靠退休工资过日子的老头，自己能够拍出十几张大钞埋单，面子自然就有了。

带着这样的想法，管之明找人凑了点钱，便回临河来了。

"老侯和老戚，我都打好了招呼，等我这边的企业一办起来，他们就会过来给我帮忙。有他们俩把关，我这个厂子的产品绝对是有竞争力的。"管之明向樊彩虹介绍说。

"原来是这样，难怪管厂长这么有信心呢。"樊彩虹赞叹道。

管之明说的老侯和老戚，分别是原临一机铸造车间的退休工人侯振声和戚运福，在管之明当厂长的时候，这两位老工人便是铸造车间里的定海神针，技术是顶呱呱的。

第三百九十一章 影响也不是特别大

管之明的长处在于生产管理,具体到技术细节,他是不如一线工人的。管之明决定回来建厂之后,便开始联系临一机的老工人,以建立自己的技术班底。他与侯振声、戚运福这些人都有不错的关系,在许以高额的报酬之后,这两位便欣然答应加盟管之明的新企业,愿意"在管厂长手下发挥一些余热"。

临河市对高滩机床产业园区非常重视,在划出1万亩土地之后,非但迅速完成了三通一平,还建起了一批标准厂房,以便那些对厂房没有特殊要求的中小企业能够"拎包入住"。

管之明要建的铸造厂,规模不大,只要租两个车间,装上设备,就可以开始生产了。樊彩虹亲自陪着管之明去挑了一个好地段,签了租房协议,管之明的"兴临机床铸件公司"便红红火火地进入了筹建阶段。

与管之明有相同想法的临一机退休职工甚至在职职工并不在少数。临一机是一家实力雄厚的老牌机床企业,许多干部和职工手里都有一些绝活,如果自己办一家企业,专门为入驻园区的中小型机床整机厂提供配套服务,无疑是一桩很好的生意。

"唐总,不行啊,光是这个月,我们临一机这边就已经有二十五个人提出辞职了,有一半是打算自己去园区开公司的,还有一半是被人家拉去合伙的,一分钱都不用掏,直接拿三四成的干股,人家看中的就是他们手里的技术。"集团总经理办公室里,临一机现任总经理顾佳成一脸沮丧地向唐子风报告道。

"这不是好事吗?"唐子风笑嘻嘻地应道,同时用手指着对面的沙发,说道,"老顾,别急,坐下说。"

顾佳成一屁股坐下,脸上却丝毫没有轻松的表情。他说道:"这二十五个人,都是各个车间里的技术尖子呢。这也是肯定的,如果不是技术尖子,人家怎么会花这么大的价钱去挖他们呢?他们这样抬腿一走,可是我们的重大损失呢。"

"损失能有多大?"唐子风问。

"这个……反正是挺大的。"顾佳成有些语塞了。损失这种事情,怎么定量呢?唐子风好歹也是临一机的前任领导,总不能理解不了这个问题吧?

唐子风问:"走了这二十五个技术尖子,各车间里的生产任务还能保证完成吗?"

"想想办法,应当还是能够完成的。"顾佳成说,"唐总你是知道的,我们临一机这些年一直是延续你和周厂长当初搞的'临机大匠'制度，车间里学技术的风气非常盛，技术尖子很多，走掉这二十五个人……呃，其实影响也不是特别大。"

说到最后的时候，他的语气有些虚了。一个月之内有二十五名技术尖子离职，的确是让他吓了一跳，但现在被唐子风一提醒他才回过味来。临一机的技术尖子有好几百，还有一些工人没有被列入技术尖子的范畴，其实并不是因为技术不够过硬，而是因为前面技术更过硬的人太多，相比之下显得弱一些罢了。

走掉二十五名技术尖子，顾佳成完全可以从下面再发掘出一批新的技术尖子，临一机的生产并不会受到太大的影响。甚至于，由于这些有头衔的技术尖子离开了，空出了位置，还能激发起其他工人学技术的热情。

这些年，机床生产技术的进步是非常快的，各种新设备、新工艺不断出现，原来的那些技术尖子，年龄已经有些偏大，过了能够快速接受新技术的阶段，逐渐成为新技术应用的障碍了。这些人离开，换一批年轻人上来，对于企业甚至是一件好事。

想明白这点，顾佳成便有些尴尬了。自己觉得火烧眉毛的事情，让唐总一说，才发现其实并没有什么大不了的，自己是不是显得太不稳重了呢？

唉，亏自己都是奔五的人了，在这样一个三十出头的集团总经理面前，还显得那么幼稚，真是丢人啊。

不过，话又说回来，像唐总这样神奇的年轻人，又能有几个呢？整个临一机，不，应当说整个临机集团，谁不服唐总？

在唐总面前丢人，不算丢人！

"其实吧，如果光是走了这二十五个人，我倒也不太担心。"

顾佳成开始给自己找台阶了，他说："我担心的是其他职工也跟着学样。技术处有个前年来的大学生，搞自润滑导轨有一套，我们本来打算再培养培养，就由他牵头，搞我们的自润滑导轨开发。结果，他被他的同学拉去创业了，准备在园区里开个公司，专门做自润滑导轨。你说，这不是拆了咱们的台吗？"

第三百九十二章　相忘于江湖

"还有这事？他出去创业，用的是在咱们这里搞出来的技术吗？"唐子风问。

顾佳成摇摇头，说："这倒不是。咱们自己没有搞过自润滑导轨，一直都是外购的。技术处打算立一个项目来做，让他先做了一段时间的预研。这个小伙子原来在大学里就跟老师做过这方面的研究，有点积累。说起来，他的技术和咱们关系不太大。"

"如果是这样，那咱们也没必要去干涉了。"唐子风说。

顾佳成说："是啊，我们也正是因为这一点，所以不好干涉他开公司。为这事，我还专门去技术处了解了一下情况，确定他没从公司带走什么有用的东西。"

唐子风说："这件事倒是给我提了一个醒，集团下面的各家企业都要立个规矩，要明确哪些技术是属于公司所有的，哪些技术是职工个人的。职工要离职，我们拦不住，但如果是拿着咱们的技术出去卖钱，咱们就得去谈一谈了。"

"那还谈什么？直接报警抓人呗。"顾佳成笑着说道，"那些掌握了公司核心技术的职工，咱们都是和他们签过保密协议的，还有竞业禁止协议，这些人如果吃里爬外，拿着公司的技术出去自己干，或者和别人合伙干，都是违反协议的，咱们一告一个准。"

唐子风说："也不一定要抓人吧。如果他们是自己出去创业，而不是投奔咱们的竞争对手，咱们还是应当支持的。"

"支持？"顾佳成一愕。

"只要他们愿意交技术使用费就行啊。"唐子风笑呵呵地补充道，见顾佳成还有些反应不过来，他便说得更直白一些，"这些人，如果觉得在公司赚的钱太少，想自己出去创业开公司，咱们可以允许。没必要扣着人不放，强扭的瓜不甜嘛。

"不过,他们是签过保密协议的,还有竞业禁止协议,这些协议可不是白签的。如果他们要创业,开办的公司里必须给咱们临机集团留出一部分股份,相当于咱们拿公司的技术入股了。

"他们如果答应这个条件,咱们非但不要阻止他们,还可以给他们提供方便,出点启动经费也没问题。但如果他们不答应,而是偷偷摸摸地自己搞,或者带着技术跑到外资企业去,那可就对不起了,要按协议上的规定办。"

听到唐子风最后那句话,顾佳成咧了咧嘴。顾佳成甚至想到,自己是不是应当把唐子风的这句话拿到公司里去扩散一下,让那些蠢蠢欲动的家伙都老实一点。

"可是,唐总,这样做对咱们有什么好处呢?"顾佳成问,"就算咱们在他们的公司里参了股,他们的公司毕竟也不是咱们说了算的,这就会带来一些隐患。比如说,如果他们自己开了公司,却给咱们的竞争对手提供技术支持,不也是损害了咱们的利益吗?"

"你以为把这些人捂在手里,咱们的竞争对手就没办法从其他途径获得这些技术?"唐子风反问道。

"这……"顾佳成再次被噎住了。

临一机手里掌握的技术,有一些是国内领先的,有些在国内算不上领先,充其量是有点特色。最重要的是,临一机的技术,绝大多数在国际上都不属于领先,甚至算是有些落后的。人家无法从临一机手里获得技术支持,难道不会找国外的机床巨头帮忙?临一机能卡得住同行的脖子吗?

唐子风见顾佳成无话可说,便继续说道:"咱们也不是要把所有的技术人员都赶出去创业,事实上,不敢下海去扑腾的人,还是占大多数的。

"对于那些心思已经活动的人,咱们要强留他们也是留不住的,还不如趁着现在建设机床产业园区的机会,默许他们离职去创业。

"他们在公司里,是替咱们打工,没啥积极性。换成自己创业,赚的钱都是自己的,说不定他们的积极性就被调动起来了。原来在公司里好几年都解决不了的技术难题,一出去就能解决了,这种事情,你信不信?"

"我信!"顾佳成点头说,"没准这帮家伙早就找到解决方案了,就惦记着要出去自己干呢。咱们如果硬要把他们留下,他们宁可把技术烂在自己肚子里,也不会拿出来交给公司。"

第三百九十二章 相忘于江湖

"话也不能这样说,有一部分工程师是不会这么自私的。"唐子风纠正道。

也就是说,另一部分的确是这么自私的!顾佳成在心里替唐子风把后面的话给补上了。对于这位唐总的俏皮话,整个集团的干部都是非常熟悉的。

他们所说的这种情况,其实也是难免的,这就是人性。

诚然,多数人还是会讲职业道德的,食君之禄,忠君之事,这是起码的做事原则。但也不排除有这样一小批人,拿工资的时候嫌少,干活的时候嫌累。如果稍微有点能力,能够搞出什么发明创造,他们首先想到的也不是交给公司,为公司的发展添砖加瓦,而是如何用这些技术来给自己谋取最大的好处。

公司里自然是有各种奖励机制的。对于能够解决重大技术问题的人,临机集团向来都不吝重奖,一次拿到几十万元奖金的工程师已经有很多位了。

但人心哪里是能够满足的?集团能够拿出几十万元来重奖的技术,往往都是价值几千万乃至上亿元的技术。有些民营机构听说这种事情,便会找上门来与这些工程师商谈,愿意出更高的价钱购买,或者是邀他们入股,一张嘴就答应给几百万元的好处,这些人能不动心吗?

其实,技术部门如此,业务部门也是如此。早在周衡和唐子风刚到临一机的时候,他们就听说过有些业务员把厂子接到的业务转给乡镇企业去做,从中捞取好处费。当时周衡和唐子风采取的做法就是,一方面给业务员一部分业务提成,提高他们的积极性,另一方面下重手打击各种吃里爬外的行为。

尽管有这样的举措,把公司业务拿到外面去做的事情还是难以禁绝。有些业务员有了稳定的客户关系之后,便辞职出去,自己办一家销售公司,专门给这些客户当掮客,赚的钱比在集团里多了几倍都不止。

耳闻目睹这种现象,有些老人便会感叹人心不古,说什么社会风气坏了,"想当年我们如何如何"之类。这种话没有什么用,敬业的人其实一直都有,像秦仲年、肖明,还有唐子风、周衡等。但不敬业的人,你也没办法,不能指望给他们上一堂政治理论课,他们就会幡然醒悟。

这些有私心杂念的人,其实也都是有能力的人。与其把他们留在手上,让他们成天尸位素餐,不如把他们放出去,让他们去施展自己的才华。古人就说过:"相濡以沫,莫不相忘于江湖。"

从客观上说,把一些有前途的业务分离出去,对于一家规模庞大的公司来说也是必然的选择。公司的规模大到一定程度,效率就低下了。同样一个产品,放在公司内部做,可能成绩平平,而如果交给某一个人,让他自己去做,却能够做出一番大成就。

国外的大型企业,像波音、苹果之类,都会把很多专业环节分离出去,自己只专注于研发、整机制造以及营销,就是这个原因。

唐子风能够有这样的胸怀,还源自他对临机集团乃至对整个国家的信心。他知道,中国正处于一个高速发展的时期,市场上有的是机会,未来大家还要齐心协力地去开拓国外市场,根本没必要计较国内一城一池的得失。

正因为有这样的想法,临河市建设高滩机床产业园区,唐子风才会大力支持。现在集团里有一些人要离开集团,出去创业,唐子风同样持支持态度。这些人掌握的只是机床行业的一部分技术,不可能对临机集团的整机业务构成威胁。

如果说他们能在某个细分领域上做出成就,比如造出全球第一的自润滑导轨,唐子风更是求之不得,以后临机集团的机床就用他们的导轨好了。毕竟是从集团出去的人,大家知根知底,没准买导轨的时候还能打个折啥的。

"老顾,这件事,公司里掌握一个原则:对于有能力的职工,能留则尽量留,给他们更好的待遇,给他们施展才华的机会;如果实在留不住,也不要强求。做事留一线,将来好见面。有些要出去创业的,咱们可以入一股,不必追求控股权,只要能够参与他们的业务就行。

"未来,如果从临一机的树根上,长出几十家全球闻名的机床技术公司,这也是我们的光荣,是不是?"唐子风说。

顾佳成夸张地拍着脑袋,说道:"哎呀,我这个老脑筋,就是没有唐总你的思想开放。可不是吗?这些人就算出去了,也是咱们临一机的人,他们做出了成绩,也是在为国家做贡献,也是咱们的光荣呢。"

第三百九十三章　苏化的小发明

"胖子叔叔，你怎么不回临河去开公司呢？"

井南合岭，胖子机床维修公司的厅堂里，于晓惠一边逗着被张蓓蓓抱在怀里的小婴儿宁惊鸿，一边向宁默问道。

宁默在合岭开机床维修公司已经有五年时间了。去年受到唐子风的鼓励，宁默为自己设计的几种机床维修工具申请了专利，又在合岭郊区收购了一家小机械厂，专门生产这些工具，生意还挺红火，也小赚了一些钱。

这一次，临河建设高滩机床产业园区，唐子风也给宁默打了电话，问他是否有意把厂子迁回临河去，以便享受园区的各种优惠政策。宁默与张蓓蓓商量之后，婉拒了唐子风的邀请。

宁默为自己发明的机床维修工具申请专利的时候，于晓惠给他帮了不少忙，包括画图纸、写专利申请文件等等，都是于晓惠代劳的。毕竟，宁默在技校学的那点专业知识根本就不够用，涉及申请专利这种高大上的事情，他完全是两眼一抹黑的。

以于晓惠的眼光，宁默的发明还是挺有一些新意的，未来在此基础上进行优化、创新，没准能够形成一些拳头产品，支撑起一家有实力的企业。

西方国家有不少百年小企业，就是靠着几个小产品一直做下来的。这类产品的特点是产值不太大，不值得大企业去与他们抢市场，但又是行业里离不开的东西，不管什么时候都能有销路。

于晓惠是唐子风的忠实小迷妹，唐子风在给临河市建高滩机床产业园区，于晓惠还帮着"忽悠"过几位专家去临河开专业技术服务公司。这一次，于晓惠和男友苏化一道到宁默这里来玩，与宁默聊起厂子的事情，便有了这样一问。

"他觉得自己没做成大老板，怕丢人，不好意思回临河去。"张蓓蓓笑呵呵地揭发道。

宁默有些窘,争辩道:"哪有嘛!老唐是我哥们儿,我在他面前有什么好丢人的?我是觉得,机床维修这方面,还是井南的业务更多,我这个维修店肯定是要留在合岭的。如果把厂子迁回去,我不就得来回跑了吗?"

"可是,胖子叔叔,你也不能一辈子都干维修吧?我倒是觉得,你干脆把这个维修店关了,专门做那些维修工具的生产,说不定更赚钱呢。"于晓惠说。

宁默摇摇头:"我可不这样看。我不像老唐那样诡计多端,搞不了企业经营的,还是卖点死力气,给人家修修机床,更踏实一点。我现在每天不动弹动弹,就觉得浑身不得劲。你让我像老唐那样成天坐在办公室里跟人玩心眼,我非得憋死不可。"

"你就嘴硬吧!"张蓓蓓笑道,"其实你就是不愿意回去看到人家唐总风风光光的。你说说看,唐总啥时候亏待你了?他不是一直把你当老同学的吗?唐总说了,你如果回临河去,他能帮你找更多的生意。是你自己矫情,不愿意去,还在背后说人家玩心眼。"

"老唐对我,那肯定是没说的。"宁默得意地说,说罢,却又露出了一些黯然之色,说道,"唉,主要是我不想总是靠哥们儿帮着。你说我宁默好歹也是200多斤的一个胖子,总是靠别人罩着,别人不说,我自己也不好意思,是不是?"

"和他一样。"于晓惠用手指着正在与宁一鸣玩的苏化,不满地说道。

听于晓惠把话头扯到苏化身上,张蓓蓓笑着问道:"怎么,小苏现在还在市场里摆柜台,没有想过换个工作吗?"

于晓惠小时候颇受唐子风和宁默的关心,所以一直把这二人当成自己的长辈,或者算是兄长也可以。这些年,于晓惠和苏化与宁默一家联系挺多,假期还经常到合岭来待几天。宁默、张蓓蓓他们去京城办事的时候,也会去看一下于晓惠和苏化,所以两家人相互非常熟悉。

张蓓蓓一直都知道苏化在鼎好商城摆摊,而且还不止一次地劝苏化要想办法找份更好的工作。毕竟,以世人的眼光,摆摊这种事情还是显得比较低端的。张蓓蓓还从于晓惠那里听说苏化是一个编程高手,新经纬公司的老总李可佳曾给他许下过高薪,却被他给拒绝了,张蓓蓓因此很替苏化觉得可惜。

苏化拒绝李可佳的招揽,原因有很多,其中有一条也像宁默说的那样,就是不愿意受熟人的照料。当然,苏化是有大能耐的人,李可佳招揽他,主要是欣赏他的才华,并不存在施恩的想法,这一点与唐子风照顾宁默是不同的。

第三百九十三章 苏化的小发明

"可不就是还在摆摊吗?"于晓惠噘着嘴说,"他成天说自己正在找项目,等找到合适的项目,就能够一飞冲天。可我看他一天到晚都是在玩游戏,要不就是泡军事论坛,和一帮什么军友聊飞机、军舰啥的,哪像是在找项目的样子?"

"谁说的?我这半年一直在给一鸣设计玩具好不好?"苏化笑呵呵地说道。

"妈妈,你看,这是苏化叔叔送我的飞机。"小胖子宁一鸣举起一架模样古怪的飞机,向张蓓蓓炫耀道。

说这东西是飞机,仅仅是因为它的确能够飞起来,但它的外观,与大家见过的各种飞机都有所不同。苏化刚把这架飞机拿出来的时候,张蓓蓓还以为他给宁一鸣做了一只电动螃蟹。

这架飞机有四根伸出来的支臂,每根支臂上都有一个旋翼。四个旋翼同时高速旋转起来的时候,飞机就能够飞起来,并做出各种动作。

苏化倒是没有说谎,为了设计这架飞机,他足足花了大半年的时间,其中最重要的工作便是调试飞机的控制系统。

苏化最早动这个念头,是在他看过宁一鸣玩的一架玩具遥控飞机之后。那是一架单旋翼的直升机,用一个遥控手柄控制,可以执行前进、后退和上升、下降等操作。苏化也是一时嘴欠,说宁一鸣的飞机太低端了,自己可以帮宁一鸣设计一架更高级的。宁一鸣闻言大喜,当即与苏化击掌为誓,算是把苏化给套牢了。

苏化提出要设计一架更高级的玩具飞机,是受了国外军用无人机的启发。国外的军用无人机,正是他现在做出来的这架飞机的样子。其高端之处并不在于使用了四个旋翼,而是飞机上有各种传感器,能够感知飞机的状态。传感器获得的状态数据,经中央控制器处理后,能够转化为四个旋翼的飞行命令,这四个旋翼精密配合,就能够完成各种复杂的飞行动作。

一般的玩具飞机,能够执行的飞行动作很少,用一个手柄控制就足够了。要做更复杂的动作,就需要编程,而这正是苏化的专长。

这半年时间里,苏化为玩具飞机开发了一个控制界面,飞机遥控器是连接在笔记本电脑上的,操作者在电脑上输入各种指令,就能够让飞机飞出各种曲线,模拟出空战的样子。

其实,苏化搞的这套控制系统并不算什么新发明,它几乎就是数控机床控制系统的翻版。在此之前,苏化曾经帮于晓惠开发过数控机床上的控制系统,积累了丰富的经验。

苏化配套市场摆摊的经历,也成为他开发无人机时的一个优势。他与各个柜台的摊主都很熟悉,能够从他们那里淘到各种稀奇古怪的元器件。他把这些元器件都集成在无人机上,便做出了这个前无古人的超炫玩具。

"这么好的东西,用来做玩具,太可惜了吧?"张蓓蓓把女儿交给宁默抱着,自己从儿子手里接过那架无人机,上下看着,啧啧连声地感慨道。

"那是当然。"苏化说,"这种无人机,在国外是军用的。在无人机上面装一个相机,就可以用来做敌后侦察。如果装上炸弹,还可以执行轰炸任务。我这架无人机,不是我吹牛,跟国外那些几十万美元一架的军用无人机比也不差。我都想给五角大楼发个邮件,问问他们想不想买几架呢。"

"你倒是发呀。"于晓惠笑着揶揄道。

对于男友做的这个产品,于晓惠倒是挺欣赏的,但她也想不出这东西除了做玩具之外,还能有什么用途。可是,如果用来做玩具,似乎真的挺浪费的,而且一般人家也买不起吧?

苏化做这架无人机,前后花了七八千元,这还不算他自己付出的人工成本,谁家舍得给孩子买一个上万元的玩具?而且这个玩具也不经折腾,搁在孩子手上,一不小心摔了,上万元就没了,谁舍得呢?

"我这不是英语不好吗?"苏化笑道,"我请你帮我写邮件,你又不干。"

小情侣斗嘴,往往就是这样无厘头。张蓓蓓没有附和他们的话,而是说道:"苏化,我觉得吧,你做的这个无人机,给小孩子当玩具,肯定不合适,哪个家长会给孩子买这么贵的玩具? 可是,你有没有想过,它可以给大人用啊。如果是商用,一架1万多块钱就不算啥了。"

第三百九十四章　商业应用

"商用？"苏化眼睛一亮，"张姐，你说这种无人机能够商用？"

于晓惠两口子与宁默一家的关系，也是够乱的。于晓惠管宁默叫胖子叔叔，连带着把张蓓蓓也叫作胖婶了。张蓓蓓最初觉得浑身别扭，后来发现于晓惠这样叫是故意的，也就懒得和她计较了。

苏化跟着于晓惠叫宁默胖叔，叫张蓓蓓却是叫张姐，毕竟张蓓蓓也就比他们大几岁，一口一个"婶"地叫她，而且还加一个"胖"字作为前缀，是很容易让人崩溃的。

至于下一代，宁一鸣管于晓惠叫姐，管苏化叫叔，让人弄不清楚这伙人到底是啥辈分。

苏化高三的时候受到唐子风的启发，开始接触商业，这些年又在电子市场里摆摊，现在已经是商业敏感度高于技术敏感度，算是一个跨越技术和商业两界的综合人才。他不喜欢当一个单纯的程序员，而是想像唐子风那样在商场上成就一番事业，只是一直没有找到合适的方向。

平日里，苏化也会跟于晓惠讨论有关商业的问题，无奈于晓惠的心思都在技术上，苏化那些天马行空的想法，在她看来都是不着边际，二人根本就讨论不下去。

张蓓蓓这几年帮着宁默打理维修店的生意，再加上身处井南这样一个商业气氛极强的地方，已经很有一些商人气质了，苏化与她正好能够找到共同语言。

"我听你说，这种无人机在国外是用来拍照的？"张蓓蓓问。

苏化点头说："是的，外国军队现在就是用这种无人机来做战场侦察，尤其是针对那些军事实力弱的国家，就算是悬在他们的军队头顶上拍照，对方也无可奈何。"

"那么，它能用来拍婚礼吗？"张蓓蓓继续问道。

"拍婚礼?"苏化一愣,不确信地说,"能吧……婚礼也没啥特殊的呀。只是,婚礼需要航拍吗?"

"当然需要。"张蓓蓓说,"你不知道,井南这边现在结婚的花样多了,平常的婚纱照已经不够了,有些年轻人结婚,要请直升机来撒花,还有就是航拍。请一架直升机,一次就是1万多块,其实也就是拍几段视频,再加一些照片。

"我看过有些人拍的视频,摇摇晃晃的,照片也看不清楚,反正就是一个意思,也没人在乎画质之类的。"

"纯粹就是钱多了烧包。"宁默不屑地说道。

他与张蓓蓓结婚的时候,东叶那边还不流行拍豪华婚纱照,他们随便找个摄影师拍了几张就得了。这几年在井南,张蓓蓓看了不少新婚夫妻的婚纱照,也目睹了直升机航拍的场面,回来在他耳朵边唠叨过不下一百次,还屡屡想拉他去补拍,让他不胜其烦。现在听张蓓蓓又提这事,他自然就要打击一下了。

"你懂个屁啊,你就知道吃!"张蓓蓓没好气地斥了宁默一句,又转回头,继续兴致勃勃地向苏化说道,"现在的人都有钱了,而且结婚嘛,人生就一次,大家也愿意花点钱。你这个无人机如果能够代替直升机搞航拍,我想拍一次的价钱肯定比请直升机要便宜得多,大家肯定都愿意接受。"

"胖婶,你是说,每家结婚都会买一架无人机来拍照?"于晓惠问。

张蓓蓓摇头说:"当然不是,我是说,婚庆公司会买啊。买一架无人机,就算是1万多块钱,拍上几回就赚回来了。你能够提供这种服务,别人提供不了,你就有竞争力了,是不是?这样各家公司互相攀比,最后销量不就上来了?"

苏化问:"张姐,我对这个行业不太了解,像合岭这样一个地级市,能有几家婚庆公司呢?"

"已经有十几家了。"张蓓蓓说。

"也就是说,光是合岭,就能销出十几架无人机?"于晓惠问。

张蓓蓓说:"可能还不止呢。你想啊,一家婚庆公司有时候是要同时办好几场婚礼的,像国庆节啊,或者像8月8日这种吉利的日子啊,结婚的人就多。一家公司能不同时预备好几架无人机拍照吗?"

于晓惠抬杠道:"可也不是所有结婚的都要用无人机啊。"

苏化说:"晓惠,这个你就不懂了。这种奢侈性的消费,是最讲究攀比的,如果其他人结婚用了无人机,你不用,就觉得被别人比过去了。就像我们在市场里卖电脑,专业的用户都是按照自己的需要来选配件,一般非专业的家庭用户就是只买贵的,不买对的。

"他们经常说的一句话就是:'我同事家里的电脑用的就是某某显卡,你也给我配这个。'"

"奸商!"于晓惠笑着评价了一句,却也知道苏化的感觉是对的,类似这样的话,过去她也曾听唐子风说起过。

"除了结婚,其他地方也能用得上吧?"宁默也开始发表意见了。他原本就是一个喜欢凑热闹的人,别人聊得热乎,他岂有不插嘴的道理?

"我有一些哥们儿,喜欢出去自驾游,每到一个地方都要拍很多照片。我听他们说起来,有些地方的风景特别好,他们都恨不得弄架直升机飞到天上去拍呢。"宁默说。

"这个需求我倒还真的琢磨过。"苏化说,"其实,我最早把这种无人机设计出来的时候,就想着可以拿来拍风光。为了这个,我花了很多工夫搞飞机的稳定系统。不是我吹,用我这种无人机来拍照,肯定不会出现像张姐说的那种摇摇晃晃的感觉。正常的微风环境下,我这种无人机在天上悬着,比放在地上还稳。"

"你就吹吧,怎么可能比放在地上还稳?"于晓惠说。

苏化尬笑道:"商业宣传嘛,多少是要夸张一点的。不过,我搞的这套飞行动平衡系统,的确是全球首创,我都申请了专利,你又不是不知道。"

"你是抄袭了我们机床刀具动平衡的创意好不好,我还没找你收创意费呢。"于晓惠笑着说。

"我的银行卡都在你包里,你还需要找我收费吗?"苏化说道。

看到宁默两口子向他们投来揶揄的目光,于晓惠窘道:"你们别听他乱说,我是怕他丢三落四,才帮他收着这些东西的。这个苏化,向来都是狗咬吕洞宾——不识好人心。"

"不过嘛……"苏化又扯回到原来的话题上,"现在无人机的成本太高了,一架就是1万多块钱。买一个很好的相机,也就是这个价钱,一般的摄影爱好者,除非是经济上非常宽裕,否则是舍不得买的。"

"我说苏化,你是不是也太黑心了?"宁默说,"我看这架飞机也没多少东西,怎么光成本就能算出1万多块?1万多块钱都够买一台机床了,那可是一两吨重的东西呢,光是铁都值好几千块。"

苏化叹道:"胖叔,真不是我黑心。无人机上都是精密部件,你看这悬臂,都是中空的设计,就是为了减轻重量。光是加工这些精密部件,就得花不少钱了。"

"批量化生产啊。"宁默说,"如果你的产量大,弄几种专用机床,再精密的部件,一次夹装就全部加工完成,成本不就下来了?"

"我原来不是没想过会有这么大的产量嘛。"苏化不好意思地解释道。有个研究机床的女友,苏化自然也懂得批量化生产能够降低成本的道理。

有些零件如果用普通机床进行加工,需要用到车床、铣床、磨床、钻床,要进行多次夹装,还要换不同的刀具,耗费工时不可胜数。但如果是批量生产,就可以请机床厂设计专用机床,机床会自动更换不同的刀具,操作者只需要进行一次夹装,输入加工程序,机床就能够自动地把产品加工出来,从而节省大量的人工成本。

苏化此前并没有想到这种无人机能够有商业用途,因此也就想不到批量化生产,现在与张蓓蓓一聊,才发现真的存在一个潜在的市场,可以说是大有可为。如果销量能够提高,生产批量就会扩大,到时就可以考虑使用专用机床了。

而一旦有了专用机床,产品的成本就会降低,就能够刺激出更多的需求,这就叫良性循环。

在给宁一鸣设计这架玩具无人机的过程中,苏化有许多新发明,他为每项发明都申请了专利。这就意味着,如果他要造无人机,光是专利壁垒,就足以把许多竞争对手排除在圈外。没有竞争对手,就意味着他可以赚取高额利润。

一架无人机赚2000元,一个合岭市能卖出50架,就是足足10万元的利润。全国有300个地级市,就有3000万元的利润。再考虑国外市场,还有摄影爱好者,还有其他目前想不到的应用场景,这桩业务的利润,岂不要上亿元了?

莫非自己当成玩具开发的这种无人机,竟会是自己孜孜以求的商业机会?

想到此,他忍不住扭头去看于晓惠,想与女友分享这种兴奋的感觉。

于晓惠也正向苏化看来,四目相碰之间,她感觉到了苏化目光中的炽热。这种炽热的目光,她已经有很长时间没有在苏化的眼睛里看到了。

"苏化,你真的想做无人机?"

"你觉得可行吗,晓惠?"

"我觉得,你是不是向唐叔叔请教一下?"
"我……"
苏化一下子就犹豫了。

第三百九十五章　抱住大腿不放

"我暂时……"

苏化支吾着，不知道该如何和女友说才好。

于晓惠皱了皱眉头，问道："怎么，你有什么顾虑吗？你不是和唐叔叔也很熟的吗？"

"是啊，苏化，晓惠说得对，这种做生意的事情，你问问老唐是对的。老唐这个人的鼻子灵得很，什么生意好做，什么生意不好做，他一闻就能闻出来。"宁默附和道。

苏化一脸为难之色，看看于晓惠，又看看张蓓蓓，却说不出话来。

张蓓蓓心念一动，问道："苏化，你是不是觉得，如果向唐总请教，显得自己太没主见了？"

"这倒不是。"苏化说。

"那就是你担心唐总会抢走你的想法。"张蓓蓓继续说。

"也不是……"

这一回，苏化的口气明显有些弱了，让人觉得他有些口是心非。

"苏化，你竟然会有这样的想法！"于晓惠一下子就听出来了。两个人毕竟在一起这么久了，她岂能听不出苏化的意思？

"苏化，你是不是在电子市场里待久了，好赖都分不出了？唐叔叔对你多好，没有唐叔叔，你能到京城去上大学吗？你能有机会认识李总、赵总他们吗？唐叔叔的父亲开着那么大的公司，还有子妍姐的网站也值上百亿元，你觉得唐叔叔会是要抢你那点小生意的人吗？"

于晓惠连珠炮般地向苏化发飙了。换成别的什么事情，她就算对苏化有意见，也不至于在外人面前不给他留面子。但苏化居然疑心唐子风想抢他的生意，这就让于晓惠无法容忍了。

第三百九十五章 抱住大腿不放

于晓惠如此生气的原因，一方面是她对唐子风忠心耿耿，不能接受别人对唐子风的怀疑；另一方面则是她坚信唐子风不是那种见钱眼开的人，苏化也是受过唐子风许多恩惠的，居然怀疑唐子风的为人，这就不仅仅是坏，而且蠢了，这种人还配当自己的男友吗？

"晓惠，你误会了，我不是这个意思！"苏化急赤白脸地解释着。

"那你是什么意思？"于晓惠黑着脸，"苏化，你把话给我说清楚，你如果说不清楚，你也别在合岭待了，你自己回京城去吧，以后也别去找我了。"

"不至于，晓惠，你可能是误会苏化了。"张蓓蓓赶紧出来打圆场。

"我误会他什么了？这个人就是狼心狗肺，我过去看错他了！"于晓惠说道。

张蓓蓓看着狼狈不堪的苏化，说道："苏化，我知道你不是这个意思。唐总的为人，我们大家都是知道的，他绝对不是那种会对不起朋友的人，你说是吗？"

"那是当然！"苏化说，"我一直把唐总当成自己的亲人，我从来没有怀疑过唐总的为人。"

"那你刚才说的话是什么意思？"于晓惠执拗地质问道。

"你是想自己做一番大事业，在唐总面前证明自己的能力。所以，你不希望唐总介入这件事，因为一旦他介入了，你就没有了自己创业的乐趣，是吗？"张蓓蓓继续向苏化问道。

苏化轻轻点了点头，算是承认了。

"可笑！死要面子！幼稚！"于晓惠一口气给苏化贴了好几个标签，语气却缓和了几分。经张蓓蓓一提醒，她也悟出苏化的想法了，只是觉得这个想法太没必要了。

于晓惠从小就接受过唐子风的帮助。在她看来，自己弱小的时候，接受别人的帮助并没有什么，等自己有能力了再报答这份恩情就好了。

苏化也接受过唐子风的帮助，但他与于晓惠不同，他在感谢和崇拜唐子风的同时，也把唐子风当成了自己要超越的一个目标。

以苏化在编程上的造诣以及他的商业头脑，随便做点什么事情，也能做成这个领域里的佼佼者。但苏化想要的绝非如此，他想做一番大事业，即便一时超不过唐子风，至少也要能够望其项背。他毕竟比唐子风年轻几岁，有了一个好的基础，假以时日，还愁没有做得比唐子风好的那天吗？

他想做得比唐子风好，一半是出自少年的心气，另一半则要归因到于晓惠头上去。于晓惠成天在他耳朵边念叨唐叔叔是个多么牛的人,这对小伙子的自尊心是一个严重打击,而且是持续多年的严重打击。

没有哪个男生不希望女友把自己看成唯一的英雄,女友成天崇拜另一个男人,这是任何一个有自尊心的男生都无法忍受的。

这一回,苏化偶然间意识到自己有可能发现了一个新的领域,可以做出一番事业,在这种情况下,他怎么能让唐子风插手?

他心里非常清楚,如果这的确是一个好方向,唐子风肯定会鼓励他做下去,会为他出谋划策,甚至会拿出一笔钱来支持他。他不可能拒绝唐子风的好意,但如果接受了唐子风的好意,未来做出来的成就,算是他的,还是唐子风的呢?

如果他在这个方向上成功了,未来向别人吹嘘的时候,别人会不会说,多亏了唐子风帮忙,否则光凭苏化,他哪有这样的能耐?这岂不是一件令人郁闷的事情?

张蓓蓓其实有过与苏化同样的想法,因为宁默就是一直生活在唐子风的阴影之下的,或者换个更贴切的说法,是一直生活在唐子风的荫护之下的。

张蓓蓓有时候觉得,有唐子风这样一个有本事的朋友,是宁默和她的幸运,但有时候又觉得,这种感觉令人不爽。宁默不管做出什么成绩,别人都要说这是唐子风帮忙的结果,他们夫妻俩还得点头附和,因为不这样说,人家就要指责他们忘恩负义,是白眼狼。

谁不想挺着胸膛做人?谁愿意一辈子被人看成是吃软饭的?

宁默不愿意把自己的小配件厂迁回临河,就是出于这种心态。张蓓蓓将心比心,自然就猜出苏化的心思了。

"我不想太受唐总照顾了,我想自己闯闯。不自己闯闯,我怎么能知道该怎么做事呢?"苏化讷讷地解释道。

"可是,你只是向唐叔叔请教一下这个方向有没有前途,这也能伤你的自尊心?"于晓惠斥道。

苏化说:"我如果要找唐总,肯定就不只是问问前途的问题了。晓惠,你想过没有,如果我要开个公司来批量化生产无人机,事先需要一大笔资金。我现在手里的钱不够,我是准备去找银行贷款的。如果唐总知道这件事,他会不会主动提出来给我投资呢?"

"你怕他分你的股份?"于晓惠问。

第三百九十五章 抱住大腿不放

苏化摇摇头:"我不在乎分他一部分股份。唐总帮过你,也帮过我,我如果做成功了,白送他两成股份,我都心甘情愿。但是,在成功之前就用唐总的钱,我不好意思。"

"如果是我们的钱呢?你愿不愿意用?"张蓓蓓眼珠子一转,问道。

"你们的钱?"苏化愣了一下,随即迟疑着摇摇头,说,"张姐,这件事其实还是有挺大风险的,前期的投入恐怕要上千万元,一旦失败,我可还不起你们的钱。"

"那你还敢去找银行贷款?你就不怕还不起?"张蓓蓓问。

苏化苦笑道:"银行的钱,如果还不起就算了,大不了银行把我告了,我去坐几年牢。如果是用你们的钱,我就算去坐牢,心里也会不安的。"

"说啥呢!"张蓓蓓白了苏化一眼,然后说道,"苏化,我是说真的。我也不借钱给你,我和你胖叔给你投资,至于占几成股份,由你定。将来你如果成功了,我们就从你公司里拿分红,一次分几千万,这样等一鸣和惊鸿各自结婚的时候,我们给他们每人买一幢大别墅。

"如果你没做成,我们的钱就算打水漂了,以后咱们再找其他的项目合作,你看怎么样?"

"你和胖叔要入股?"苏化这一回可真是惊了。

如果是唐子风说要出钱入股他的业务,苏化是不会吃惊的。他知道唐子风有的是钱,也惯常做各种风险投资。他听李可佳说过,当年唐子风也曾入股新经纬公司,而当时新经纬公司除了两个程序员之外,一无所有。

宁默一家的财产,苏化不太了解,但看宁默身为老板还要天天亲自去给客户修机床,想必也不是什么特别有钱的人家。此外,这二人都不是受过高等教育的,混的也是底层的圈子,显然不是那种懂得风险投资的人,他们怎么敢对自己的项目进行投资呢?

无人机这个项目,苏化自己充满希望,但多少还是有些孤注一掷的想法。他自己选的项目,成功了,或者失败了,都无所谓,大不了把钱赔光了重新开始。可宁默一家要参与进来,自己肩上的责任就重了,毕竟宁默是一个200来斤的胖子呢,自己能挑得起吗?

"我看好你这个产品。还有,我也看好你的本事。"张蓓蓓坦率地说,"我和胖子都不是有本事的人,我们认识的有本事的朋友,除了唐总和肖教授以外,就是你和晓惠了。

"我和胖子在合岭开店,听合岭本地人讲,人要善于抓住机会,如果自己身边有个有本事的人,就要抱住他的大腿不放。

"现在你和晓惠就是我们认识的有本事的人,所以我想抱一抱苏总的大腿,请苏总带着我们一起赚大钱,不知道苏总同意不同意。"

第三百九十六章　你肯定能行的

有一点张蓓蓓是撒了谎的，那就是关于抱大腿的观念，她并不是在合岭学到的，而是早在小时候就已经懂了。

张蓓蓓生在农家，长得不算丑，但也绝对达不到倾城倾国的程度。她有点小聪明，却又成不了学霸，高考也只是上了一个大专。像这样一个女孩子，如果不擅长抓住一切机会，很大的可能就是在县里甚至镇上嫁个普通工薪人家，然后一辈子围着灶台和孩子生活。

张蓓蓓的第一次努力，就是抓住了邂逅的宁默。宁默是个相貌平平的胖子，但张蓓蓓通过与他的短暂接触，就认定了这个胖子有潜力，是自己的真命天子。果然，她抱上宁默的粗腿之后，先是离开县城到了临河这样一个地级市，后来又随宁默来到合岭，成为一家维修店的老板娘。

宁默的维修店规模不算大，但张蓓蓓好歹算是跳出了农村，甚至跳出了工薪层的生活圈子，进入中产阶级了。在宁默的朋友圈里，有唐子风这样的大型国企老总，有肖文珺这样的清华教授，连一口一个"胖婶"叫得她快要患抑郁症的于晓惠也是清华博士，张蓓蓓有什么不满的呢？

看到机会就要勇敢地抓住，这就是张蓓蓓的人生信条。

苏化设计的这款无人机，张蓓蓓不是很懂，但她敏感地意识到，这应当是一个有前途的产品。

这些年，国家经济发展了，社会上的有钱人多了，一些高档的日用品也有了市场。几千块钱或者一两万块钱，已经不是什么很高的价格门槛了。

张蓓蓓首先想到的是无人机可以用于婚庆拍照，大家讨论的时候，又提出适合喜欢户外摄影的驴友。张蓓蓓还想到了另外一些无人机应用场景，虽然每个场景下的需求量不大，但中国是个有着十几亿人口的大国，还有庞大的国外市场，一个新产品如果做好了，还愁没有销路吗？

井南是全国著名的轻工业生产基地,到处都是小家电、厨具、家具等产品的生产商。张蓓蓓平常与别人聊天,听得最多的就是大家发愁找不到新产品。谁如果能够提出一个新创意,开发出一种新产品,立马就能赚个盆满钵满,然后再引来众人的模仿,把这个市场做成残酷的战场。

一个别人没关注过的新产品,一个有着众多专利门槛的高技术新产品,怎么可能会卖不出去呢?

一旦意识到这个产品的市场价值,张蓓蓓就萌生了要与苏化合作的想法。只是,一开始她觉得苏化肯定是眼界极高的,即便要找合作伙伴,肯定会找唐子风这种成功人士,怎么可能会与她和宁默合作?

现在听苏化说不打算与唐子风合作,而是准备向银行贷款来生产无人机,张蓓蓓知道自己的机会来了,于是便大胆地提出了要给苏化投资的想法。

苏化在中学的时候就曾靠卖软件赚过一些小钱,上大学之后在外面打工,也赚了一些钱。再往后,他在电子市场里摆摊,收入也还可以,在同龄人中算是一个有钱人了。

但苏化的财产,要用来投资办企业,就远远不够了。苏化现在设计出来的这架无人机,只能算是一个概念产品,要转化成真正的商品,还有许多事情要做。

比如说,飞机上的许多部件都是在电子市场上找来的,有些并不完全合用,如果要商品化,必须对这些部件进行专门设计,再找专业厂商定制。

再比如说,苏化开发的控制系统也是很粗糙的,功能足够强,但易用性和可靠性都有欠缺。如果要把无人机做成非专业人员也可以用的产品,就要对系统进行优化,而这不是苏化一个人能够完成的,需要有一个小团队来做。

要建立一个小团队,就需要花钱。一个普通程序员,给 4000 元的月薪,一年就是 5 万元,还有五险一金啥的,再发点年终奖,日常报销点打车费啥的,一个人一年的雇佣成本不少于 10 万元。

公司里如果雇上二十个人,光人头费就是 200 万元,苏化的那点积蓄可就远远不够用了。

宁默、张蓓蓓自己是开店的,现在名下还有一家配件厂,所以张蓓蓓对开一个公司的成本更为了解,也能看出苏化的困窘。她提出向苏化投资,有点乘人之危的意思,但同时也是苏化难以拒绝的。

第三百九十六章 你肯定能行的

借钱和吸收投资,是两个不同的概念。前者是要还钱的;后者的钱则可以不还,万一投资失败,大家谁也不欠谁。当然,天下没有白吃的午餐,你想要花别人的钱,就要让渡自己未来的收益,要给别人股份,人家就是冲着这个来的。

"张姐,你真的敢给我投资?"苏化不确信地问道。

张蓓蓓点点头:"我敢。"

"万一这个项目失败了呢?"

"失败就失败了呗。我和你胖叔当年不也是白手起家的?现在不过是把这些年赚的钱赔出去一点。再说,我又不会把老本都拿出来投,怕什么?"

"那么,张姐能够投入多少?"

"1000万,够不够?"张蓓蓓看着苏化,问道。

"你疯了,咱们哪有1000万?"宁默先跳起来了,冲着张蓓蓓喊道。

张蓓蓓扭头去看宁默,脸上的表情很严肃,她说道:"胖子,咱们可以把那笔钱拿出来用的。"

"那笔钱?咱们不是说好不到万不得已就不用的吗?"宁默低声说道。

其实,大家都坐在一起,他再低声,几个人也都是能够听到的,只是于晓惠和苏化听不懂他们说的"那笔钱"是什么意思。宁默用这种语气说话,也就是在暗示他们不要询问,这是宁默家自己的小秘密,别人是不便打听的。

张蓓蓓说:"胖子,我觉得苏化的项目起码有八成的希望。如果能做成,咱们这笔钱就能够全部收回来。这是一个机会,咱们如果不抓住,以后肯定会后悔的。"

宁默沉默了,他一向知道,老婆比自己更有眼光。张蓓蓓做出的决策,往往会比他做的决策更英明。这么大的一件事,张蓓蓓肯定不会轻率决定的,她既然说出来了,就意味着她已经有了主意。

"晓惠,你看呢?"苏化向于晓惠问道。

于晓惠对苏化还有些余怒未消,但听到张蓓蓓声称要给苏化投资1000万元,她也就顾不上与苏化生气了。她向张蓓蓓说道:"胖姊,你不是说着玩的吧?苏化这个项目,连我都不知道有没有希望,他又不愿意去请教唐叔叔。光咱们几个这样商量一下,你能放心给他投资吗?"

"我相信苏化。"张蓓蓓简单地说。

"可是,1000万这个数字也太大了。苏化,你需要这么多钱吗?"于晓惠又向苏化问道。

苏化点了点头,说:"需要。我原本打算从银行借钱,但最多只能借到300万元左右,这些钱还有些紧张,只怕是撑不下去。如果张姐能够投入1000万元,那我就有九成的把握把这个产品做到世界第一。"

"可是,万——……"于晓惠不知道该怎么说了,这么大的投资,实在是超出了她的知识范围。她在心里暗暗下了决心,过后一定要偷偷向唐子风问个计,听听唐子风的看法。如果唐子风不看好这个项目,她拼了跟苏化大吵一架,也要阻止这个疯狂的计划。

苏化没有理睬于晓惠的担心,他向张蓓蓓说道:"张姐,对于这个项目,我有九成把握,但也有一成的可能性是会失败的,你们要考虑清楚。

"不过,你们如果真的愿意投入1000万元,我可以在公司给你和胖叔四成股份。如果项目成功了,我保证你们在一年内能够拿到2000万元以上的分红,你们一定会为这笔投资感到骄傲的。"

"四成啊!太多了,我原本想着能占个一两成就好了。"张蓓蓓脸上绽出灿烂的笑容,言不由衷地说道。

张蓓蓓说出愿意投资1000万元的时候,内心是想着要在苏化的项目里占三四成股份的。她明白,苏化绝对不可能给他们五成以上的股份,因为这样一来,这个项目就不再是苏化的,而是他们的了。

至于说苏化只给他们一两成股份这种可能性,张蓓蓓略有些担心,因为她不知道苏化对自己的技术到底是如何估价的。当然,苏化如果真的表示只能给他们一两成股份,张蓓蓓恐怕就要想办法把出钱的事情拖一拖了,直接拖黄也不是不行。

现在,苏化一张嘴就提出给他们四成股份,与张蓓蓓的乐观估计完全一致,这就说明苏化是个懂得进退的人,和这样的人合作,还是比较愉快的。

"张姐,这件事,你和胖叔还可以再商量一下。如果觉得投资的事情不太合适,随时可以取消,我不会有意见的。我会很快写一个可行性报告出来,你们看一看,如果觉得我的想法可行,咱们就做起来。"苏化说道。

"我相信你,你肯定能行的。"张蓓蓓笑着说。

于晓惠看着这一幕,觉得颠覆了自己的三观。1000万元的投资,居然这样几句话就说定了。她看看张蓓蓓,又看看苏化,然后皱着鼻子警告道:"苏化,我可告诉你,如果你没做成,把胖叔和胖婶的钱给赔进去了,我一辈子都饶不了你!"

第三百九十七章 你不傻呀

新鲜出炉的创业团队在合岭市区一家档次不错的馆子里吃了一顿饭,然后苏化和于晓惠自己打车回宾馆,宁默开着自家的车,一家四口返回胖子机床维修公司。

"蓓蓓,你真的觉得苏化搞的这个无人机有前途吗?"

路上,宁默开始向老婆发问了,此前他不方便当着苏化他们的面问这个问题。

张蓓蓓坐在车后排,怀里抱着正在熟睡的女儿,回答道:"我觉得是一个机会。晓惠是个可靠的人,苏化对她也是真心,和他们俩合作,咱们吃不了亏的。"

宁默提醒说:"可是,苏化也说了,他搞这个无人机项目,只有九成的把握。这还是他自己说的话,真正能有多少把握,我觉得他也不一定能说得准。"

张蓓蓓呵呵一笑,说道:"胖子,你就不会找唐总问一下?唐总的眼睛那么毒,如果他也觉得这个项目好,咱们投上一笔,肯定是不会错的。"

"苏化不是说不和老唐说吗?"宁默说。

"他不说,你可以说啊。"张蓓蓓说,"以你和唐总的关系,你问他这件事,他还能骗你?这个苏化也是多心,其实他就算真的去找唐总商量这件事,唐总也不可能会抢他那点生意的。再说,如果有唐总给他投资,以后技术上和销售上的事情,唐总都会帮他盯着,有什么不好?"

宁默愕然:"你刚才可不是这样说的。"

张蓓蓓笑道:"你傻啊,他不愿意和唐总合作,不正好让咱们捡个机会吗?如果唐总参加进来,以你的脾气,肯定就不乐意参加了,是不是?"

"呃……"宁默无语了,老婆的套路太深了,让他这个胖子真理解不了。

他沉默了一会儿,问道:"可是,你怎么想到拿那笔钱去投资的?咱们不是说好轻易不动那笔钱的吗?"

第三百九十七章 你不傻呀

张蓓蓓白了宁默一眼,不过宁默是背对着她开车的,自然看不见这一记白眼。张蓓蓓说道:"又不是我说不动那笔钱,是你自己自尊心作怪,说这笔钱拿着亏心。现在我们拿这笔钱来投资,如果投资能成,苏化真的做成一个大生意了,咱们就把丽佳超市的股份还给唐总,连这些年的分红都可以还给他,以后咱们就靠苏化这边的分红来给儿子、女儿买房子,你还不高兴吗?"

原来,两口子讳莫如深的那笔钱,是丽佳超市这些年给宁默的分红。丽佳超市初创的时候,唐子风为了照顾宁默,从自己名下的股份中分了一成给宁默。

唐子风拥有的股权是50%,其中拿出一成,就是5%。在当时,丽佳超市的规模还很小,宁默拿5%的股权,一年能分到几万元的分红,说不上是特别多,宁默又是一个没心没肺的人,见哥们儿有这样的好意,也就不客气地接受了。

宁默拿着丽佳超市的股份,倒也不完全是白拿。超市有时候会遇到一些混混儿闹事,宁默便带着几个人去摆平。黄丽婷在超市搞促销的时候,也是宁默带人给她当托儿,算是出了点力气。

当然,宁默出的那些力,与5%的股权相比是微不足道的。只是唐子风在超市拿股权也没付出多少成本,宁默从他手里分股权,也没啥心理压力。

这些年,丽佳超市的规模不断扩大,现在净资产已经有上百亿元了,5%的股权就相当于5亿元,这比宁默现在的身家要高得多。宁默也是直到这个时候才悟出,当初唐子风给自己这5%的股权,是多么大的一个人情。

今天的宁默,已经懂得一些人情世故了。他与唐子风关系亲近不假,但平白拿人家价值5亿元的股权,他还是觉得有些难为情。他曾经向唐子风说过几次,要把超市的股权还回去。

唐子风的回答是,这些股权先放着吧,有朝一日宁默发达了,有十亿八亿元的身家,不在乎这点钱了,那就把股权还回来;反之,如果宁默的企业没有做大,那么超市的股权他还是留着为好,哪怕以后留给儿子、女儿也行啊。

于是,超市股权的事情就这样挂起来了。超市现在仍处在扩张期,每年利润的大部分被用于扩大再生产,给股东的分红并不多。饶是如此,这几年下来,宁默拿到的分红款也已经积累了2000多万元,这就是所谓的那笔钱。

以张蓓蓓的想法,唐子风是个大老板,丽佳超市也是他无意中做起来的一个大生意,宁默是最初的股东,现在赚的钱都是超市发展的红利,不能完全算是唐子风的赠予,他们拿这笔分红并没有什么不妥。

但宁默有这样一个心结，张蓓蓓很难说服他，再加上胖子维修店的利润也不错，两口子一时用不上这些分红。二人一商量，决定把钱单独存下来，以"那笔钱"指代，算是自家的一笔应急资金。他们说好了，未来如果用不上这笔钱，就找个名目把钱还给唐子风。万一自家遇到什么过不去的坎，急着用钱，那就把钱拿出来用，至少省得到处求人借钱了。

当然，这个方案，主要也是宁默的一厢情愿。张蓓蓓想的是，先把眼前的事情糊弄过去，未来说不定胖子的想法会发生变化。这样一笔钱，对于他们这个家庭来说是一笔巨款，但对于唐子风来说是微不足道的，自己有什么必要非要把钱还给唐子风呢？

这一次，张蓓蓓看到苏化手里攥着一个颇有前景的项目，却又缺乏启动资金，灵机一动，便想到拿那笔钱来投资的主意。这笔钱在他们的家庭账户上是一笔额外的钱，即便是投资赔了，也不影响他们的正常生活，算是花人家的钱，自己不用心疼。

而如果投资成功了，1000万元的投入，能够变成2000万元、3000万元，那么他们就可以把原来的钱还给唐子风，了却宁默的一桩心事，自己将来从投资的项目中分红，这些钱拿得心安理得，想怎么花就怎么花，岂不美哉？

"原来你是这个想法啊！"宁默恍然大悟，点着头说，"这个主意好。如果咱们赚了钱，我把超市的股权还给老唐，他也就没啥说的了。蓓蓓，我跟你说，每次黄丽婷把超市的分红给我们汇过来，我都觉得臊得慌。我现在都是当爹的人了，还要靠高中同学照顾，真是没面子呢。"

"知道你好面子！"张蓓蓓假装不悦地斥道，"你如果想着以后要还唐总的钱，苏化这个项目，你就好好操点心。有点啥事情，你都记得赶紧给唐总打电话说说，别让苏化把路给走偏了。"

与宁默两口子一样，于晓惠和苏化此刻也正在讨论着无人机项目。

从饭店出来，小两口叫了辆出租车回宾馆，在车上，碍于有司机在旁边，于晓惠不便与苏化多说什么。回到宾馆的房间，关上门，于晓惠甚至等不及去洗把脸，便向苏化发难了："苏化，你现在长本事了，这么大的事情，你连跟我商量一下都没有，自己就做主了。你苏化是做大生意的人，我就是一个穷学生，你如果觉得我碍事，就明说好了，我又不是非要赖着你不可的人！"

"晓惠，你说啥呢？"苏化一脸苦相，"明明是我赖着你好不好？你咳嗽一声，我就直打哆嗦呢。"

"装的！你过去做的那些事情，全是装的！"于晓惠断言道。

苏化说："晓惠，你就别说这些话了。今天的事情，你不是也看到了吗？当着胖叔和胖婶他们的面，我来得及跟你商量吗？再说，我答应接受胖婶的投资，还决定给他们四成股份，不也是看在你和胖叔的关系上吗？换成其他人，投资1000万元，我能给他们10%的股权就不错了。"

"哼，你也就这件事做得还算大方。"于晓惠的口气松动了几分。事实上，她对苏化也没那么大的意见，刚才这番表现，纯粹就是耍耍性子。她问道："做无人机这件事，你真的不想让唐叔叔知道？"

苏化笑道："你觉得可能吗？我敢打赌，你一会儿就会给唐叔叔打电话。如果我没猜错的话，胖叔现在就在给唐叔叔打电话，就算他不想打，胖婶也会逼着他打的。"

"你不傻呀！"于晓惠看着苏化，像是发现新大陆一般地说。

"……"苏化无语，跟女朋友讲道理基本上就是自虐，他已经习惯于被于晓惠称为傻瓜了。

"苏化，你真的觉得无人机有市场吗？"于晓惠问道。

苏化点点头："我其实一直都在琢磨这件事，今天受张姐的启发，我才发现无人机的市场应当是挺大的。咱们国内的市场有多大，我不好说，但国外的市场，肯定是非常大的。晓惠，你不是跟我说过吗？你们临一机向国外销售家用机床，一年都能卖出好几万台。

"无人机比机床的应用价值大得多，市场肯定会比家用机床更大。如果在国外一年能够卖出5万架，你算算，这得是多少钱？"

第三百九十八章 唐总像是坏人吗

"建阳,你觉得我很像个坏人吗?"

临机集团总经理办公室里,唐子风放下手里的电话,没头没脑地向坐在对面的张建阳问道。

张建阳一愕,随即怒道:"唐总,谁说你是坏人?你告诉我,我找人去把他收拾了!"

"是晓惠……"

"是晓惠啊……呃,这丫头怎么能这样说?她是跟唐总你开玩笑吧?"

张建阳的语气立马就软了。于晓惠是临一机的子弟,当年算是在张建阳手下打过工的,张建阳自然不怕她。但张建阳也知道,唐子风和肖文珺两口子对待于晓惠简直就像亲生的一样,如果真是于晓惠说了唐子风的坏话,那也是女儿对老爹撒娇,哪轮得到他这个外人去多嘴?

"不是晓惠说的,是晓惠给我打电话,说她的那个小男朋友看中了一个投资项目,不敢跟我说,怕我插一杠子。你说,这不是把我当坏人了吗?"唐子风笑呵呵地把刚才的话给补齐了。

张建阳忍不住抬手擦了一下头上的汗,唉,自己又让这个年轻领导给耍了。不过,话又说回来,领导能跟自己开玩笑,说明没把自己当外人,自己应当觉得高兴才是。

想到此,他也换了一张笑脸,说道:"晓惠的男朋友,好像是叫苏化吧,不是说计算机水平特别高吗?他看中什么投资项目了,居然还怕唐总你插一杠子?这孩子是不是被钱迷了心窍了?唐总你哪是那种人啊?"

"唉,这就叫'我本将心向明月,奈何明月照沟渠'啊。"唐子风感慨道。

"是啊是啊,现在这种不识好歹的人,也实在是太多了点。"张建阳看了看唐子风的脸色,然后小心翼翼地说道,"唐总,你是说夏振发的事情吧。我觉得,是

第三百九十八章 唐总像是坏人吗

不是企划部那边和他沟通的时候有些话没说清楚,让他们误会了?"

唐子风跟着周衡刚到临一机的时候,张建阳是临一机的办公室副主任,干的就是侍候领导的工作。这些年,张建阳一路提升,已经当上了临机集团的副总经理,但察言观色的能耐一点也没减。唐子风明面上是在抱怨苏化这件事情,但张建阳知道,他的感慨是冲着另一件事来的。

两周前,销售公司总经理韩伟昌带回来一个消息,说井南有一家私营机床企业正在开发一项新技术,与此前明溪理工大学教授欧阳康没有解决的"大尺寸高硬特殊旋转曲面切削"技术颇有一些关联。

韩伟昌与这家企业的老板夏振发聊过,得知他的企业在这项技术上已经花费了五六年的时间,投入的资金高达两三千万元。如今技术初见雏形,可夏振发的钱已经花完了,无法继续研究下去了。

韩伟昌是搞工艺出身的,对于技术非常敏感。他与夏振发简单交流了一番,就知道对方已经做到了什么程度,以及这项技术目前有多大的价值。韩伟昌知道唐子风一向注重技术开发,对这件事肯定会有兴趣,于是在回集团开会的时候,便向唐子风说起了此事。

果然,听完韩伟昌的介绍,唐子风当即下令,让集团企划部派人去与夏振发接洽,表示临机集团有意资助这项技术,请夏振发开出合作条件。

按照唐子风与张建阳等人事先估计的,夏振发对于临机集团的资助应当是不会拒绝的,唯一的悬念就是他会提出什么样的合作条件。当然,考虑到商业谈判的技巧,夏振发可能会做出种种矜持的表现,以便抬高自身的谈判地位。

对此,唐子风也交代过,只要夏振发提出的条件不是太无理,临机集团都可以接受。说句实在话,唐子风提出与夏振发合作,真没有多少占对方便宜的想法,更多的是出于促进国内机床技术进步的愿望。

让众人没有想到的是,集团企划部的人员刚刚向夏振发提出合作意向,就遭到了对方的无情拒绝。对方的态度是如此坚决,完全超出了"欲擒故纵"的限度,绝对不是什么谈判技巧问题,而是实实在在地不愿意与临机集团合作。

韩伟昌闻讯,以私人身份与夏振发联系了一次,结果夏振发告诉韩伟昌,自己在寻找资助不假,但临机集团的资助,他是绝不会接受的。理由也很简单,临机集团是机床行业的老大,自己这样一家小型民营机床企业,如果与临机集团合作,过不了多久,就会被临机集团吃得连渣都不剩。

刚才张建阳就是在向唐子风汇报此事。话刚说到一半,唐子风又接到了于晓惠打来的电话,说的事情居然也是有人担心唐子风会侵吞自己的项目,这就让唐子风不得不恼火了。

老子就这么像坏人吗?夏振发担心我占他的便宜,这个苏化也担心我占他的便宜,自己看上去就那么让人缺乏安全感吗?

苏化的那点小心思,唐子风其实并不在意。

于晓惠说苏化想做无人机,这让唐子风想起了后世的一些传奇故事,只是不确定苏化有没有能力把无人机产业做起来。唐子风知道,无人机是一个非常有前途的项目,如果做好了,将是年产值上百亿的大买卖。但唐子风现在也是身家上十亿的人了,哪里犯得着去抢小孩子的生意?

再听说宁默和张蓓蓓也入了股,唐子风就更没心思去争了。于晓惠和宁默都是他的朋友,如果这个项目能够做成,大家赚了钱,也算是肉烂在锅里,有啥不好呢?

但这两件事凑在一起,就让唐子风有些啼笑皆非了。

这些年,社会上的游资多了,创业者也更清楚自己手上的技术或者创意有多大的价值,想三文不值两文地拿点钱去换人家的股份,就变得越来越难了。

现在的创业者深谙融资之道,什么天使轮、B轮、C轮之类,讲究多得很。人家不怕你不投资,因为这个世界上除了你之外,还有成千上万的有钱人,人家总能找到投资者。

"夏振发的担心,也是有些道理的。"唐子风说道,"咱们集团这么大,而且还是国企,夏振发的企业不过就是几百万资产,和咱们合作,由不得他不害怕。"

"他怕个啥?咱们给他投1000万,占他三成股份,他算是捡着大便宜了。未来他手上的技术开发出来,赚到的钱,他自己能拿到七成,还有什么不知足的?"张建阳不忿地嘟哝道。

他说的投资和占股,都是集团预先定下的条件。在安排企划部的人员去与夏振发谈判的时候张建阳也交代过,这个条件还有退让的余地,只是具体退让的程度,要请示集团总部之后才能确定。

"这项技术的价值,我们看得到,夏振发更看得到。虽然他的公司现在一贫如洗,但照老韩所说,他在这项技术上的投入,前前后后已经达到了2000多万,时间成本就更不用算了。咱们花1000万就想拿到三成股份,他肯定是不乐意

第三百九十八章 唐总像是坏人吗

的。"唐子风分析道。

张建阳说："他前期投入多少,谁能证明?他手里的技术还没有完全取得突破,三五年见不到收益也是完全可能的,除了咱们临机集团,还有谁会愿意为这样一个项目去追加投资?咱们也不是趁火打劫,但投入这么多,占个三成股份总是应该的吧?

"再说了,他如果觉得条件不行,可以再谈啊。像现在这样连谈都不谈,把咱们当成啥了?依着我的性子,咱们也别再搭理他了,让他自生自灭就好了。说不定,等到他的公司撑不下去的时候,他会哭着喊着求咱们呢。"

唐子风点点头:"是啊,条件合适不合适,他总得和咱们谈一谈才对,怎么会连咱们的条件都不听一下,就直接回绝了呢?老张,企划部那边,你认真问过没有?是不是咱们的人在老夏那里耍大牌,让人家不高兴了?"

张建阳连连摇头:"这是不可能的。企划部那边,我安排邵一帆去的。小邵这个人,唐总你是知道的,非常稳重,不可能做出不合适的事情。听小邵说,夏振发还没有听完他们的话,就表示没有兴趣,然后找个托词就走了,直接把小邵他们晾在那儿了。"

"这就有趣了。"唐子风笑道,"看来还是一个有脾气的人呢。这样吧,下下周我正好要去井南开会,顺便去拜访一下这位夏总,看看他到底是个什么人物。"

第三百九十九章　骑虎难下

井南,武营市,弘华机床公司的小会客室里。

公司董事长夏振发与来访的唐子风、韩伟昌二人相对而坐,脸上的神色说不上是热情还是冷淡。两位客人的面前倒是摆着茶水和点心,而且从茶杯里飘出来的香味能够识别出,这是很高档的茶叶,至少主人对于两位来宾还是给予了足够的尊重。

"夏总,我们临机集团的意思,想必你也是知道的。这次唐总专程到武营来见你,也是为了表示我们集团的诚意。你对于我们双方的合作,到底有什么顾虑,是不是也可以直言不讳呢?"

韩伟昌率先开口了。他此前已经与夏振发接触过几次,与对方算是比较熟悉了,这样的话由他来说自然更合适。

夏振发看了看唐子风,微微一笑,说道:"唐总能够专程到我们这样一个小公司来,我真是觉得不胜荣幸啊。唐总的大名,我在十年前就已经听说过了,只是我从来没有想过能有机会和唐总坐在一起聊天。"

唐子风淡淡地说:"夏总客气了,我能有什么大名?充其量也就是扯扯临机集团的虎皮,哪里比得上夏总这种靠白手起家做成一番事业的企业家?我这一次也是因为在渔源开会,老韩跟我说起你的事情,我就过来拜访了,还请夏总不要怪我太过冒昧了。"

"哪里哪里,唐总是我们请都请不来的贵客,我们哪敢说什么冒昧不冒昧的?"

"贵客不敢当,只要夏总不说我是恶客就好。"

"唐总说笑了,您的确是贵客。"

"是吗?那我就谢谢夏总抬举了。"唐子风应了一声,然后绕开这些客套话,直入主题,说道,"夏总,刚才老韩已经说了,我这次到武营,是来表示我们临机集团的诚意的。我听说夏总对于与我们临机集团合作有一些顾虑,不知道方便不方便在这里说说呢?"

"其实也说不上是什么顾虑,只是我个人对于和临机集团这样的大企业合作,有些怯场。韩总是知道我的,我是工人出身,手上有点技术,但没见过什么世面。我这家弘华机床公司,在武营都排不上号,在整个井南就更是微不足道了。临机集团是咱们国内数一数二的大型机床企业集团,我们这样一家小企业,实在有点高攀不上啊。"夏振发极其低调地说道。

夏振发说这些话的时候,唐子风一直盯着他的脸。等到夏振发说完了,唐子风没有立即吭声,而是等了一小会儿,才展颜一笑,说道:"夏总,我这个人读书少,不懂得啥叫含蓄,要不,我就说句糙话吧,莫非在夏总眼里,我和老韩显得很白痴吗?"

夏振发一愣:"唐总,这话是从哪儿说起啊?"

"我和老韩既然能到你们弘华公司来,自然不可能不事先了解一下贵公司的情况。光是去年,你们公司的产值就有2000多万元,其中还有三成的产品是销往国外的。夏总你自己曾经出国十几次,参加过在美国、日本、德国举办的多次机床展会,而且还能用英语和外国客商交流。

"像夏总你这样一位既懂技术又有经营头脑的成功企业家,在我和老韩面前自称没见过什么世面,这不是觉得我和老韩都是白痴吗?"

唐子风说话的语气很平和,依稀带着几分嘲讽。

"呃……"夏振发被噎住了。他说自己没见过什么世面,当然只是自谦,目的是委婉地回绝唐子风的合作要求。换一个有点城府的人,听到这样的话,就该知难而退了。

此前临机集团曾经派人来与他商谈合作的事情,他采取的方法是直接把对方晾在一旁,根本就不和对方对话。

唐子风是临机集团的总经理,在业内赫赫有名,夏振发说自己早在十年前就听说过唐子风的大名,也并非虚辞。对唐子风,夏振发不能直接给予冷遇,用自我贬低来堵唐子风的口是更合适的做法。

可谁料想,唐子风压根不跟他玩什么委婉,而是直接声称夏振发的自谦是对他和韩伟昌的污辱,这就属于不会聊天了。

"唐总,你误会了。"夏振发在脑子里组织着语言,徒劳地辩解道,"我的确是出过几趟国,相比我们武营的有些民营企业老板,嗯,我的确算是见过一点点世面的。不过,在你和韩总面前,我见的那点世面,实在算不上什么……"

唐子风打断了他的话,不客气地说道:

"夏总,我信奉一条原则,那就是聪明人之间说话没必要绕什么弯子。我唐子风不才,国家能够把临机集团这样的大企业交到我手里,我应当还算是有几分聪明的吧?至于夏总你,能够突破超硬曲面切削这样的高难度技术课题,前后申请了几十项专利,手里还拥有一家规模不小的企业,自然也算是个聪明人。

"既然大家都是聪明人,这样拐弯抹角地说话,有意思吗?咱们三个大老爷们,说一半留一半,互相猜对方的心思,你不觉得恶心,我还觉得恶心呢。"

"……唐总真是快人快语,难怪……"

夏振发被唐子风打败了,他讷讷地嘟哝着,后面的话都不知道该怎么说了。

夏振发原本是武营当地一家国营小厂里的工人,很有技术天分。当工人的时候,他对自己使用的机床做了好几项革新,大幅度地提高了生产效率。后来,他辞职下海,办了这家弘华机床公司,专门生产经他改良过的机床,从而赚到了第一桶金。

与当地的其他小老板不同,夏振发一向信奉依靠技术打市场。公司有了一些利润之后,他便招收了一批大学生,跟着他做技术开发,然后再把开发出来的新技术推向市场,形成了一个良性循环的局面。

由于笃信技术为王的理念,夏振发多少有些傲气,在待人接物方面也不太擅长。当然,正如唐子风说的,能够把一家企业做到如此规模的人,肯定还是有些小聪明的,只是遇到唐子风这种以玩心眼为业的人,他就有些束手束脚了。

"实不相瞒,我们看中了你们目前正在研发的超硬曲面切削技术。我们集团技术部分析了你申请的那些专利,认为你的研究思路是正确的,而且也已经突破了许多关键性的技术障碍,后续如果有充足的投入,应当能够形成成熟的技术,填补国内空白。

"我们想和你合作,就是看好这项技术的应用前景。这项技术对于我们现有几种机床产品的升级换代,也能发挥重要的作用。所以,我们想和弘华公司合作的态度是认真的,这一点夏总不必怀疑。"唐子风侃侃而谈。

"这一点,我一直都没有怀疑过。"夏振发低声应道。他多少有些被唐子风

第三百九十九章 骑虎难下

的霸气给镇住了,不敢再乱说话,生怕又被唐子风抓住什么把柄。

"至于说夏总你这边的情况,我们也非常清楚。"唐子风话锋一转,说到了夏振发头上,"弘华公司去年净利润有 400 多万,但都被投到超硬曲面切削这个课题的研发上了。你原来觉得这个课题投入 1000 万就能够完成,现在投入已经超过了 2000 万,但距离成功还差得很远。今年、明年、后年的利润全扔进去,你也不敢说就能够完成这项研发。

"现在国内搞超硬曲面切削的机构不止你们弘华一家,而且别人的资金实力是非常雄厚的。可以这样说,如果没有外来投入,光靠弘华公司自身的利润来支撑,恐怕不等你们取得成功,其他企业已经抢先一步搞出来了,让你们辛辛苦苦研发的技术全都砸在自己手上。

"夏总,你现在的处境,用一个成语来形容,就是骑虎难下。我和老韩到这里是来帮你的,你还在这里跟我们打哑谜,说空话。我真不知道,你搞技术的那点聪明劲,都扔到哪儿去了。"

"这个嘛……"夏振发脸色很难看,想说点什么来反驳一下唐子风,为自己找回点面子,却又想不出合适的话。

唐子风说得对,聪明人之间对话,是不用绕弯子的。唐子风自己虽然不是搞技术的,但他背后有一个强大的苍龙研究院,弘华公司的那点技术底细,根本就瞒不住唐子风。

超硬曲面切削是一项很有应用前景的技术,国内也有不少机构在研究,弘华公司要想靠这项技术赚钱,必须抢在其他机构之前完成全部研发。如果因为资金的问题,导致研发速度放缓,国内很有可能会有其他机构赶上来,再把弘华公司甩在身后,届时夏振发在这个课题上投入的时间和金钱就全打水漂了。

夏振发在唐子风面前表现得很淡定,拒绝接受临机集团伸出的橄榄枝,但其实内心是很不踏实的。现在唐子风把这一点给挑破,就是要逼着夏振发说实话了。

"唐总,你说得很对。我们现在的确是有些骑虎难下了。"

犹豫再三,夏振发不得不认栽了。反正关于合作的事情,他心里是有底线的,现在与唐子风探讨一下公司的策略问题也无大碍,自己又何必再装淡定呢?

第四百章　就别装什么圣人了

"我们原来低估了这项技术的难度,等到做起来之后才发现原来的设想太乐观了。其实,最早我判断投入不超过 500 万,花费不超过一年,就能够拿出机床成品。现在已经投入 2000 多万了,时间更是花了五年,还没成功。

"因为整个公司的利润都投到这个项目里去了,我们公司现在没有新产品,盈利能力已经大幅下降了。如果这个项目在短期内不能突破,我们公司可能就真的要关门大吉了。"夏振发用沮丧的语气说道。

"那么,夏总的打算是什么呢?"唐子风问。

对方已经低头了,他也就不必再嘲讽了。老夏是个自尊心挺强的人,打击太多会导致他逆反的。

夏振发说:"我的确是想引进一些资金,以便在最短时间内把这个项目完成。目前,国内在超硬曲面加工技术方面还是空白,所有的机床都是从国外进口的。如果我们能够推出国产的超硬曲面机床,肯定会有市场,而且利润率是非常高的。"

唐子风问:"可是,我和韩总巴巴地上门来给你送钱,你却把我们拒之门外,这又是什么原因呢?"

"这个嘛……其实我前面也说过了,临机集团是个大企业,我们不太敢和临机集团合作啊。"夏振发说。

"大企业小企业,大家合作都是有合同的,你有什么不敢的?人民银行的实力比你强出一万倍都不止,也没见你不敢用人民币吧?"唐子风说。

"这、这不一样吧……"夏振发被唐子风的歪理给噎着了,想了好一会儿,他才理清楚唐子风话里的逻辑陷阱,辩解道,"人民银行和我之间,没有利害关系。我又不印钞票,人民银行也不造机床,我当然不用怕它害我。可是,我们和临机集团之间……"说到这里,他停住了,后面的话不用说出来,唐子风自然是能够听懂的。

"你担心我们会抢走你的技术?"唐子风问。

夏振发下意识地点了一下头,旋即又赶紧摇头,不过,摇了两下,他又停住了,看着唐子风,一副欲言又止的样子。

"老夏,你有啥话就直说吧,买卖不成朋友在,咱们就权当是朋友聊天吧。"唐子风说。

夏振发说:"这件事,我也说不好。临机集团这么大的企业,平白抢我们开发出来的技术,应当是不可能的。毕竟,就像唐总你说的,如果我们双方要合作,肯定会有合同的,我想临机集团也不会做出公然违反合同的事情。"

"然后呢?"唐子风问。

"然后……我担心的就是然后的事情。这个项目结束了,我们肯定还要开发其他的项目,到时候我们双方是合作关系,如果临机集团要参与我们的项目,我是接受好呢,还是拒绝好呢?"夏振发说。

韩伟昌听不下去了,插嘴说:"夏总,你这个担心就太没必要了吧。我们临机集团的研究实力,比你们强出十倍都不止。如果你们有好的项目,我们参与进来,大家一起开发,不是比你单独搞要强得多?反正公司的大部分股权还是在你手上,公司赚了钱,你分大头,我们临机集团拿点小头,你也不乐意?"

"不是钱的事!"夏振发赶紧声明道,"如果只是分钱的事情,我不在乎谁多分一点,谁少分一点。现在大家不都说做蛋糕的事情吗?蛋糕做大了,每个人都能分得多一些,这个道理,我还是懂的。"

"那你说是什么事情?"

"就是……我不想让别人参与我的项目,我觉得,自己开发技术更有乐趣……"

"就因为这?"韩伟昌有些傻眼了。难道这位夏总真的是个技术痴,爱技术胜过爱金钱,就为了能够享受独自研发技术的乐趣,甘愿放弃赚钱的机会?

想到此,他忍不住扭头去看唐子风,却发现唐子风的脸上云淡风轻,没有一丝惊讶或者其他异样。

"那么,夏总拒绝我们临机参与,又打算从什么地方找到投资呢?"唐子风换了一个问题,似乎是已经放弃入股弘华公司的打算了。

夏振发露出一些愁容,说道:"这就是我现在头疼的事情啊。我原本以为,能够在武营找到一些投资者,结果大家都喜欢投那种看得见、能够赚快钱的项目,对我搞的项目不感兴趣。"

"恐怕也是不懂吧。"唐子风说。

"他们的确是不太懂。"夏振发承认了。

"你没有到京城、浦江这些大城市去找投资商吗?"唐子风又问道。

夏振发点点头:"去过,也接触了一些投资基金。不过,有些投资基金对机床行业不了解,不愿意投。还有一些倒是表示可以投资,但条件太苛刻了。"

"条件好的,你又不乐意接受,这能怨谁?"韩伟昌没好气地呛道。

夏振发知道韩伟昌的所指,但这个话题他不打算谈下去,于是便低着头,装作没听见这句话,算是给了韩伟昌一个软钉子。

"我明白了。"唐子风说道。他端起面前茶几上的杯子喝了一大口茶,赞了一声茶叶,接着说道:"既然如此,那我和老韩就不打扰夏总了。我留一句话,临机集团的门,会为夏总保留一年,一年之内,夏总如果想通了,愿意和我们临机合作,我们随时欢迎。

"至于夏总的顾虑,我们也理解。我在这里预祝夏总能够很快找到好的投资商,尽快把超硬曲面这个项目做出来,也算是填补国内的空白,为国内机床行业争一口气。"

"谢谢唐总的鼓励和好意。关于和临机集团合作的事情,我一定会认真考虑的。"夏振发说着场面话,但唐子风和韩伟昌都能听出他并没有任何想合作的意思。

话说到这个份上,唐子风和韩伟昌已经没有再留下的意义了,二人起身告辞。夏振发则热情地表示要留二人吃饭,这倒的确是有七八分诚意的,可惜唐子风并不领情。

以唐子风的身份,与夏振发一起吃饭,完全可以算是一个很大的面子了。夏振发是个挺无趣的人,唐子风没有任何与他继续聊的愿望,所以随便编了个蹩脚的理由以拒绝夏振发的邀请,然后就与韩伟昌一道离去了。

"唐总,你看这个夏振发的真实想法是什么?"离开弘华公司之后,韩伟昌开始向唐子风求证。

"他的确不想和咱们合作,并不是做什么姿态。"唐子风说。

"我也这样觉得。刚才他的表现,明显是不愿意和咱们谈条件。可是,他不

第四百章 就别装什么圣人了

想和咱们合作的理由,我听着有点不靠谱啊。"韩伟昌说。

唐子风哈哈笑道:"当然不靠谱。这家伙如果真的对技术那么痴迷,应该去考个博士,然后待在学校里踏踏实实搞科研,这不比他把时间花在经营上要强得多?在商言商,他既然开了公司,就别装什么圣人了。都是千年的狐狸,他还在我面前演什么《聊斋》。"

"那依唐总看,他的真实想法是什么呢?"韩伟昌问。

唐子风说:"他说不希望临机集团插手他的项目,这话是真的。但他说是因为他想自己搞科研,这就是胡扯。他不希望我们插手的原因,在于他觉得自己未来可能会发现一些更有前途的方向,他怕和我们合作之后,我们会抢走这些机会。"

"原来是这样……"韩伟昌露出一个恍然大悟的表情,然后又恨恨地骂道,"这个姓夏的,心也太脏了,他怎么会往这方面想呢?"

唐子风咧了咧嘴,想说点啥,最后还是忍了。只有"心很脏"的人,才能理解这种"脏"事,韩伟昌骂夏振发,却是连着唐子风一块骂了,这让唐子风情何以堪?可要让他去纠正韩伟昌的话,他又不知道该怎么说好,没准越描越黑。

以唐子风的理解,夏振发是一个极其自负的人,他坚信自己有超前的眼光,能够找到许多很好的方向。在这种情况下,如果弘华公司与临机集团合作,他的许多想法就会不可避免地被临机集团获知。

比如说,他看好一个项目,要投资进行研发,这样的事情当然是要和合作伙伴商量的。临机集团也是做机床的,夏振发看中的好项目,对于临机集团来说必定也是好项目,届时临机集团就有可能截和,利用自己强大的实力,抢在弘华公司之前把技术开发出来,以便吃独食,不给夏振发留下任何一点残羹冷炙。

临机集团会这样做吗?

连唐子风都不敢打包票,说自己肯定不会去抢夏振发的创意,最起码,他不能向夏振发做出这样的承诺。

道理也是很简单的,有些创意,可能临机集团自己也能想到,如果夏振发早说一秒钟,临机集团就不能再染指,那岂不是给自己找了个大爷?临机集团有必要做这样的让步吗?

可如果不做出这样的承诺,从夏振发那边来说,就无法确保临机集团不会见财起意,届时他的好点子一个接一个地被临机集团套走,他岂不是亏了?

这种两头都有顾虑的事情,强势的一方是可以不在乎的,但弱势的一方就不能不琢磨了。夏振发反复说临机集团是大企业,自己是小企业,其实就是在说明这个问题。

此前因为地位的局限,唐子风想不到夏振发的这些小心思,与夏振发谈了一通之后,自然也就想明白了。

第四百零一章　隐形冠军

"那么，唐总，咱们该怎么办？"韩伟昌问道。

关于夏振发的真实想法，韩伟昌其实也已经悟出来了，充其量也就比唐子风慢了一两拍而已。他刚才装出一副懵懂无知的样子，不过是为了创造一个让唐子风显示英明的机会。

夏振发这件事，是韩伟昌惹出来的。唐子风为此专门跑了一趟，结果却碰了一鼻子灰，心里肯定是不痛快的，没准会把这种不痛快迁怒到他韩伟昌的身上。

在这种情况下，韩伟昌必须要把唐子风哄好、哄开心，才能减少自己给领导带来的负面情绪。至于因此而不小心暴露出了领导内心阴暗的真相，却是韩伟昌没想到的，幸好唐子风也不是那种斤斤计较的人。

"和夏振发合作已经不可能了。除非弘华公司真的做不下去了，夏振发走投无路，不得不来找我们。但我敢保证，这家伙即便是和我们合作，在完成了超硬曲面这个项目之后，也一定会自己另起一摊，把我们给甩了。这样的合作，咱们不要也罢。"唐子风说道。

"对，这人就是个白眼狼，没法合作。唉，幸亏唐总你亲自来了，换成我们，还真看不透这家伙的本质，说不定就被他给骗了。"韩伟昌说。

唐子风笑着在韩伟昌背上拍了一掌，说道："得了，老韩，你这些马屁话，还是留着跟张建阳讲吧。我还不了解你老韩？论搞阴谋诡计，三个夏振发捆一块也不是你的对手，你还能看不出他的用意？"

韩伟昌尴尬地笑道："嘿嘿，我就知道我这套在唐总面前就是班门弄斧，三个我捆一块，也比不上唐总你。我这不是搞销售搞惯了，一说话就是这样，没办法，没办法……"

唐子风懒得和韩伟昌计较了，集团规模大了，他的位置也高了，就得接受这种高处不胜寒的处境。别说韩伟昌，现在就连秦仲年这样的耿直之人，在他面前说话的时候都会下意识地带上几分恭敬，这的确是没办法的事情。

"老夏这个人，还是有可取之处的。"唐子风回到正题上，皱着眉头说，"他有技术敏感，也有一些经营头脑，是个不错的企业家。如果能够跨过眼前这个坎，他的弘华公司，发展前景应当是非常可观的，如果因为一两千万的资金缺口就垮掉了，的确是有些可惜。"

"……"

韩伟昌不吭声了，唐子风这画风转得太快，他有些跟不上。刚才还说和夏振发合作是不可能的，这会儿怎么又替他琢磨起来了？莫非唐子风在这个问题上还没死心？

既然想不通，韩伟昌也就不说话了，万一哪句话说错了，与领导意见相悖，不是给自己找麻烦吗？

唐子风本来也不指望韩伟昌出什么主意，他自顾自地说道："老夏这事，倒是给了我一个启发。机床行业里，像弘华公司这样的企业估计还有不少，这些企业都是很有前途的，只要给一些钱扶持一下，未来很有可能成为在某个细分市场上有竞争力的隐形冠军。

"这些企业的顾虑，我估计和弘华差不多，都是担心和大型企业合作会被吃掉，或者丧失自己的独立性。像这样的企业，应当让其他的资金来进行投资，咱们临机集团就别掺和进去了。"

"其他的资金，唐总，你是指什么呢？"韩伟昌问道。

唐子风说："应当是一个专门针对机床行业进行风险投资的基金吧，我目前还没有想好。这样吧，老韩，你回头和老夏再联系一下，让他不要急，很快会有新的机会。我回京城一趟，去和老周商量商量，看看如何建立起一个这样的基金。"

"哎哎，这个没问题，我回头就和夏振发联系一次，我的话，他还是会听进去几句的。"韩伟昌应道。

唐子风原本的安排就是在井南开完会之后直接去京城，来见夏振发不过是顺带的事情。现在夏振发已经见过了，合作的事情没有谈成，却产生了一个新想法，唐子风便带着这个想法坐飞机回到了京城。

"你是说，要由国家出面建立一个专门扶持机床领域创新企业的基金？"

周衡在自家客厅听完唐子风报告的情况,向他问道。

这已经是唐子风回到京城后第二天的事情了。他回京之后先是回家与父母妻儿团聚,这自不必赘言。关于机床投资基金的事情,他选择先来与周衡商量,是因为周衡至今还挂着机二〇联席会议主席的头衔,在行业里依然是有很高的威望的。

听到周衡的询问,唐子风解释说:"应当是国家牵头吧,吸收一些民间资本参与。纯粹让国家出钱,恐怕额度有限,杯水车薪,解决不了太多问题。"

周衡笑道:"好大的口气。国家出钱都只是杯水车薪,你这个基金打算搞到多大规模?"

唐子风说:"最起码四五十亿吧,这还只是一期,未来还应当有二期、三期啥的。"

"四五十亿?动静是不是太大了?"周衡质疑道。

唐子风说:"四五十亿也不算多吧?换算成美元,也就是5亿多,国外那些机床巨头,哪家一年的研发投入不是几十亿美元?咱们全国拿出四五十亿还算多吗?"

"这个账不能这样算。"周衡说,"你们临机集团内部也有研发经费,一年也有上亿美元的规模吧?你说的这个基金,只是针对创业型企业的,一家企业能投个一两千万就不错了,四五十亿,这就相当于好几百家企业,咱们能有这么多有投资价值的创业企业吗?"

唐子风说:"这不一定啊。如果项目好,一家企业投1亿也是可以的。现在高端机床的门槛越来越高,咱们要和国外巨头竞争,如果投入不足,根本就没有一战之力。

"像夏振发搞的那个超硬曲面切削项目,他自己前期就投入了2000多万,据他估计,起码还要再投入1000万才能见到效果。他所说的见效,也只是在国内市场上部分替代进口产品而已,做不到全面替代,更谈不上到国际市场上去与国外企业竞争。

"我们的目标,是培育起一批具有国际竞争力的机床业新秀,没有几十亿打底,恐怕是不成的。"

"参与国际竞争,不应该是像临机这样的特大型企业去做的事情吗?你怎么把希望都寄托在这些小型创业企业身上了?莫非你对临机缺乏信心?"周衡问道。

唐子风说:"这倒不是,我们临机集团一直都没放弃研发,我们也一直都是拿国外巨头当假想敌的。不过,像弘华公司这样的小企业,也有它们的优势。它们的机制更灵活,激励也更直接,如果是专注于做一个细分市场,没准比我们这些大企业做得好。

"国际市场上有很多专业的机床产品,就是由规模很小的企业制造出来的。这些企业上百年时间只做一种机床,不断地改进技术,形成自己的技术优势,别人很难模仿。

"我和夏振发接触的时候,就感觉到他很像是欧洲一百多年前的那些能工巧匠。这些人手上有几项独门绝技,然后便靠着这些技术创办起一家公司,一百多年的时间,一代代传承下来,形成垄断。

"欧洲人能够做到的事情,咱们中国人同样能够做到。我希望一百年后弘华公司依然存在,还是做超硬曲面切削机床,全世界需要这种机床的企业都从弘华公司采购。而要做到这一点,当务之急就是向弘华公司注资,帮助它渡过眼前的难关。"

"你这个目标倒是挺远大的。"周衡笑着点评了一句。不过他心里也承认,唐子风描述的场景,的确是很吸引人的。

随着工业的发展,机床的分工越来越细,有一些机床品类,全球一年的需求量也不过就是几十台,千儿八百万美元的销售额。像德马吉、马扎克这样的机床巨头,是不可能在这种专业机床身上下功夫的,因为从这些机床上赚到的利润,还不够支付其管理成本的。

这种专业机床的制造,还是交给小型企业去做更有效率。小企业的管理者同时也是企业的所有者,赚的钱都是自己的,自然会有更高的积极性去搞好研发,以便长期地占有这个细分市场。

周衡也是懂行的人,听唐子风这么一说,就知道这个道理是成立的,进而唐子风提出的建立专门基金的建议也就有道理了。

"你说吧,这个基金该怎么做?"想明白了这些,周衡便直接向唐子风问计了,"国家这边,我请许老出面,从财政申请一笔启动资金,应当是有希望的。不过,财政能够拿出来的钱,能有一两亿就不错了。你一张嘴就说要搞四五十亿,那么余下的部分,你打算如何筹措呢?"

"这个嘛,等我找人商量商量再说。"唐子风回答道。

第四百零二章　大道理小道理

唐子风要找人商量事,能找到的不外乎王梓杰、梁子乐和包娜娜三人,讨论问题的场地则选在了包娜娜的深蓝焦点公司。

"筹措50亿,建机床产业大基金,这个设想够宏大的。唉,我啥时候能像唐师兄这样,随便一出手就是这么大的手笔?"听完唐子风的叙述,梁子乐首先发出了感慨,这感慨是由衷的。

梁子乐跟着包娜娜回国后,在京城开办了一家投资咨询公司,用他自己的英文名Andy命名,叫作"安迪投资顾问公司"。

按梁子乐的想法,他是沃顿商学院的硕士,又是在美国长大的,远比国内的人懂得资本运作,他开的公司,肯定是会生意兴隆的。可谁承想,他的公司开起来了,广告也做了好几波,业务却始终是不温不火,虽说也能赚到一些钱,但与太太包娜娜的公司相比,简直是惨不忍睹。

唐子风和王梓杰也帮他做过诊断,得出的结论是他或许有些不接地气,不了解中国的情况。他在沃顿商学院学的那些理论,听起来很高深,但搁在现实中就显得曲高和寡。在与客户交流的过程中,他说的东西客户听不懂,客户说的东西他也听不懂,这生意怎么能做得下去?

梁子乐是个智商、情商都很高的人,对于唐子风和王梓杰提出的意见他全盘接受,而且也的确在努力地改进。每次唐子风回京城,约他们几个人讨论企业经营方面的事情,他都积极参加,在贡献自己的想法的同时,也拼命地汲取着别人意见中的精华,转化为自己的知识。

在所有人中,他从唐子风身上学到的东西是最多的,以至于不知不觉地成了唐子风的忠实粉丝。平时他与包娜娜聊天说起唐子风时,满口都是崇拜之意,因为这个而被包娜娜嘲笑、讽刺了无数回。

与梁子乐不同,王梓杰一向是以跟唐子风抬杠为己任的,他皱着眉头说道:

"50亿？唐总,你有点飘了吧？你知道50亿是多少吗？"

"换成钢镚儿,够把你埋200回了。"唐子风没好气地回答道,说完觉得这个回答还不够严谨,又补充道,"我是指把你埋得像秦始皇陵那样。"

"这就不必了吧,真要埋我,有个小土丘就够了,这叫一抔黄土掩风流。"王梓杰用很跩的口吻说。

唐子风笑道:"你那叫风流？我怎么只看到风骚啊？"

"风骚也比你烧包强。"王梓杰呛道,"你以为自己当了个什么破集团的总经理,手里有几个破钱,就可以烧包了？一张嘴就是50亿的大基金,你也不怕步子迈得太大,扯着……那啥了？"

说到最后的时候,他总算是嘴上积德,咽回去一个不雅的词语。毕竟现场还有一位女士,而且还是他与唐子风的师妹,他还是需要注意点形象的。

"50亿真的不多。"唐子风说,"我考虑,咱们要做的是风险投资,投十个项目,也许最终能成的也就是一两个。有些机床的研发堪称无底洞,扔1亿进去也不见得就能听到响儿,但如果成功了,就绝对是有国际竞争力的。

"我现在提出来筹集50亿,也不是要求所有的资金一步到位。我们可以滚动式地发展,筹一笔钱,就投一批项目,同时再筹后续的钱。机床的研发周期也很长,三五年见不到结果是再正常不过的事情。如果咱们手头的资金不够,投了第一期项目,后面就断了,那么咱们这个大基金可就成笑话了。"

"投入是无底洞,周期不少于三五年,而且风险很大,十不存一,这可都是投资的大忌。小梁,你给唐总讲讲投资的要领,让这个文盲开开眼界。"王梓杰转向梁子乐说道。

梁子乐苦着脸说:"王师兄,你可别坑我。说唐总是文盲,这话也就王师兄你敢说,我是连想都不敢想的。娜娜知道的,我崇拜唐师兄还来不及呢,哪敢给唐师兄上课啊？"

包娜娜连连点头:"这个我可以做证,子乐天天都念叨唐师兄的名字。如果不是我拦着,他都打算把唐师兄的名字写到木牌上,早晚一炷香地敬着了。"

"只是这样想,并没有这样做好不好？"梁子乐一本正经地纠正道。

"瞧这些亲师妹、亲妹夫啊！"唐子风以手扶额,做出一副生无可恋的样子。

玩笑开罢,梁子乐认真地说:"唐师兄,刚才王师兄说得也有道理,这种高风险而且回收期很长的投资,除非有十几倍甚至几十倍于其他项目的回报率,否则投资人是不会感兴趣的。

"据我了解，机床的利润率也不算特别高，而且越是高端的机床，销量越少。这就决定了即便项目取得了成功，投资的回报率也是很低的。这样的投资项目，要筹集到50亿元的资金，难度太大了。"

包娜娜说："是啊，现在咱们这个社会特别浮躁，大家都追求赚快钱，最好是今天投进去，明天就能连本带利全赚回来。你要让人把钱投进去，三五年都听不到响儿，这种事是不会有人愿意干的。"

"所以嘛……"王梓杰见梁子乐和包娜娜都站在他一边，不由得更加得意起来，他拖着长腔说，"唐总，你还是把目标放低一点，有个一两亿的资金就足够了。这些钱，你找许老说句话，让国家财政出了。国家的投资，没那么急功近利。"

"一两亿没啥用。"唐子风摇头说，"如果一两亿就够，我都用不着让许老出面，我去化化缘，也能凑出来。不说别的，临河市政府那边，出个把亿就没问题。还有丽佳超市，现在现金流充足得很，我去找黄丽婷，给她讲讲大道理小道理啥的，没准她一感动，出一两亿也是很平常的事情。"

王梓杰揶揄道："我看你不是去讲什么大道理小道理，而是去谈大姐姐小弟弟的事情吧？啧啧啧，生子当如唐子风啊，有这么好的一副皮囊，迷倒黄丽婷这样的中年妇女没有任何难度。"

唐子风斥道："王教授，我和黄总那是纯洁的革命友谊，黄总支持我们的机床事业发展也不是一次两次了，你这样诋毁一位热心的企业家，真的很合适吗？"

"对对对，纯洁，你们俩的关系，纯洁得像黄河之水一样。"王梓杰笑道。不等唐子风反驳，他又赶紧回归正题，说道："既然你有把握让丽佳超市出钱，还来跟我们商量个啥？"

"光一个丽佳超市不够啊。"唐子风说，"说真的，我也知道机床大基金这件事不好办，这个基金多半是带着公益性质的，论投资回报，肯定不如那些投互联网的基金。我琢磨着，得想个办法，让国内的有钱人愿意参与，怎么也得动员几十位亿万级别的富豪才行。可是，除了黄丽婷之外，我都想不起能找谁来出钱了。"

包娜娜想了想，问道："唐师兄，你刚才说，你打算去找黄丽婷，给她讲大道理小道理,你打算讲些什么呢?"

唐子风一愕,摇摇头说:"我只是打个比方罢了。机床的重要性,黄丽婷是懂的,所以我不用跟她讲太多。我只要告诉她这个大基金是我牵头做的,我估计让丽佳超市出个几亿,问题不大。"

包娜娜追问道:"那么,你觉得,黄丽婷愿意出钱,主要是看在你的面子上,还是因为她懂得机床的重要性呢?"

"应当是兼而有之吧。"唐子风说,"如果是光看我的面子,让黄丽婷一下子拿出个几亿,她肯定要问问原因。如果不是特别硬的理由,她是不会答应的。但如果我说这笔钱是用来发展机床技术的,她就不会抵触了,毕竟她也是临一机的家属,对机床产业是有感情的。"

"你觉得,仅仅因为对机床产业有感情,黄丽婷就能答应拿出几亿的资金,投到你这个无底洞里去?"王梓杰问。

唐子风说:"以我对黄丽婷的了解,她应当会答应的。老王,我跟你说,不是所有人都像你这样庸俗的。很多人有了钱,就开始有一些追求了。

"黄丽婷发迹之后,在她老家设立了一个丽佳奖学金,专门奖励那些农村出身、能够考上大学的女孩子。她说她当年没赶上好时候,没上成大学,这是她终生的遗憾。现在她要帮助那些考上大学的农村女孩子,让她们能够用知识改变命运。"

"这真是一个励志的好故事。"包娜娜笑道,"唐师兄,你帮我问一下黄总,她需不需要找媒体报道一下她的光辉事迹,如果需要的话,鄙公司可以代劳,佣金照着其他人的一半收就好了。"

唐子风说:"你和黄丽婷又不是不认识,你自己找她就行了。你还别说,如果你真的找上门去,说愿意帮她做些宣传,她没准还真会答应呢。至于佣金,你觉得以丽佳超市的规模,她会在乎你给她打个五折吗?"

第四百零三章　永远站在正确的一边

唐子风和包娜娜瞎扯,王梓杰倒是听出了一些端倪,他问道:"老八,你的意思是不是说,要想办法说服一批有公益心的富商,来参与这个机床大基金,凑出你要的50亿?"

"大家觉得有可能吗?"唐子风看着众人问道。

梁子乐咧了咧嘴,说道:"这个只怕是有些理想化了吧?投资者都是理性的,不会因为听了一两个故事就拿出这么多钱来。"

"这倒不一定。"包娜娜反驳说,"这些年我们看到的非理性投资还少吗?关键是你能不能把故事讲好。当然,如果是你去讲故事,那肯定是没戏的。"

"你是说,你讲故事就有戏?"梁子乐问道。

包娜娜用手一指唐子风,说道:"我是说,如果是唐师兄讲故事,肯定就有戏了。"

"也对,当年包师妹就被老唐骗得热血沸腾,愣是成了一个销售冠军。"王梓杰笑道。

这还是十年前的事情了,当时唐子风和王梓杰联手,在人民大学招了一批学生帮他们卖书,包娜娜是一群学生中销售成绩最好的。也正是因为这个,包娜娜才和唐子风他们混得这么熟,以至于今天成为重要的合作伙伴。

包娜娜对王梓杰的揶揄并不在意,她说道:"我们当时只是一伙没出过校门的本科生,被唐师兄、王师兄这种'奸商'一骗,可不就热血沸腾了吗?可是,现在想起来,当时热血沸腾也没错啊,如果不是帮唐师兄和王师兄卖书,我哪有钱出国留学,又怎么可能回来创业开公司?

"我记得当初唐师兄跟我们说过,中国充满了机会,在风口上,连一只猪都能够飞起来。现在想来,这话真没错。"

唐子风接过包娜娜的话头,说:"所以,我那不叫忽悠,而是精确的预言。听了我的话的人，都成功了。不相信我的人，现在还在苦苦奋斗。我现在劝这些有钱人投资机床行业，其实也是一个预言。十年后，他们就会知道我的预言是何等明智，他们今天投进去的钱，未来肯定能够得到丰厚的回报。"

"如果你有这个信心，我觉得倒是可以一试。"王梓杰认真地说。他们几个凑在一起的时候，笑闹归笑闹，大家是不会忽略正事的。有许多很好的想法，往往都是在这种笑闹中不经意提出来的。

梁子乐也收起了调笑的表情，说道："中国加入世贸组织之后，外贸形势大好，现在欧美国家已经把中国称为'世界工厂'了。机床是工业母机，中国的制造业规模扩大，必然带来机床需求的急剧增多，现在投资机床业的确是一个很好的时机。如果能够把这一点向投资者说明白，应当会有一些追求长线收益的投资者感兴趣的。"

"关于工业情怀的宣传也不能少。"包娜娜说，"就像刚才唐师兄对黄丽婷的评价那样，很多富人还是很有情怀的，如果我们能够把机床大基金的事情和民族振兴这样的主题挂上钩，我想对大基金的筹集会有帮助的。"

"你们这就是准备打爱国牌了。"王梓杰说，"难怪半年前老唐让我办那个辨识网，大力宣传民族自信，原来是为这件事做铺垫。老唐，你也太会铺垫了。"

唐子风摆手说："王教授这可是冤枉我了。我让你去办辨识网的时候，根本就没想到搞机床大基金的事情。其实，宣传民族自信，在任何时候都是重要的，只要我们还想搞民族工业，民族自信这个东西就不能少。所以嘛，你那个辨识网还得再加大一点宣传力度，得把大家的民族热情激发出来。"

"好吧。"王梓杰做出一副无奈的样子，说道，"我算是被你唐总拉下水了。你要知道，这年头宣传爱国主义有多难，我每天都会收到几十封电子邮件，骂我是'五毛党'。"

"我做证，这绝对是对王教授的诋毁！"唐子风说，"就以咱王教授的名气，区区五毛钱哪能买得动？最起码也得涨到一块二吧。"

大家都笑了起来，关于"五毛党"的哏，大家都是懂的，根本没人会在乎。也许是受到唐子风的影响，他们几个的价值观都是充满爱国主义的，甚至连在国外长大的梁子乐，现在也是一个坚定的爱国者。

"中国机床产业大基金"的运作框架，就这样敲定了。

在许昭坚、谢天成等一批在职与不在职的行业领导的推动下，国家确定了

第四百零三章 永远站在正确的一边

扶持机床产业创新发展的政策思路,由国家财政拿出 2 亿元资金作为基础,成立了"中国机床产业大基金",用于对目前尚未成熟,但具有发展潜力,且对国民经济与国家安全有重要意义的机床研发项目进行风险投资。

大基金采取募资方式,鼓励社会各界参与,至于未来的投资收益,在留足滚动发展的部分之后,余下的利润将按各主体的出资比例进行分配。大基金的管理由一个专门的委员会负责,周衡担任委员会的主任。至于大基金的日常运作,则交给了梁子乐的安迪投资顾问公司。毕竟,资本运作是一项专业性很强的工作,周衡是做不来的。

著名经济学家王梓杰在学术期刊和报纸上发表了若干篇文章,论证大基金的建立对于中国工业发展的必要性,同时预言大基金将会产生一本万利的收益,所有的投资者都将会得到远超过其他项目的回报。

与此同时,深蓝焦点公司也组织了一组稿件,历数由于机床技术落后,中国在多少个领域里饱受国外"卡脖子"之痛,又提到某某地方的某某企业已经在某项机床技术上取得了突破,却因后续资金不足,面临着半途而废的境地。

在这组稿件中,夏振发的弘华机床公司获得了出镜的机会。对于此事,夏振发是给予了积极配合的,他明白,这样的宣传对于他正在进行的融资将有莫大的帮助。

还有一位被深蓝焦点推出来的典型,正是丽佳超市董事长黄丽婷,报纸上对她的评价是:富有工业情怀,投资目光敏锐,永远站在正确的一边。

"唐总,我可是一切都照你吩咐的说了。报纸上说我有投资眼光,其实不都是唐总你的眼光吗?"

丽佳超市的京城总部办公室里,四十来岁、风韵犹存的黄丽婷笑呵呵地向来访的唐子风说道。

今天的黄丽婷,不再是十年前那个在临一机东区商店卖日化商品的家属职工了,她麾下的丽佳超市,已经跻身全国连锁超市的前五名。而她作为一名女性董事长,而且是颜值颇高的女性董事长,也收获了一堆诸如"美女总裁""商界玫瑰"之类的称谓。

这几年,几乎每天都有来自不同媒体的记者要求对她进行采访。一开始黄丽婷还挺享受这种万众瞩目的感觉,随后就对登报上镜之类的事情习惯了。再往后,级别低一点的媒体,就会被她的助理挡驾,业内逐渐传出"黄总为人低调,不喜炒作"的传闻。

这一回,为了配合大基金的宣传,唐子风专门找了黄丽婷,让她出来当第一个"吃螃蟹"的人。全国各大媒体都把丽佳超市向大基金注资3亿元的消息放在重要版面上,还配上了对黄丽婷的专访。

在专访中,黄丽婷表示,自己是一家国有大型机床企业的职工家属,对机床业有深厚的感情,一直希望能够为国家机床业的发展尽绵薄之力。同时她又表示,对机床业的发展前景充满信心,深信自己投入的3亿元资金,未来一定能够得到令人满意的回报。

由于黄丽婷此前已经被媒体宣传为商界精英,其在十年前以区区5万元资本开办超市的事迹,也屡屡被炒作成中国版的"阿信"故事。这样一个人,拿出3亿元参与机床大基金投资,显然是看好这个项目,说明这个项目的确有很高的投资价值。

关于她的新闻报道发布之后,大基金办公室迎来一轮投资咨询的热潮,这是在唐子风等人的预料之中的。

唐子风此次前来拜访黄丽婷,正是为了感谢她出手相助。

"黄姐的眼光一向是极敏锐的。如果黄姐不是真的看好我们的大基金,怎么可能一出手就是3亿呢?得知黄姐投资3亿,连许老都称赞黄姐是女中豪杰呢,让我见到你的时候,一定要向你转达他的谢意。"唐子风说道。

"哎呀,我哪敢接受许老的感谢呀!"黄丽婷脸上笑开了花,摆着手说,"子风,你就别抬举我了。我答应投3亿,不全是因为你提出来的吗?再说了,超市本身也有你和王教授的一半,我投的钱,就是你们投的钱。咱们之间,还需要分什么彼此吗?"

"别别,黄姐,你可千万别这样说。"唐子风说,"咱们早就说好了,超市的经营全由黄姐你决策,我和梓杰只是按股份分红,不参与决策的。咱们的超市能够做到今天这个规模,全都是黄姐你的功劳。老实说,我提出让超市向大基金注资,还真是厚着脸皮说的,就怕黄姐你不愿意呢。"

第四百零四章 长线投资

"子风你说的事情,我啥时候反对过啊?"

黄丽婷向唐子风递过去一个娇嗔的眼神,唐子风寒了一下,她却无知无觉地继续说道:

"我知道,子风你看好的事情,肯定不会错。当初你让我开超市的时候,整个临河都没几个人知道啥是超市,可现在你看,全国出来这么多家连锁超市。我们如果不是抢先了一步,现在根本就进不了这个门。

"现在机床大基金这件事,也有很多人看不懂。不过,我相信,这笔投资肯定不会亏的。就冲子风你放着赚大钱的机会不去做,还留在临机当总经理,我就知道这个行业肯定会有很大的发展。"

唐子风点点头,说:"黄姐你能这样想就好。不过,我还是得把话说在前头,机床的投资,不是短期内能够见效的,有可能要等十年,甚至更长的时间,才能见到效果。你如果没有耐心,就不要投了,省得以后怨我。"

黄丽婷说:"子风你说啥呢?我怎么会怨你?你说的这一点,我也知道。好歹我家老蔡也是个机床工程师,他跟我说过,机床的技术研发,十年八年看不到成效的情况多得很。我既然要投,自然也就做好了十年之内看不到成效的准备。

"我也跟你说句老实话吧,其实我一直在找这种长线的投资机会。子风,你别看超市现在很火爆,但竞争也很激烈,丽佳超市能不能在这样的竞争中生存下来,还很难说。另外,就算能生存下来,以后肯定也无法再保持现在这样的利润率,一年下来,说不定也就是混个温饱。

"我的想法是,趁着现在超市还有一些流动资金,我们投一些长线的项目,等到以后零售业做不下去的时候,我们在其他方面的投资也开始有收益了。"

唐子风说道:"黄姐说得挺有道理的。市场上没有永远赚钱的业务,生意做大了,就要考虑多元化投资,分出长线、短线,这样才能分散风险,避免把鸡蛋放在同一个篮子里。

"我觉得,你可以把这些话向其他的商界朋友多说一说,顺便向他们推销一下我们的机床大基金。我们这个大基金,并不限于眼下的规模,现在是一期,未来还会有二期、三期,不管有多少投资,我们都欢迎的。"

"放心吧,子风,我已经在帮你们做宣传了。"黄丽婷抿嘴笑道。

"那可太感谢黄姐了。"唐子风说。

说罢正事,唐子风又提起了另一件事,说道:"对了,黄姐,还有一件事,我也先向你打个招呼,你可以先考虑一下,如果觉得可行,就提前做点准备吧。"

"啥事啊?"黄丽婷心里一凛。她与唐子风相识多年,知道唐子风轻描淡写说出来的事情,有时候反而是很重要的,她必须问个明白。

唐子风说:"晓惠的男朋友苏化,和胖子两口子现在正在合伙搞一个新项目。他们不想让我帮忙,不过我担心他们资金不够,没准会被卡在中间。你抽时间了解一下他们的项目,如果觉得有前途,就准备一点资金,在他们撑不下去的时候帮他们一把。"

"具体是什么项目呢?"黄丽婷问。

"无人机。"唐子风说。

"无人机?"黄丽婷想了想,诧异道,"这个听起来不是军队里用的东西吗?他们怎么搞这个去了?"

唐子风笑道:"黄姐,你这可弄错了。无人机的用途非常广泛,之所以现在用得少,只是因为性能达不到要求,价格也太高。我了解了一下,现在苏化手上有一些技术积累,如果做得好,能够把无人机的成本大幅度降低,性能则会上一个台阶。

"到那时候,普通人也可以买一架无人机,搞搞航拍之类的。各个单位可以用无人机代替保安巡逻,你们超市也可以买几架无人机,专门给腿脚不便的顾客送货。

"我就这样说吧,这个产业如果做起来,一年可以有上千亿元的销售额,你觉得值不值得做?"

"有上千亿元的销售额?"黄丽婷的眼睛瞪起来了。

制造业和零售业可不同,零售业里上千亿元的销售额算不了什么,计算批零差价,再扣除场租、人工成本之类,利润能到一两个百分点就不错了。制造业的利润是实打实的,如果一年有上千亿元的销售额,那么利润上百亿元都是有可能的。

虽说上千亿元的销售额是整个行业的,但在黄丽婷的印象中,她并没有在市场上看到消费级的无人机,也就是说,这个市场基本是空白的。如果苏化、宁默他们能够抢先一步进入这个市场,就能够占据这个市场的很大一部分份额,正如她自己当年抢先一步进入超市这个领域一样。

"子风,你刚才说,苏化和胖子他们的资金可能不足,你估计缺口会有多大?"黄丽婷问道。

唐子风说:"我现在也估不出来。他们两家目前能够凑出1000多万的样子,估计完成原型设计是够的,但要转入批量生产,这点钱就是杯水车薪了,最起码得再投入一两亿。"

"无人机要想打开市场,成本是最重要的。如果生产批量上不来,成本就压不下去,市场也就打不开,这就是一个死局了。这俩家伙目前还没看到这一步,我得先替他们想到。"

"晓惠和胖子有你这样一个朋友,真是他们的幸运啊。"黄丽婷感慨道,说罢又赶紧补充道,"我能认识子风你这样一个朋友,也是我的幸运呢。"

唐子风摆摆手,直接略过了黄丽婷的恭维,说道:"这个项目,核心技术在苏化手里,他是个编程高手,晓惠则是一个机械专家,他们俩合作,就解决了最基础的技术问题。

"胖子两口子主要是出钱,算是这个项目的天使轮投资吧。未来如果黄姐参与进去,你投的钱不能和他们的投入一样算股份,你出1亿,也不见得能够拿到一成股份,这一点我得事先说明。"

"你黄姐懂这个。"黄丽婷撇着嘴说。她在商场上浸淫多年,对于投资的事情已经很了解了,也知道创始人的投入与后续风险投资的投入是不可比的。唐子风说她即便投入1亿,也不见得能够拿到一成股份,她并不觉得奇怪,只是心里有点酸溜溜的。

在她想来,这个项目肯定是唐子风先看中的,于是便让宁默夫妇去投资,出1000万就拿到四五成的股份,而等到让她投资的时候,整个项目的估值已经提高了。

从这一点来看,她黄丽婷在唐子风心目中的地位,的确是不如宁默的。

"对了,子风,你既然看好这个项目,为什么你自己不投呢?"黄丽婷问道。

唐子风装出委屈的样子,说道:"我哪是不想投啊,是这帮人不想让我插手好不好?我跟你说,你要投这个项目,也千万别说是我告诉你的,你要装作是无意中知道了这件事,否则说不定那个白眼狼苏化就不接受了。"

"原来是这样,原来子风你也会被人嫌弃啊。"

黄丽婷捂着嘴笑了起来。聪明如她,这会儿猜出了一些前因后果,心里那些醋意便被冲淡了几分。

有黄丽婷的示范效应,再加上包娜娜组织的公关稿件不断造势,大基金在很短的时间内就募集到了20多亿元。与此同时,大批如夏振发这样的创业者听到风声,纷纷上门来申请大基金扶持。

苍龙研究院组织了一个专家团队,负责对各家创业型机床企业的产品进行评估鉴定,确定是否值得扶持,以及应当给予多大幅度的扶持。

所有这些事情,有周衡、王梓杰、梁子乐和包娜娜等人负责,唐子风就不必操心了。在确定下大基金的基本框架之后,唐子风在家里陪儿子玩了几天,便带上秘书熊凯,乘飞机前往滕村,视察麾下的滕村机床公司。

第四百零五章　这种事也不新鲜了

滕村机床公司是以原来的滕村机床厂为基础,兼并了滕村市的其他一些中小型机械企业而建立起来的。临机集团拥有滕机90%的股权,滕村市政府则拥有另外的10%。

与几年前那个奄奄一息的滕机不同,今天的滕机,年销售额已经超过了20亿元,是滕村市的支柱企业之一,其生产的雕铣机行销全球,高端铣床产品在国内市场上也占据了相当的份额。

唐子风一年起码要到滕机视察六七回,所以对于他的到来,滕机的领导层也没有太过兴师动众,只是召集中层干部来与唐子风见了一次面,听取了唐子风的"重要指示",然后大家就各自回去干活了。总经理古增超把唐子风和熊凯请到自己的办公室,连同公司副总经理陈劲松和郑焕一起,开起了闭门会议。

"前年,我们应科工委和机电集团公司的要求,为军工82厂开发专用精密铣床,光是直接的研发经费就投入了4000多万,间接的投入就不去算了。上上个月,我们的专用精密铣床研发完成,82厂和国防科工委的专家也来进行了技术鉴定,认为达到了国外同类设备的水平。

"82厂原来提出要订购200台,用于新型装备的制造。结果,在技术鉴定完成之后,他们只答应订购20台,合同总金额还不到1000万。这种铣床是为军工专门开发的,在民用领域基本没有市场。这就意味着我们开发这型铣床,完全是赔本生意。

"82厂带队来参加技术鉴定的,是他们的常务副厂长柯国强。他当时说完这话之后,咱们公司的人都气炸了。老宋当着科工委领导的面,就和柯国强吵起来了,弄得科工委的领导都挺尴尬的。"古增超向唐子风汇报道。

古增超说的老宋,是过去滕村机床厂的常务副厂长,叫宋大卓,唐子风和他挺熟悉的。滕机改制为公司后,宋大卓当了一任常务副总理,前几年已经退休了。这次滕村开发军用的精密铣床,公司专门把宋大卓请回来负责,这件事唐子风过去也是知道的。

老爷子兴冲冲地接受返聘,回来带一个重点项目,原本是想干出点漂亮活,让人称赞一声廉颇不老。谁承想,自己牵头搞出来的产品,性能和质量都没问题,说好的销售量被人生生砍掉了九成,从一个盈利项目变成了严重亏损的项目,搁在谁身上不急眼?

"82厂那边为什么减少了采购数量,你们了解过没有?"唐子风问。

古增超说:"这还能不去了解吗?我们打听了一下,原因其实也很简单。82厂最早打算采购这批精密铣床的时候,是和德国博泰公司谈的,德国人说这种铣床与高科技武器装备的制造相关,拒绝向中国出售。"

"这个情况我知道。"唐子风说。

古增超说:"然后,82厂就通过机电集团公司,找到了咱们头上,还说是国防需要,让咱们发扬风格,克服困难,务必要用最快的速度把这种铣床开发出来。"

"我记得,为这事他们还搬动了谢总来给他们当说客吧?"唐子风点头说道。

他说的谢总,是原二局局长,现任机电集团公司董事长的谢天成。临机集团是机电集团公司的下属子公司,所以谢天成也就是唐子风的顶头上司,在古增超面前更是有绝对的权威。

这次82厂想请滕机帮助开发精密铣床,又担心滕机方面嫌利润太低,不愿意接这桩业务,便通过科工委的渠道,请出了谢天成来说情,或者也可以理解成请谢天成来向滕机施压。

82厂采购这批精密铣床,是用来对某新型号导弹的燃料舱进行精密加工的,的确是涉及高科技武器装备。这种军工订货,与纯市场化的产品不同,滕机方面无法漫天要价,所以每台机床的利润非常有限。

在此前,滕机曾经核算过,按82厂订购200台机床计算,摊进研发成本之后,滕机的所得只能算是微利,这还是在没有计算管理成本的前提下。

滕机是一家老国企,在计划经济年代里,接这种吃苦受累却没多少利润的项目是常事,所以公司对机电集团公司的要求并没有提出什么异议,组织起精干的队伍就开始攻关了。

攻关取得了成功,可说得好好的200台订货,在技术鉴定完成后,却变成了20

第四百零五章　这种事也不新鲜了

台,合同总金额不到 1000 万,这就是坑人了。滕机为这型机床直接投入的研发经费就有 4000 万,就算这笔合同的收入全部是利润,滕机也得亏出去 3000 多万。

"我们了解过了,在来滕村参加技术鉴定会之前,82 厂通过他们的渠道,把我们发给他们的铣床技术资料转给了博泰公司。博泰公司方面看过这些技术资料之后,确定中国已经掌握了这种精密铣床的制造技术,所以就表示没必要再向中国限制这种产品了。"古增超冷笑着说道。

"所以,82 厂就决定从博泰公司采购这批铣床了。"唐子风听明白了。

"可不就是这样吗?"陈劲松愤愤地说,"我私下里和 82 厂的生产处处长聊过,他说他们答应采购我们 20 台铣床,还是看在科工委的面子上,怕科工委不好向机电集团公司交代。如果不是这个原因,他们连这 20 台铣床都不想要。"

"没有我们拿出国产的精密铣床,德国人怎么可能会解除限制?当初他们低声下气地来求我们给他们救急,现在外国人向他们敞开口子,他们就把我们一脚给踹了,这不就是一群白眼狼吗!"郑焕骂骂咧咧地说道。

"这种事情,也不新鲜了。"唐子风说道。

西方国家对东方阵营的技术出口限制,早在冷战时期就开始了。冷战结束后,西方国家解散了臭名昭著的巴黎统筹委员会,但旋即又建立了瓦森纳安排。新瓶装旧酒,依然是试图用技术限制来卡东方国家的脖子。

西方国家的技术出口限制有一条原则,那就是仅限于东方国家尚不掌握的技术。如果某项技术已经被东方国家所掌握,则西方国家就会将其从限制名单中取消。

这条原则,用意极其险恶。东方国家要突破这些被限制的技术,需要有高额的投入。技术被突破之后,东方国家必须从这些技术的销售中收回投资,才能有钱去进行后续的研发,形成良性循环。

西方国家在东方国家突破一项技术之后,立即解除对该技术的限制,就使得东方国家新突破的技术失去了用武之地,前期的投入难以得到补偿,后期的研发也就会受到影响。

也许有人会说,东方国家既然已经突破了这项技术,为什么不用自己的技术,而是要用西方解锁的技术呢?

这里有两个原因:

其一,西方的技术更为成熟。东方国家刚刚突破某项技术,在许多技术细节上肯定还是有许多欠缺的。对于用户来说,如果有更成熟的技术,谁还乐意用粗糙的技术呢?

其二,西方国家手里擎着一面"自由贸易"的大旗,可以要求世界各国在进行装备采购的时候,不得采取歧视原则。

东方国家要想参与经济全球化,就不能违背这条自由贸易原则,不能强制国内企业只采购国产装备。

要说起来,这件事本身是极其荒唐可笑的。西方国家一方面以国家安全为由,限制向东方阵营出口高科技产品;另一方面又标榜自己是自由贸易的旗手,要求大家必须公平交易,不得偏袒本国产品。

说得通俗一点,那就是我不想卖给你的东西,你无论如何都买不到,我想卖给你的东西,你就必须买,否则就是违反贸易原则。

这样相互矛盾的做法,出自同一个国家,而且它还能把两件事都说得冠冕堂皇,这就是赤裸裸的耍无赖了。

说到底,人类社会即便已经进入了 21 世纪,也依然没挣脱从动物界带来的弱肉强食的逻辑。所谓文明社会,不过就是在把弱者吃掉的时候,吃相显得文雅一些而已。

滕机遇到的就是这样一件事。由于滕机开发出了 82 厂所需的精密铣床,德国人便取消了对这种铣床的出口限制。博泰公司是全球顶尖的精密铣床制造商,它出产的精密铣床,品质自然是全面优于滕机的。

82 厂承担的是军工任务,对产品质量要求很高。能够买到博泰的机床,82 厂当然没有动力去采购滕机的机床。之所以最终还是答应采购 20 台滕机机床,这就是一个面子的问题了。毕竟当初是他们请滕机帮忙的,现在如果一台机床都不买,未免显得太不讲道理了。

可是,采购 20 台,就算是讲道理了吗?

这件事刚出来的时候,滕机的领导层觉得自己能够处理,没必要麻烦集团总部,于是便依靠自己的力量四处告状,要讨一个说法。折腾了一个多月,滕机把能找的部门都找了个遍,最终也没解决问题,这才不得不把事情汇报到了唐子风这里。

唐子风这次到滕村来,主要的目的就是了解事情的始末,再决定如何去解决这个问题。

第四百零六章　他也觉得非常抱歉

"唐总,稀客稀客!欢迎欢迎啊!"

鸿北省周水市,军工82厂的厂办大楼下,82厂生产处处长姚锡元快步迎向从小轿车上下来的唐子风,与他热情握手寒暄,接着又向他介绍了共同出来迎接的82厂办公室主任宋雅静。

唐子风淡淡地笑着,与姚、宋二人客套了几句。跟在他身后的滕机副总经理郑焕和秘书熊凯却皱起眉头,脸上已经露出了怒气。

姚锡元似乎看出了客人们的不满,他抱歉地解释道:"唐总,你看,这事真不巧。这两天,总公司领导下来检查工作,让我们厂的领导必须全程陪同,随时回答问题。听说你们要过来,我们范厂长专门交代我要向唐总你致以最真诚的歉意。他说等总公司领导走了,他一定要带全体厂领导给唐总摆酒谢罪,实在是怠慢了。"

唐子风看看姚锡元,忽然展颜一笑,说道:"是吗?那咱们就一言为定。到时候少一个厂领导,我都不依哦。"

"呃……"姚锡元一下子就被噎住了,不知道该如何回答才好。

老大,我这就是一句客气话好吧,咋就一言为定了呢?早听说临机集团的总经理是个小年轻,少不更事,闹了半天还真是这样啊。

这天是没法聊下去了,宋雅静凑上前来,打起了圆场:"唐总,还有郑总、熊秘书,你们这一路过来都辛苦了。范厂长交代我给各位在招待所都安排好了房间,我们军工系统比较穷,招待所的条件也不太好,请各位多多担待。要不,咱们就先到招待所去休息一下?"

"也好吧。"唐子风点头答应了。

因为从京城到周水没有直达的航班,也没有直达的火车,他们一行是先飞到鸿北省会白流,再从白流机床公司借了辆轿车,一路开车过来的,路上也的确是有些辛苦。大家都是一副蓬头垢面的样子，要谈正事也不太合适，还是休息一下再说吧。"

82厂的招待所并不像宋雅静说的那样不堪，装修档次和设施至少相当于鸿北省内四星级酒店的标准了。宋雅静给唐子风开的是一个豪华套间，郑焕和熊凯也各自住了一个豪华标间，总算是给了点面子。

姚锡元和宋雅静把唐子风一行送到招待所安顿好之后，便以不打搅贵客休息为由，先行离开了。郑焕和熊凯各回自己房间洗漱了一下，然后便来到了唐子风的房间。

"这是故意晾着咱们啊！"在沙发上坐下之后，郑焕愤愤不平地说道。

"所有的厂领导都陪总公司领导去了，连一个副厂级的领导都抽不出来，让两个中层干部来迎接我们集团总经理，这个82厂的谱，摆得也太大了吧？"熊凯一边给唐子风和郑焕沏茶，一边评论道。

虽然国家一直在说企业要去行政化，但体制内的人，对于行政级别还是非常敏感的。按以往的规则算，82厂的厂长范朝东也不过是个副局级，副厂长则只相当于正处级。

唐子风的级别是正局，他到82厂来拜访，范朝东出面迎接都不敢用"亲自"二字，因为他的级别比唐子风低。可谁承想，82厂做得这么绝，唐子风来了，非但厂长范朝东不出面，连副厂长都没一个出来，只派了两个中层干部来迎接，这简直就是赤裸裸的羞辱了，也难怪郑焕和熊凯会怒形于色。

唐子风对此却是十分淡定，他明白，82厂的厂领导绝对不是不懂规矩的人。早些年军工系统自成体系，的确有些不食人间烟火，这些年军工也受到市场化的影响了，如果再不懂得市场上的这些规矩，企业恐怕会寸步难行。

举个简单的例子，像82厂这样规模的军工企业，都有自己的子弟小学、子弟中学，以往，厂里的职工子弟都是在厂内上学的，与社会无关。可这些年大家越来越重视教育，同样是中小学，也有了重点与非重点之分。

这类军工企业里的子弟学校，教学质量与市里的重点学校差着好几个档次。那些认为自家孩子还挺有出息的职工，谁不想把孩子送到市里去读书？

要想让职工子弟去市里读书，厂子就得和当地政府搞好关系，搞点"共建"啥的，争取一年能弄来几十个名额，要做到这点，你不得学一点人情世故？

既然懂得这些规矩，却不守规矩，降低了好几档规格来迎接唐子风一行，82

厂想表达的意思,唐子风能悟不出来吗?

"这就是要告诉我们,铣床的事情,他们是不会再和我们谈的。"郑焕说道。

"我们本来也不是来谈的。"唐子风说。

"可是,唐总,人家咬死了就是不要咱们的铣床,咱们还真拿他们没办法啊。"郑焕愁眉苦脸地说,"在这之前,古总,还有劲松和我,都和82厂谈过,也找过他们总公司,还联系了科工委,他们都是一堆客观困难,归齐了就是一句话——没戏!

"我上次来的时候,还见到了他们的常务副厂长柯国强。这一回你亲自来,他们却连柯国强都没安排,派了个姚锡元来见你,这就是态度越来越强硬了。"

"这件事,原本也不可能和平解决。他们强硬,我们也强硬,最后就看谁更硬了。我这趟过来,就算是先礼后兵吧。"唐子风说。

一行人到82厂的时候,已经是快到中午时分。大家休息了一会儿之后,姚锡元和宋雅静再次出现,盛情邀请唐子风一行到招待所食堂用餐。席间姚、宋二人热情地向唐子风敬酒,唐子风推说自己身体不佳,让郑焕和熊凯接了对方的酒。

午餐后,唐子风一行又休息了一会儿,到下午两点来钟,他们才在姚锡元的陪同下来到82厂小会议室,开始进行会谈。

"我和郑总这次的来意,想必姚处长是知道的吧?我想我们大家就不必绕弯子了,我只问姚处长一句,对于精密铣床这件事,82厂是什么态度?"

会谈开始,唐子风开门见山地提出了问题。对方都已经开始耍赖了,他也没必要委婉。

姚锡元没有料到唐子风会说得这么直接,愣了几秒钟,才讷讷地说道:"唐总,你和郑总的来意,我肯定是知道的。但是,这件事嘛,其实我们过去已经向古总、郑总他们解释过了,我们也有我们的难处,所以请唐总和郑总理解。"

唐子风说:"82厂有什么难处,我不太清楚。不过我可以确信一点,那就是82厂的难处,不是滕机给你们造成的,这一点,姚处长不否认吧?"

"这、这是自然的……"姚锡元尴尬地应道。

唐子风接着说:"可是,我们滕机现在面临的难处,却是82厂给我们造成的。82厂通过科工委,向滕机提出研发专用精密铣床的要求,并且承诺只要我们研发出来的精密铣床达到你们的技术要求,你们至少会采购200台。

"我们前后投入4000多万元,按时保质地把铣床研发出来了,科工委和82厂的专家都参加了技术鉴定会,确认我们研发出来的铣床达到了你们提出的技术要求,而你们却反悔了,只答应采购20台,让我们投入的研发成本全部打了水漂。姚处长觉得,这个责任是不是应当由82厂来负?"

"这……"姚锡元说不出话了。他原本就是个老实人,也知道在这件事情上自己的厂子是理亏的,面对对方的质问,他实在是不知道该说啥好。

在一旁陪同会谈的宋雅静把眉毛一挑,发话了:

"唐总,这件事,我多少也了解一些。你说这个责任应当完全由82厂来负,也是不够严谨的。我们为什么放弃了滕机的铣床,转去采购博泰的铣床?那是因为博泰的铣床的确比滕机的铣床质量更好,生产效率更高。

"我们82厂是军工企业,是为国防一线生产先进武器的。对于我们来说,高质高效地完成生产任务是第一位的,这涉及国家安全,容不得半点私人感情。

"我们没有采购滕机的铣床,的确是给滕机造成了一些损失,这一点,我们范厂长也反复讲过,他也觉得非常抱歉。但我们这样做,并不是为了我们82厂自己的利益,而是为了国防需要。

"唐总你可能不知道,为了研制这种新型导弹,我们82厂全体干部职工没日没夜地奋战了三年之久,连我们范厂长都累得住了两次院。为什么?不就是为了能够早日生产出新型导弹,巩固国防吗?

"我们82厂能够为国防事业做出这么大的牺牲,滕机作为一家老牌国有企业,损失一点利润,难道就不可以吗?"

第四百零七章　不知天高地厚

宋雅静这一番长篇大论，其实也是事先做好的功课。

82厂的厂领导们知道姚锡元脸皮薄，估计他应付不了唐子风，这才安排了宋雅静作陪，并且教了她一套说辞。唐子风毕竟是临机集团的总经理，亲自上门来讨说法，82厂直接耍赖是不合适的，委婉一点地耍个赖，也算是给唐子风留个面子了。

听了宋雅静的话，唐子风笑了笑，忽然问道："宋主任，不好意思，打听一下，你一个月挣多少块钱的工资？"

宋雅静一愣，一时弄不懂唐子风的意思。工资收入这种事情，算是个人隐私，虽说熟人之间互相问一下收入也是常有的事情，但唐子风与宋雅静并不熟，这样平白地问对方的收入，就显得有些唐突了。

虽然心里不太舒服，宋雅静还是实话实说了："加上奖金和加班费，一个月不到5000块钱吧。"

"嗯，这个收入，在鸿北应当算是高收入了吧？"

"比一般单位的确是高一点，这也是国家对我们军工单位的照顾。"

"我跟宋主任商量，以后你每个月领了工资，自己留1000块钱吃饭，剩下4000元都捐给我们公司，可以吗？"

"唐总，你这是什么意思？"宋雅静脸上露出了不悦之色。

唐子风冷冷一笑，说道："我们公司是国家重点企业，承担着为国民经济各部门生产机床的任务。我们全公司职工没日没夜地工作，我这个总经理忙得连生病的时间都没有。你拿着高薪，为我们捐点钱怎么就不行了？"

宋雅静愣了好一会儿，才明白唐子风的意思，不禁羞恼道："唐总，请你不要转移话题！"

唐子风正色道："我转移啥话题了？你们82厂为国家做事，难道我们临机集团就不是为国家做事?军队在前方打仗,我们在后方生产,军功章有军队的一半,也有我们的一半,谁又比谁更高尚了?

"你们需要精密铣床,我们二话不说就开始研发,我们的工程师付出的辛苦,丝毫不比你们少。我们计算过,就算最终你们能够采购我们 200 台铣床,我们的所得也不过就是把研发成本补上了而已,这两年的时间成本完全就是白送的。我们图个啥?不就是想着为国防事业做贡献吗?

"你们可好。博泰卡你们的脖子,你们就请我们帮忙。现在因为我们把产品研发出来了,博泰卡不住你们的脖子了,同意向你们出售铣床,你们就一脚把我们踢开了,然后还振振有词地说什么是为国防事业做贡献,我们损失一点利润不要紧。

"既然是做贡献,那好,我们双方一家一半。我们承担一半的损失,另一半你们承担。从你宋主任开始,你们全厂职工每个月拿出工资的 80% 捐给滕机。你们能答应,我立马就走,日后不管到哪儿,我都夸一句 82 厂的确是军工一线的模范。如果你们不答应,光想让我们蒙受损失,你们一个个拿着 5000 块钱的月薪吃香喝辣,这世界上有这么便宜的事情吗?"

"那你们想怎么样?!"宋雅静再也绷不住了,声音提高了八度,对着唐子风嚷道。她原本也不是有多深涵养的人,被唐子风这一通数落,脸上早挂不住了,哪里还记得什么委婉?

唐子风说:"很简单,这件事是你们理亏,你们必须给我们一个交代。要么遵守此前的约定,采购我们 200 台机床;要么直接赔钱,补偿我们的研发投入。"

"这是不可能的!"宋雅静脱口而出,不过说到最后的时候,她明显有些底气不足,最后两个字都有些听不见了。

"你说啥?"唐子风瞪起眼睛逼问道。

他眼睛一瞪起来,还真有几分杀气,宋雅静没见过这样的阵势,一时竟不敢答话了。

姚锡元赶紧救场,赔着小心说道:"唐总,小宋的意思是说,这事儿吧,我们俩也做不了主。"

谁知道这话正好给唐子风递了个刀把子,他斥道:"做不了主,那你们俩还在这儿废什么话?叫你们能做主的人滚出来,藏头缩尾,全是属耗子的吗?"

"唐总,你……你怎么骂人啊?"宋雅静抗议道。

"我骂你了吗?"唐子风毫不妥协,"我骂的是那帮躲着不敢见人的龟孙子。"

"你你你你……"宋雅静一连说了好几个"你"字,却不知道该如何往下说。

82厂是重工业企业,风气很彪悍,厂领导平时做报告的时候带几句脏话也是常事,干部工人干仗就更是口无遮拦,宋雅静对于这种粗鲁的语言并不陌生。

换成其他人,敢当着宋雅静的面说脏话,她可以毫不犹豫地撑回去,绝对不会吃一点语言上的亏。可眼前这位是外单位前来洽谈工作的领导,而且级别比本厂的厂长还高,宋雅静敢撑吗?

在安排姚锡元和宋雅静二人接待唐子风的时候,范朝东有过交代,让他们保持毕恭毕敬的态度,不管对方提出什么要求,他们俩只要装傻就行,目的就是让对方知难而退。

以范朝东的想法,唐子风是个有身份的人,这次上门来,虽说目的是兴师问罪,但肯定会自恃身份,不便发飙。姚锡元是个老实人,宋雅静是个女性,相当于是两团棉花,唐子风就算有再大的力气,打在这两团棉花上,也是无可奈何。

可谁承想,唐子风哪里有一个集团公司总经理的觉悟?一言不合就开始骂街了,把82厂的厂领导骂成了耗子和龟孙子,这可就让人难以接受了。他们这次会谈,82厂方面除了姚锡元和宋雅静参加之外,还有几名相关人员,大致是为了人多一些以显得重视。唐子风骂人的这些话,大家可都听到了,将来传出去,那可是有辱厂格的事情。

"唐总,你消消气,事情不是这样的。"姚锡元窘得脸通红,徒劳地解释着。

唐子风摆摆手,说:"姚处长,你不用说啥。你是个厚道人,这件事与你无关。干出这种缺德事的,是那些躲着不敢见我的家伙。麻烦你给他们带句话,别以为不见我,这件事就能翻过去。让他们去打听打听,我唐子风是什么人?我是那种吃了亏不还手的人吗?

"我今天把这句话撂在这儿,82厂如果不能给我们一个满意的答复,我唐子风和82厂不死不休。

"你们的招待所,我们也不会再住了,我们会住到周水市里去。你们厂领导如果想解决问题,就让他们到周水市去见我们,大家坐下来谈。如果他们觉得有恃无恐,觉得我唐子风是只纸老虎,那就不妨试试。"

说罢,他站起身,抬腿便往会议室外面走,郑焕和熊凯二人自然是紧随其后。宋雅静也站了起来，迟疑了一下，最终没上前去送他们。

姚锡元没和唐子风直接发生冲突，加之他又是厂里指定负责接待唐子风的，自然要跟上去，并且反复地挽留，说厂领导真的不是故意不出面，请唐总不要介意，还是住在招待所的好。

唐子风既然已经撂了狠话，哪里还会再在82厂招待所留宿？他让熊凯去招待所取来了大家的行李，便在姚锡元喋喋不休的道歉声中，乘着自己开来的小轿车扬长而去了。

"这个姓唐的，真的是临机集团的总经理吗？怎么像个小痞子似的？"推迟了一步出来的宋雅静看着唐子风他们的车开出厂门，愤愤地向姚锡元说道。

"这事，不好办啊。"姚锡元皱着眉头说。

"怎么不好办了？你真相信这小年轻的话了？他那就是虚张声势。"宋雅静说，"我看，这人肯定就是小人得志，年纪轻轻当了个总经理，就不知天高地厚了。"

姚锡元叹道："麻烦就在这里。人都说，宁得罪君子，不得罪小人。你说这家伙是小人得志，可小人得志是最难缠的。过去滕机的古增超、陈劲松他们过来，吵归吵，闹归闹，好歹还讲点道理。可这个唐子风，一张嘴就骂起街来了，丝毫不在乎影响，谁知道他下一步会干吗呢？"

"那这事……咱们要向范厂长汇报吗？"宋雅静问。

"当然要汇报，怎么可能不汇报？"

"我是说，这个姓唐的说的那些话……"

"这个……"姚锡元有些为难了。唐子风的那些话，向领导转述的时候，都是得转化为隐讳号的，如果照原话说，领导非得跟自己急眼不可。可是，如果转化为隐讳号，领导又如何知道对方的嚣张呢？

"我看，还是照实说吧。"斟酌一番之后，姚锡元无奈地说，"就算咱们不说，今天会场上那些人肯定也会往外说，厂领导肯定是会知道的。唉，你说，这堂堂总经理，怎么也会骂人呢？"

第四百零八章　带着诚意来的

刚刚送走前来视察的总公司领导回到办公室的 82 厂厂长范朝东听罢姚锡元和宋雅静二人的汇报，当即就爆了粗口："这个姓唐的欺人太甚了，跑到老子的地盘上来骂人，这是活腻了吗！你们俩也是，人家都骂到咱们头上来了，你们就这样让他们走了？打个电话给保卫处，直接把他们全给铐了，谁敢说你们一句不对？"

姚锡元和宋雅静面面相觑，都不知道该如何说是好。

人家当着你的面把厂长给骂了，你一点表示都没有，这也的确说不过去。可要说让保卫处来把唐子风一行给铐了，借这二人两个篮球那么大的胆，他们也不敢啊。

别看范朝东现在说得这么狠，换成他在现场，他同样不敢。

"这姓唐的是什么意思？"常务副厂长柯国强岔开关于铐子的话题，问道。

"意思？示威呗。"范朝东说，"这次的事情，他们吃亏了，这姓唐的年轻气盛，咽不下这口气，这不，就跑来骂街了。"

"这个唐子风多大年龄？"柯国强问。

"很年轻。"宋雅静说，"我刚刚让人上网查过了，1971 年出生的，今年是三十三岁。"

柯国强吸了一口凉气："三十三岁的集团公司总经理，有什么来头吗？"

宋雅静说："这个就不清楚了。有人猜测说，他可能有点背景；也有人说，他纯粹就是能力强，所以得到重用了。"

姚锡元说："我们过去和滕机的人接触的时候听他们说起过，这个唐子风在集团里还是很有威望的。据说当初临一机濒临破产，就是他一手救活的，那时候他才二十多岁。后来滕机能够从严重亏损变成现在这种蒸蒸日上的样子，听说也和他有关，那也是好几年前的事情了。"

"这么神?"范朝东嘟哝了一句,然后问道,"老姚、小宋,你们俩觉得,这个唐子风的威胁,靠不靠谱?"

"这个……"姚、宋二人对了一个眼神,齐齐地摇着头,"我们真的看不出来。"

"他能怎么做呢?"柯国强问。

范朝东冷笑道:"还能怎么做?告状呗。如果他真的有背景,估计就是找他的背景出来,去向科工委告状,说我们不守约定。不过,这件事,我们是征得了科工委同意的,我们一点责任都没有。科工委如果要我们换滕机的铣床,那我们就换,到时候新产品的工期延误了,让科工委自己去向部队解释。"

"科工委不可能让咱们换的。"柯国强说,"部队急着要这批装备。用博泰的铣床,生产效率能比用滕机的铣床高出一倍,这一点科工委是知道的。我想,唐子风的背景再硬,也不可能要求我们采用效率更低的铣床吧?这可是会直接影响到国防订货的,谁敢担这个责任?"

"我也是这样想的。"范朝东说,"这家伙估计也是知道拿我们没办法,所以才会这么失态。一个总经理,在别人单位像个泼妇一样骂街,也真是可笑。"

"我倒是觉得,咱们是不是做得有点过分了?"柯国强提醒道。

"过什么分?"范朝东问。

柯国强说:"唐子风好歹也是临机集团的总经理,而且少年得志,估计自我感觉良好。咱们就安排了老姚和小宋去接待他,让他面子上挂不住了。他这次发难,恐怕只是一个借口,实际上是不满意咱们的安排呢。"

范朝东说:"总公司领导来视察工作,这是大家都知道的事情。我们总不能放着总公司领导不陪,专门去陪他这位唐总吧?"

"话是这样说,可是……"柯国强拖了个长腔,后面的话也不用再说出来了。总公司领导来视察,要求厂领导陪同,这是事实。但如果范朝东告诉总公司领导,说临机集团的总经理唐子风来了,要安排一位副厂长去接待一下,总公司领导也是不可能不同意的,这是起码的人情世故啊。

范朝东以陪总公司领导为由,只安排了两名中层干部去接待唐子风,这就有点欺负人了。他原本是想用这种方法给唐子风一个暗示,让唐子风知难而退,可谁知道唐子风竟是如此强势,直接拿这件事当把柄,反将了82厂一军。

凡事都是要讲点道理的。唐子风如果抓住这一点,声称82厂没有解决问题的诚意,然后到上头去告状,上头出于安抚唐子风的考虑,肯定要给82厂一个处分。

早知道有这样的风险,范朝东就不该耍小聪明。踏踏实实让柯国强去应付唐子风一下,也不至于闹出这样的幺蛾子。

"老柯,你的意思是什么?"范朝东问道。

柯国强说:"姓唐的临走之前跟老姚他们说,他会在周水市区等我们,这就是向咱们递话了。估计这小年轻是觉得折了面子,需要咱们去给他圆回来。以我的看法,咱们犯不着和他一般见识,大不了去见他一回,让他有了面子,这件事也就过去了。"

"你是说,我们去向他赔礼道歉?"

"这倒不必。咱们去一趟,就说因为陪总公司领导,怠慢他们了,其他的话也不用说。我们做到这个程度,如果他还不满意,还要去告状,那就由他去。咱们该做的都做了,谁也挑不出咱们的错。"

"说得也是。那么,老柯,要不就辛苦你跑一趟吧。"范朝东开始派活了。

柯国强苦笑道:"老范,如果是在唐子风骂人之前,由我去见他倒也无所谓。现在他发了脾气,撂了狠话,如果你这个正职不露面,估计他是不会接受的。这种年轻领导的心理,我多少也懂一点,咱们就别再刺激他了。"

"老子居然还被他给要挟了!"范朝东恼道,"他骂了老子,还要老子上门去见他,他好大的脸!"

话虽这样说,范朝东最终还是妥协了。正如姚锡元说的,宁得罪君子,不得罪小人。在范朝东等人看来,唐子风就是一个小人,大家还是别惹他为好。

唐子风他们到82厂来,事先是打电话联系过的,所以宋雅静手里有熊凯的电话号码。她打电话问清了唐子风一行在周水市区下榻的酒店,然后便陪着范朝东、柯国强,驱车来到了这家酒店。

"唐总,这是我们厂范厂长、柯厂长,他们是专程来看你的。"

在熊凯把范朝东一行带进唐子风住的大套间后,宋雅静脸上强装出一缕微笑,向唐子风介绍着范朝东和柯国强。

"哦,久仰,二位请坐吧。"

唐子风向范、柯二人随意地拱了拱手,示意他们在长沙发上落座,自己则先在对面的沙发上坐下了。

"范厂长、柯厂长,二位请。"

熊凯又招呼了一次,范朝东和柯国强二人交换了一个眼神,绷着脸坐下了。唐子风连手都没和他们握,而且自己比客人更早地坐下,这就是在对他俩甩脸子了。他们此前冷落了唐子风,现在反过来被唐子风冷落,也算是一饮一啄,两不相欠。

"唐总,今天的事情,有点不好意思,主要是总公司那边来了……"柯国强开始向唐子风解释了。

"柯厂长不用解释了,原因我知道。"唐子风不客气地打断了柯国强的话。他说知道原因,可以解释为他知道总公司领导视察的事情,也可以解释为他知道82厂的用意。他不让柯国强讲下去,就是拒绝了82厂讲和的意图,这就是一种比较强硬的态度了。

"范厂长、柯厂长,大家都很忙,绕弯子的话就不必说了。我这次到82厂,就是来谈滕机那批精密铣床的事情的。我不在乎和谁谈,但我需要和能够做主的人谈。82厂安排了两位做不了主的人来和我们谈,我认为这是在浪费我的时间,同时也是浪费82厂的时间。

"我现在想问一句,你们二位,能不能做82厂的主?你们如果能做主,咱们就开始谈。如果你们俩也做不了主,那我就不留你们了。"

听到唐子风这直截了当的问话,范朝东的脸一下子就变成黑色,他说道:"我当然能做82厂的主,难不成我们82厂还要麻烦唐总你做主不成?"

"如果范厂长同意,我可以代劳。"唐子风应答如流。要论斗嘴,这世间能和他匹敌的还真不多。

柯国强说:"唐总,范厂长和我是带着诚意来的,咱们就别作这种意气之争了。唐总有什么要求,尽管向我们提出来,你看如何?"

唐子风说:"我们的要求很简单。滕机为了开发专用精密铣床,投入了4000万元的研发经费,我希望82厂能够给我们弥补这部分损失。至于方法,无论是82厂照原来的约定采购200台铣床,还是82厂直接向我们支付4000万元设计费,我们都可以接受。"

第四百零九章　这件事的恶劣影响

"这两条，我们都办不到。"范朝东冷冷地回答道。

唐子风不给他面子，他更不会给唐子风面子。唐子风的暴脾气是装出来的，范朝东可是实实在在的暴脾气，这次能屈尊来拜访唐子风，已经很不容易了，见到唐子风那副嘴脸，他哪里还有什么耐心？

柯国强怕范朝东的话太冲，与唐子风冲突起来，连忙接过话头，说：

"按照过去的约定采购滕机的机床，是不可能的。博泰的机床比滕机的机床效率高得多，价格也在我们能够接受的范围内，我们要提高生产效率，还要保证良品率，无论如何都是要优先选择博泰的机床。

"至于说赔偿滕机的设计费，这个完全找不到名目啊。82厂的钱都是国家的，不是我和范厂长的，我们没权利答应向滕机赔款。更何况，唐总一张嘴就要求我们赔偿4000万，我们82厂砸锅卖铁，也凑不出这么多现金来。

"这一次的事情，要说我们的责任，主要是没有考虑到博泰方面的变化。如果早知道博泰会解除对这种精密铣床的限制，我们当初就不麻烦滕机了，这样也不至于闹出现在这样的矛盾。"

唐子风微微一笑："柯厂长，咱们说话要凭良心好不好？如果不是滕机搞出了你们要的精密铣床，博泰怎么可能取消限制？你们这是相当于拿我们当饵料，钓上了博泰这条大鱼，至于我们这些当饵料的是死是活，你们就不管了，这说得过去吗？"

柯国强说："唐总，你了解的情况，可能还是有些偏差。博泰同意解除限制，是在你们的铣床通过鉴定之前。不能说是因为你们的铣床通过了鉴定，博泰才解除限制的。"

"据我们了解到的情况，82厂把滕机提交给你们的新型铣床的技术资料转交给了博泰，博泰确定滕机能够开发出这种铣床，这才解除了限制。"熊凯在一旁插话道。

"这个……也不完全是这样。"柯国强的老脸有些红。

他当然知道这两件事之间的关联。事实上,把滕机的资料拿给博泰看,本身就是82厂刻意为之的,目的就是想刺激一下博泰,看看博泰会不会因此而解除限制。

让82厂没有想到的是,博泰的反应居然会这么快,在分析过滕机的铣床资料之后,马上就通知82厂,声称可以解除精密铣床的限制,弄得82厂都有些措手不及。

刚才柯国强说两件事没有关系,实际上就是强词夺理。现在被熊凯当面戳穿,他无论如何都会有些尴尬。

"我们的确是把滕机的资料转交给了博泰,但也没想到博泰真的会决定解除限制。我们当时也不知道滕机开发这型机床要投入这么多,你们不是搞了几十年铣床吗?怎么开发一个新品还要投几千万?"柯国强说。

这又是揣着明白装糊涂了。柯国强很清楚,他们所要的这种精密铣床,有很多特殊要求,开发难度是非常大的,滕机花4000万进行开发,并不令人意外。他之所以这样说,目的依然是把水搅浑。

唐子风当然知道柯国强的用意,他懒得去和对方争辩这个,而是说道:"范厂长、柯厂长,事情的原委,咱们双方都清楚。滕机的损失,大家也都是明白的。这笔钱,82厂不认是不可能的。我现在就问你们一句,你们打算怎么解决这个问题?"

"唐厂长希望我们怎么解决这个问题呢?"柯国强反问道。

唐子风说:"我的方案,刚才已经说了。"

"我们的态度,我刚才也已经说了,办不到。"范朝东说。

"也就是说,82厂是打算耍赖了?"唐子风问。

范朝东黑着脸说:"我们不是耍赖,我们是在为国家做事。我和老柯,没有从这件事情里拿一分钱的好处,我们问心无愧。"

"好一个问心无愧。"唐子风讥讽地笑了起来,"范厂长的意思是不是说,只要你和柯厂长没有拿一分钱好处,我们就奈何不得82厂,所以不管你们怎么耍赖,我们都只能自认倒霉?"

"我没这个意思,唐总如果这样想,我也没办法。"范朝东说。

第四百零九章 这件事的恶劣影响

唐子风盯着范朝东,认真地问道:"范厂长,你是真的不打算解决这个问题了吗?"

"我爱莫能助。"范朝东冷冷地说。

"如果是这样,那我也不说啥了。"唐子风说,"不瞒二位,我这次到82厂来,原本也没指望能够解决问题,不过是例行公事罢了。我和二位厂长聊过,也算是仁至义尽了。你们觉得自己是军工企业,打着为国家做事的旗号就可以为所欲为,那你们就继续这样做吧。

"博泰对你们解除了机床限制,你们有了洋人做靠山,不在乎我们这些国内机床企业了,这也正常。但我要提醒你们一句,洋人是靠不住的,最终能够给你们提供支持的,还是我们这些国内企业。

"你们现在不讲诚信,我们吃了亏,也就认了。但下一次呢?你们真的觉得外国人能够永远给你们提供最先进的设备?"

"唐总的意思是说,你们从此就不和我们合作了?我还就不信了,死了张屠夫,我们就要吃混毛猪吗?"范朝东呛道。

唐子风哈哈一笑:"没了张屠夫,自然还有李屠夫。可如果你们这种不讲诚信的名声传出去,李屠夫会愿意和你们合作吗?我可以这样说,你们这一次得罪的,并不是一个滕机,也不是我们临机集团,而是整个中国的机床行业。离了中国的机床行业,你们还能走多远?我就不信你们能够永远靠着国外的设备来造导弹。"

"好大的口气!"范朝东说,"听唐总这意思,是打算联合所有的地方机床企业,不再给我们提供设备了?"

"用不着我联合,只要这件事传出去,恐怕就不会有企业敢和你们合作了。"

"是吗?那我就等着瞧了。"

"好走,不送。"

唐子风站起身,用手向房门那边指了一下,然后便转身到里屋去了,这就是下逐客令的意思了。

范朝东气得七窍生烟,想摔点东西,用眼睛扫了一圈,才发现对方连茶水都没给他们倒一杯,所以他面前啥能摔的东西都找不到。他腾地一下站起来,恨恨地跺了一下脚,说道:"我们走!"

熊凯沉默地把82厂的几个人送出房间，然后叫上住在隔壁房间的郑焕，一齐回到唐子风的房间。唐子风此时已经从里屋出来了，正坐在沙发上品茶。他招呼二人坐下，说道："果不出所料，82厂彻底不想和咱们谈。"

"他们也有他们的道理。"郑焕叹着气说，"我过去和柯国强谈过，我觉得他说的理由也是有一定道理的。他们是军工企业，生产的又是质量要求非常高的导弹，所以对生产设备的要求也是很严格的。

"过去博泰对他们禁售，他们买不到博泰的机床，只能退而求其次，找咱们研发机床。咱们研发出来的机床，和博泰的机床相比，的确是有差距。82厂作为军工企业，挑选更好的设备，也是对国家负责。在这一点上，咱们还真找不出他们的毛病。"

"你说得对。"唐子风点点头。他并不是意气用事的人，岂能理解不了82厂的做法是有其道理的？

博泰的机床性能更好，生产出来的产品也就更可靠。如果82厂因为拗不过滕机，而采购一批性能较差的机床去加工导弹燃料舱，其实是给国防留下了隐患。这种隐患在关键时候是可能会造成重大损失的，无论是范朝东还是唐子风，都承担不起这样的责任。

"我们希望的，是82厂，或者科工委方面，能够对我们的研发费用进行补偿。我们这个要求也是合情合理的。如果因为国外解除了限制，他们就可以随便毁约，让我们蒙受损失，以后还有谁会愿意替军工部门研发设备呢？"郑焕继续说道。

唐子风说："这就是问题的关键了。我要找82厂较真，也是因为这一点。说句难听的，这一次的事情，滕机损失了4000万，这个损失咱们还是承担得起的。但这件事带来的恶劣影响，却绝对不是4000万损失能够衡量的。

"以后军工部门再找咱们开发新设备，咱们是接还是不接呢？其他企业知道这样的事情，他们对于军工部门的研发要求，又会是什么态度呢？

"咱们这次来找82厂讨说法，其实是为了消除日后的隐患。这个道理，82厂的人不懂，我想科工委的领导是会懂的。"

"那么，唐总下一步是打算去找科工委谈这件事？"郑焕问。

唐子风说："冤有头，债有主，这件事是科工委找谢总给我们提的要求，所以我首先要去找谢总算账。"

郑焕笑道:"找谢总算账这样的话,也就唐总你敢说了。我们在公司里也讨论过,说这件事应当请谢总来解决,可大家谁也不敢去找谢总。"

第四百一十章 有些人盲目乐观

"你找我也没用啊。"

谢天成在自己的办公室里接待了来访的唐子风和周衡二人。双方一见面，没等唐子风说啥，谢天成就已经知道唐子风的来意了，直接就来了这么一句。

"临机是机电集团公司的下级，滕机是临机的下级，你谢总亲自给滕机下的指示，让滕机发扬什么什么精神啥的，不惜代价也要把特种精密铣床研制出来。现在我们研制出来了，对方赖账了，我上门去讨债，人家不认，我们不找你谢总，还能找谁？"

唐子风振振有词，让谢天成重温了一下啥叫原二局第一名嘴。不过，他说这些话的时候，态度还是很温和的，毕竟谢天成是自家人，他用不着以对82厂的那种态度来对待谢天成。

"谢总，82厂的这件事，开了一个很坏的头啊。"周衡发话了。他知道，光凭唐子风的那番牢骚怪话是无法说服谢天成的，要解决问题，大家还是得有认真一点的态度。

谢天成点点头，说："老周、小唐，你们的意思，我都明白。其实，就这件事，我和许老也交换过意见，他对于82厂的这种做法，也是非常恼火的。

"我专门去和科工委探讨过，他们的态度也是非常为难。过去是德国人对咱们禁售，82厂不得已，要滕机帮忙。现在博泰那边取消了对特种精密铣床的限制，82厂从提高军品质量和生产效率的角度出发，放弃滕机的设备，采购博泰的设备，从大局上说，也是应当的。"

"这个我们不否认。"唐子风说，"我问过古增超和郑焕他们，他们也承认，滕机的设备和博泰的设备相比，还有一些差距。军工部门对产品质量要求高，尽可能选择性能更好的设备，也是无可厚非的。"

"你们同意这一点就好。"谢天成说，"剩下的，就是研发费用如何补偿的问

第四百一十章 有些人盲目乐观

题了。这件事,科工委方面表示能够理解,但制度上无法解决。"

"他们在立项的时候,是把研发经费打包算在设备采购费用里的。现在设备采购转到国外去了,这笔研发经费也没法单独拆分出来。他们批给82厂的采购费用,刚够82厂从博泰采购设备。如果从中分出一部分支付给滕机,买设备的钱就不够了。"

周衡说:"这就是关键问题了。从表面上看,这只是一笔经费的使用问题,但追究到实质,就是科工委没有把自主研发当成一个必选项。国外禁售,咱们就自己研制,等到国外取消禁售了,咱们就彻底放弃研制,带着这样一种心态,以后谁还会认真去搞国产化替代?"

"可这也是没办法的事情啊。"谢天成说,"国家的财力是有限的,生产一线需要选择最先进的设备。如果国外有同类设备,咱们一边买国外设备,一边还在国内搞研发,这就相当于要出两份钱,财政哪里承担得起?"

唐子风说:"说承担不起,也不过是个托词罢了。咱们这么多年来被人家制裁的事情还经历得少吗?

"现在人家愿意卖给你,是看到我们只比他们落后一两代,努努力就有可能突破这些技术。如果我们放弃自主研发,等到我们落后三五代的时候,再想努力追上去,难度可就是十倍百倍了。

"上次我和周主任向许老提出过,无论我们是不是能够从国外买到设备,国内都应当有一套研发体系,确保不被别人落下太远。这就像是汽车上的备胎,哪怕旧一点,质量差一点,至少能够救急。"

"备胎这个说法好。"周衡附和道,"在关键性技术上,咱们必须建立一个备胎机制。能够从国外买到的,暂时先用国外的也可以,这是从保证质量和保持市场竞争力的角度来说的。但无论能不能在国际市场上买到,我们都必须有自己的一个备胎,这样万一再像从前那样被人卡脖子,咱们也不至于手上连根烧火棍都没有。"

谢天成皱起眉头,说:"你们说的这些,我都同意。事实上,过去这么多年,咱们的指导方针一直都是如此。但这一次涉及的是科工委,和咱们不是一个系统,咱们要求别人留出钱来搞这个备胎,人家不一定乐意呢。"

"可我们这个备胎,恰恰是为他们的车子准备的。"唐子风说,"每次国外卡咱们的脖子,首当其冲的都是军工、高科技部门。就说博泰此前限制向中国出口特种精密铣床,不也是针对他们的吗?"

谢天成说:"道理是这个道理,可从科工委方面来说,他们关注的问题也有轻重缓急之分。现在军工装备生产是最重要的,而设备保障这方面,也就是你们说的备胎机制,是相对次要的。

"这些年,西方对咱们的禁售相比从前松动了一些,有人分析说,这是因为咱们国家加入世贸协定了,受到世贸规则的保护。说不定,以后西方的限制就会全部取消了呢。"

唐子风冷笑道:"《考克斯报告》才过去几年,这些人就开始做这种梦了。西方对中国的限制放松,不过是因为'9·11'的影响,美国要建立反恐同盟,一时也顾不上和中国较劲。一旦反恐结束,而中国的实力又上升到足以威胁美国全球霸主地位的时候,新一轮制裁就会到来,届时他们的限制力度会比现在大得多。"

"小唐说得很对。"周衡说,"老人家说过,帝国主义亡我之心不死,这句话永远都不会过时的。现在有些人,就是过于乐观了。"

谢天成说:"没错,我去科工委和他们谈的时候,科工委有一些领导也提到了这一点。事实上,稍有一点头脑的人,都不会过于乐观。当然,有些受西方思想影响比较大的干部,尤其是一些年轻干部,脑子还是比较糊涂的,非得摔一跤才能长点教训啊。"

周衡笑着用手指了一下唐子风,说:"小唐也是年轻干部,他的脑子就很清醒嘛。我甚至觉得,他对国际形势的认识,比我们这些老家伙还冷静呢。"

唐子风赶紧摆手,说道:"周主任捧我了,我这不都是跟着您、谢总还有许老学的吗?没有你们的指导,我说不定也和其他年轻干部一样盲目乐观呢。"

唐子风这话,就有些半真半假了。许昭坚等人对他的影响自然是有的,但如果他不是一位亲身经历过后世贸易战的穿越者,仅凭这些老人对他的影响,恐怕他也很难形成这样坚定的世界观。

新世纪之初,国内的精英一代,普遍是对国际地缘政治充满盲目乐观的。类似于"帝国主义亡我之心不死"这样的话,在互联网上会被当成冷笑话,一经说出就会招来各种嘲讽。

唐子风是一个另类,他始终坚信中国当前面临的稍微宽松一些的环境不过是昙花一现,用后世的话来说,就是"9·11"事件给中国带来了一个短暂的战略

第四百一十章 有些人盲目乐观

机遇期。等到美国从反恐战争中抽身出来,蓦然发现中国已经成长为一个庞然大物,一场大规模的贸易战就会到来,届时大家就会发现,所谓"国际规则""全球化"等等,都不过是西方国家用脏的遮羞布,是随时可以扯下来扔进粪坑的。

唐子风的认知,来自穿越者的金手指。相比之下,许昭坚、谢天成、周衡等老人却是从他们的切身经历中得出了真知,那就是国家的命脉永远都得握在自己手上,这个世界上没有救世主,能够救中国的,只有中国人自己。

幸运的是,在新中国七十多年的历史上,决定国家大政的都是这些智者。舆论场上各种风潮涌动,从未影响过中国追求独立自主的决心。

"就滕机这件事来说,科工委那边,的确有他们的难处。"谢天成把话头重新收回来,说,"因为事先没有考虑到博泰的举动,科工委有些被动了。现在他们那边也形成了两种意见。一种意见认为应当给滕机一些补偿,当然,金额方面,恐怕达不到小唐你们的要求。

"另一种意见,就是说双方并没有签合同,滕机的研发成本过高了,现在要求补偿,是漫天要价,而科工委经费非常紧张,这个时候不能迁就滕机的要求。"

"好一个漫天要价。"唐子风怒道,"如果我们真的是漫天要价,那么在博泰对他们禁售的时候,我们就应当漫天要价了。那时候我们应当逼着他们先出钱,我们不见兔子不撒鹰,我就不信他们不屈服。"

"现在说这个也没用了。"周衡说,"咱们还是讨论一下,要如何说服科工委。许老跟我谈过,说这件事最好能够在我们这个层面上解决,不要搞到更高层去。当然,他也表示了,如果科工委,或者82厂坚持错误,他也可以帮我们把问题反映上去,但那样一来事情就比较大了,对大家都不好。"

第四百一十一章 这小子憋着什么坏

"办法倒是有……"

唐子风拖着长腔说,同时用眼睛瞟着两位领导,等着他们反应。

"你的办法是不可行的。"谢天成直接就否定了。

唐子风一愕:"谢总,我还没说我的办法呢,你怎么就知道不可行?难道我长得就这么像一个不可行的人吗?"

"你在82厂跟范朝东说的那些话,科工委的钟处长都跟我说了。你威胁人家,说要联合全国的机床企业不给他们提供设备,是不是这样?"谢天成问。

唐子风叫屈道:"谢总,冤枉啊,我从来没有说过要联合其他企业为难他们。我只是说,这件事一旦传开,其他企业就不敢和他们合作了。"

"这不是同一个意思吗?"谢天成说。

"当然不是。"唐子风说,"前者是我主动让82厂为难,后者就是他们自作孽带来的恶果,与我无关。"

"与你无关也不行。"谢天成严肃地说,"这件事,目前传播的范围还不广,其他企业除非刻意去打听,否则不可能知道,就算知道,也不会了解到详细的情况。你说各家企业都不给82厂提供设备,那么谁都能想到是你们故意散布了这些消息,目的就是拉大家的力量来向科工委施压,这是绝对不允许的。"

周衡也说:"小唐,涉及国防事业的事情,不是你能够任性胡来的。如果因为你的举动,影响了国防建设,别说谢总和我,就算是许老出面,也保不住你。"

唐子风说:"这件事也没这么严重吧,我们怎么可能去影响国防建设呢?充其量就是给82厂添点堵,让科工委方面重视我们的诉求。我去82厂的时候,就感觉到了他们的霸道作风,他们恰恰是依仗自己是军工企业,完全不把地方企业的利益放在眼里。如果不能给他们一些教训,他们只会变本加厉,其实对国防建设是更加不利的。"

第四百一十一章 这小子憋着什么坏

谢天成点了点头,说:"小唐,你说得也有一些道理。但这种事情,不能由你去做。你还年轻,也是许老非常看重的年轻干部,如果沾上一个破坏国防建设的污点,未来的发展就要受到影响了。说难听一点,万一科工委方面到上头告状,上级领导要求我们直接撤掉你的总经理职务,我们可是不敢不照办的。"

"撤就撤吧,说得我特别稀罕这个职务似的。"唐子风撇着嘴嘟哝道。

"说什么混账话!"周衡骂了一句,却也没有真的生气。

下属太出色,领导也为难。这么出色的下属,搁到哪儿都能得到重用,如果人家抬腿走了,你就等着干瞪眼吧。

"小唐,你还年轻,我们都是非常欣赏你的,希望你未来能够在国家的机械行业里发挥更大的作用。82厂这件事,的确有些让人生气,但你也不要意气用事。解决问题的办法总是有的,没必要采用这种极端的方法。"谢天成耐心地劝解道。

唐子风反问道:"那么,谢总,你觉得现在该怎么办?"

"这个……"谢天成也语塞了,这其实真的就是一个死局,他也没办法去解开。

"如果我不煽动其他企业对82厂采取措施,只是我们临机集团把82厂列入不受欢迎的客户范围,这不算违规吧?"唐子风问。

谢天成想了想,说:"就算是这样,也不能留下文字记录,你们集团领导内部大家心照不宣,总公司也是管不了的。"

"如果是这样,那就没问题了。"唐子风说。

谢天成和周衡对了一个眼神,然后小心翼翼地问道:"没问题是啥意思?"

"就是没问题啊。"唐子风一脸无辜的样子,"我们就做这些,一不串联,二不宣传,三不生气,这总可以吧?"

"那么,这件事,你们打算怎么解决呢?"

"等着,君子报仇,十年不晚,我相信82厂总有求到我唐子风头上的时候,到时候,哼哼,哼哼,哼哼哼哼哼哼……"

唐子风不停地哼哼着,让谢天成和周衡都觉得心里老大不踏实。受了委屈而不还手,这实在不是唐子风的风格。他越是说得轻描淡写,两个人就越觉得他肯定有阴谋。这些年,唐子风给他们带来的各种惊和喜,他们还见得少吗?

可是,唐子风摆明了不想说出来,他们无法帮唐子风解决问题,因此也就不好逼着唐子风说出来,只能是干着急。

"小唐,我警告你,不许胡来!"

这就是周衡唯一能够做的事情了,警告一句,总比不警告好吧。

大家又谈了一些企业发展方面的其他事情,然后唐子风便起身告辞了。他是与周衡一起来的,本想约着周衡一块走,周衡却以与谢天成还有其他工作要谈为由,留了下来。唐子风知道他肯定是要与谢天成继续讨论82厂这件事,而且多半还涉及如何防范他唐子风的问题,于是也就很聪明地没有再坚持,自己先离开了。

果然,唐子风刚走,谢天成便一脸紧张地对周衡问道:"老周,你觉得这小子憋着什么坏呢?"

周衡苦笑着摇头:"我哪猜得出来?这小子的脑子和其他人长得都不一样,他要做的事情,揭锅之前谁也猜不透。"

"我担心他做得太过头了。"

"这一点……还是可以放心的吧,小唐这个人行事不拘一格,但起码的觉悟还是有的,不会留下什么把柄。"

"我就怕,到时候人家不在乎什么把柄,直接给他扣一顶破坏军工生产的帽子,他的前途可就要受到影响了。"

"只要对方抓不住他的确凿把柄,要想给他扣帽子,得先过我这关。军工企业怎么啦?军工企业就能不讲理了?要说对国家有贡献,我们的贡献也不比他们少,真的闹起来,也是他们理亏在前。"

"就盼着这个浑小子不要搞得太出格了,如果弄到无法挽回,就麻烦了。只要事情还有可挽回的余地,我也赞成给82厂那边一点教训。这种事情,不下猛药不行。小唐的一个观点是对的,如果这件事没有一个结论,未来其他企业承接军工任务的时候就不会这样积极了,到时候军工生产蒙受的损失会更大。"

"我联系一下张建阳、古增超他们,让他们盯着点小唐,不要让他做出太出格的事情。这件事,许老那边也有一个态度,他是赞成给科工委方面一些压力的。科工委内部对这件事也有两种态度,现在只是邪不压正。我们给他们施加一点压力,正气就会抬头,邪气就会受挫,这对于国家的装备建设是有好处的。"

"是啊,这件事也到了必须解决的时候了,让这浑小子去搅和一下,没准还有好处呢。"

第四百一十一章 这小子憋着什么坏

"谢总,我怎么觉得你是故意的?"

"哈哈,这都让老处长看出来了,看来我的城府还是太浅了,哈哈。"

谢天成和周衡两个人会在背后如何算计自己,唐子风心里如明镜一般。这些老人的行事风格,他早就摸得很透彻了,他也知道自己做事的底线在哪里。在底线之内,真捅出一些娄子,这些老人是不会不管他的。而如果他自己作死,突破了底线,那就别指望别人帮他了,这些老人都是很讲原则的。

底线就是不要串联其他企业对军工系统发难,唐子风早就明白这一点。机二〇机制目前还存在,虽然对各家会员企业的约束力不如过去了,但大家隔三岔五地还是会在一起聚聚,交流一些信息啥的。

唐子风作为机二〇的发起者,又是机二〇各家企业的领导中最年轻、最有前途的一个,在机二〇里有相当的号召力。他如果发句话,让各家企业与军工部门合作的时候稍微懈怠一点,再举出滕机的例子,相信大家是会有所表示的,这就足够让科工委头疼了。

但唐子风不能这样做,这样做就意味着他在挖整个墙脚,这个罪过足够严重了,谁也保不了他。

今天唐子风来见谢天成,其实就是要听听谢天成对这件事是什么态度,以便决定自己后续的动作。从谢天成与周衡的态度来看,唐子风知道老人们对这件事也是非常不满的。

老人们其实也一直在等一个契机,以便能够与科工委坐下来商讨一个军地合作的长期机制,保证装备研发的可持续性。唐子风如果借82厂的事情下一步棋,老人们应当是乐见其成的。

这就够了。

第四百一十二章　博泰变卦了

范朝东与唐子风干了一仗，当时差点想摔个杯子以示愤怒。回到厂里好几天，他依然是余怒未消，好几位下属都因为一点小错而被他劈头盖脸地训过，也算是代唐子风受了这无妄之灾。

时间是最好的疗伤药，几天过去，范朝东那受伤的心灵也就慢慢恢复了。他在柯国强和宋雅静面前表示，与唐子风那种毛孩子生气不值得，对方越是嚣张，越说明他们软弱。

滕机的设备质量不如人家德国的，能怨82厂朝三暮四吗？有能耐，你们先把机床做得像德国的一样好呀。

"他们会不会到科工委去告状？"柯国强提醒道。

"告去呗！"范朝东满不在乎，"滕机那帮人早就去科工委闹过了，钟处长也已经给过他们答复了。姓唐的再去，也不过是让老钟再给他解释一次，还能怎么样？"

"我打听过了，这个唐子风，听说是许老很看重的人。"柯国强说。

"许老……"范朝东微微沉吟了一下，说道，"如果是许老发话，咱们还真有点不好驳面子，许老可是咱们军工系统的元老了。到时候，咱们少不得要向滕机道个歉，象征性地补偿他们一点研发经费啥的。许老的面子，怎么也得值个一两百万吧。"

"如果是一两百万，唐子风恐怕也不好意思请许老出面吧？"柯国强说，"临机集团是个大企业，还真不缺这一两百万。许老的面子，那可是用一回少一回的，唐子风不会拎不清轻重吧。"

"我倒巴不得他拎不清轻重，这样我们也就知道他的轻重了。现在这样……唉，还真有些没着没落的。"范朝东叹了口气，把心里话给说出来了。

范朝东嘴上说唐子风是个毛孩子，心里却不敢过于轻视这个人。这么年轻就身居高位的人,不可能没一点本事的。唐子风那天的表现,并不符合体制内的规矩,这就更让范朝东觉得可疑了,对方那样做,到底有何深意呢?

"范厂长,范厂长,出事了,出大事了!"

正在范朝东满腹狐疑之际,生产处处长姚锡元气喘吁吁地闯进了他的办公室,把一张还带着余温的传真纸递到了他的面前。

"这是什么?"

范朝东一愣,传真纸上全是印刷体的德文,他一个字也认不出。凭着本能,他猜出这份传真应当是与博泰有关的,因为最近与82厂有关的德国机构只有博泰公司一家。看姚锡元那副焦急的神情,莫非是博泰那边出了什么问题?

"博泰……博泰通知我们,欧盟表示要重新审核他们答应向我们出口的特种精密铣床,说这种铣床的出口有可能提高中国的军事装备水平,欧盟很可能会否决这起合作。"姚锡元说道。

他的话说得断断续续的,好像是一口气上不来的样子,其中除了刚才跑得太快的原因之外,更大的原因是这个消息太过惊骇,他有些承受不住了。

"什么?!重新审核?!"范朝东腾地一下就从大转椅上蹦起来了,盯着姚锡元,厉声问道,"你没有看错?!"

"没有,我看了三遍,还让小张看了,他确认,这份传真就是这个意思。"姚锡元说。

姚锡元是懂德语的,他说的小张则是一位刚分配过来的名校硕士,德语水平很高,过去厂里与博泰方面洽谈,都是这位小张当翻译的。姚锡元自己看过,又让小张看了一遍,弄错意思的可能性就很小了。

"这怎么可能?博泰不是说欧盟那边没有障碍吗?"范朝东嚷道。

博泰公司答应向82厂出售特种精密铣床,到目前为止还仅停留在合同阶段。82厂要申请经费和外汇额度,再向博泰支付预付款,博泰再组织生产,一来一去怎么也得一年半载。

82厂敢于拒绝滕机的铣床,是因为他们已经与博泰签了采购合同,双方都盖章签字了,这是不会变的。但合同上也有一个免责条款,那就是如果遇到不可抗力,某一方是可以宣布合同作废的。

欧盟的限制,就属于不可抗力的一种。如果欧盟坚持拒绝放行博泰的铣床,博泰方面是没办法的。

可是,在双方签约之前,82厂向博泰反复确认过,博泰声称他们已经做通了欧盟的工作,欧盟签字放行只是一个时间问题。欧盟有可能禁止铣床出口的原因,只在于安全方面的考虑,但这种精密铣床的技术水平如何,禁售是否能够阻碍中国的军工发展,这件事只有博泰方面能够说清楚。

博泰向欧盟提交了证据,声称中国人已经研制出了性能相似的机床,禁售对阻碍中国军工发展起不到作用,欧盟自然也就不会再坚持了。

这些都是博泰那边向82厂说过的,怎么没过几天,事情就发生了这么大的变化?

"博泰方面有没有说原因是什么?"范朝东问。

姚锡元说:"传真上没说,只是说欧盟要重新审核。不过,传真的措辞很不客气,像是没有商量余地一样。"

"你马上和默斯先生联系一下,问问到底发生了什么事。"范朝东下令道。

接下来的一天,82厂的领导们就像二八月的猫一样,抓耳挠腮,片刻也安静不下来。姚锡元带着几个人不停地往德国那边打电话,打听消息。也不知道是他们没找对人,还是对方故意冷落,折腾了一个昼夜,82厂才算得到了一个依然不太确切的消息:

博泰公司获悉,此前82厂向他们提供的资料涉嫌造假,关于中国机床企业已经研制出特种精密铣床的消息不实,博泰公司向中国出口特种精密铣床的前提不成立,因此向欧盟提交了暂缓出口的申请。

"什么?造假?"

听到这个完全在意料之外的消息,82厂的一帮人都傻眼了。自己提交给博泰方面的,分明就是滕机的技术资料。滕机研制出来的铣床样机,柯国强和姚锡元都是去现场鉴定过的,性能指标与技术资料完全吻合,怎么就是"消息不实"了?

"老姚,你问一下默斯,问问他们的消息是从哪儿来的,这完全就是一个假消息嘛!"范朝东跳着脚说。

默斯是博泰公司的销售专员,是专门负责此次精密机床销售事务的,滕机的那些技术资料,最早也是通过他的手递到博泰公司高层去的。姚锡元打通了他的电话,委婉地询问此事发生变故的原因,默斯那一肚子不高兴隔着越洋长

第四百一十二章 博泰变卦了

途都能让人感觉到:"姚,你们这样做是违背商业诚信的,你们的作为,让我在公司受到了严厉的批评。"

"实在是对不起,给默斯先生添麻烦了。"姚锡元赶紧道歉,随后又说道,"不过,默斯先生,我们请你提交的资料是完全真实的。滕机新研制的精密铣床,我亲自去参加过鉴定,如果你需要的话,我可以把鉴定材料中那些不涉密的部分传真给你,你一看就明白了。"

"不不不,姚先生,我们公司的高层已经不相信来自中国的鉴定报告了,他们说,你们的所谓鉴定,不过是一种欺骗我们取消限制的手段罢了。关于这一点,我们的技术部门也予以证实,他们认为,你们中国的机床企业,不可能在短时间内突破特种精密铣床的设计和制造技术。"默斯说。

"可是,上一次你们并不是这样说的啊。"姚锡元急了。

军工部门向外发布消息,当然是真真假假,这也是为了保密的需要。可这一次,82厂真的没有说谎啊,滕机的技术也是千真万确的,怎么人家就不相信呢?

"默斯先生,我记得你说过,你们的技术部门对我们提交的技术资料进行过评估,认为我们已经掌握了这样的技术,现在你们又做出一个相反的结论,这中间发生了什么变故呢?"姚锡元问道。

要知道,博泰公司也不是那种容易上当的企业。82厂向他们提交了滕机的铣床技术资料,他们是不可能不做一些分析的。所谓技术,在外行人看来很玄虚,但对于行家来说,不过就是一层窗户纸有没有被捅破的问题。

滕机的铣床技术资料上,说明了一些关键技术问题的解决方案,虽然一些细节是保密的,但博泰公司的技术人员一看就知道,滕机已经找到了正确的路径,以中国的工业实力,制造出这种精密铣床是不成问题的。

前面已经得出了一个结论,现在又得出一个相反的结论,这中间必然发生了一些其他的事情,这是82厂必须要问明白的。

"对不起,我们有我们的信息渠道,我们不便向你们透露这些情况。更何况,得出这个结论的是我们公司的高层,我也不知道他们为什么会突然重新评估你们的铣床技术。"默斯冷冷地回答道。

"查!一定要彻查!看看是哪个王八蛋胡说八道,给我们造成了这么大的麻烦!"

范朝东把桌子拍得山响,发出了"江湖追杀令"。

第四百一十三章 原来是他

博泰公司突然变卦,停止向中国出口特种精密铣床,而其原因,又是博泰公司得到一些秘密情报,声称中国滕机公司掌握的铣床技术是假的。这件事已经超出了一桩普通进口交易的范畴,说得严重一点,就是重大的泄密事件了。

事情发展到这个程度,就不是82厂一家的事了,科工委紧急向国家安全部门报案,安全部门命令相关人员开展调查。时间不长,调查结果就出来了,这是一个完全出乎所有人意料的答案。

"咱们国内的一位学者在自己的博客上发表了一篇文章,说中国的工业成就都是假的,是宣传部门吹牛。他在文章里举了不少例子,其中最主要的一个,就是滕机那台特种精密铣床的事情。"

安全系统官员曹炳年用一种无奈的语气,向科工委处长钟旭通报道。

"这么简单?"钟旭几乎不敢相信自己的耳朵。说好的间谍窃密呢?怎么成了"一篇博文引发的血案"?他追问道:"他是怎么说的?怎么就会让博泰的人看到了?"

曹炳年说:"他的文章里说,中国军工部门委托滕机开发一款特种精密铣床,并在最近召开了产品鉴定会,声称这种精密铣床开发成功。但事实上,滕机开发出来的精密铣床完全达不到能够实际投入使用的要求,这不过是军地双方联合欺骗国家、欺骗舆论的做法而已。

"他又说,这种欺骗行为,甚至影响到了国外。德国博泰公司正是因为轻信了这样的欺骗,才取消了对这种铣床的禁售。而中方在得到博泰公司取消禁售的消息之后,立即就与博泰公司签了采购200台的订单,把滕机甩掉了。仅凭这一点,就足以证明滕机的所谓研制成功,不过是一个吹破的牛皮而已。

"当然了,这篇文章后面是论述中国企业的造假行为如何损害了中国的国家信用,中国如何成为国际上最不守信的国家,这些内容,我想钟处长你们应当不会感兴趣的吧？"

"这这这……这不是胡说八道吗？"钟旭气得七窍生烟，"82厂没有向滕机采购这批铣床，这是真的，但原因并不是滕机的铣床不行，不不不，我的意思是说，滕机的铣床也是合格的，只是不如博泰的铣床性能稳定。这一点，博泰方面也是知道的呀。"

"这篇文章在网上传得很广，也被欧盟的一个机构看到了。他们因此向博泰公司质疑，所以博泰公司就做出了取消向中国出口这种精密铣床的决定。"曹炳年说。

这件事其实算不上什么秘密，安全部门兴师动众地进行调查，结果随便找几个人一问，就问出了真相。在得知这个情况之后，曹炳年也是颇为无语。

"这位学者是哪个单位的？"钟旭问道，他想起了一些事情，不由得想证实一下。

"是人民大学的，叫齐木登。"曹炳年说，"他的博客文章还没有删，文章的全文以及网址，我们都打印出来了，钟处长可以看看。"

"齐木登？"钟旭想了想，点点头，说，"这个名字，我有点印象，他批评咱们国家的工业和科技也不是一天两天了。我们委里有一些同志对他很推崇，说他是一个敢说真话的良心学者。"

"可不是吗？太有良心了！"曹炳年冷笑道。

"这是个屁的良心，他的良心都被狗吃了！"钟旭暴跳如雷，"还说什么敢说真话，这分明就是睁着眼睛说瞎话好不好？他懂技术吗？他去滕机调查过吗？谁说滕机的机床是假的？他随便一句胡扯，就给我们的工作造成了这么大的被动，我们要求严肃处理他！"

"我说的事情，都是有依据的。"

在人民大学的一间办公室里，网红教授齐木登面对前来兴师问罪的钟旭和曹炳年，态度平静地回答道。

"你有什么依据？"钟旭问道。

"你们和滕机联合做了一个产品鉴定，然后博泰公司就解除了对中国的铣床禁售，这是不是真事？"齐木登问。

钟旭犹豫了一下，说："不完全是这样，不过就算是这样吧。"

"你们原来声称要从滕机采购200台铣床,结果只象征性地采购了20台,这是真的吧?"

"……"

"如果滕机的铣床真的像你们的鉴定材料上说的那样,技术性能达到国外同类产品的水平,你们为什么要舍近求远,买博泰的铣床呢?"

"这不一样。"钟旭涨红了脸,争辩道,"齐教授,你说的情况是有的,但这并不意味着滕机的铣床是不合格的。滕机和博泰相比,当然有差距,这一点我们承认。也正是因为它们之间有差距,我们才选择主要从博泰采购。但滕机的铣床也是能用的,并不是你说的造假。"

"这一点,恐怕就只有天知道了。"齐木登面有嘲讽之色,"已经有人披露了,滕机压根就没有解决精密铣床上的关键技术问题,所谓鉴定,不过是走过场。"

"你这些消息是从哪儿获得的?"曹炳年冷静地问道。

作为一名安全官员,曹炳年做事是颇为稳重的。来人大之前,曹炳年便让人调查过齐木登其人,知道这家伙惯常捕风捉影、哗众取宠。

滕机与82厂之间的交易,尤其是涉及一些技术方面的内容,齐木登是不可能编出来的。他能够这样写,肯定是有人向他提供了资料,而这个提供资料的人,无疑是更值得关注的。

在此之前,钟旭曾经向曹炳年暗示过,说泄露这件事的人,可能与临机集团或者说是唐子风有关。曹炳年调查过,齐木登与临机集团或者唐子风之间,都没有直接的联系。由于齐木登经常诋毁中国产品,临机集团与齐木登甚至可以算是仇家。

听到曹炳年的询问,齐木登答道:"这些消息都是网上公开的消息啊,我就是从网上看来的。"

"网上?"钟旭和曹炳年都是一愣。这些消息,怎么就传到网上去了,而且还是这种九真一假的消息?发布这些消息的人,是什么目的呢?

"是哪个网站,你能回忆起来吗?"曹炳年问道。

齐木登说:"我记不太清楚了,应当是'狗眼看人'吧。"

"狗眼看人"是时下很火的一个论坛,论坛上的文章大多是"某某真相""残酷现实"之类的。寻常的年轻人看上几篇,三观就会立即动摇。

齐木登是"狗眼看人"论坛的资深会员,经常从论坛上搜集各种信息以及段子，用在自己的博文或者演讲中。论坛上的很多消息都与官媒上披露的不同，在齐木登看来，这就是真相了。

这样一个论坛，是不可能不受到安全部门关注的，所以曹炳年也知道。他说道："齐教授，你能帮我们找出这篇文章来吗？"

"应当可以。"齐木登说。老齐平常反体制不假，但他毕竟也是体制中人，掂得清轻重。曹炳年来访的时候，就说过自己的身份。齐木登知道，对于曹炳年的要求，他还是尽量满足为好，如果他拒绝了曹炳年的要求，曹炳年是有办法换个地方和他谈的。

齐木登的桌上就有电脑，他点开浏览器，直接进入了"狗眼看人"论坛，找到自己平常最喜欢逛的那几个板块，开始寻找他看过的那个揭秘帖子。他看到这个帖子是半个月前的事情了，因为这个帖子里爆的料太猛，他印象非常深刻，相信只要一看到标题就能够认出来。

"咦，怎么找不到了？明明就在这里的呀。"

在论坛上连换了几个板块，齐木登也没有找到自己之前的那个帖子，他脸上露出了狐疑的表情，嘴里开始念念叨叨的。

"齐教授，你没弄错吧？你确定是在'狗眼看人'论坛上看到这个帖子的吗？"钟旭问道。

"我确定。"齐木登说，"我印象很深，那天我打开论坛，看到这个帖子是加红加亮的，标题好像是叫《滕机VS博泰：精密铣床的罗生门》，很醒目，我不可能记错。"

钟旭看了看曹炳年，意思是询问曹炳年，齐木登的话是否可信。曹炳年冲他点了点头，表示齐木登的话还是可信的。如果齐木登不是从网上获得了这些信息，他是不可能写出那样一篇博文来的。既然他的信息是从网上获得的，那么他也没必要说假话，毕竟他只是一个"二传手"，既不算是泄密，也不算是造谣，充其量就是传谣罢了。

"小孙，你帮我查一下'狗眼看人'论坛，找一个名叫《滕机VS博泰：精密铣床的罗生门》的帖子。这个帖子很可能已经被删除了，你进他们的后台数据库查一下删除记录，看看是谁发的，又是谁删的。"

曹炳年掏出手机，拨了一个号码，然后便向手机那头下达了命令。